Gina Mayer

Im Land des Regengottes

D1917243

atb aufbau taschenbuch

GINA MAYER, 1965 in Ellwangen geboren, lebt mit ihrer Familie in Düsseldorf. Bevor sie freie Autorin wurde, hat sie als Werbetexterin gearbeitet. Bei atb lieferbar: »Zitronen im Mondschein« und »Das Lied meiner Schwester«. Im Verlag Rütten & Loening erschien zuletzt von ihr: »Das Maikäfermädchen«.

www.ginamayer.de

Die siebzehnjährige Henrietta sieht plötzlich einen Ausweg, ihrem trostlosen Dasein in Deutschland zu entgehen: ein Leben in Deutsch-Südwest, wo ihre Mutter den Missionar Immanuel Freudenreich heiraten wird. Alles soll anders werden, die Zukunft liegt vor ihr! Doch die Hoffnungen verfliegen schnell, die Tage in Afrika sind so karg und hart wie daheim in Elberfeld. Als ihre Mutter stirbt, sieht Henrietta nur noch einen Ausweg: die Flucht. Ins ferne Kapland, zu Bekannten. Zu Fuß und in Begleitung von Petrus, der auf der Missionsstation arbeitet. Die Strecke, die vor ihnen liegt, ist lang und gefährlich, die Flucht schweißt sie zusammen. Sie lernen, einander zu vertrauen – und verlieben sich. Eine junge weiße Frau und ein schwarzer Mann im südlichen Afrika um 1900. Ist die Zukunft, von der Henrietta träumt, tatsächlich möglich?

»Der Roman über Rassismus, Glauben und die erste große Liebe in der Zeit um 1900 fesselt von der ersten bis zur letzten Seite.« Rheinische Post

GINA
MAYER

IM LAND DES REGENGOTTES

ROMAN

atb aufbau taschenbuch

FSC
www.fsc.org
MIX
Papier aus verantwortungsvollen Quellen
FSC® C083411

ISBN 978-3-7466-2918-6

Aufbau Taschenbuch ist eine Marke der Aufbau Verlag GmbH & Co. KG

1. Auflage 2013

Die Originalausgabe erschien 2011 unter dem Titel
»Die Wildnis in mir« im Thienemann Verlag GmbH

Umschlaggestaltung Mediabureau Di Stefano, Berlin
unter Verwendung eines Motivs von plainpicture/Design Pics und
Joana Kruse/arcangel Images
Druck und Binden CPI – Clausen & Bosse, Leck
Printed in Germany

www.aufbau-verlag.de

Denn er hat seinen Engeln befohlen über dir, dass sie dich behüten auf allen deinen Wegen, dass sie dich auf Händen tragen und du deinen Fuß nicht an einen Stein stoßest. Auf Löwen und Ottern wirst du gehen und treten auf junge Löwen und Drachen. *(Psalm 91, 9–13)*

1

Ich frage mich oft, was geschehen wäre, wenn ich meiner Mutter den zweiten Brief nicht gegeben hätte. Wenn ich ihn in kleine Stücke zerrissen oder verbrannt hätte. Vielleicht wären wir dann heute noch Kohlstraßer und meine Mutter wohnte immer noch in unserem kleinen Fachwerkhaus mit der grauen Schieferfront und den grünen Fensterläden. In Elberfeld im Wuppertal. Ich wäre wahrscheinlich schon verheiratet wie Trude, ein Kind und das zweite unterwegs.

Vermutlich wäre Mutter noch am Leben.

Wenn ich den Brief damals weggeworfen hätte.

Sie hat sich nur meinetwegen auf die Sache eingelassen. Wegen dieser dummen Lügengeschichte, die ich ihr damals aufgetischt hatte. Sie muss nächtelang wach gelegen und darüber nachgegrübelt haben, ob wir es tun sollten. Oder lieber nicht.

In der einen Waagschale lag die Kohlstraße.

In der anderen lag ich. Meine Zukunft, mein Schicksal. Ich wog ganz offensichtlich schwerer, deshalb sind wir aufgebrochen.

Die Kohlstraße? Ihre Zukunft? Ihr Schicksal? Wer soll denn einen solchen Wirrwarr verstehen, würde Fräulein Hülshoff jetzt bestimmt fragen, wenn sie diese Zeilen lesen könnte. Warum erzählen Sie nicht alles hübsch ordentlich der Reihe nach?

Als ob das so einfach wäre. Mein Leben, hübsch der Reihe nach. Aber gut, ich will es zumindest versuchen.

Meine Geschichte beginnt am 27. Oktober 1899. An dem Morgen, als der zweite Brief kam.

»Schon wieder Post aus Afrika«, sagte Jupp, unser Postbote, der die Briefe am liebsten nicht nur ausgetragen, sondern gleich gelesen hätte, aber das verboten ihm seine Ehre und das preußische Postrecht.

»Na so was«, sagte ich und versuchte, dabei so gleichgültig auszusehen, als wäre ein Brief aus Afrika für mich wirklich ganz alltäglich. Als er weg war, schnupperte ich an dem Umschlag. Man müsste doch irgendetwas riechen! Etwas Süßes, Scharfes, Würziges, Blumiges, Wildes oder Exotisches. Einen Hauch von Afrika. Aber das Kuvert roch nur nach Papier.

Ich schloss die Augen und stellte mir eine weite Steppe vor, über die weich der Wind wogte. Zwei Giraffen ästen im Grasmeer. Dahinter ein Löwe, der zum Sprung ansetzte. Die Luft zitternd vor Hitze.

»Jette!«

Die Stimme meiner Mutter hallte durch die afrikanische Steppe. Die Giraffen schreckten auf und galoppierten davon. Der Löwe verschwand im Nichts.

Ich machte die Augen wieder auf. »Ich komme ja schon.«

Die Nähstube lag im Dämmerlicht wie eine Höhle. Hinter Wäsche- und Kleiderbergen saß meine Mutter am Fenster, über eine Damenbluse gebeugt. Die Nadel in ihrer Hand tauchte in den weißen Stoff ein und ein paar Millimeter dahinter wieder auf, ein, auf, ein, auf, ohne dass meine Mutter den Faden zwischendurch straffte. Erst am Ende würde sie alles festziehen, eine perfekte Linie aus gleich langen Stichen. Wie der weiße Scheitel, der sich durch ihr straff nach hinten gekämmtes Haar zog.

»Da ist wieder ein Brief aus Afrika gekommen.«

Wie ich mir wünschte, dass sie aufgeregt aufgesprungen wäre! *Was, aus Afrika, gib sofort her!* Aber stattdessen – keine Regung. Sie hob nicht einmal den Kopf. Die Nadel tauchte in den Stoff, auf und ein, auf und ein.

»Leg ihn dorthin.« Ein kurzes Nicken zu einem Stapel zerrissener Hosen, das war alles.

»Willst du ihn nicht lesen?« *Bitte, bitte, lies ihn mir vor.*

»Später.«

»Aber es ist bestimmt …« *Wichtig,* wollte ich noch hinzufügen, aber jetzt sah sie mich doch an. Ihre dunklen Augen glitzerten gefährlich wie die der Katze auf dem Kratzkopp, wenn man ihr eine halb tote Maus wegnimmt, mit der sie gerade spielt.

»Wenn du nichts zu tun hast, kannst du mir helfen. Nimm dir eine Stopfarbeit und setz dich zu mir.« Ihre Stimme war ganz leise und ruhig. Aber davon durfte man sich nicht täuschen lassen. Wenn ich jetzt nicht höllisch aufpasste, würde ich die nächsten Stunden damit verbringen, Socken zu flicken, noch einen und noch einen und noch einen, aber egal, wie viele man stopfte, der Sockenkorb neben der Tür wurde niemals leerer.

»Frau Künstner wollte, dass ich noch bei ihr vorbeikomme«, rief ich.

Ihre Augen bohrten sich in meine, es tat richtig weh. Ich senkte den Blick. »Meinetwegen. Aber halt dich nicht zu lange auf. Ich brauche deine Hilfe hier, sonst schaffe ich die Aufträge nicht.«

Ich warf einen letzten sehnsüchtigen Blick auf den Briefumschlag, der weiß und verheißungsvoll zu mir herüberleuchtete. Wenn ich doch nur wüsste …

»Ich dachte, du hast es so eilig?«, fragte meine Mutter scharf.

»Ich bin ja schon unterwegs!«

Und das war ich dann auch.

Der erste Brief aus Afrika war ein paar Wochen zuvor angekommen. Meine Mutter hatte ihn ebenfalls wortlos entgegengenommen, ohne eine Miene zu verziehen.

»Wer schreibt dir denn da?«, hatte ich sie damals gefragt.

»Ein Bekannter.«

»Aus Afrika? Wen kennst du denn in Afrika? Und was will er von dir?«

»Nichts von Belang.«

Nichts von Belang. Als ob einer einen Brief durch die halbe Welt schicken würde, wenn er nichts wirklich Wichtiges mitzuteilen hätte.

»Nun erzähl schon! Bitte!«

»Hast du nichts zu tun?«

Das war die Frage, die fast alle unsere Gespräche beendete.

Bevor ich ihr den Brief übergeben hatte, hatte ich ihn mir natürlich ganz genau angesehen. Das Papier war recht grob, aber blütenweiß. Der Absender stand in einer kleinen, präzisen Handschrift auf der Rückseite.

Immanuel Freudenreich
Missionsstation Bethanien
Groß-Namaland
Deutsches Schutzgebiet Südwestafrika

Allein diese Worte:

Freudenreich

Groß-Namaland

Afrika

Das klang so fantastisch, so märchenhaft.

Was dieser Freudenreich nur von meiner Mutter wollte? Bettelbriefe von Missionaren aus aller Welt waren ja nun keine Seltenheit bei uns. Die Missionsschüler kannten Elberfeld und die Kohlstraßer kannten sie besonders gut. Denn in der Kohlstraße lag die Kohlstraßenkapelle, in der die Missionszöglinge Sonntagsschule hielten und die älteren Jugendlichen im Missionsgesangverein oder im Jungfrauenverein sammelten.

Die meisten von ihnen hielten den Kontakt zur Gemeinde aufrecht, wenn sie später als Missionare in aller Herren Länder ihren Dienst taten. Denn auf uns Kohlstraßer war Verlass, wenn es darum ging, nach einem Erdbeben, einer Missernte oder einer Flut Geld für die armen Heidenkinder und ihre Familien zu sammeln. Ob die kleinen Negermädchen Schürzen brauchten oder für die Eskimojungen Mützen und Fäustlinge gestrickt werden mussten, die Kohlstraßer halfen mit Feuereifer.

Aber meine Mutter hatte noch nie einen solchen Bittbrief erhalten. Alle wussten schließlich, dass unser Geld kaum für uns selbst ausreichte. »Zum Leben zu wenig, zum Sterben zu viel«, sagte Hedwig vom Lieberhäuschen mit einer gewissen Verachtung in der Stimme, wenn wir wieder einmal die Kartoffeln nicht bezahlen konnten und anschreiben lassen mussten.

Geld konnte es also nicht sein, was dieser Missionar von uns wollte. Aber was dann?

Sosehr ich auch darüber nachgrübelte, ich fand einfach keine Erklärung dafür.

Wenn ich heute an die Kohlstraße zurückdenke, erscheint mir alles grün. Ich sehe die großen Gärten, in denen Salat, Kohl, Spinat und Möhren in schnurgeraden Reihen wachsen. Beerensträucher, Holunderbüsche, Brombeergestrüpp, Obstbäume am Straßenrand. Wiesen und Felder, die sich daran anschließen, dahinter der Wald. Grün sind die Fensterläden der Fachwerkhäuser und der Kohlstraßenkapelle, die nicht wie eine Kirche, sondern wie eine Bauernkate aussieht. Das Backes hinter unserem Haus ist von glänzend grünem Efeu überwuchert.

Nur die Kohlstraße selbst ist ein graues Band, das sich durch das unbändige Grün schlängelt. Zwischen den einzelnen Pflastersteinen drängen jedoch Grashalme und Unkraut ans Tageslicht, als wollten sie Besitz von der Straße ergreifen.

Aber meine Geschichte beginnt ja im Herbst. Die Bäume hatten bereits ihre Blätter verloren, die kahlen Äste und Zweige sahen aus, als habe sie ein kleines Kind mit einem Stück Kohle an den Himmel gekritzelt. Mein Mantel war zu klein, sosehr ich die Ärmel auch nach unten zerrte, so weit ich den Kragen nach oben schlug, der frostige Wind zog doch überall herein.

»Verdammtes Mistwetter«, hörte ich Rudolf schimpfen, als ich auf dem Kratzkopp ankam. Auf dem Kratzkopp, so hieß der Hof der Künstners. Er gehörte zur Kohlstraße, obwohl er an einem Feldweg abseits der Straße lag, eine gute Viertelstunde von uns entfernt. Rudolf war einer der Knechte, der an diesem Nachmittag vor dem Stall saß und rostige Nägel gerade schlug. Rudolf war mir nicht geheuer, weil er immer hässlich fluchte, sobald kein Erwachsener in der Nähe war. Außerdem sah er einen so komisch an, wenn man an ihm vorbeiging.

Ich beschleunigte meine Schritte und hörte ihn hinter mir lachen – »Hehehe!« – wie ein alter Ziegenbock.

»Was willst *du* denn jetzt hier?« Das war Rosa, die Köchin. Köchinnen stellt man sich immer dick, gemütlich und rotbäckig vor, aber Rosa war groß, dürr und verschrumpelt wie ein alter Apfel. Sie stand in der offenen Küchentür, die Hände in die Hüften gestemmt.

»Ich sollte doch die alten Kleider abholen. Frau Künstner hat uns gesagt, dass wir sie haben können.« Eine mildtätige Gabe von der Großbäuerin für die arme Witwe und ihre Tochter. Meine Mutter würde die Sachen waschen und ausbessern, alles, was noch einigermaßen in Ordnung war, würde sie verkaufen, der elende Rest bliebe dann für uns übrig.

»Wann hat sie dir das denn erzählt? Ich weiß nichts davon.«

»Gestern in der Kirche.« War ich etwa ganz umsonst hierhergekommen? Egal, alles war besser, als meiner Mutter beim Strümpfestopfen zu helfen.

»Die Sachen liegen oben in der Kammer«, krächzte die Bäuerin, die jetzt hinter Rosa auftauchte, beide Hände auf ihren Gehstock gestützt. »Minnie hat sie gleich gestern aussortiert. Pack sie dem Mädchen zusammen, Rosa.«

»Vergelt's Gott.« Ich knickste, aber Frau Künstner hatte sich schon wieder abgewandt. Ich mochte sie nicht, obwohl sie uns ständig mit mildtätigen Gaben bedachte. In unserem Küchenbüffet stand ein Sammelsurium an angeschlagenen

Tassen, die sie uns geschenkt hatte. Und Teller in allen Mustern und Formaten. Was sie nicht mehr brauchte, gab sie an uns weiter.

»Sie schenkt uns ihren wertlosen Plunder und hofft, dass sie sich dadurch einen Platz im Himmel sichert«, hatte ich einmal zu Mutter gesagt, die daraufhin ganz außer sich geraten war. Niemals dürfe ich so etwas auch nur denken, hatte sie mich beschworen, Frau Künstner sei eine herzensgute Seele und eine gute Christin, der wir viel zu verdanken hätten. Wenn nur alle so gut wären wie sie.

Aber mir persönlich war Rosa lieber, die mir jetzt mürrisch den Sack mit den alten Kleidern reichte. Bei ihr wusste man wenigstens genau, woran man war.

»Hinter dem Schuppen liegen Kartoffeln«, meinte sie. »Die müssen in den Verschlag geschaufelt werden und eine Stiege davon brauche ich hier in der Küche.« Sie streckte mir den Korb hin. »Eine Hand wäscht die andere.«

»Zu Befehl«, sagte ich, aber diesmal knickste ich nicht, sondern schlug die Hacken zusammen wie ein Soldat.

Ihre Augen wurden ganz schmal. Sie überlegte offensichtlich, ob ich mich über sie lustig machte, aber ich verzog keine Miene.

Der Berg Kartoffeln hinter dem Schuppen reichte fast bis zum Dach. Es würde eine gute Stunde dauern, bis das alles ins Vorratslager und von dort in den Holzkasten geschafft wäre. Keine Leistung ohne Gegenleistung, so war Rosa.

Wenn es nach mir gegangen wäre, hätte ich den Sack mit den Kleidern einfach liegen lassen und wäre nach Hause gegangen. Sollte Rudolf sich doch darum kümmern oder Rosa selbst. Aber es ging nicht nach mir.

»In der Not schmeckt jedes Brot«, sagte meine Mutter immer. »Wir können es uns wahrlich nicht leisten, die zu verärgern, die gut zu uns sind.«

Also biss ich die Zähne zusammen und machte mich an die Arbeit. Ich hievte die Kartoffeln mit der Schaufel in die Schubkarre, bis sie fast überquoll, dann wuchtete ich sie in den Stall und begann, wieder zu schaufeln. Nach ein paar Minuten spürte ich die Kälte nicht mehr, sondern war schweißgebadet.

Während ich arbeitete, wartete ich die ganze Zeit darauf, dass Rudolf auftauchte, mich lüstern anstierte und dabei sein Ziegenbocklachen lachte. Ich legte mir vorsorglich ein paar Sätze zurecht, die ich ihm an den Kopf werfen konnte. Das lenkte mich zumindest von den Blasen ab, die sich in meinen Handinnenflächen bildeten. Und als er dann wirklich kam, war ich vorbereitet.

Ich hatte die Schubkarre gerade wieder angehoben, da hörte ich ihn hinter mir durch die Zähne pfeifen. »Das ist doch nun keine Arbeit für ein zierliches Frauenzimmer«, fing er an.

Ich ließ die Karre los und fuhr herum. »Lass mich bloß in Ruhe!«, zischte ich ihn an, worauf er vor Schreck einen Sprung nach hinten machte.

Und ich auch. Es war nämlich gar nicht Rudolf, es war Bertram Strate.

Bertram Strate war ebenfalls ein Kohlstraßer und der Neffe der Bäuerin. Seinem Vater gehörte der Hof an der Sockel, der allerdings nicht halb so groß war wie der von Frau Künstner. Wie die meisten Leute an der Kohlstraße lebten auch die Strates von der Heimweberei und betrieben die Landwirtschaft nur nebenher. Nachdem er im Sommer die Oberschule abgeschlossen hatte, half Bertram oft auf dem Kratzkopp aus.

Seit sie verwitwet war, schaffte es die alte Frau nicht mehr allein, aber sie war zu geizig, einen Verwalter oder auch nur einen weiteren Knecht einzustellen. Im Gegensatz zu Rudolf war Bertram nicht aufdringlich und ich hatte ihn auch noch nie fluchen gehört. Ich fand ihn auch kein bisschen widerlich. Er war ziemlich groß, mit kräftigen, breiten Schultern, einem ebenmäßigen Gesicht, hohen Wangenknochen und Segelohren. Wenn die Ohren nicht gewesen wären, hätte er vermutlich wie ein junger griechischer Gott ausgesehen, der aus dem Olymp ausgerechnet in die pietistische Kohlstraße herabgestiegen war. Aber die abstehenden Ohren machten ihn wieder zu einem Menschen.

»Es tut mir leid«, sagte er betreten. »Ich wollte dir nicht zu nahe treten.«

»Nicht doch!« Nun machte ich wieder einen Schritt auf ihn zu. »Ich dachte, du wärst … ist ja auch egal.«

»Soll ich dir helfen?«, erkundigte er sich.

»Das wäre furchtbar freundlich.« Ich schlug die Augen zu Boden. So machten es die sittsamen Mädchen in den Romanen, die ich mir sonnabends immer in der Gemeindebücherei auslieh. Meistens erröteten sie dabei auch noch, aber das schaffte ich nicht, obwohl ich immer noch schwitzte.

Er streckte mir seine Hand entgegen. Ich wollte sie gerade nehmen, als mir bewusst wurde, dass er nach der Schaufel griff.

»Hat dir das die Alte aufgetragen?«, fragte er, nachdem er sämtliche Kartoffeln ins Lager verfrachtet hatte, so mühelos, als wäre es ein Bündel Heu.

»Rosa. Sie überlassen uns die alten Kleider und dafür lässt sie uns mit anpacken.« Ich zuckte mit den Schultern. *In der Not schmeckt jedes Brot.*

Er nickte, dann holte er seine Pfeife aus der Tasche und zündete sie an. Er sog nachdenklich an dem Mundstück und sah mich dabei an. Für gewöhnlich gefiel es mir überhaupt nicht, wenn man mich so anstarrte. Aber bei Bertram störte es mich nicht. Im Gegenteil.

Zum Abendbrot gab es Milchsuppe mit Brocken. Das Klirren unserer Löffel am Tellerrand klang wie leises Glockenläuten. Ich überlegte, wie ich das Gespräch möglichst schnell und gleichzeitig unauffällig auf den Brief bringen konnte. In der Zwischenzeit hatte ihn meine Mutter bestimmt gelesen. Ob sie mir nun verraten würde, was dieser Missionar ihr geschrieben hatte?

»Bist du gut vorangekommen mit … äh … deiner Arbeit?«

Meine Mutter nickte geistesabwesend, dann legte sie ihren Löffel auf den Tisch und schob den Teller von sich, obwohl er noch halb voll war. Sie sah mich sehr ernst an.

Ich hatte plötzlich das Gefühl, dass mein Herz zu hecheln begann wie der Hund von Förster Bolender, wenn man ihm ein Stück Wurst hinhält.

»Es gibt Neuigkeiten«, sagte sie

Gute? Oder schlechte? Ihr Gesicht verriet nichts. Mein Herzschlag beschleunigte sich. Ein Erbonkel, dachte ich. Der Missionar hatte einen unbekannten Vorfahr ausfindig gemacht, den sein Schicksal nach Afrika verschlagen hatte, wo er es zu unermesslichem Reichtum gebracht hatte. Jetzt war er verstorben und wir als seine einzigen Hinterbliebenen sollten sein Vermögen erben.

»Frau Künstner hat gestern nach der Kirche mit mir gesprochen«, erklärte meine Mutter.

Frau Künstner? Ich war verwirrt. Was hatte die alte Bäuerin mit dem Brief zu tun?

»Wegen der Kleider? Die hab ich doch bereits geholt.«

»Wegen einer anderen Sache.« Meine Mutter griff nach der Serviette und wischte sich umständlich den Mund ab. »Sie möchte, dass … sie braucht noch jemanden auf dem Hof.«

Aber sie wollte kein Geld dafür ausgeben. Das war mir bekannt. »Und?«

»Sie hat mir angeboten, dass ich dich schicken kann.«

»Bitte was?« Mich? Auf den Kratzkopp? »Was soll ich denn da?«

»Mit anpacken natürlich. Im Haus und auf dem Feld.«

»Ich verstehe nicht.« Aber ich verstand sehr wohl. Ich sollte als Dienstmädchen auf den Kratzkopp ziehen. Das war es, was mir meine Mutter mitteilen wollte.

»Nein«, sagte ich tonlos.

»Jette«, sagte meine Mutter. »Wir haben kein Geld. Ich tue, was ich kann, und du bist ein fleißiges Mädchen, aber es reicht nicht zum Leben. Auf dem Kratzkopp bekommst du Kost und Logis und dazu noch Lohn. Ich weiß mir keinen anderen Rat.«

»Aber es ist doch nicht mehr lang. Können wir die Zeit bis zum Sommer nicht irgendwie überbrücken?« Denn im nächsten Sommer sollte ich nach Elberfeld ziehen und meine Ausbildung am Lehrerinnenseminar beginnen. So war es abgemacht. Ich hatte mir den schnellsten Lehrgang ausgesucht, drei Jahre, danach könnte ich an einer Elementarschule unterrichten, obwohl ich viel lieber vier oder fünf Jahre studiert hätte, um die Lehrerlaubnis für eine höhere Töchterschule zu erlangen.

Aber das war undenkbar. Viel zu teuer. Vierzig Reichsmark betrug das Schulgeld am Seminar im Jahr, das konnte meine Mutter unmöglich aufbringen. Das wollte sie vor allem auch gar nicht aufbringen. Im Gegensatz zu meinem Vater, dem es stets ein Herzensanliegen gewesen war, dass ich Lehrer werden sollte wie er selbst, gefiel meiner Mutter diese Vorstellung ganz und gar nicht. »Im Grunde ist es doch hinausgeworfenes Geld«, meinte sie immer. »Kaum bist du fertig mit dem Seminar, wirst du heiraten und Kinder kriegen und was nützt das Ganze dann?«

Zum Glück hatte mein Vater den Betrag für die Grundausbildung bereits angespart, bevor er vor zwei Jahren an einem Krebsgeschwür gestorben war.

»Bitte, Mutter«, flehte ich jetzt. »Ich will dir auch noch mehr helfen als bisher. Ich tu alles, was ich kann, wenn ich nur nicht auf den Kratzkopp muss.«

Meine Mutter sah mich nur an, und obwohl sie immer noch keine Miene verzog, begann die Botschaft langsam, ganz langsam in mich einzudringen und verschaffte sich Raum in mir. Bis ich begriff. Es ging nicht nur um die Zeit bis zum nächsten Sommer. Es ging um viel mehr.

»Wir haben das Schulgeld für das Seminar doch bereits angespart«, flüsterte ich.

Meine Mutter biss sich auf die Unterlippe.

»Vater hat es für mich angespart«, wisperte ich. »Oder?«

»Es ging nicht anders, Jette«, gab meine Mutter ebenso leise zurück, dabei gab es gar keinen Grund zu flüstern, wir waren doch allein. »Wenn ich das Geld nicht genommen hätte, wären wir verhungert. Dein Vater hat uns eine Menge Schulden hinterlassen und …«

Ich wollte das nicht hören. Mein Vater hatte Geld für mich

zurückgelegt, bevor er gestorben war. Für mich allein, nur für mich, aber meine Mutter hatte das Geld genommen. Sie hatte es mir gestohlen.

»Du hattest kein Recht dazu!«, schrie ich und sprang auf. Mein Stuhl kippte nach hinten und knallte zu Boden. Meine Mutter schlug die Hände vors Gesicht. Ich rannte aus der Küche.

Damals wusste ich noch nicht, was in dem zweiten Brief stand.

Ich legte mich in mein Bett und zog die Decke über den Kopf. Als Mutter kurz darauf hereinkam, tat ich, als ob ich schliefe, weil ich nicht mit ihr reden wollte. Ich war so wütend. Sie legte sich in ihr Bett, das nur ein paar Meter von meinem entfernt war. An ihrem Atem konnte ich hören, dass sie ebenfalls keinen Schlaf fand.

Als mein Vater noch lebte, hatten wir zu dritt am unteren Ende der Kohlstraße im Schulhaus gewohnt, aber nach seinem Tod kam ein neuer Lehrer und wir mussten ausziehen. Damals hatte meine Mutter das kleine Häuschen in der Nähe der Kapelle angemietet, in dem wir heute wohnten. Im unteren Stockwerk lagen die Küche, unsere gemeinsame Schlafkammer und die Nähstube meiner Mutter, die obere Etage hatten wir an einen Junggesellen aus Remscheid untervermietet, der im Bayer-Werk arbeitete.

»Denk doch einmal nach«, sagte meine Mutter nach einiger Zeit in die Dunkelheit hinein. »Du hättest es gut auf dem Kratzkopp. Besser als die anderen Mädchen. Du bekommst deine eigene Kammer im Haus, der Sonntag ist frei und dazu noch ein weiterer Nachmittag in der Woche. Pastor Krupka meint, dass es ein durchaus großzügiges Angebot ist.«

So war das also. Noch bevor meine Mutter mir auch nur ein Sterbenswörtchen von ihren Plänen erzählt hatte, hatte sie schon mit Pastor Krupka gesprochen. Und er billigte das Angebot. Damit war die Sache ja wohl entschieden.

Denn in der Kohlstraße herrschte nicht wie im Rest des Deutschen Reiches der deutsche Kaiser, sondern der Pastor. Er entschied, was gemacht wurde und was man besser unterließ. Schließlich kannte er sich ja auch am besten in der Bibel aus und wusste somit immer ganz genau, wie Gottes Wille in einer bestimmten Angelegenheit aussah.

Ich drehte mich vom Rücken auf die Seite, das Gesicht zur Wand.

Vor meinen geschlossenen Lidern tauchte Frau Künstner auf. »In der Not schmeckt jedes Brot«, krächzte sie mit ihrer brüchigen Altweiberstimme.

Ich faltete meine Hände unter der Bettdecke. Lieber Gott, betete ich stumm. Hilf mir bitte, dass ich nicht auf den Kratzkopp muss. Lass mich aufs Lehrerinnenseminar gehen, ich will alles dafür geben, eine gute Lehrerin zu werden.

Danach lauschte ich in die Stille unserer Schlafkammer. Ich hörte meine Mutter flach und schnell atmen. Von Gott kam keine Antwort. Er war wohl wieder einmal mit wichtigeren Dingen beschäftigt.

2

Am 1. Dezember 1899 sollte mein Leben als Dienstmagd auf den Hof am Kratzkopp beginnen. »Das ist sehr freundlich von Frau Künstner«, fand Rosa. »Im Dezember sind die Rüben gehäckselt, die Felder gepflügt und der Winterweizen ausgebracht. Dann beginnt die faule Zeit.« Sie verzog das Gesicht. Wenn es nach ihr gegangen wäre, wäre ich bestimmt noch im Oktober auf den Hof gezerrt und zur Arbeit getrieben worden. Aber es ging nicht nach Rosa, sondern nach Pastor Krupka, der Frau Künstner empfohlen hatte, mich in der ruhigen Adventszeit aufzunehmen. »Damit das Mädchen ein bisschen Zeit hat, sich an die Abläufe zu gewöhnen.«

Das wusste ich vom Pastor selbst. Er hatte uns nämlich am Sonntagnachmittag besucht. Nachdem er lange mit Mutter geredet hatte, trat er zu mir, legte mir seine Hand auf die Schulter und sah mich ernst und durchdringend an. Sein mächtiger Kinnbart zitterte leicht, als wäre ihm kalt. Es war ein bisschen wie damals, als Vater gestorben war. »Es ist das Beste für dich«, erklärte er. »Die Witwe Künstner ist eine fromme Frau, die sich gut um dich kümmern wird. Und für deine Mutter ist es eine große Erleichterung.«

Noch war es nicht Dezember, noch wohnte ich mit Mutter in unserem kleinen Häuschen. Aber Frau Künstner ließ mich jetzt schon jeden Tag antanzen, um bei der Ernte, in der Küche oder im Stall zu helfen. Manchmal gab sie mir hinterher ein paar Groschen dafür, meistens nicht.

Heute sollte ich Seile aus langen Roggenhalmen knüpfen.

Bertram half mir dabei, obwohl es eigentlich eine Frauenarbeit war.

»Du hättest es schlechter treffen können«, sagte er. Er rollte ein fertiges Seil zu einem Knäuel, legte es zu den anderen Bündeln und griff nach neuen Halmen. Er arbeitete und rauchte zugleich. Aus seinem Mundwinkel quollen in regelmäßigen Abständen weißgelbe Rauchwolken, als wäre er eine Maschine, die Dampf abließ. »Immerhin behandeln sie die Mädchen hier anständig.«

»Wenn man einmal von Rudolf absieht«, murmelte ich halblaut.

»Was ist mit Rudolf?«, fragte Bertram sofort. »Hat er dir etwas getan?«

»Nein.« Rudolf guckte nur immer so komisch und lachte sein Ziegenbocklachen, aber das konnte man ihm schwerlich zum Vorwurf machen.

»Wenn er dir zu nahe tritt, sagst du mir Bescheid, hörst du?«

Diese Besorgnis in Bertrams Stimme. Ich musste dreimal tief ein- und wieder ausatmen, bevor ich mich mutig genug fühlte, ihm die nächste Frage zu stellen. »Warum tust du das, Bertram? Warum setzt du dich so für mich ein?«

Er zog nachdenklich an seiner Pfeife. »Weil das alles nicht richtig ist«, sagte er dann. »Du bist keine Dienstmagd, Henrietta.«

Henrietta. Alle Welt rief mich Jette, nur Bertram nannte mich Henrietta. Das gefiel mir. Jette, das klang wirklich nach einem Dienstmädchen, Henrietta hörte sich dagegen nach einem der Mädchen aus den Romanen aus der Leihbibliothek an. Eine junge, schöne Heldin, die sich allen Schwierigkeiten und Widrigkeiten zum Trotz durchs Leben schlägt und am Ende der Reise erwartet sie das Glück. Meist in Gestalt eines liebenden, treu sorgenden Mannes.

Bloß schade, dass mein Leben kein Roman war.

»Geld regiert die Welt«, sagte ich.

Bertram und ich hoben gleichzeitig den Kopf und sahen einander an. »Wenn ich könnte, würde ich …«, begann Bertram. Dann unterbrach er sich mitten im Satz, nahm seine Pfeife aus dem Mund und starrte in den glühenden Pfeifenkopf, als habe er so etwas noch nie zuvor gesehen.

Was würdest du? Ich wartete darauf, dass er weitersprach, aber er nickte nur, als wüssten wir beide ganz genau, was er meinte.

Bertram Strate.

Ich kannte ihn, seit wir als kleine Kinder zusammen Fangen und Verstecken gespielt hatten. Dann war er aufs Gymnasium nach Barmen gegangen und ich auf die Volksschule nach Elberfeld. Als wir uns im letzten Sommer auf dem Kratzkopp wiedergetroffen hatten, sah Bertram aus wie ein griechischer Gott und ich wie ein Indianer mit blonden Zöpfen. Ich hatte mir nämlich bei der Heuernte das Gesicht und die Arme verbrannt.

Er erkannte mich zuerst nicht wieder. »Die kleine Jette«, sagte er lachend, als ich mich ihm vorstellte. Danach nannte er mich nur noch Henrietta. »Das passt viel besser zu dir«, erklärte er, woraufhin ich noch röter wurde.

Nach dem Nachmittag auf der Tenne fragte ich mich ununterbrochen, was Bertram mir hatte sagen wollen.

Wenn ich könnte, würde ich … was? Dich heiraten?

Unsinn, ich war erst sechzehn, viel zu jung, um über solche Dinge nachzudenken. Aber andererseits. Meine Freundin

Trude war nur eineinhalb Jahre älter als ich und dennoch hatte sie sich vor ein paar Monaten mit Hans Schleifer verlobt. Im nächsten Sommer würden sie heiraten und Trude würde aus ihrem Elternhaus am unteren Ende der Kohlstraße auf den Schleifer-Hof ans obere Ende der Straße ziehen. Aus Trude Emmerling würde dann Frau Hans Schleifer.

Wie sonderbar das klang. Aber Frau Bertram Strate klang noch viel sonderbarer.

Es klang geradezu absurd. Was stellte ich mir überhaupt vor, fragte ich mich selbst. Bertram würde die Kohlstraße in Kürze wieder verlassen, um nach Aachen zu ziehen. Weil er das Realgymnasium mit so außerordentlich guten Leistungen abgeschlossen hatte, sollte er an der Technischen Hochschule Ingenieurwesen studieren.

Ein Hochschulstudent und eine Dienstmagd, das passte schlecht zusammen. Um genau zu sein, passte es gar nicht zusammen.

Meine Mutter war so schweigsam in diesen Tagen. Heute weiß ich, dass ihr Freudenreichs Brief im Kopf herumging. Die Entscheidung, die ihr Leben letztendlich beenden würde.

Ich selbst hatte den Brief aus Afrika fast vergessen. Ich war viel zu beschäftigt damit, mit meinem ungerechten Schicksal zu hadern. Und darüber nachzugrübeln, ob es nicht doch noch einen Weg aufs Lehrerinnenseminar gäbe.

Ich musste als Erstes versuchen, Pastor Krupka auf meine Seite zu bringen. Aber genau wie meine Mutter hielt der Pastor überhaupt nichts von Frauen, die nach einer Ausbildung und weltlichem Einfluss strebten, anstatt ihrem Mann die Strümpfe zu stopfen und ihren Kindern die Nase zu putzen.

»Jetzt erscheint es dir vielleicht verlockend, vor einer

Schulklasse zu stehen und Lob und Tadel zu verteilen«, hatte er mir vor zwei Jahren schon erklärt, als er von meinen Plänen erfahren hatte. »Aber ich kann dir versichern, dass du es bald müde sein wirst. Eine Frau strebt nach einer Familie, sie braucht eigene Kinder, die sie erziehen kann. Aber nach der langen Seminarzeit sind die meisten Mädchen zu alt zum Heiraten und Kinderkriegen. Da sitzen sie dann mit fremder Leute Nachkömmlingen und weinen sich die Augen nach eigenen Kindern aus.«

Mein Vater hatte nur gelacht, als meine Mutter ihm von den Bedenken des Pastors erzählt hatte. »Paperlapapp! Es hat noch keinem geschadet, etwas zu lernen. Und jeder Mann möchte doch lieber eine kluge Frau als eine, die nicht bis drei zählen kann.«

Mein Vater und der Pastor waren oft aneinandergeraten. Mein Vater hatte nämlich immer seinen eigenen Kopf gehabt und nicht nur das nachgeredet, was der Pastor ihm vorgab. Aber nun war er tot und das Geld, das er für meine Ausbildung zurückgelegt hatte, war ausgegeben.

Nun war ich auf mich selbst gestellt. Ich musste den Pastor und meine Mutter dazu bringen, mich nicht auf den Kratzkopp zu schicken. Und ich hatte auch schon eine Idee, wie ich das erreichen konnte. Es war Bertram, der mich darauf gebracht hatte. Die Besorgnis in seiner Stimme, als ich Rudolf erwähnt hatte. Um mein Ziel zu erreichen, musste ich die Wahrheit nur ein kleines bisschen verbiegen.

»Frau Künstner meint es ja gut mit mir«, teilte ich meiner Mutter zwei Tage vor meinem Umzug beim Abendessen mit. »Dennoch gibt es da etwas …« Ich unterbrach mich und spürte, wie ich vor lauter Nervosität rot wurde. Umso besser.

»Was?« Meine Mutter gähnte. Sie hatte am Vortag bis tief in die Nacht genäht, um beim ersten Morgengrauen aufzustehen und weiterzuarbeiten. Auch heute würde sie nach dem Abendessen gleich wieder in der Nähstube verschwinden.

»Nichts«, wich ich aus. »Es ist nicht so wichtig.« Das war die sicherste Taktik, um ihr Interesse zu wecken.

Sofort blickte sie mich misstrauisch an. »Nun sag schon. Was gibt es?«

»Rudolf«, sagte ich, scheinbar widerstrebend. »Er ist so …«, wieder unterbrach ich mich.

»Welcher Rudolf?«

»Der alte Knecht vom Kratzkopp.«

»Was ist mit ihm? Nun lass dir doch nicht jedes Wort aus der Nase ziehen!«

»Er sieht mich immer so an. Und redet seltsames Zeug. Und manchmal …« Bis jetzt befand ich mich noch auf dem Pfad der Wahrheit. Direkt daneben lag der Morast der Lüge. Es musste sein. Seid klug wie die Schlangen, hieß es schon in der Bibel. »Manchmal fasst er mich auch an.«

Meine Mutter sah mich erschrocken an, woraufhin mein Gesicht noch stärker zu glühen begann.

»Das kann doch nicht wahr sein«, murmelte sie und traf damit den Nagel auf den Kopf. Während ich verschämt die Augen senkte, stand sie auf. »Wie lange geht das schon?«, fragte sie mit zitternder Stimme.

»Schon eine Weile. Ein paar Wochen. Es ist mir so … widerlich.«

»Warum hast du nie etwas gesagt?«

Ich zuckte mit den Schultern. Meine Mutter schien auch keine Antwort zu erwarten. Eine Weile rannte sie im Zimmer auf und ab und rang die Hände, dann blieb sie wieder stehen und sah mich an. »Ich rede morgen mit Pastor Krupka. Er wird wissen, was zu tun ist.« Sie legte mir eine Hand auf den Kopf und zog sie sofort wieder weg, als habe sie sich an mir verbrannt. »Mach dir keine Sorgen.«

Dann verschwand sie in der Nähstube. Ich räumte den Abendbrottisch ab und fühlte ich mich auf einmal elend. Was würde geschehen, wenn der Pastor Rudolf zu meinen Vorwürfen befragte? Wem würde er glauben, Rudolf oder mir?

Mir natürlich. Ich war ein unbescholtenes Mädchen, Rudolf dagegen fluchte ständig, trank heimlich und fehlte jeden dritten Sonntag in der Kirche.

Dennoch. Ich hatte gelogen. Und Lügen war eine Sünde.

Es war ja gar keine richtige Lüge, versuchte ich, mir selbst einzureden. Rudolf sah mich ja wirklich immer lüstern an, es war nur eine Frage der Zeit, bis den Blicken Taten folgen würden. Und außerdem: Der Zweck heiligt bekanntlich die Mittel.

Gleich am nächsten Morgen ging meine Mutter mit mir nach Elberfeld zu Pastor Krupka, obwohl sich der Berg von Näharbeiten in unserem ehemaligen Wohnzimmer bis zur Decke türmte. Ich schwitzte vor Aufregung, weil ich befürchtete, dass mir der Pastor eine Fülle peinlicher Fragen stellen würde, aber die Sorge war unbegründet.

»In unsittlicher Weise?«, fragte er nur zögerlich, nachdem meine Mutter ihm erklärt hatte, dass Rudolf mich angefasst hätte.

Ich nickte hastig.

»Was sollen wir denn jetzt bloß tun?«, fragte meine Mutter.

Eine Weile betrachteten sie mich beide. Unschlüssig, ratlos, zweifelnd. Sollten sie mir glauben oder die Sache einfach unter den Teppich kehren? Das Blut rauschte in meinen Ohren. Was, wenn der Pastor die Sache nun zur Sprache brachte und sie mich danach trotzdem auf den Kratzkopp schickten? Frau Künstner würde Rudolf nie und nimmer entlassen, da war ich mir sicher. Trotz seiner abscheulichen Art arbeitete er hart und ausdauernd und vermutlich zahlte sie ihm nur einen lächerlichen Lohn, geizig, wie sie war. Auch in harten Zeiten wie diesen fanden sich solche Arbeitskräfte nur schwer. Vielleicht würde er sich hinterher für die Verleumdung an mir rächen …

»Wovon wollt ihr leben, wenn Jette nicht auf den Kratzkopp geht?«, fragte Pastor Krupka.

Meine Mutter schluckte, ich hörte es ganz deutlich, obwohl unsere Stühle ein ganzes Stück voneinander entfernt standen. Danach schickte sie mich aus dem Raum, weil sie allein mit dem Pastor reden wollte.

Ich stand in dem zugigen Flur des Pfarrhauses. An der gegenüberliegenden Wand hing ein Bild, auf dem Jesus mit seinen Jüngern über den stürmischen See Genezareth fuhr. Die Jünger schrien und rauften sich die Haare, Jesus aber schaute mit ruhigem Blick über ihre Köpfe hinweg, direkt in mein Gesicht.

Ich schauderte.

Dann kamen meine Mutter und der Pastor aus dem Raum. »Ich bin sicher, dass Gott dir den richtigen Weg weisen wird, Martha«, sagte der Pastor, der meine Mutter beim Vornamen nannte und duzte wie alle anderen Gemeindeglieder auch. »Und auch für dich wird er sorgen, Jette«, verabschiedete er sich danach von mir. »Wohin du auch gehst, so wird ER doch bei dir sein, vergiss das nur nicht.«

»Was hast du mit ihm besprochen?«, fragte ich meine Mutter auf dem Nachhauseweg.

Sie seufzte und antwortete nicht. Aber diesmal ließ ich nicht locker. Es ging um mein Leben, und wenn der Pastor nun schon darüber Bescheid wusste, dann wollte auch ich erfahren, wie es weiterging.

»Ich werde nicht schlafen gehen, bevor du es mir nicht erzählt hast«, sagte ich, als wir zu Hause waren.

Meine Mutter seufzte noch einmal. »Also gut«, meinte sie dann. »Es hat mit dem Brief zu tun, der neulich hier angekommen ist.«

Mein Herz schlug auf einmal laut und aufgeregt.

Am Anfang konnte ich es gar nicht glauben. Meine Mutter hatte vor, die Kohlstraße zu verlassen und nach Afrika überzusiedeln. Ausgerechnet meine furchtsame, ängstliche Mutter, die sich allein kaum aus dem Haus wagte!

»Missionar Freudenreich hat um meine Hand angehalten«, erklärte sie mir. »Und ich habe mich dazu entschlossen, sein Angebot anzunehmen.«

Sie sah mich nicht an, als sie das sagte, sondern hielt die Augen auf ihre gefalteten Hände gerichtet.

»Aber wie kommt dieser Mann denn ausgerechnet auf dich?«, fragte ich.

»Er stammt aus Elberfeld und kennt die Kohlstraße gut, er hat einst als Zögling sogar in der Kapelle Sonntagsschule gehalten. Nachdem nun seine erste Frau verstorben ist, hat er sich an Pastor Krupka gewandt, ob er ihm nicht eine Nachfolgerin für sie nennen könnte. Und Pastor Krupka war so freundlich, ihm meinen Namen und die Anschrift zu geben.«

»Also wusste der Pastor von den Briefen?«

»Nein.« Meine Mutter räusperte sich. »Ich habe ihm nicht erzählt, dass Missionar Freudenreich sich tatsächlich mit mir ... in Verbindung gesetzt hat.«

»Bis jetzt nicht. Aber gerade eben habt ihr darüber gesprochen.«

»Ja.«

»Und? Was sagt der Pastor dazu?«

»Ja«, sagte meine Mutter. »Er meint auch, dass es nicht die schlechteste Lösung ist. Es ist bestimmt besser, als wenn man dich oben auf dem Kratzkopp ...« Sie räusperte sich wieder.

Einen Moment lang war ich versucht, ihr alles zu gestehen. Dass ich mir nur ausgedacht hatte, dass Rudolf mich belästigte. *Heirate diesen Mann nicht, jedenfalls nicht meinetwegen.* Aber im letzten Augenblick biss ich mir auf die Zunge. Meine Mutter hatte die Ersparnisse ausgegeben, die mein Vater für meine Seminarausbildung zurückgelegt hatte. Ohne mich zu fragen, ohne mich zu informieren, hatte sie das Geld genommen. Da war es nur gerecht, dass nicht nur ich die Folgen dafür tragen würde. Ich hatte Gott angefleht, dass er mir ein Dienstbotenschicksal auf dem Kratzkopp ersparen möge – vielleicht war das ja nun seine Antwort. Eine Missionarsstation in Afrika.

Den ganzen restlichen Tag konnte ich nicht mehr aufhören, darüber nachzudenken. Ich erinnerte mich daran, dass wir die deutschen Kolonien und Protektorate in der Schule durchgenommen hatten. Deutsch-Südwestafrika lag fast am untersten Zipfel von Afrika, das wusste ich noch. Wir hatten auch über das Klima gesprochen, über die Eingeborenenstämme, die das Land ursprünglich besiedelt hatten, und über ihre Missionierung. Aber mir fiel beim besten Willen nicht mehr ein, was uns unser Lehrer darüber erzählt hatte. Ich hatte gar nicht richtig hingehört, die ganze Angelegenheit war viel zu weit weg gewesen.

Gleich am nächsten Tag gingen meine Mutter und ich zum Fotografen und ließen ein Porträt von uns anfertigen. Wie fremd wir beide auf dem Bild aussahen! Meine Mutter in ihrem schwarzen langen Sonntagskleid, das Haar unter dem Hut straff zurückgekämmt, die Hände vor dem Leib gefaltet, der Gesichtsausdruck ernst, fast finster. Ich hatte zumindest ein kleines Lächeln auf den Lippen. Ich trug mein hochgeschlossenes, schwarzes Konfirmationskleid, das mir an den Ärmeln zu eng und zu kurz geworden war, und dazu den dunklen Hut mit dem schwarzen Seidenband. Für den Fotografenbesuch hatte ich meine Zöpfe am Hinterkopf zu einem Dutt zusammengesteckt.

»Wie zwei Schwestern steht ihr da«, sagte der Fotograf, als wir einige Tage später die Abzüge abholten.

Und das lag nicht daran, dass meine Mutter so jung aussah, sondern daran, dass ich selbst so überaus erwachsen wirkte.

Das Bild gefiel mir, auch wenn ich mich darauf kaum wiedererkannte. Oder gerade deshalb. Ich machte mir allerdings Sorgen, ob Missionar Freudenreich nicht enttäuscht sein würde, wenn er mich *in natura* erblickte, mit meinen widerspenstigen Locken und den Sommersprossen, von denen auf dem Foto nichts zu sehen war.

Den einen Abzug schickte meine Mutter zusammen mit ihrem Antwortschreiben nach Afrika. Ich linste über ihre Schulter, kurz bevor sie den Brief in den Umschlag steckte. »*Nach innigem Gebet und unter dem gütigen Zuspruch von*

Pastor Krupka habe ich mich entschlossen, Ihren Antrag anzunehmen …«

»Was ist, wenn er es sich nun doch anders überlegt?«, fragte ich. »Vielleicht hat er ja inzwischen auch schon eine andere Frau gefunden?«

Meine Mutter sah mich so entgeistert an, als hätte ich etwas ungeheuer Unsinniges gesagt. »Was denkst du eigentlich von ihm?«

Ja, was dachte ich eigentlich von Freudenreich in jener Zeit in der Kohlstraße, bevor ich ihn wirklich kennenlernte?

Ich wusste ja rein gar nichts über ihn, also hielt ich mich an seinen Namen. *Freudenreich.* Das klang wirklich vielversprechend. Ich stellte mir ein freundliches, recht faltiges Gesicht vor, schließlich war meine Mutter mit ihren siebenunddreißig Jahren auch nicht mehr die Jüngste. Vermutlich war er ein bisschen sonderbar, wie die meisten Missionare, die die Kohlstraße besuchten. Vielleicht aß er kein Fleisch wie der chinesische Missionar, der vor ein paar Monaten bei uns gewesen war. Oder er gurgelte jeden Morgen mit Salzwasser wie der langbärtige Missionar aus Borneo.

An solche Eigenheiten konnte man sich aber gewöhnen. Wenn man dafür die Chance bekam, ein ganz neues Leben zu beginnen. Statt auf dem Kratzkopp Kartoffeln zu schälen und Wäsche zu plätten, würde ich endlich etwas von der Welt sehen. Und vielleicht konnte ich mir ja in Afrika sogar meinen Traum erfüllen und Lehrerin werden. Den Negerkindern war es doch bestimmt egal, ob man drei oder fünf Jahre oder vielleicht auch gar nicht aufs Lehrerinnenseminar gegangen war, solange man nur richtig lesen und schreiben konnte und sich einigermaßen in biblischer Geschichte und in Handarbeit auskannte.

Je länger ich darüber nachdachte, desto besser gefiel mir der Gedanke, der Kohlstraße Adieu zu sagen. Nur wenn mir Bertram in den Sinn kam, fühlte ich ein tiefes Unbehagen.

Ich hatte ihm noch nichts erzählt. Ich wollte es ihm auch nicht erzählen.

Es ist ja auch noch gar nicht sicher, dachte ich. Noch hat Missionar Freudenreich nicht geantwortet, noch wissen wir nicht mit Bestimmtheit, ob wir auch wirklich reisen. Und auch wenn Bertram mich manchmal mit nachdenklichen Blicken bedachte und Sätze begann, die er dann nicht zu Ende brachte, bedeutete das noch lange nicht, dass er irgendetwas für mich empfand.

Selbst wenn, dachte ich. Sobald Bertram einmal in Aachen wäre und dort studierte, würde er mich schneller vergessen, als die Kuh ihren Schwanz heben kann, wie Rosa immer sagte.

Der Montag war der 1. Dezember. Am Sonntagabend hätte ich in meine Kammer über dem Stall ziehen müssen, aber nach dem Gottesdienst am Morgen ging meine Mutter zu Frau Künstner und teilte ihr mit demütiger Stimme und gesenktem Blick mit, dass ich nun doch nicht kommen würde. »Uns stehen unvorhergesehene Veränderungen ins Haus«, sagte sie. »Ich brauche Jette jetzt daheim. Es tut mir wirklich außerordentlich leid.«

Frau Künstner verzog das Gesicht und schimpfte lange über die Unzuverlässigkeit der Leute im Allgemeinen und der Kohlstraßer im Besonderen, während meine Mutter neben ihr stand und auf ihre ausgetretenen Schuhe starrte. Als Frau Künstner endlich fertig war, versprach meine Mutter kleinlaut, mich auch in den nächsten Tagen auf den Hof zu schicken, damit ich Rosa in der Küche und bei der Wäsche helfen konnte. Das besänftigte Frau Künstner ein bisschen, weil sie dadurch das Geld für meinen Lohn sparte und mit einem warmen Mittagessen davonkam.

Rudolf und seine angeblichen Übergriffe erwähnte meine Mutter mit keinem Wort. Das erleichterte mich. Und ärgerte mich gleichzeitig. Warum schwieg sie die Angelegenheit nun tot?

»Ach, Jette. Wir kommen ihm ja doch nicht bei. Und am Ende fällt alles nur auf dich zurück«, seufzte sie, als ich sie auf dem Nachhauseweg darauf ansprach.

Als ich am nächsten Morgen auf dem Kratzkopp ankam, erwartete mich Bertram schon am Tor.

»Ist das wahr, was ich gehört habe?«, fragte er.

»Was hast du denn gehört?«, fragte ich zurück.

»Du fängst nun doch nicht hier an. Deine Mutter will sich wieder verheiraten.«

Ich schnappte nach Luft. »Wer hat dir das denn erzählt?«

»Stimmt es denn? Wer ist es? Einer von hier?«

Uns stehen unvorhergesehene Veränderungen ins Haus, hatte meine Mutter zu Frau Künstner gesagt. Ob die Alte sich daraus den Rest zusammengereimt hatte? Oder hatte der Pastor ihr von unseren Plänen erzählt?

»Jetzt sag schon«, drängte Bertram. »Oder hast du kein Vertrauen zu mir?«

»Wir gehen vielleicht nach Afrika.« Nun war es heraus. Wie seltsam sich das anhörte. Als ob ich es mir gerade eben ausgedacht hätte.

»Wie bitte? Machst du dich über mich lustig?«

»Meine Mutter will einen Missionar heiraten. In Deutsch-Südwest.«

»Das ist doch nicht dein Ernst.« Bertram holte seine Pfeife aus der Tasche und begann, sie zu stopfen. Seine Finger zitterten etwas, als er sie schließlich anzündete. »Das kann doch einfach nicht wahr sein. Ich dachte, du und ich …«

Er verstummte. Ich seufzte. Wieder ein abgebrochener Satz, dessen Ende ich nie erfahren würde.

»Ich weiß es erst seit einigen Tagen«, erklärte ich. »Und die endgültige Entscheidung ist auch noch nicht gefallen. Also behalte die Angelegenheit bitte vorläufig für dich.« Aber wahrscheinlich wusste ohnehin längst die halbe Kohlstraße Bescheid.

»Ich kann es einfach nicht glauben. Es ist der blanke Wahnsinn, was ihr da vorhabt. Afrika. Zwei Frauen, ohne Begleitung.«

»Wir reisen in ein deutsches Schutzgebiet. Und wir werden auf einer Missionsstation leben. Pastor Krupka hat meiner Mutter jedenfalls empfohlen, den Antrag des Missionars anzunehmen.«

»Krupka!« Bertram blies eine Wolke weißen Rauchs aus Mund und Nase. »Als ob der sich dort auskennt!«

»Du warst doch auch noch nicht dort. Und besser als die Anstellung hier auf dem Kratzkopp ist es allemal.«

»Wie du redest! Du weißt wirklich nicht, wovon du sprichst. Was für eine Idee, nach Südwestafrika zu ziehen, als wäre es Barmen oder Katernberg. Dort gibt es …« Bertram suchte nach Worten. »… Spinnen, so groß wie meine Hand. Und Raubtiere. Und dann die Wilden! Das sind Heiden, denen man nicht über den Weg trauen kann. Wie wollt ihr euch überhaupt mit ihnen verständigen?«

Die Glocken der Dönberger Kirche schlugen viermal. Sieben Uhr. »Ich muss los. Rosa erwartet mich in der Küche.«

Ich wollte an ihm vorbei, aber er packte mich am Ärmel. »So warte doch, Henrietta.«

Sein harter Griff schmerzte. Es gefiel mir nicht, dass er mich festhielt. Genauso wenig wie der Ton, in dem er mit mir sprach. »Was soll das? Lass mich los!«

Er ließ die Hand wieder sinken. »Entschuldige. Es erscheint mir nur alles so … verrückt. Geh nicht nach Afrika, Henrietta. Bleib hier. Ich weiß, die Arbeit auf dem Hof ist kein Zuckerschlecken. Aber sie ist zumindest sicher.«

»Sicher? Sicher ist hier nur eines – dass ich mich bucklig schufte, für karge Kost und ein hartes Bett und ein paar Groschen in der Woche! Du hast recht, ich habe keine Ahnung davon, wie die Dinge in Afrika aussehen. Aber ich weiß, was mich hier erwartet, und das reicht mir.« Ich drängte wieder an ihm vorbei und diesmal hielt er mich nicht auf.

»Henrietta«, sagte er, als ich mich bereits ein Stück von ihm entfernt hatte. Seine Stimme klang auf einmal so flehend, dass ich stehen blieb, aber ich drehte mich nicht zu ihm um. »In ein paar Jahren ist mein Studium abgeschlossen«, fuhr er fort. »Dann bin ich mein eigener Herr und kann tun und lassen, was ich will. Wenn du auf mich warten würdest bis dahin, dann könnten wir … dann würde ich …«

Zum Teufel! Nun reichte es mir aber wirklich mit seinen abgebrochenen Sätzen.

»Was könnten wir?«, fragte ich drohend.

»Wir könnten heiraten«, erwiderte er sanft. »Wenn du willst.«

Das veränderte natürlich alles. Nun hatte nicht nur Mutter einen Heiratsantrag erhalten, sondern auch ich. Bertram hatte endlich ausgesprochen, was ich mir schon so lange erträumt hatte. *Wir könnten heiraten. Wenn du willst.*

Vorausgesetzt, ich bliebe als Dienstmädchen auf dem Kratzkopp und wartete auf ihn. Wie lange dauerte ein Ingenieurstudium? Zwei, drei oder gar vier Jahre?

Selbst wenn es fünf Jahre waren, was bedeutete das schon in Anbetracht eines langen Lebens an der Seite eines Mannes, den man liebte? Nichts.

Warum also rief ich nicht sofort und, ohne lange zu überlegen, Ja? Natürlich will ich dich heiraten.

Nach dem Heiratsantrag ihres Geliebten empfanden die Heldinnen in den Romanen aus der Leihbibliothek nichts als die allergrößte Freude. Aber ich empfand keine Freude, sondern Verwirrung.

Wenn ich meiner Mutter erzählte, dass Bertram mir einen Antrag gemacht hatte und dass ich deswegen nun doch auf dem Kratzkopp bleiben wollte, dann konnte sie das Versprechen, das sie Freudenreich gegeben hatte, wieder rückgängig machen. Noch war es nicht zu spät dafür. Aber was, wenn der Heiratsantrag des Missionars aus Afrika nun wirklich ein Fingerzeig Gottes war, der meinem Leben eine neue Richtung geben sollte? Durfte ich mich dem verweigern? Nein, dachte ich, und diese Erkenntnis erfüllte mich mit einer großen Erleichterung. Ich musste nach Afrika gehen. Das war der Weg, den Gott meiner Mutter und mir bestimmt hatte.

»Du spinnst doch«, sagte Bertram, als wir uns abends wieder am Tor trafen und ich ihm meinen Entschluss mitteilte. »Ein Fingerzeig Gottes!« Er spuckte in weitem Bogen in eine Pfütze auf dem Weg.

»Du wirst doch Ingenieur«, fuhr ich fort, als hätte er

nichts gesagt. »Und in den deutschen Schutzgebieten werden Ingenieure gebraucht. Wenn du mit deinem Studium fertig bist, kommst du nach Afrika. Wir heiraten und bauen uns ein Haus und gründen eine Familie. Wir werden es gut dort haben, viel besser als hier in der Kohlstraße.«

Ich erwartete, dass er sofort wieder über die handtellergroßen Spinnen und die heidnischen Hottentotten herziehen würde, aber er zuckte nur mit den Schultern.

»Das ist doch ausgemachter Blödsinn«, murmelte er dann, aber er klang dabei weniger verächtlich als vorher.

3

Zwei Tage bevor das Jahrhundert zu Ende ging, brachte Jupp die Antwort aus Afrika.

Diesmal ließ ich mich nicht abwimmeln, sondern blieb so lange neben meiner Mutter stehen, bis sie das Kuvert aufgerissen hatte. Als sie den Briefbogen auffaltete, fielen zwei Karten heraus und flatterten zu Boden. Ich hob sie auf. Es waren zwei Schiffspassagen für die *Gertrud Woermann* von Hamburg nach Swakopmund, Deutsch-Südwestafrika.

»Für den 25. Januar«, sagte ich.

Meine Mutter ließ sich auf ihren Stuhl fallen. Heute war der 29. Dezember. Bis zu unserer Abreise war es weniger als ein Monat.

»Was schreibt er denn? Lies doch vor«, drängte ich sie. Wie wild mein Herz hämmerte! Lauter, viel lauter als der Schiffsmotor, den ich in Kürze hören würde.

»In der Erwartung, dass Sie bis zum Ende des nächsten Monats genügend Zeit haben werden, Ihre Angelegenheiten zu ordnen, habe ich mir erlaubt, Ihre Schiffspassagen zu buchen. Ich erwarte Sie und Ihre Tochter Henrietta am 18. Februar 1900 am Hafen in Swakopmund in der Pension *Zum Kaiser Wilhelm*. Möge Gott der allmächtige Herr Sie auf Ihrer Reise begleiten. Bedenken Sie auch in der Bedrängnis immer dieses: Dein Wort ist meines Fußes Leuchte und ein Licht auf meinem Wege. (Psalm 119, 105)«

Einen Moment lang schwiegen wir betreten. Der Brief klang nun wirklich gar nicht wie das sehnsüchtige Schreiben eines Bräutigams an seine Verlobte. Aber der Missionar war auch kein vor Liebe brennender Jüngling und meine Mutter kein naives Mädchen. Die beiden hatten sich noch nie in ihrem Leben gesehen. Sie mussten sich erst kennenlernen, um miteinander vertraut zu werden.

Meine Mutter fasste sich als Erste wieder. »Nun, in diesem Falle haben wir ja noch eine ganze Menge Arbeit vor uns. Du wirst in den letzten Wochen nicht mehr auf den Kratzkopp gehen. Ich brauche dich nun wirklich hier. Ich kann den Leuten ihre Sachen ja nicht ungeflickt wieder zurückgeben.«

Als ob das noch irgendeine Bedeutung hätte.

Nach dem Altjahresgottesdienst traten wir aus der Kohlstraßenkapelle in die kalte Nacht hinaus. Am Himmel suchte ein bleicher Vollmond fröstelnd Schutz hinter dünnen Wolkenfetzen, um ihn herum zitterten die Sterne. Ein paar Buben ließen Knallerbsen los und lachten laut, als die alte Lena zuerst aufkreischte und dann loszeterte.

Es war unser letzter Jahreswechsel in Deutschland. Für meine Mutter war es der letzte Jahreswechsel in ihrem Leben, aber das wussten wir damals natürlich noch nicht. Ich legte meinen Kopf in den Nacken und schaute nach oben in den schwarzen Himmel und versuchte, mir vorzustellen, dass wir in wenigen Wochen in Afrika wären. Dort stünde der Sternenhimmel auf dem Kopf. Und alles andere vermutlich auch.

»Wenn ihr dort ankommt, ist der Sommer gerade vorbei«, hatte mir Bertram erzählt. Er wusste so viel mehr über Afrika als ich. Er hatte mir erklärt, dass sich die Neger in viele unterschiedliche Stämme aufgliederten. Keiner der Stämme sei sesshaft, einige seien Viehzüchter, die anderen Viehdiebe. »Es herrscht ein ständiger Kleinkrieg«, sagte Bertram. »Sie kämpfen gegeneinander und oft auch gegen die neuen weißen Herren im Land.«

»Woher weißt du das alles?«, hatte ich gefragt.

»Aus Büchern«, gab er zurück.

Im Gegensatz zu mir hatte er sich offensichtlich nicht an die Liebesromane aus der Leihbibliothek gehalten. Und während ich nichts als Flausen im Kopf hatte, hatte er sich ein breites Wissen angelesen. Nun schämte ich mich für die Wahl meiner Lektüre, aber jetzt war es zu spät. In Afrika kam man bestimmt viel schwerer an gute Bücher als in Elberfeld.

Ich blickte mich verstohlen nach ihm um. Aber Bertram war nicht hier, auch vorhin in der Kapelle hatte ich ihn nicht gesehen. Vielleicht waren die Strates in die Friedhofskirche auf der Hochstraße gegangen. Da drüben stand jedoch meine Freundin Trude, sie lehnte sich auf den Arm ihres Verlobten. Als sie meinen Blick auffing, winkte sie mir, dass ich zu ihnen herüberkäme. Aber ich schüttelte nur den Kopf. Ich wollte jetzt nicht mit ihr reden. Ich würde morgen bei ihr vorbeigehen, um ihr meine Neujahrswünsche zu überbringen.

Die Glocken der Dönberger Kirche schlugen neun Mal. In drei Stunden wäre das alte Jahrhundert vorbei. Dann begann etwas Neues. Vor allem für uns.

Meine Mutter hatte heute den ganzen Tag gebacken, denn morgen würden sich die Nachbarn bei uns die Klinke in die Hand geben. Die Kohlstraßer würden den Neujahrstag nutzen, um uns alles Gute für unsere Reise zu wünschen und bei dieser Gelegenheit eine Tasse Kaffee zu trinken und Schmalzgebackenes zu essen.

Der Mond hatte sich inzwischen hinter einer großen

Wolke versteckt. Meine Füße und Hände waren eisig, die Kälte kroch aus den erstarrten Gliedmaßen zur Körpermitte. Ich wäre gerne nach Hause gegangen, aber meine Mutter unterhielt sich gerade mit einem der Ältesten.

»Eine garstige Kälte, oder?« Das war Bertrams Stimme direkt hinter mir. Ich fuhr herum.

»Du bist hier! Ich hab euch in der Kirche gar nicht gesehen.«

»Die anderen sind auch nach Elberfeld. Aber mir war eher nach Kohlstraße.« Er grinste und zog an seiner Pfeife. Der Pfeifenkopf glühte feurig rot auf, ich hätte ihn ihm am liebsten aus der Hand genommen, um mich daran zu wärmen.

In den letzten Wochen hatte Bertram seine Meinung über Afrika gründlich geändert. Er gab es nicht zu, aber ich wusste genau, dass ihn der Gedanke inzwischen reizte, nach seiner Ausbildung ebenfalls nach Südwest zu gehen. Für einen Ingenieur gab es im deutschen Schutzgebiet eine Fülle an Aufgaben und Herausforderungen. Und natürlich malte ich ihm seine beruflichen Möglichkeiten in leuchtenden Farben.

»Überleg doch nur einmal, welche Chancen sich dir dort bieten! Eisenbahnen, Straßen, Brücken und Maschinen, alles muss erst gebaut und in Betrieb genommen werden«, erklärte ich ihm. »Hier in Deutschland musst du dich erst mühevoll von unten nach oben arbeiten, bevor du wirklich etwas ausrichten kannst. Dort wärst du von Anfang an dein eigener Herr.«

Die Vorstellung war natürlich traumhaft: ein gemeinsames Leben mit Bertram in Südwestafrika. Ein Häuschen am Meer. Ein großer Garten mit Blumen und Gemüse. Hühner, Gänse und ein paar Schweine. Vielleicht konnte ich ja sogar nebenher noch eine kleine Dorfschule betreiben, in der ich den

Negerkindern Lesen, Schreiben und Rechnen beibrachte. Aber davon erzählte ich Bertram noch nichts.

»Ich habe etwas für dich«, sagte Bertram jetzt zu mir und zog mich dabei ein Stück zur Seite, weg von meiner Mutter und den Nachbarn. Er holte ein kleines Kästchen aus der Tasche.

Als ich es öffnete, fand ich darin einen silbernen Ring auf rotem Samt.

»Meiner Verlobten«, sagte Bertram feierlich.

Ich sah ihn erschrocken an. »Aber Bertram. Das ist …«

»Was? Gefällt er dir nicht?« Er nahm meine eiskalte Linke in seine und steckte mir den Ring an. »Und?«

»Danke«, stammelte ich. »Aber … wissen deine Eltern davon? Und meine Mutter?« Ich jedenfalls hatte die Sache bislang für mich behalten. Ich war mir nicht sicher, wie meine Mutter zu Bertram stand. Sie war ganz bestimmt der Meinung, dass es viel zu früh sei, mich auf einen Mann einzulassen.

»Das ist doch egal, was die anderen dazu sagen.« Er warf einen schnellen Blick über seine Schulter. Meine Mutter war immer noch in die Unterhaltung mit den Ältesten vertieft. Niemand achtete auf uns. Er beugte sich nach vorn und drückte mir einen Kuss auf die Hand. »Auf Afrika«, flüsterte er mir dann zu.

Ich drückte seine Hand. Sie fühlte sich genauso eiskalt an wie meine eigene.

»Auf Afrika«, wiederholte ich leise.

Bertram hatte recht. Es war vollkommen egal, was die anderen sagten oder dachten. Gemeinsam würden wir alles meistern.

Der Nordwestwind blähte die schwarz-weiß-rote Reichsflagge am Mast der *Gertrud Woermann* auf, er stemmte sich uns entgegen – meiner Mutter, mir und all den anderen Menschen, die am Kai darauf warteten, endlich an Bord zu gehen.

Jede Windböe war mit eisigen Regentropfen versetzt. Die Gesichter glänzten nass wie von Tränen. Mein Gesicht brannte vor Kälte. Meine Hände brannten vom Gewicht unseres Gepäcks. Die zwei Truhenkoffer hatten wir aufgegeben, aber die beiden schweren Reisetaschen, die meine Mutter als *Handgepäck* bezeichnete, mussten wir nun bis zur Anlegestelle schleppen.

»Die wichtigsten Dinge kommen in die Handkoffer«, hatte sie beim Packen erklärt. »Was wir bei uns tragen, kann auf der Reise nicht verloren gehen.«

Die wichtigsten Dinge – das bedeutete in meinem Falle: alles. Ich besaß ja kaum Kleider. Meine Bibel, das Gesangbuch, das Kreuz, das ich zur Konfirmation bekommen hatte. Eine Fotografie von meinem Vater. Ein Poesiealbum, das mir Trude zum Abschied geschenkt hatte. *Das Glück mit seinem goldnen Schein mag immer dein Begleiter sein, und wo die Rosen sprießen, mag Liebe dich begrüßen,* hatte sie auf die erste Seite geschrieben. *Deine Freundin Trude, die dich nie vergessen wird.*

Die übrigen Seiten waren noch leer. Wer sie wohl füllen würde? Hottentottenmädchen in der Hottentottensprache?

Meine paar Habseligkeiten hatten den Koffer gerade einmal zur Hälfte gefüllt. Aber danach hatte ihn meine Mutter mit Hausrat vollgestopft. Die handbestickten Tischdecken, das Teeservice mit dem Zwiebelmuster, in Seidenpapier verpackt, die vergilbten Stores, die in der Lehrerwohnung im Elternschlafzimmer gehangen hatten, sogar unsere gusseiserne Bratpfanne. Nur das Nötigste!

»Willst du die wirklich bis nach Afrika schleppen?«, fragte ich ungläubig. »Herr Freudenreich wird doch wohl eine Pfanne haben.«

Meine Mutter zuckte nur mit den Schultern. Sicher ist sicher, hieß das. Die Bratpfanne kommt mit, auch wenn uns auf dem Weg die Hände abfallen.

»Gleich sind wir auf dem Schiff«, sagte sie jetzt und reckte den Hals, ob nicht endlich die Kette vor dem Fallreep gelöst würde, damit die Passagiere an Bord gehen konnten. Die Regentropfen waren so fein wie Stecknadelköpfe und stachen uns ins Gesicht.

Oben an Deck standen ein paar Matrosen und blickten auf uns herab. Sie waren zu weit weg, um ihre Gesichter erkennen zu können, aber mir kam es so vor, als ob sie spöttisch grinsten. Im Gegensatz zu den Menschen am Kai kannten sie Afrika und das, was uns dort erwartete. Die werden Augen machen, sagten sie wahrscheinlich gerade. Die werden sich noch wundern.

Es dauerte noch über eine Stunde, bis das Fallreep endlich geöffnet wurde und die Menschenmasse sich in Bewegung setzte wie ein zäher Brei. Irgendwann wurden wir von den Passagieren hinter uns auf die hölzerne Treppe gedrängt und von dort an Deck gedrückt. Ein kurzer Blick zurück zum Kai, wo die Anverwandten, Freunde und Bekannten der anderen Reisenden winkten und jubelten, als hätte das Schiff bereits abgelegt.

Wir hatten niemanden, der uns zuwinkte. Was hätte ich darum gegeben, Bertram jetzt zu sehen. Oder irgendein anderes vertrautes Gesicht. Trude oder meinetwegen auch Pastor Krupka. Aber natürlich hatte keiner von ihnen die weite Reise nach Hamburg machen können, nur um uns zum Schiff zu bringen.

Ein Matrose zeigte uns unsere Kabine. »Was wollen Sie denn mit dem Gepäck hier?«, fragte er. »Dafür ist kein Platz. Das muss nach achtern.«

Ein vernünftiger Hinweis, das zeigte ein kurzer Blick in das winzige Kabuff, in dem wir die nächsten Wochen verbringen sollten. Zwei schmale Pritschen übereinander, ein kleiner Schrank, ein schmaler Schreibtisch. Im Freiraum dazwischen konnte man sich gerade einmal umdrehen.

Bevor wir unsere Taschen in den Lagerraum bringen konnten, mussten wir die Kleider herausnehmen, die wir für die Reise benötigten. Meine Mutter hatte Glück, ihre Sachen lagen obenauf, meine dagegen waren tief unter der Pfanne und den Stores vergraben. Ich zog heraus, was ich auf die Schnelle erwischte, und reichte es meiner Mutter in die Kabine: zwei Blusen, Unterwäsche, Strumpfhalter, Wollstrümpfe, mein Nachthemd, einen Unterrock. Hinter mir hatten sich inzwischen weitere Passagiere aufgereiht, die ungeduldig darauf warteten, dass wir den Weg freigaben. Ich wühlte nach meinem zweiten Rock und hielt plötzlich die Bratpfanne in den Händen.

Der Matrose reckte neugierig den Hals.

Ich stopfte die Pfanne wieder zurück und fischte vergeblich weiter.

»Hier können Sie nicht stehen bleiben. Es kommt ja keiner mehr durch«, sagte der Matrose.

Ich wollte die Tasche zuklappen, aber die Stores klemmten in der Öffnung. Ich zerrte, riss und stopfte. Bis endlich wieder alles unter Verschluss war, war ich nass geschwitzt. Und wütend. Auf den Matrosen, der mit seinen Fingern gegen die Holzvertäfelung trommelte. Auf die Passagiere, die mit den Füßen scharrten. Auf meine Mutter, vor allem auf meine Mutter, die den ganzen nutzlosen Kram in meinen Koffer gepackt hatte. Eine Bratpfanne nach Afrika zu schleppen – wie konnte man nur auf eine so hirnrissige Idee kommen!

Unsere Kabine sah aus wie ein Schlachtfeld, als wir vom Gepäckraum wieder zurückkamen. Wäschestücke, Kleider, unsere Toilettenartikel, die Bibel meiner Mutter und das Bild meines Vaters, alles lag wild durcheinander auf der unteren Pritsche, dem kleinen Tisch, dem Fußboden.

Seufzend machte sich meine Mutter daran, Ordnung zu schaffen. Sie erwartete natürlich, dass ich ihr dabei half. Aber während sie sich bückte, drehte ich mich wortlos um und hastete über die schmale Holzstiege aufs Zwischendeck.

Der Regen war stärker geworden. Die Menschenmenge am Kai war hinter einem Wall aus Regenschirmen verborgen. Auch an Deck hatten die meisten Passagiere Schirme aufgespannt. Aber mein Schirm lag im Koffer im Gepäckraum, zusammen mit der Pfanne und den Stores.

Die Tropfen prasselten auf meinen Hut, meine Schultern, meinen Rock. Egal. Ich würde nicht wieder nach unten gehen. Ich starrte zum Land hinüber und drehte dabei gedankenverloren an Bertrams Verlobungsring an meinem Finger. Meiner Mutter hatte ich erzählt, dass ich den Ring von Trude bekommen hätte.

»Sie werden ja ganz nass«, sagte hinter mir eine helle Frauenstimme.

Gut beobachtet. Ich tat dennoch so, als hätte ich nichts gehört.

»Wenn Sie möchten, können Sie sich bei mir unterstellen.« Jetzt trat die Frau neben mich.

Sie war noch sehr jung, eher ein Mädchen, fünfzehn oder sechzehn wie ich. Sie trug einen dunklen Hut, dessen Krempe trotz ihres Schirms völlig durchnässt war. Ein paar dunkelrote Haarsträhnen klebten an ihren feuchten Wangen.

»Ihr Schirm scheint aber wenig zu nützen«, bemerkte ich. »Sie sind ja selbst vollkommen nass.«

Sie lachte. »Meine Mutter hat mir den Schirm eben erst gebracht. Sie will, dass ich sofort herunterkomme, um mich abzutrocknen, aber ich bin lieber hier oben. Kommen Sie.« Sie hielt den Schirm ein bisschen höher. Ich trat neben sie.

»Mir gefällt's hier oben auch besser.« Ich zögerte einen Moment lang. »Sie reisen ebenfalls mit Ihrer Mutter?«

»Mit meinen Eltern und vier Brüdern.« Sie verzog das Gesicht. »Und Sie?«

»Nur mit meiner Mutter.« Am liebsten hätte ich ebenfalls das Gesicht verzogen, aber ich hielt mich gerade noch zurück.

»Ich heiße Eva Cordes«, stellte sich das Mädchen vor. Sie wechselte den Schirm von der Rechten in die Linke und reichte mir ihre Hand. »Wollen wir vielleicht Du zueinander sagen?«

»Warum nicht.« Obwohl mich meine Mutter immer davor warnte, allzu schnelle Duzfreundschaften zu schließen. Oder gerade deshalb. »Ich heiße ...« *Jette,* wollte ich gerade sagen, aber dann überlegte ich es mir anders. Nein, den Namen Jette würde ich ein für alle Mal in Deutschland zurücklassen. Ab sofort war ich Henrietta. »Henrietta Hauck.«

»Wir sind aus Göttingen und fahren zum Kap«, sagte Eva. »Und ihr?«

»Swakopmund. In Südwest«, erklärte ich.

»Ach, dann erreicht ihr euer Ziel ja vor uns!«

»Was macht ihr denn im Kapland?«

»Mein Vater ist Pfarrer. Er wird dort eine Missionsstation leiten. Wupperthal heißt der Ort.«

»Wupperthal, sagst du? Wie lustig. Meine Mutter und ich sind aus dem echten Wuppertal, aus Elberfeld. Also fährst du gewissermaßen dorthin, wo wir herkommen.«

Eva lachte.

»Und stell dir vor, wir sind ebenfalls unterwegs zu einer Missionsstation«, fuhr ich fort. »Bethanien im Großen Namaland. Meine Mutter wird dort einen Missionar heiraten.«

»Wie aufregend! Dann teilen wir also in Kürze das gleiche Schicksal. Nur dass du dich nicht mit vier kleinen Brüdern herumärgern musst. Oder hat dein zukünftiger Stiefvater Kinder?«

»Nicht dass ich wüsste.« Das hätte er uns ja wohl vorher mitgeteilt. Obwohl man sich natürlich nicht sicher sein konnte.

»Sei bloß froh.«

»Hm.« Im Gegensatz zu Eva gefiel mir die Vorstellung ausnehmend gut, dass Freudenreich Söhne oder Töchter haben könnte. Ich hatte mir immer Geschwister gewünscht. Aber meine Mutter war damals bei meiner Geburt fast gestorben, danach hatte ihr der Arzt verboten, weitere Kinder zu bekommen. Wenn Freudenreich nun eine Tochter in meinem Alter hätte … oder auch einen Sohn … Selbst gegen jüngere Stiefbrüder hätte ich nichts einzuwenden gehabt. Ach Unsinn, dachte ich dann, das hätte er meiner Mutter bestimmt nicht verschweigen.

»Ich werde übrigens gar nicht lange auf der Missionsstation leben. Meine Eltern wollen mich nach Stellenbosch aufs Rheinische Mädchenpensionat schicken, damit ich dort eine Ausbildung zur Lehrerin mache. Ich werde also nur in den Ferien nach Wupperthal kommen.«

Eine Ausbildung zur Lehrerin im Mädchenpensionat in Stellenbosch. Das klang ja ganz wunderbar. Eva war wirklich zu beneiden.

Ich dachte gerade darüber nach, ob ich ihr davon erzählen sollte, dass auch ich davon träumte, Lehrerin zu werden, als das hohe Signalhorn der *Gertrud Woermann* ein lautes Tuten ausstieß.

»Es geht los.« Eva reckte den Hals. Das Fallreep war bereits eingezogen worden. Gerade wurden die Leinen gelöst. Die Regenschirme an Land begannen, auf und ab zu schwappen wie Wellen bei heftigem Seegang. Die Leute winkten und warfen Kusshändchen. Vom Schiff aus winkte man zurück. Einige Passagiere jubelten, andere weinten. Ich tauchte unter dem Schirm weg ins Freie und rannte zur Reling, weil ich unbedingt sehen wolle, wie der Anker gelichtet wurde. Der Regen prasselte auf meinen Hut und drang in Sekunden durch meinen Mantel. Was für ein Wetter! Als ob der Himmel unsere Abfahrt beweinte. Oder uns den Abschied von Deutschland leichter machen wollte.

»Wo willst du denn hin?« Eva war mir gefolgt und hielt jetzt den Schirm wieder über mich, als wäre sie für mich verantwortlich.

»Wo ist der Anker? Ich will sehen, wie sie ihn hochziehen!«

»Auf der anderen Seite. Hinten am Schiff.«

Ich blickte mich um. Trotz des Regens war das Oberdeck inzwischen brechend voll, jeder der Passagiere wollte noch einen letzten Blick auf den heimatlichen Hafen werfen, bevor die Reise ins Ungewisse begann. Bis ich mich durch die Menschenmasse zum Heck durchgekämpft hätte, wären wir wahrscheinlich längst auf hoher See.

»Sieh doch nur. Die Schlepper!« Eva stieß mir ihren Ellenbogen in die Seite.

Vier kleine Schiffe hatten unseren großen Dampfer ins Schlepptau genommen und zogen ihn zum Meer. Über uns kreischte eine Möwe mit schräg gelegtem Kopf, als sähe sie so etwas zum ersten Mal. Die Menschen am Kai entfernten sich immer weiter von uns.

»Da hinten stehen meine Eltern!« Eva hatte ihren Blick bereits vom Ufer abgewandt. »Komm, du musst sie kennenlernen.«

Bevor ich widersprechen konnte, zog sie mich am Ärmel hinter sich her. Während wir uns zwischen den Passagieren hindurchschlängelten, hielt ich Ausschau nach meiner Mutter. Ob sie immer noch unten in der Kabine die Kleider sortierte oder ebenfalls nach oben gekommen war? Vielleicht suchte sie mich ja auch. Falls sie hier oben war, war es jedenfalls nicht nett von mir, sie allein stehen zu lassen.

»Vater. Mutter. Darf ich euch meine neue Freundin Henrietta Hauck vorstellen? Wir haben uns soeben hier an Bord kennengelernt.«

Eva schob mich vor sich her auf ein großes, schlankes Paar zu. Ihr Vater, der Pastor, trug eine goldene Nickelbrille und einen Backenbart wie alle Pastoren, die ich kannte. Im Unterschied zu den meisten seiner Kollegen hatte er seinen Bart jedoch ordentlich gestutzt. Frau Cordes hatte ebenfalls eine Brille auf ihrer sommersprossigen Nase. Ihr Haar war rotblond und glatt wie das ihrer Tochter. Ich gab beiden die

Hand und knickste, was die vier halbwüchsigen Jungen, die um das Ehepaar herum standen, zum Kichern brachte.

»Sehr angenehm«, sagte Pastor Cordes und warf seinen Söhnen einen strafenden Blick zu, worauf sie verstummten. Zwei von ihnen waren rothaarig wie Eva und ihre Mutter. Die anderen beiden waren dunkel wie ihr Vater und ähnelten sich enorm. Zwillinge. »Sind Sie auch unterwegs ins Kapland, Fräulein Hauck?«

»Nach Swakopmund. Und bitte, nennen Sie mich Henrietta.«

Wir plauderten ein bisschen über unsere unterschiedlichen Reiseziele und die Missionsstation Bethanien, die Cordes dem Namen nach kannte.

»Waren Sie denn schon einmal in Afrika?«, fragte seine Frau.

Ich schüttelte den Kopf. Im selben Moment sah ich meine Mutter. Sie stand nur wenige Schritte von uns entfernt in der lärmenden Masse der Passagiere. Auch sie war völlig durchnässt, aber sie schien das Wasser gar nicht zu bemerken, das über ihren Hut auf ihr Gesicht lief. Sie stand sehr aufrecht da und blickte so angestrengt zurück zum Kai, als suchte sie in der Menge ein bestimmtes Gesicht. Ihre Hände hatte sie vor ihrem Leib gefaltet. Sie sah aus, als ob sie sich an sich selbst festhielt.

Warum bin ich damals nicht zu ihr gegangen? Warum habe ich meine Mutter nicht einfach an der Hand genommen und zu den Cordes geführt? *Darf ich vorstellen, das ist meine Mutter.* Stattdessen ließ ich sie allein im Regen stehen.

Obwohl meine Wut auf sie längst verflogen war.

Es war der starre, abweisende Ausdruck in ihrem Gesicht,

der mich davon abhielt. Ich wollte nicht zu ihr und ich wollte auch nicht, dass sie die Cordes kennenlernte. Die Cordes, das wusste ich schon nach den ersten Minuten, waren ganz anders als wir. Sie waren herzlich, aufmerksam und weltoffen. Sie nahmen einen auf der Stelle für sich ein. Sie waren wie ein warmes Bad nach einem kalten Regen.

Natürlich konnte auch meine Mutter freundlich sein. Wenn man sie besser kannte, dann war sie sehr hilfsbereit. Unbekannten Personen begegnete sie jedoch grundsätzlich mit Misstrauen. Wer sich zu schnell auf einen anderen einlässt, wird enttäuscht, sagte sie immer. Man blickt einem Menschen immer nur vor die Stirn.

Ihre Prinzipien galten vielleicht für die Kohlstraße, dachte ich, aber wenn man in die große, weite Welt reiste, in der man keine Menschenseele kannte, musste man sich umstellen. Dann kam man nicht umhin, anderen zu vertrauen.

»Das ist wirklich ein mutiger Schritt, den Sie und Ihre Mutter da gewagt haben«, sagte die Pastorin jetzt zu mir.

»Mit Gottes Hilfe wird schon alles gut gehen«, erwiderte ich.

Frau Cordes nickte lächelnd. »Das ist wohl wahr.«

Dann durchlief ein Schaudern den Schiffsrumpf, ein leises Dröhnen, das zu einem rhythmischen Gestampfe wurde. Die Motoren liefen. Die Schlepper hatten die Leinen gekappt und drehten langsam bei. Vor uns lag das offene Meer.

Nun begann die Reise wirklich.

4

Als ich nach unten kam, war meine Mutter wieder damit beschäftigt, unsere Wäsche zu falten und in dem schmalen Schrank zu verstauen. Am Haken an der Tür hing ihr nasser Mantel, unten auf dem Holzboden hatte sich bereits ein großer, feuchter Fleck gebildet. Ich hängte meinen Mantel daneben. *Kloppkloppklopp* fielen die Tropfen zu Boden. Der Fleck wurde noch größer.

»Wer waren diese Leute, mit denen du dich oben an Deck unterhalten hast?«, fragte sie beiläufig, während sie zwei vergilbte Unterröcke ganz nach hinten in den Schrank schob. Also waren ihr die Cordes doch nicht entgangen. Ob sie gekränkt war, dass ich sie nicht vorgestellt hatte? Jedenfalls ließ sie sich nichts anmerken.

»Eine Missionarsfamilie auf dem Weg ins Kapland«, erklärte ich. »Eva, die Tochter, ist genauso alt wie ich.«

Die Schiffsglocke fiel mir ins Wort, es läutete zum Abendessen. Eigentlich hätten wir unsere Mäntel wieder anziehen müssen, aber sie waren einfach zu nass. Meine Mutter legte sich ein verschlissenes Umschlagtuch um, ich nahm den Schal, den mir Trude zu Weihnachten geschenkt hatte.

»Die Missionsstation, zu der sie reisen, heißt Wuppertal«, erzählte ich auf dem Weg zum Speisesaal. »Ist das nicht komisch?«

»Aha.« Meine Mutter verzog keine Miene.

Der Speisesaal der zweiten Klasse war im Zwischendeck untergebracht, der Matrose hatte ihn uns gezeigt, als er uns zu unserer Kabine gebracht hatte. Das wäre aber gar nicht nötig gewesen. Eine Woge aus Stimmengewirr, Geschirrklappern und Essensdünsten schwappte uns schon auf der Treppe entgegen und wies uns die Richtung.

Zwei lange Tischreihen mit Bänken zu beiden Seiten zogen sich durch den Speisesaal. An der Decke schaukelten Kronleuchter, Ölgemälde in Goldrahmen verzierten die Wände. Obwohl die Glocke erst vor wenigen Minuten geläutet hatte, war der Raum schon ziemlich voll.

»Zwei Personen? Rechts hinten an der Wand.« Ein Steward, der neben dem Eingang stand, zeigte auf ein paar freie Plätze. Er kritzelte eine Zahl auf einen Notizblock. »Omelette oder Eintopf?«

Meine Mutter blickte ihn verschreckt an.

»Was wünschen Sie?« Der spitze Bleistift des Stewards schwebte über dem Papier, bereit, zuzustoßen.

»Mutter«, murmelte ich, »du musst bestellen.« Hinter uns drängten sich bereits die nächsten Passagiere. Es war genau wie vorhin im Flur. Durch unsere Tölpelhaftigkeit hielten wir den ganzen Schiffsbetrieb auf.

»Ja«, sagte meine Mutter und räusperte sich. Als mein Vater noch am Leben gewesen war, waren wir hin und wieder in ein Gasthaus gegangen, um Waffeln zu essen und Kaffee zu trinken. Seit seinem Tod war an so etwas nicht mehr zu denken.

»Omelette oder Eintopf?«, fragte der Steward noch einmal.

»Den Eintopf?«, schlug ich vor.

Meine Mutter zuckte mit den Schultern.

»Zweimal Eintopf«, teilte ich dem Steward mit. Dann nahm ich meine Mutter an der Hand und zog sie durch den

Saal zu den Plätzen, die er uns angewiesen hatte. Ausgerechnet in diesem Moment begann eine kleine Kapelle zu spielen, die sich auf einem Podest am Ende des Raumes aufgebaut hatte. »Hohohoho«, lachte die Trompete. »Hehehe.«

Meine Mutter und ich setzten uns einander gegenüber, in größtmöglichem Abstand zu den übrigen Passagieren.

»Bitte aufrücken!«, rief der Steward von der Tür herüber.

Erschrocken rutschten wir zu den anderen Gästen hinüber.

»Guten Abend, die Damen.« Plötzlich standen die Cordes neben uns. Hinter meiner Mutter der Pastor und seine Frau, zu meiner Rechten und Linken bauten sich Eva und ihre Brüder auf. »Nun lernen wir endlich Ihre Mutter kennen«, sagte Pastor Cordes so erfreut, als habe er schon seit Jahren auf diese Gelegenheit gewartet.

Meine Mutter fuhr erschrocken hoch. Wie ein Schulmädchen stand sie leicht vornübergebeugt zwischen dem großen Pastorenehepaar. Ich erhob mich ebenfalls. Der Pastor reichte ihr seine Hand, die sie zaghaft ergriff und sofort wieder losließ.

»Wenn Sie erlauben, setzen wir uns zu Ihnen«, sagte Frau Cordes höflich. Dabei waren ihnen die Plätze neben uns ja vom Steward zugewiesen worden.

»Sicher.« Meine Mutter nickte hastig.

Der Steward brachte das Essen. Eintopf für mich und meine Mutter, Omelettes für die Cordes. Der Pastor sprach den Segen.

»Amen«, flüsterte meine Mutter, als er fertig war.

»Guten Appetit«, sagte Frau Cordes.

»Eine Frage hätte ich noch«, rief meine Mutter. Ihre Stimme klang auf einmal so angsterfüllt, dass alle sieben Cordes ihr Besteck wieder sinken ließen und sie irritiert ansahen. »Das Essen hier …«, sie schluckte aufgeregt, »… ist das umsonst oder muss man es extra bezahlen?«

Ich spürte, wie mir das Blut in den Kopf schoss. Wie ungeschickt und provinziell sich meine Mutter aufführte! Evas Brüder würden sich über uns totlachen, sobald sie wieder unter sich wären, die Mundwinkel der Zwillinge begannen jetzt schon verdächtig zu zucken.

»Darüber haben wir uns auch schon Gedanken gemacht«, sagte Frau Cordes freundlich. »Aber machen Sie sich keine Sorgen. Es ist alles bereits mit dem Schiffsbillet abgegolten.«

Meine Mutter nickte hastig, dann senkte sie ihren Kopf und begann zu essen, wie ein armer Sünder, der eine Strafpredigt empfangen hat. Frau Cordes' Augen wanderten von ihr zu mir. Wie seltsam sie mich ansah, vorwurfsvoll, fast traurig. Ich spürte, wie ich unter ihrem Blick noch röter wurde. Aber auf einmal schämte ich mich nicht mehr für meine Mutter, sondern für mich selbst.

Ich stand in der Schiffsküche und putzte Fische, einen Berg von Heringen. Neben mir saß Frau Künstner und klopfte mit ihrem Stock auf den Boden. »Schneller«, krächzte sie. »Bis zum Abend müssen wir fünftausend Menschen speisen.« Der Fischgeruch war so widerlich, er durchdrang die ganze Küche und ließ mich würgen.

»Allein kann ich es nicht schaffen«, jammerte ich. »Kann Rosa mir nicht helfen?«

»Gib dir doch ein bisschen Mühe, Jette«, hörte ich die Stimme meiner Mutter. »Frau Künstner ist immer so gut zu uns.« Sie saß neben mir, hinter einem Haufen Näharbeiten, der genauso hoch war wie mein Fischberg.

»Wie die Mutter, so die Tochter«, sagte Frau Künstner missbilligend.

Dann wachte ich auf. Ich hatte den abscheulichen Fischgeruch immer noch in der Nase. Irgendwo tief unter mir klopfte der Schiffsmotor wie Frau Künstners Stock in meinem Traum. Im Halbdunkel der Kabine hob ich meine Finger ans Gesicht und schnupperte daran. Ich roch nichts, natürlich nicht.

Mir war trotzdem übel. Vorsichtig richtete ich mich auf. Wie spät mochte es sein? Durch das runde Bullauge, das direkt unterhalb meiner Koje angebracht war, schwappte graues Zwielicht. Ich schob meine Füße aus dem Bett und hielt inne, als eine Übelkeitswelle anrollte und mich überschwemmte. Mein Magen schwankte auf und ab wie ein Schiff in Seenot. Ich ließ mich zurück auf meine Matratze fallen und schloss die Augen. Für einen Moment ebbte die Übelkeit ab. Doch dann kehrte sie umso stärker wieder zurück. Ich drehte mein Gesicht zur Seite. Es geht gleich vorbei, dachte ich und setzte mich erneut auf.

»Mutter?«

Ein leises Stöhnen.

»Bist du wach?«

Keine Antwort.

»Mutter?«

In der Koje unter mir rumpelte es. Plötzlich stand meine Mutter schwankend im Raum. Sie war totenblass und hielt eine Hand vor den Mund gepresst, als habe sie etwas Schreckliches gesehen.

»Mmmmuahhm«, machte sie. *»Kmrammmp.«*

Dann rannte sie aus der Kabine.

Ich sprang aus meiner Koje und wollte ihr nach, aber es

ging nicht. Mir war so schwindlig. Und so schlecht. Ich hielt mich am Bettpfosten fest und bemühte mich, so flach wie möglich zu atmen. Wie stickig es in der Kabine war! Ich musste hier raus, an die frische Luft oder wenigstens in den Flur. Mein Morgenmantel war noch im Koffer, zusammen mit der Bratpfanne, ich schlang mir also nur das Umschlagtuch meiner Mutter um die Schultern und schlüpfte in meine Pantoffeln.

Aber nachdem ich das Zimmer verlassen hatte, bäumte sich mein Magen richtiggehend auf. Ich reckte mich, ich krümmte mich, ich schloss die Augen. Doch es half nichts, ganz egal, welche Haltung ich einnahm, die Übelkeit ließ sich nicht vertreiben, sondern nahm immer mehr zu.

»Fräulein Hauck«, hörte ich eine Männerstimme. »Du meine Güte! Geht es Ihnen nicht gut?«

Was für eine Frage. Ich öffnete die Augen, zuerst einen Spaltbreit, dann riss ich sie erschrocken auf. Vor mir stand Pastor Cordes, sein langer Körper beugte sich besorgt nach unten, sodass sein Gesicht wenige Zentimeter über meinem schwebte. Geh weg, dachte ich, lass mich in Ruhe sterben. Aber wie vorhin meine Mutter brachte auch ich nicht mehr als ein sinnloses Krächzen heraus.

»Sie sind seekrank«, stellte Cordes fest.

Dem war nichts hinzuzufügen, also versuchte ich es auch gar nicht. Trotz meiner Übelkeit war mir bewusst, wie peinlich die Situation war. Da stand ich nun, in meinem dünnen Nachthemd, mit grünem Gesicht und nackten Beinen.

»Warten Sie.« Cordes entfernte sich mit großen, zielstrebigen Schritten und verschwand in einer der Kabinen. Mit dem Rücken zur Wand ließ ich mich in die Hocke gleiten. Mein Magen blieb noch ein paar Sekunden in der Luft schweben, bevor er ebenfalls nach unten sackte. Ich starrte gegen die Wand, auf den Boden, an die Decke. Dann stand plötzlich Frau Cordes vor mir, in der einen Hand ein Becher Wasser, in der anderen ein paar Pillen. »Das wird Ihnen helfen«, versprach sie. »Die Medizin wirkt Wunder. Sie werden sehen.«

Ich schluckte die Tabletten zusammen mit etwas Wasser. Einige Minuten lang hatte ich das schreckliche Gefühl, dass alles wieder nach oben, nach draußen drängte, die Tabletten, das Wasser, der Eintopf vom gestrigen Abend und das Kompott, das es zum Nachtisch gegeben hatte. Frau Cordes strich mir sanft über den Kopf wie einem kleinen Mädchen. Plötzlich war die Übelkeit weg. So schnell konnte die beste Medizin der Welt nicht wirken. Und doch. Der Schwindel hatte sich gelegt, mein Magen stand still.

»Gut gemacht«, sagte die Pastorin leise.

Obwohl ich gar nichts geleistet hatte, fühlte ich mich auf einmal sehr stolz.

»Ich bringe Sie jetzt zurück in Ihre Kabine«, sagte Frau Cordes. »Ziehen Sie sich etwas über und gehen Sie an Deck. Die Augen fest auf den Horizont richten und tief atmen. Das ist das beste Gegenmittel.«

Bei mir wirkten Frau Cordes' Tabletten, bei meiner Mutter führten sie jedoch zu keinerlei Besserung. Sie verbrachte die nächsten Tage abwechselnd auf dem Schiffsabort oder über dem Eimer, den ich ihr hatte bringen lassen. Ich wollte mich zu ihr setzen, aber davon wollte die Pastorin nichts hören.

»Nichts da. Wenn Sie hier unten in der Kabine bleiben, ist Ihnen doch im Handumdrehen wieder genauso übel. Gehen Sie an Deck, an die frische Luft. Ich kümmere mich um Ihre Mutter.«

Ich wusste, dass das meiner Mutter nicht recht war. In ihrem erbärmlichen Zustand wollte sie keine Fremde neben sich, aber sie war zu schwach, sich dagegen zu wehren. Wenn ich eine gute Tochter gewesen wäre, hätte ich darauf bestanden, bei ihr zu bleiben. Aber ich war keine gute Tochter, damals nicht und später auch nicht, als sie mich noch nötiger gebraucht hätte.

»Das Leben in Afrika wird bestimmt ganz anders, als wir es uns jetzt vorstellen«, warnte mich Eva. »Meine Eltern sind gut mit einem Missionar bekannt, der lange Zeit im Kapland gelebt hat. Er sagt, dass man am besten ganz ohne Erwartungen dort hinfährt. Dann wird man auch nicht enttäuscht.«

Wir lagen nebeneinander auf Liegestühlen auf dem Zwischendeck, der Himmel hatte die Farbe der grauen Wolldecken, die wir uns bis übers Kinn gezogen hatten. Immerhin regnete es gerade nicht.

»Was erzählt euer Bekannter denn?«, fragte ich.

»Dass die Eingeborenen so naiv sind wie Kinder. Liebenswert und freundlich, jedenfalls die meisten. Aber eben auch leicht verführbar. Man darf ihnen keinen Alkohol geben, sagt er. Mein Vater will Schnaps in der Missionsstation verbieten.«

»Aha.«

»Meine Mutter wird sich besonders um die sittliche und moralische Erziehung der Dienstboten kümmern. Und ich … na, ich werde ja nur in meinen Ferien in Wupperthal sein und dann muss ich vermutlich die ganze Zeit auf meine Brüder aufpassen.« Eva seufzte.

Ob wir in Bethanien auch Dienstboten hätten, um deren moralische Erziehung sich meine Mutter kümmern müsste? Schwer vorstellbar. Ich hatte noch nie einen echten Neger gesehen. Auf Fotografien natürlich oder in Bilderbüchern. Aber noch nie in Natur.

»Meine Brüder sind eine echte Landplage. Ich bin froh, dass Stellenbosch eine reine Mädchenschule ist«, sagte Eva.

»Ach komm. Ich wäre froh, wenn ich Geschwister hätte.«

»Das sagst du jetzt.« Eva verdrehte die Augen. »Wie dein neuer Stiefvater wohl so ist?«

Freudenreich. Seit ich die Cordes kennengelernt hatte, stellte ich ihn mir ein bisschen wie Evas Vater vor. Und ein bisschen wie meinen eigenen Vater. Klug, mutig, lustig. Auch streng, wenn es nötig war. Wir waren uns so nah gewesen, mein Vater und ich. Er hatte mir nicht nur das Lesen, Schreiben und Rechnen beigebracht, sondern vor allem das Denken. »Denk in alle Richtungen«, hatte er immer zu mir gesagt. »Lass dich bloß nicht einschränken.«

Das war ein Grundsatz, den meine Mutter niemals verstehen würde. Im Gegensatz zu meinem Vater hatten ihre Gedanken klare Grenzen, die sie nicht einmal selber zog, sondern die sie sich von anderen auferlegen ließ. Von Pastor Krupka und der Kirche, von Frau Künstner und den anderen Kohlstraßern.

»Was hast du bloß für Ideen?«, fragte sie, wenn ich etwa laut darüber nachdachte, was beispielsweise aus einem Heiden werden würde, der in seinem ganzen Leben kein Sterbenswörtchen von Jesus Christus gehört hatte.

»Wenn er nun ungetauft stirbt, kommt er dann zu den gewöhnlichen Sündern in die Hölle?«, fragte ich. »Oder was geschieht mit einem kleinen Kind, das von seinen Eltern als Jude oder Mohammedaner erzogen wird und stirbt? Fällt es ebenfalls der ewigen Verdammnis anheim? Das wäre doch eine grandiose Ungerechtigkeit.«

»Das muss ja nun gewiss nicht deine Sorge sein«, erwiderte meine Mutter.

Auch bei Pastor Cordes hatte ich von Anfang an das Gefühl, dass er in alle Richtungen dachte wie mein Vater. Und dass ich ihn alles fragen, ihm alles sagen könnte, ohne dass er gleich die Hände über dem Kopf zusammenschlug und mit Tod, Teufel und ewiger Verdammnis drohte wie Pastor Krupka.

Jeden Morgen hielt Pastor Cordes im Kirchsaal neben dem Speiseraum eine Andacht ab. Am Anfang waren außer seiner Familie und mir nur eine Handvoll anderer Passagiere anwesend, aber dann sprach sich wohl herum, dass Pastor Cordes ein sehr eigenwilliger Prediger war. Auf jeden Fall wurde der Kirchsaal von Mal zu Mal voller. Ich hatte manchmal das Gefühl, dass die Mehrzahl der Besucher nur deshalb kam, um sich hinterher über den Pastor zu entrüsten.

Er hatte ja nun auch wirklich ungewöhnliche Ansichten. In einer Predigt sprach er davon, dass kein Volk das Recht hätte, sich über ein anderes zu erheben, sein Land zu besetzen und ihm seinen Lebensraum streitig zu machen. »Die Halunken, die durch die Lande ziehen, um die Eingeborenen übers Ohr zu hauen. Erst schenken sie ihnen den Branntwein großzügig ein, ohne etwas dafür zu verlangen, und wenn die armen Teufel dann süchtig nach dem Gift sind, knöpfen sie ihnen nach und nach ihren ganzen armseligen Besitz für den Schnaps ab. Erst das Vieh, dann das Land, am Schluss versklaven sie ihre Weiber und Kinder. Und genauso schlimm wie diese habgierigen Verführer sind diejenigen, die das Diebesgut billig von ihnen erwerben, obwohl sie genau wissen, dass es nicht rechtens ist.«

Einige nickten beifällig, als er das sagte, aber die Mehrzahl verzog das Gesicht. Ein paar murrten sogar laut und verließen den Kirchsaal. Die meisten Passagiere auf der *Gertrud Woermann* fuhren nach Südwest, weil sie dort Land erworben hatten oder Land kaufen wollten. Und alle hatten versucht, den Preis dafür so weit wie möglich nach unten zu drücken. Nicht weil sie irgendeinen unschuldigen Hottentotten bestehlen wollten, sondern weil sie selbst arm waren.

»Was wissen Sie schon von den Dingen des Lebens«, warf einer der Siedler Pastor Cordes vor. »Sie sollten sich besser um Ihre eigenen Angelegenheiten kümmern, Herr Pastor.«

»Das ist meine Angelegenheit«, gab der Pastor zurück. »Denn es geht um die Armseligen und Entrechteten.«

Mein Vater und Pastor Cordes hätten sich blendend verstanden, da war ich mir ganz sicher. Schließlich war mein Vater genauso ein Querkopf gewesen wie der Pastor. Und ich hatte diese Eigenschaften von ihm geerbt.

Bei den Andachten und Gottesdiensten saß ich immer in der ersten Reihe und sog jedes Wort förmlich in mich auf. Bertram und ich würden alles anders machen als die anderen, das beschloss ich auf der *Gertrud Woermann*. Auf unserer Farm würden wir keinen ausbeuten, sondern uns verantwortungsvoll wie Eltern um unsere Neger kümmern. Die Kinder würden wir zum Schulbesuch anhalten, die Frauen in der Haushaltsführung unterrichten, Schnaps und Branntwein wären auf unserem Land verboten. Unter dem Segen Gottes würde unsere Farm blühen und gedeihen.

Ich träumte meinen Traum von Afrika. Bald würde ich aufwachen.

Auch als es meiner Mutter besser ging, verbrachten Eva und ich viele Stunden auf den Deckstühlen. Es gab ja nichts zu tun. Keine Näharbeiten, die erledigt werden mussten, keine Fußböden, die man schrubben, oder Fenster, die man putzen musste. Zum ersten Mal in meinem Leben hatte ich grenzenlos Zeit und nicht einmal meine Mutter konnte mich dafür schelten, dass ich sie mit Müßiggang und Nichtstun verschwendete.

Tag für Tag wurde es wärmer. So langsam und allmählich, dass ich es nicht einmal richtig zur Kenntnis nahm.

»Wir haben heute unsere Mäntel in den Lagerraum gebracht«, sagte Eva eines Morgens. »Herrlich, nicht wahr?« Sie blinzelte in die Sonne, die schräg über dem Schiff am Himmel stand wie ein weißgelber Klecks Honig auf einem blauen Teller. Auf ihrer Nase und auf ihren Wangen bildeten sich jeden Tag mehr Sommersprossen. Ich fand sie niedlich, Eva fand sie furchtbar. »Irgendwann sind es so viele, dass sie sich zu einem gleichmäßigen Braun zusammenfügen, dann sehe ich selbst aus wie ein Kaffer«, jammerte sie.

Eva und ich redeten über so viele Dinge in jenen Tagen und Wochen. Über Dinge, die ich Trude gegenüber nicht einmal im Traum erwähnt hätte. Ich erzählte Eva sogar von Bertram und zeigte ihr seinen Ring.

»Was, du bist verlobt?«, fragte sie aufgeregt. »Und deine Mutter weiß nichts davon?«

»Niemand weiß davon. Außer dir!«

»Also, das ist ja …« Eva schüttelte den Kopf. »Das hätte ich dir gar nicht zugetraut.« Sie unterbrach sich und starrte auf die schnurgerade Linie des Horizonts, die das dunkelblaue Meer vom hellblauen Himmel trennte. »Eine Verlobung«, fuhr sie dann nachdenklich fort. »Das ist romantisch. Aber bist du dir wirklich sicher … ich meine, woher weißt du, dass er der Richtige ist?«, fragte sie. »Bis dass der Tod euch scheidet – das ist eine lange Zeit.«

»So etwas spürt man eben«, erwiderte ich.

Einen Tag bevor wir nach Hamburg aufgebrochen waren, hatte ich Bertram noch auf der Wiese hinter der Kohlstraßenkapelle getroffen.

»Schreibst du mir?«, hatte er mich gefragt.

»Gleich, wenn wir angekommen sind.«

»Nein, vorher«, widersprach er. »Schreib mir vom Schiff aus. Ich will jeden Tag einen Brief.«

»Aber ich glaube nicht, dass sie während der Schiffsreise Briefe versenden.«

»Hauptsache, du schreibst mir. Du kannst die Briefe ja sammeln und hinterher zusammen abschicken.«

Ich lachte. »Und du?«, fragte ich dann. »Schreibst du mir auch jeden Tag?«

»Über mich wird es wenig zu berichten geben. Aber wenn du es willst, schreib ich dir. Dann erwartet dich ein Stapel Briefe, wenn du in Bethanien ankommst. Du musst sie aber auch alle lesen.«

Das versprach ich ihm und danach küsste er mich.

Es war ein sehr zarter vorsichtiger Kuss. Weil ich so erschrocken zusammenfuhr, als sich sein Gesicht dem meinem näherte, traf er mich auch nicht richtig auf den Lippen, sondern nur auf dem rechten Mundwinkel. Aber wenn ich die Augen schließe und mich konzentriere, dann kann ich ihn dort heute noch spüren.

5

Gertrud Woermann, den 7. Februar 1900

Lieber Bertram,

nun sind wir schon über eine Woche an Bord und jetzt erst schreibe ich Dir. Du darfst aber nun nicht denken, dass sich meine Gefühle für Dich verändert haben. Im Gegenteil, ich denke mehr denn je an Dich.

Es ist nicht so, dass ich nicht zum Schreiben käme. Im Gegenteil, so eine Schiffsreise ist mitunter recht fad. Im Grunde verläuft ein Tag wie der andere. Ich habe aber auf dem Schiff eine Missionarsfamilie kennengelernt, die auf dem Weg ins Kapland ist. Eva Cordes, die Tochter, wächst mir jeden Tag mehr ans Herz, sie ist eine richtige Freundin geworden. Es wird mir schwerfallen, am Hafen von Swakopmund von ihr Abschied zu nehmen.

Die meisten anderen Passagiere sind ziemlich langweilig, aber es gibt auch ein paar wirklich originelle Personen an Bord. Von einer will ich Dir erzählen. Eva und mir ist sie gleich am ersten Tag unserer Reise aufgefallen, weil sie die einzige alleinreisende Dame auf dem Schiff ist. Wir begegnen ihr ziemlich oft, denn genau wie wir hält sie sich bei Wind und Wetter auf dem Zwischendeck auf. Sie liest die ganze Zeit.

Sie ist immer in Schwarz gekleidet wie Mutter, aber ihre Kleider sind sehr viel teurer, das sieht man gleich. Wohin sie wohl unterwegs ist und was sie vorhat? Eva und ich spekulieren oft darüber. Vielleicht ist auch sie verwitwet und unterwegs zu ihrem neuen Mann. Oder sie war nur auf Urlaubsreise in Deutschland und fährt nun wieder zurück nach Südwest. Wir können sie natürlich schlecht danach fragen, auch wenn es uns brennend interessiert.

Aber nun verschone ich Dich mit weiteren Schilderungen dieser Art, weil soeben die Schiffsglocke läutet und mich zum Essen ruft!

Es grüßt Dich in großer Sehnsucht
Deine Freundin Henrietta

Nachdem die Tinte getrocknet war, steckte ich den Brief in einen Umschlag und adressierte ihn an Bertram.

In großer Sehnsucht.

Das war gelogen. Meine Sehnsucht nach Bertram war gar nicht so groß. Und es war auch gar nicht so langweilig an Bord, wie ich es in meinem Brief geschildert hatte. Es machte im Gegenteil großen Spaß, mit Eva auf dem Zwischendeck zu sitzen und sich mit ihr über die anderen Gäste auszutauschen. Darüber zu mutmaßen, woher sie kamen und was sie vorhatten.

Die Wochen an Bord der *Gertrud Woermann* waren die beste Zeit meines Lebens. Das erkenne ich jetzt, im Rückblick. Damals hielt ich es jedoch alles nur für den Anfang von etwas noch Besserem. Freudenreich und meine Mutter in der Missionsstation, Bertram und ich in unserem eigenen kleinen Haus am Meer. Unsere Zukunft war eine einzige Verheißung.

Einige der Reisenden freundeten sich gleich zu Beginn der

Fahrt miteinander an, verbrachten die ersten Tage der Überfahrt scherzend, Karten spielend und rauchend, um sich danach zu zerstreiten und kein Wort mehr miteinander zu wechseln.

»Auf eine oberflächliche Freundschaft folgt meist ein schlimmes Zerwürfnis«, wusste meine Mutter, die sich natürlich nie auf so etwas eingelassen hätte. Es gefiel ihr auch ganz und gar nicht, wie viel Zeit ich mit Eva verbrachte. Die Cordes waren ihr suspekt. Obwohl Herr Cordes Pastor war. Oder gerade deshalb. Seine Gebete und Predigten waren so ganz anders als die von Pastor Krupka. Und die selbstbewusste, forsche Art der Pastorin befremdete sie noch mehr. Dabei bemühte sich Frau Cordes wirklich sehr um meine Mutter. Aber zu meiner Enttäuschung nahm meine Mutter die ausgestreckte Hand nicht an, sondern wies die Freundschaft zurück.

Unter all den Passagieren an Bord der *Gertrud Woermann* war die alleinreisende Dame der interessanteste. Bei Regen, Sturm und gleißendem Sonnenschein saß sie auf dem Zwischendeck und las. Bei schlechtem Wetter hüllte sie sich in eine graue Wolldecke, ansonsten saß sie unter einem Sonnenschirm, den sie mit einer Hand festhielt, während sie mit der anderen umblätterte.

Was sie las, ließ sich leider nicht erkennen, weil sie ihre Bücher zum Schutz gegen Wind und Wetter in braunes Papier eingeschlagen hatte.

»Ich wüsste zu gerne, was es ist«, sagte Eva.

»Frag sie doch einfach«, schlug ich vor.

Aber natürlich fehlte Eva dazu genau so der Mut wie mir selbst. Doch dann sprach die Dame uns an.

»Hallo!«, rief sie eines Vormittags mit einer hellen, durchdringenden Stimme. »Können Sie mir bitte sagen, welche Uhrzeit wir haben?«

Wir blickten uns beide unwillkürlich um, ob sie mit jemandem sprach, der hinter uns stand, aber da war keiner. Sie meinte uns. Wir hatten nur leider beide keine Uhr.

»Es müsste kurz nach zehn Uhr sein«, sagte Eva.

»Ich brauche aber die genaue Zeit«, sagte die Dame missbilligend. »Meine Taschenuhr ist nämlich stehen geblieben.« Kopfschüttelnd klopfte sie gegen das Ziffernblatt, als könnte sie die Zeiger dadurch dazu bewegen, auf die richtige Uhrzeit zu springen.

»Dahinten ist ein Steward.« Eva sprang auf und rannte zu ihm hinüber. »Zehn Minuten nach zehn«, verkündete sie stolz, als sie wieder zurückkam.

Die Dame zog ihre Augenbrauen so hoch, dass sie fast unter der Krempe ihres Hutes verschwanden. »Ist das auch sicher?« Als Eva nickte, seufzte sie und stellte ihre Uhr ein. »Ich kann Ungenauigkeiten nicht ausstehen. Wohin sind Sie beide unterwegs?«, erkundigte sie sich dann.

»Meine Familie und ich fahren ins Kapland. Aber meine Freundin und ihre Mutter steigen schon in Swakopmund aus«, sagte Eva. »Und Sie? Welches Ziel haben Sie?«

Aber diese Frage schien die Dame gar nicht zu hören. »Wollen Sie sich nicht vorstellen?«, erkundigte sie sich stattdessen.

Nachdem wir ihr unsere Namen genannt hatten, fragte sie nach unserem Alter, dem Heimatort, nach Eltern, Geschwistern, Anverwandten, sie wollte wissen, wie lange Eva und ich uns schon kannten und warum wir ständig allein und ohne irgendeine Aufsicht auf dem Zwischendeck waren. Die Fragen sprudelten nur so aus ihr heraus. Als habe sie die ganze Zeit, in der wir über sie, ihre Vergangenheit und ihren Lesestoff spekuliert hatten, über uns nachgedacht.

»Nun wissen Sie alles über uns und wir kennen nicht einmal Ihren Namen«, sagte Eva irgendwann.

»Hülshoff«, erwiderte die Frau. »Wie die große Dichterin. Annette von Droste-Hülshoff war meine Urgroßtante mütterlicherseits.«

»Und wohin reisen Sie?«, erkundigte sich Eva schnell, bevor Fräulein Hülshoff die nächste Frage stellen konnte.

Sie wollte ebenfalls nach Swakopmund, wo sie bei einer deutschen Ingenieursfamilie als Gouvernante arbeiten sollte.

»Aber wieso ausgerechnet in Deutsch-Südwest?«, fragte ich.

»Warum nicht?«, gab sie zurück und strich ihren Rock glatt. Sie wollte alles über uns wissen, aber was ihre eigenen Angelegenheiten betraf, war sie überhaupt nicht auskunftsfreudig. Das machte uns natürlich erst recht neugierig.

Am frühen Morgen des 14. Februar hämmerte Eva noch vor dem Frühstück aufgeregt an unsere Kabinentür. »Komm schnell nach oben! Wir haben Liberia erreicht. Gleich gehen die Brandungsneger an Bord!«

Wir rannten hoch aufs Oberdeck, auf dem sich bereits einige Dutzend Passagiere versammelt hatten und die Hälse reckten, um so viel wie möglich vom afrikanischen Kontinent zu erspähen. Ganz am Rand der Menge stand Fräulein Hülshoff. Sie hatte ihren Sonnenschirm aufgespannt, obwohl sich die Sonne noch kaum über den Horizont erhoben hatte.

Wir stellten uns neben sie. Glücklicherweise waren weder Evas Eltern noch meine Mutter an Deck gekommen. Denn in puncto Fräulein Hülshoff waren sie ausnahmsweise einmal einer Meinung. Sie mochten sie nicht.

»Ein reichlich überspanntes Frauenzimmer«, fand Pastor Cordes. Vielleicht ärgerte er sich auch darüber, dass Fräulein Hülshoff so selten zu den Gottesdiensten erschien.

Meine Mutter fand das ständige Bücherlesen fragwürdig. Die Bibel und das Gesangbuch, das hätte sie akzeptiert, hin und wieder auch einen Gedichtband. Aber Fräulein Hülshoff war ja geradezu versessen auf jegliche Art der Lektüre.

Eva und ich hatten sie inzwischen besser kennengelernt und waren zutiefst beeindruckt von ihrem nahezu unerschöpflichen Wissen. Ob Politik, Geschichte, Geografie, Musik, ob Medizin, Botanik oder Zoologie – es schien kein Gebiet zu geben, auf dem sich Fräulein Hülshoff nicht auskannte. Und während sie niemals über ihre Gefühle sprach, liebte sie es geradezu, dieses Wissen mit uns zu teilen.

»Sehen Sie. Da!«

Fräulein Hülshoffs behandschuhte Hand zeigte zum Ufer. Soeben zog eine Gruppe pechschwarzer Gestalten lange, schmale Boote zum Wasser. Ich hielt den Atem an. Neger, echte Neger! Und nicht nur ein paar, immer mehr Schwarze strömten aus den Hütten zum Wasser, kletterten in die Kanus und ruderten dann übers Meer auf unser Schiff zu.

Die *Gertrud Woermann* lag etwa dreißig Meter vor dem Hafen der liberianischen Hauptstadt Monrovia. Wobei die Bezeichnung *Hafen* genauso übertrieben war wie der Begriff *Hauptstadt*. Am Ufer zog sich eine grob gemauerte, niedrige Mole entlang, auf dem Sandstreifen davor lagen ein paar Boote, dahinter streckten sich Palmen in den Himmel. Hütten mit Wellblechdächern, klein und geduckt, vor einem grün wuchernden Urwald, das war Monrovia.

»Das sind die Brandungsneger«, dozierte Fräulein Hülshoff mit halblauter Stimme. »Sie gehören zum zentralafrikanischen Stamm der Kru. Wie die Strömung vor Moravia ist auch die Hafeneinfahrt vor Swakopmund für größere Schiffe nicht passierbar. Aber die Kru-Fischer verstehen sich ganz vorzüglich darauf, die gefährlichen Strudel in kleinen Booten zu überwinden. Sie werden uns in Swakopmund an Land bringen!«

Wie die Hebel einer Maschine hoben und senkten sich die Paddel der Kanus ins Meer. Die schmalen Boote schnellten schwerelos über die Brandungswellen. Vor uns warfen Matrosen Taue über die Reling. Als die Neger das Boot erreicht hatten, ergriffen sie die Enden. Einer nach dem anderen kletterte blitzschnell an Bord, die Hände am Seil, die Füße an der äußeren Schiffswand.

»Wie die Affen«, sagte ein dicker Mann neben mir mit einer Mischung aus Anerkennung und Abscheu. Er warf seinen Zigarettenstummel über Bord und spuckte aus.

»Der Staat Liberia«, fuhr Fräulein Hülshoff fort, wobei sie ihre Stimme senkte, als vertraute sie uns ein Geheimnis an, »wurde mithilfe von Christenmenschen aus den Vereinigten Staaten von Amerika gegründet. Freigelassene amerikanische Negersklaven erhielten hier Land, damit sie auf dem Kontinent ihrer Vorväter eine christliche Negerrepublik errichten konnten. Eine schöne Idee, nicht wahr?«

Ich nickte ein wenig zerstreut. Die Kru-Neger marschierten im Gänsemarsch an uns vorbei, ihre dunkle Haut glänzte vor Schweiß. Sie sah aus wie poliertes Holz, von dem das Wasser abperlte. Ob sie sich auch so anfühlte? Ich streckte meine Hand aus und zog sie im letzten Moment wieder zurück.

»Nur leider ging die Sache schief«, fuhr Fräulein Hülshoff fort. »Denn die eingeborenen Stämme im Land vertrugen sich nicht mit den Neuankömmlingen. Seit der Staatsgründung gibt es in Liberia nichts als Zank und Streit und Krieg.«

Der letzte Brandungsneger kletterte über die Reling und folgte seinen Kameraden mit leichten, federnden Schritten. Seine krausen Haare glänzten in der schräg stehenden Sonne wie Filz. *Kru.* Das Wort klang so geheimnisvoll. Nach Urwald und Abenteuer.

Mein Herz schlug schneller.

Die Kru-Männer verschwanden spurlos im Bauch des Schiffes. Bis wir eine knappe Woche später in Swakopmund anlegten, sahen wir sie nicht mehr wieder.

»Vielleicht sind sie nachts wieder von Bord gegangen?«, überlegte ich. »Das Schiff ist doch nicht so groß, man müsste doch einen von ihnen irgendwo sehen.«

Ich stellte mir die schwarzen Gestalten in einem der dunklen Lagerräume vor. Wie sie auf Pritschen kauernd darauf warteten, dass wir Swakopmund erreichten. Einmal träumte ich sogar davon, dass ich die Tür zum Gepäckraum öffnete und sie dort vorfand. Zuerst erkannte ich nur ihre glitzernden Augen, dann die Umrisse ihrer Körper, schwärzer als die Finsternis im Raum.

In meinem Traum zeigten die Kru keine Regung, sie starrten mich einfach nur an.

Schweißgebadet wachte ich auf.

Am Vorabend unserer Ankunft in Swakopmund hielt Pastor Cordes einen Abschiedsgottesdienst. Über die Hälfte der Passagiere würde das Schiff am nächsten Tag verlassen. Der kleine Kirchsaal war brechend voll, selbst Fräulein Hülshoff war zum Gottesdienst erschienen. Sie stand ganz hinten im Raum, die Arme vor der Brust verschränkt.

Dieses Mal traten Eva und ich nicht neben sie. Eva ging zu ihrer Familie, ich stellte mich neben meine Mutter.

Pastor Cordes schlug die Bibel auf und las den einundneunzigsten Psalm: »Denn er hat seinen Engeln befohlen über dir, dass sie dich behüten auf allen deinen Wegen. Dass sie dich auf den Händen tragen und du deinen Fuß nicht an einen Stein stoßest.«

Die Botschaft des Psalms war so tröstlich: Hab keine Angst. Die Engel des Herrn werden über dich wachen, auch wenn deine Reise gefährlich und der Weg mühsam wird. Aber seltsamerweise erfüllten mich die Sätze nicht mit Mut und Zuversicht, sondern bewirkten genau das Gegenteil. Zum ersten Mal seit unserem Aufbruch aus der Kohlstraße bekam ich Angst. Unser Vorhaben erschien mir plötzlich fürchterlich vermessen. Ins ferne Afrika zu reisen, in ein Land, über das weder ich noch meine Mutter das Geringste wussten. Wir machen einen Fehler, dachte ich. Wenn wir nur zu Hause geblieben wären.

Ich suchte Evas Blick, aber sie schaute zu Boden, in ihre eigenen Gedanken versunken. In den letzten Tagen hatten wir oft darüber gesprochen, wann und wo wir uns wiedersehen könnten. Ob ich nicht ebenfalls nach Stellenbosch auf Evas Mädchenpensionat kommen könnte. »Frag deinen Stiefvater«, hatte Eva vorgeschlagen. »Das wäre doch traumhaft.«

Ein Abschluss auf einem Mädchenpensionat. Natürlich wäre das traumhaft. Viel zu schön, um wahr zu werden. Mir wurde auf einmal schlecht. Es war wie ein plötzlicher Rückfall in die Seekrankheit, dabei gab es so gut wie keinen Seegang. »Entschuldige mich«, flüsterte ich meiner Mutter zu, dann rannte ich aus dem Raum.

Oben auf dem Zwischendeck verflog die Übelkeit genauso schnell, wie sie gekommen war. Ich lehnte mich gegen die Reling, den Blick nach oben in den sternklaren Himmel gerichtet, und atmete tief ein. Vielleicht blickte Bertram in Elberfeld gerade ebenfalls zum Himmel und unsere Blicke trafen sich, ohne dass wir davon wussten. Jemand stellte sich neben mich. Ohne mich umzuwenden, wusste ich, dass es Eva war.

»Was ist denn los mit dir?«, fragte sie.

»Mir war auf einmal unwohl.«

»Hast du Angst?«

Ich atmete die Sternennachtluft ein und wieder aus und schwieg. Es war so still. Man hörte nur die Wellen, wie sie leise schmatzend gegen den Bug schlugen.

»Auf Löwen und Ottern wirst du gehen und treten auf junge Löwen und Drachen«, hörte ich Pastor Cordes wieder rezitieren. Ich schauderte, obwohl die Nacht warm war.

»Morgen seid ihr am Ziel. Freudenreich wird euch schon erwarten«, sagte Eva. »Was meinst du, wie gespannt er auf euch ist.« Sie zog ein kleines Paket aus der Tasche, das in braunes Papier eingepackt und sorgfältig verschnürt war. »Hier, das ist für dich. Aber mach es erst in Bethanien auf.«

»Ein Abschiedsgeschenk? Ich habe aber gar nichts für dich.«

»Das macht nichts. Bring mir etwas mit, wenn wir uns in Stellenbosch wiedersehen.« Sie legte ihre Hand auf meine Hand.

Über uns blinzelten sich die Sterne und der Mond zu, als

teilten sie ein Geheimnis. Ob die Engel, die über uns wachten, Eva und mich irgendwann wieder zusammenführen würden?

Auf diese Frage hätte nicht einmal Fräulein Hülshoff eine Antwort gewusst.

6

Die Landungsboote brachten uns und unser Gepäck bis kurz vor die Küste. Die letzten Meter trugen uns die Brandungsneger durchs Wasser.

Fräulein Hülshoff war die Erste, die von einem der Kru aus dem Boot gehoben wurde. Ernst und würdevoll schwebte sie auf seinem Rücken aufs Ufer zu, so selbstverständlich, als würde sie jeden Tag von Negersklaven durch die Gegend getragen. Als Nächster war ein großer, stattlicher Herr aus Bielefeld an der Reihe, der lieber selbst durch das Meer gewatet wäre. Aber unsere Begleiter ließen sich auf keine Diskussion ein, wahrscheinlich verstanden sie auch gar kein Deutsch. »Bittschen, bittschen«, sagten sie immer nur. Also kletterte Herr Augsberg am Ende doch einem Träger auf den Rücken und wurde ans Ufer geschleppt. Es war ein bizarres Bild, weil Herr Augsberg so dick war, der Kru-Mann dagegen dürr wie eine Holzlatte, aber offensichtlich sehr kräftig.

Der Neger, der meiner Mutter seinen Rücken anbot, trug nur eine zerschlissene blaue Weste über dem nackten Oberkörper. Seine lange weiße Hose war bis zu den Schenkeln durchnässt und klebte an seinen muskulösen Beinen. »Bittschen, bittschen.« Er drehte den Kopf zu ihr und nickte ihr auffordernd zu, ohne dabei zu lächeln. Meine Mutter erhob sich und trippelte nervös von einem Fuß auf den anderen. Unser Boot schwankte. Ich sah zurück zur *Gertrud Woermann,* wo sich die restlichen Passagiere an Bord versammelt hatten. Pastor Cordes, seine Frau, Eva und ihre Brüder standen an der Reling und schauten zu uns herüber. Sie wirkten besorgt, vielleicht befürchteten sie, dass meine Mutter kopfüber ins Meer springen könnte, um dem Träger zu entgehen. Vielleicht befürchtete der Brandungsneger dasselbe, jedenfalls drehte er sich plötzlich um, packte meine Mutter und trug sie auf seinen Armen zum Land, als wäre er der Bräutigam und sie die Braut. Ich sah, wie sie die Augen fest zusammenkniff, aber zu meiner Erleichterung wehrte sie sich nicht.

Die Zwillinge applaudierten, als er sie endlich wegtrug. Ob sie sich über uns lustig machten? Ich hatte keine Zeit, darüber nachzudenken, weil ich nun selbst an der Reihe war.

Mein Träger war älter als die anderen Neger, sein Kräuselhaar war oben grau und an den Schläfen bereits ganz weiß. Vermutlich war er nicht mehr so kräftig wie seine jüngeren Kameraden und bekam deshalb immer nur die leichtesten Passagiere zugewiesen. Ich kletterte auf seinen vornübergebeugten Rücken und roch seinen scharfen Schweiß, vermischt mit dem Geruch von Tabak.

Während der Neger mich an Land trug, konnte ich sein Gesicht nicht sehen, ich war mir aber sicher, dass er keine Miene verzog, genau wie seine Kameraden, die die anderen Passagiere gerade an Land absetzten. Es machte keinen Unterschied für sie, ob sie uns trugen oder unser Gepäck. Wir waren tote, seelenlose Gegenstände für sie.

Ich hatte genau gewusst, was mich erwartete. Fräulein Hülshoff hatte mir erklärt, dass Swakopmund ein verlassenes Wüstennest sei. »Ein paar Hütten im Sand, mehr gibt es da nicht«, hatte sie gesagt. »Machen Sie sich bloß keine Hoffnungen auf exotisches Flair.«

Aber offensichtlich hatte ich mir trotzdem Hoffnungen gemacht, denn jetzt war ich enttäuscht. Dabei sah es genauso aus, wie sie es beschrieben hatte: Sand, so weit das Auge reichte, aber es reichte nicht sehr weit, denn die Küste lag unter einem dichten Nebel. In den weißen Schwaden konnte man ein paar halb zerfallene Holzhütten mit Wellblechdächern ausmachen. Und einen Fahnenmast, an dem eine deutsche Reichsfahne flatterte, denn es herrschte ein starker Westwind. Heute Morgen an Bord war es furchtbar heiß gewesen, aber hier am Strand war es überraschend kühl.

Die Brandungsneger hatten das letzte Gepäckstück aus den Landungsbooten ans Ufer gebracht. Ohne ein Wort oder eine Geste des Abschieds machten sie sich nun wieder auf den Rückweg zum Boot. Sie würden auf der *Gertrud Woermann* bis nach Kapstadt reisen und auf dem Rückweg wieder in Monrovia abgesetzt werden.

Und nun? Wir sahen uns ratlos um. Aus dem Nebel lösten sich ein paar Gestalten und kamen zu uns herüber. Ob Herr Freudenreich einer von ihnen war?

Nein, es waren lauter Neger, angeführt von einem dicken Weißen in Seemannsuniform. »Willkommen in Deutsch-Südwestafrika«, rief er uns entgegen, bevor er uns richtig erreicht hatte. »Ich hoffe, Sie hatten eine gute Überfahrt.«

Gemurmel unter uns Neuankömmlingen.

»Hafenmeister Haas«, stellte sich der uniformierte Dicke vor. »Na, dann wollen wir mal.« Er nickte dem Neger neben ihm zu, der daraufhin nach einem Koffer griff. Auch die anderen nahmen sich ein Gepäckstück und setzten sich in Bewegung.

»Wohl denn.« Der Herr aus Bielefeld nickte erleichtert. »Zumindest lässt man uns hier selber laufen.«

Das Signalhorn der *Gertrud Woermann* tutete dreimal. Ich blieb stehen und blickte zurück zum Schiff, aber es war nicht mehr zu erkennen. Die Nebelschwaden hatten es verschluckt. Es würde bestimmt noch mehrere Stunden dort draußen liegen bleiben, weil für den letzten Streckenabschnitt neue Vorräte und Trinkwasser an Bord gebracht werden mussten. Und vermutlich standen die Cordes auch jetzt noch an der Reling und blickten zum Land, aber sie konnten uns genauso wenig sehen wie wir sie.

»Jette«, rief meine Mutter, die wie die anderen schon ein Stück weitergegangen war. »Worauf wartest du denn noch?«

Das fragte ich mich allerdings auch. Worauf wartete ich hier, an diesem gottverlassenen Strand, in dieser trostlosen Wüste? Warum war ich überhaupt an Land gegangen und nicht mit den Cordes an Bord geblieben? Plötzlich kam es mir so vor, als ob die Cordes meine richtige Familie wären und meine Mutter nur eine Zufallsbekanntschaft.

»Jette!« Die anderen waren schon nicht mehr zu sehen. Nur meine Mutter wartete noch auf mich.

»Ich komm ja schon.« Ich gab mir einen Ruck und folgte ihr in den Nebel hinein.

7

Die Pension *Zum Kaiser Wilhelm* lag gleich hinter der Hafenanlage. Die Fassade des Hauses war vor langer Zeit einmal gelb gewesen, aber Sonne, Regen und Salzwasser hatten die Farbe in einen hellen Schimmelton verwandelt. Nur unter den Fensterbrettern leuchteten noch Spuren des ehemaligen Safrangelbs. Die Eingangstür hing schief in den Angeln und quietschte fürchterlich, als wir sie aufzogen. In der Vorhalle war es viel heißer als draußen, es war, als ob wir in das Innere eines Ofens traten.

Hinter einer Art Pforte stand eine ältere Frau mit krausem Haar wie eine Negerin, aber ihr Gesicht war weiß.

»Guten Tag.« Fräulein Hülshoff, die mit ihren neuen Herrschaften ebenfalls in der Pension verabredet war, klappte ihren Sonnenschirm zusammen und ging mit schnellen, kleinen Schritten auf die Pförtnerin zu. »Mein Name ist Hülshoff. Ich werde hier erwartet. Familie von Schneck …«

»Hier ist ein Schreiben für Sie.« Die Frau griff mit der Linken nach einem Briefumschlag, während sie mit der Rechten einen Schlüssel vom Schlüsselbrett angelte.

»Werde ich denn nicht empfangen?«, fragte Fräulein Hülshoff verwundert. »Ich habe meine Ankunftszeit doch frühzeitig gekabelt.«

Die Frau hinter der Pforte zuckte mit den Schultern. Ihr Gesicht ähnelte wirklich auf frappierende Weise dem einer Negerin: die wulstigen Lippen, die platte, breite Nase. Nur die weiße Haut passte nicht dazu.

»Herr Missionar Freudenreich?«, fragte meine Mutter und trat ebenfalls an die Pforte.

»Frau Hauck?«, fragte die weiße Negerin zurück.

Meine Mutter nickte.

»Herr Freudenreich ist auch noch nicht angekommen.« Auch meine Mutter bekam einen Brief und einen Zimmerschlüssel. »Abendessen um sechs. Frühstück um sieben. Geistige Getränke auf dem Zimmer sind verboten, ebenso wie Herrenbesuch und offenes Feuer. Ich wünsche angenehmen Aufenthalt.«

Unser Zimmer war spärlich möbliert, zwei Betten, daneben Nachttischchen, auf denen Petroleumleuchten standen, darunter Nachttöpfe. An der Wand stand ein schmaler Schrank, an dem die Türen fehlten. Wir hatten ohnehin nicht vor, irgendetwas auszupacken. Sand knirschte unter meinen Füßen, als ich zum Fenster ging und den verblichenen Vorhang zur Seite schob.

Über die breite Straße, auf die ich hinunterblickte, wehten Sandschwaden. Durch die Mitte zog sich ein Schienenstrang, zu beiden Seiten reihten sich Holzhäuser aneinander. Wie unser Hotel waren sie einmal in bunten Farben gestrichen gewesen, aber im Laufe der Jahre, Monate oder Wochen waren die Fassaden zur Unkenntlichkeit verblasst. Ich hörte, wie meine Mutter hinter mir den Briefumschlag aufriss, den ihr die Frau gegeben hatte.

»Was schreibt er denn?«, fragte ich, ohne mich zu ihr umzudrehen.

»*Verehrte Frau Hauck, liebe Schwester in Christi!*«, begann sie halblaut vorzulesen: »*Leider muss ich Ihnen mitteilen, dass es mir nicht möglich ist, Sie vom Hafen in Swakopmund abzuholen. Wir haben hier auf der Station eine ganz abscheuliche Lungenseuche, die unter den Rindern grassiert und meine Abkömmlichkeit verbietet. Ich werde Ihnen aber einen Ochsenwagen schicken, der Sie nach Bethanien bringen wird. In der Hoffnung, dass Sie eine angenehme Überfahrt hatten und in der Erwartung unseres baldigen Zusammentreffens überlasse ich Sie der gnädigen Fürsorge unseres guten Gottes und verbleibe als Ihr Bruder*

Immanuel Freudenreich.«

Meine Mutter seufzte. *Liebe Schwester in Christi.* Vielleicht hatte sie sich das Zusammentreffen mit ihrem Zukünftigen doch ein wenig romantischer ausgemalt. Vielleicht war sie aber auch erleichtert, dass ihr noch ein bisschen Zeit blieb, bis sie sich begegnen würden.

»Ich werde mich ein Stündchen ausruhen«, erklärte sie. »Bis zum Abendessen haben wir ja noch genügend Zeit.« Sie zog sich die Schuhe aus und legte sich dann in ihren Kleidern aufs Bett. An meinem Kopf surrte eine blau schimmernde Fliege vorbei. Sie stieß mit einem dumpfen Geräusch gegen die Fensterscheibe und fand doch kein Entkommen.

»Dann gehe ich ein wenig spazieren.«

Keine Antwort. Meine Mutter hatte die Hände unter der Brust gefaltet und die Augen geschlossen. Auf ihrer Stirn glänzte der Schweiß. Es war mir ein Rätsel, wie sie in dieser stickigen Luft schlafen konnte.

Ich schlich auf Zehenspitzen durchs Zimmer und zog die Tür leise hinter mir ins Schloss.

Draußen wehte der Wind noch stärker. Sand drang in meine Nase, meine Augen, meinen Mund. Ich legte die Hände vors

Gesicht und wäre fast unter einen Ochsenkarren geraten, der plötzlich aus dem Nebel auftauchte. Vier Ochsen trotteten mit gesenkten Köpfen, als wäre ihnen das Gewicht ihrer riesigen Hörner zu schwer.

»Hoo!«, schrie der dürre Hottentotte, der den Leitochsen führte, und warf mir einen vorwurfsvollen Blick zu. Dann schnalzte er mit der Zunge, genau wie die Bauern in Elberfeld.

Ich ging an einem Hauseingang vorbei, in dem zwei kleine Negerjungen in geflickten Kleidern standen. Einer von ihnen trug einen flachen Damenhut, der aussah wie einer der Sommerhüte von Frau Künstner. Vielleicht war es ja sogar Frau Künstners Hut. Alle Kleidungsstücke, die so armselig waren, dass sie nicht einmal mehr für mich und meine Mutter taugten, schickte sie zu den Missionaren nach Afrika. Irgendein bedauernswertes Negerkind musste die Lumpen dann auftragen und durfte sich darüber hinaus vermutlich auch noch anhören, wie froh und dankbar man dafür sein müsse.

Die breite Straße führte schnurgerade durch die Stadt und endete schließlich auf einem kleinen Platz. In seiner Mitte stand eine Palme. Ich hatte schon früher Palmen gesehen, im Botanischen Garten auf der Hardt, in dem wir sonntags oft spazieren gegangen waren, als mein Vater noch lebte. Aber das hier war etwas ganz anderes. Diese Palme war keine mickrige Topfpflanze, sondern ein riesiger Baum. Den Stamm hätte ich nicht einmal zur Hälfte umfassen können, die Krone aus den gefiederten Blättern war so hoch und breit, dass sie an den Rändern im Nebel verschwand. Den Kopf in den Nacken gelegt, trat ich näher.

An der Stelle, an der die Blätter aus dem Stamm trieben,

hingen tatsächlich Kokosnüsse, ein paar davon noch grün und klein wie Kartoffeln, andere bereits braun und reif. Beim Anblick der Kokosnüsse wurde mir zum ersten Mal bewusst, dass ich tatsächlich angekommen war. Ich war in Afrika! Plötzlich war mir schwindlig. Wenn Bertram mich hier sehen könnte, wie ich unter einem echten Palmenbaum stand! Ich würde ein kleines Stück Rinde vom Stamm abkratzen, beschloss ich, und mit meinem nächsten Brief an ihn schicken.

Erst als ich die Palme fast erreicht hatte, bemerkte ich die Bank unter dem Baum und auf der Bank die lesende Dame.

Fräulein Hülshoff.

Ob ich sie ansprechen sollte? Ich zögerte einen Moment. Sie schien so in ihre Lektüre vertieft, ich wollte sie nicht stören. Außerdem würde sie mir wahrscheinlich sofort wieder einen Vortrag über die verschiedenen Palmenarten in Afrika halten oder über die Geschichte Swakopmunds oder über irgendein anderes Thema, über das ich jetzt nichts hören wollte. Ich wollte mich diskret zurückziehen, als ich sah, dass ihre Schultern bebten. Sie weinte.

Ob es der Roman war, der sie rührte? Aber sie hatte ja gar kein Buch vor sich, sondern las einen Brief. Eine schlechte Nachricht aus der Heimat? Vielleicht war ihr Vater gestorben oder ihre Mutter oder ein enger Angehöriger erkrankt.

»Fräulein Hülshoff.« Ich sprach ihren Namen nur ganz leise aus, dennoch fuhr sie zusammen, als hätte ich sie angeschrien. »Entschuldigung! Ich wollte Sie nicht stören.«

Sie faltete den Brief hastig zusammen und ließ ihn in ihrer Rocktasche verschwinden. Dann zog sie ein Taschentuch aus dem Ärmel und tupfte sich damit über die Augen.

»Ist etwas Schlimmes geschehen?«, fragte ich.

Sie schluckte laut. »Nein. Ich meine, ja. Gewissermaßen.«

Sie sah mich aus rot verweinten Augen an, als erwartete sie eine bestimmte Reaktion von mir.

Ich knetete unbehaglich meine Hände. Sollte ich mich neben sie setzen oder sie allein lassen? Was Eva an meiner Stelle wohl getan hätte?

»Was … äh … ist denn passiert?«, stammelte ich schließlich.

»Die Familie, die mich als Gouvernante engagiert hat. Sie tritt von ihrem Angebot zurück.«

»Sie tritt … was? Das heißt doch …«

»… dass sie mich nicht beschäftigen werden.«

»Aber Sie sind doch eigens dafür aus Deutschland angereist! Was wollen Sie denn jetzt hier anfangen, ohne Anstellung und Geld?«

Fräulein Hülshoff presste ihr Taschentuch gegen die Lippen, schüttelte den Kopf und antwortete nicht.

»Warum wollen die Leute Sie denn auf einmal nicht mehr?«, fragte ich.

Fräulein Hülshoff rang nach Atem. »Ach Kind«, stieß sie mühsam hervor, »es ist alles meine Schuld.«

Es ist alles meine Schuld. Wie war das denn nun zu verstehen? Was hatte Fräulein Hülshoff sich vorzuwerfen? Sie war dieser Familie doch noch gar nicht begegnet. »Was machen Sie denn jetzt?«, fragte ich ratlos. »Fahren Sie wieder zurück nach Deutschland?«

Das Taschentuch wanderte vom Mund hoch zu den Augen. »Ich habe nicht einmal das Geld für die Passage«, erwiderte sie dumpf. »Und das Zimmer in der Pension ist auch nur für drei Nächte bezahlt.«

»Das nächste Schiff nach Deutschland fährt erst in zwei Wochen«, murmelte ich.

Fräulein Hülshoff schluchzte leise in ihr Taschentuch.

Wenn Pastor Cordes oder seine Frau doch nur hier wären, dachte ich. Sie hätten bestimmt gewusst, was zu tun wäre. Meine Mutter brauchte ich dagegen gar nicht erst zu fragen, sie wäre genauso hilflos wie ich.

Fräulein Hülshoff tupfte sich mit dem Taschentuch über die Augen, dann steckte sie es zurück in den Ärmel und räusperte sich. »Nun, das alles ist natürlich mitnichten Ihr Problem«, meinte sie. »Es wird sich schon eine Lösung finden.«

»Vielleicht weiß ja mein zukünftiger Stiefvater einen Rat«, sagte ich. »Ich habe ihn bisher noch nicht kennengelernt, aber er ist Missionar. Ein Missionar wird doch sicher nicht tatenlos zusehen, wie eine unschuldige Frau in Not und Gefahr gerät. Vielleicht kann er Ihnen das Geld für die Rückfahrt leihen ...«

»Ich werde nicht zurückfahren«, unterbrach mich Fräulein Hülshoff. »Ich habe mein Zimmer in Hamburg aufgegeben und mich von allen verabschiedet. Ich muss in Südwest eine Anstellung finden.«

»Aber Sie kennen hier doch keinen Menschen!«

»Verstehen Sie doch: Ich kann nicht mehr zurück!« Diese letzten fünf Worte stieß Fräulein Hülshoff mit einer solchen Leidenschaft hervor, dass ich erschrocken ein Stück zurückfuhr.

»Entschuldigung«, murmelte sie sofort betreten. Sie erhob sich, klappte ihren Sonnenschirm auf und wollte an mir vorbei.

»Warten Sie.« Ich hielt sie am Ärmel fest und erwartete, dass sie sich empört losreißen würde, aber sie blieb tatsächlich stehen. »Vielleicht kennt Herr Freudenreich ja eine andere Familie, die eine Gouvernante oder eine Hausdame sucht. Das Dumme ist nur, dass er uns nicht persönlich abholen kommt, sondern nur einen Wagen schickt.«

Fräulein Hülshoff zuckte mit den Schultern. »Sie sind ein guter Mensch«, flüsterte sie. »Aber Sie können mir auch nicht helfen. Ich werde …« Sie verstummte und starrte nach oben in den Wipfel der Palme.

»Sie kommen einfach mit uns nach Bethanien«, rief ich. »Es ist eine Missionsstation, da gibt es bestimmt Arbeit in Hülle und Fülle. Und falls nicht, findet sich eine Lösung. Das ist das Beste.«

Fräulein Hülshoff sah mich zweifelnd an. »Das wird Ihrem Stiefvater ganz bestimmt nicht gefallen, wenn Sie ihm gleich eine Fremde mit ins Haus bringen. Und was wird Ihre Mutter überhaupt dazu sagen?«

»Bist du von Sinnen?«, rief meine Mutter. »Hast du vollkommen den Verstand verloren? Ausgerechnet dieses Bücher lesende, eingebildete Frauenzimmer willst du mit nach Bethanien schleppen? Was soll denn Herr Freudenreich von uns denken, wenn wir gleich mit so einer Person bei ihm aufkreuzen?«

»Hast du eine bessere Lösung?«, fragte ich aufgebracht. »Fräulein Hülshoff ist verzweifelt. Versetz dich doch bloß einmal in ihre Lage. Was würdest du denn an ihrer Stelle tun?«

Meine Mutter zuckte mit den Schultern und schüttelte sofort danach den Kopf.

»Es ist unsere Pflicht als Christenmenschen, ihr zu helfen«, erklärte ich. »Stell dir vor, sie tut sich etwas an.«

»Jette«, sagte meine Mutter, »wir können sie nicht mitnehmen. Schlag dir das aus dem Kopf.«

»Also gut. Dann sag ihr das, wenn wir sie gleich im Speisesaal sehen.«

»Ich? Was habe ich mit der Angelegenheit zu tun? Ich kenne die Person doch gar nicht.«

»Der Samariter in der Bibel kannte den armen verletzten Mann auf der Straße auch nicht und hat sich dennoch um ihn gekümmert.«

Dieses Argument war natürlich unschlagbar. Gegen die Bibel kam meine Mutter nicht an. Ich beschloss, die Gunst der Lage zu nutzen und gleich noch einen Hieb nachzusetzen. »Wenn Herr Freudenreich dir einen Brief geschickt hätte, in dem er dir mitteilt, dass er dich nun doch nicht heiraten möchte, was würdest du machen?«, fragte ich.

»Als ob er so etwas tun würde!«

»Du kennst ihn doch gar nicht. Das, was Fräulein Hülshoff passiert ist, hätte auch uns geschehen können.«

Meine Mutter seufzte. »Ich werde darüber nachdenken, Jette.« Unten im Empfangsraum läutete die Glocke. Meine Mutter erhob sich sichtlich erleichtert. »Lass uns jetzt zu Abend essen.«

»Wenn Fräulein Hülshoff nicht mitkommt, bleibe ich ebenfalls hier.« Pardauz, das war der letzte Hieb. Meine Mutter verzog das Gesicht.

»Ich verspreche dir, dass ich mir die ganze Angelegenheit durch den Kopf gehen lasse«, versicherte sie. »Lass uns nun essen gehen.«

Ich zögerte, dann nickte ich. Mehr konnte ich im Moment für Fräulein Hülshoff nicht erreichen. Außerdem hatte ich wirklich Hunger.

Vor dem Schlafengehen fiel mir Evas Geschenk wieder ein. *Mach es erst in Bethanien auf,* hatte sie gesagt. Aber sie hatte ja nicht ahnen können, dass wir in Swakopmund festsitzen würden. Bestimmt hätte sie nichts dagegen, wenn ich das Päckchen jetzt schon öffnete.

Ich riss das Papier auf und enthüllte eine kleine Messingskulptur. Eine schmale, dünne Frau mit erhobenen Armen, aus deren Schulterblättern Flügel wuchsen. Ein Schutzengel.

Denn er hat seinen Engel befohlen über dir, dass sie dich auf den Händen tragen und du deinen Fuß nicht an einen Stein stoßest, hatte Eva auf einen kleinen Zettel geschrieben. *Deine Dich schmerzlich vermissende Freundin Eva.*

Dieselben Worte, über die auch Pastor Cordes gepredigt hatte. Gestern Abend hatten sie eine solche Beklemmung in mir ausgelöst. Jetzt erschienen sie mir tröstlich und verheißungsvoll. Nachdenklich strich ich mit dem Daumen über die Skulptur. Oben am Kopf des Engels war eine kleine Öse angebracht. Ich würde einen Faden hindurchziehen und den Engel immer um meinen Hals tragen.

»Was hast du denn da?«, fragte meine Mutter, als sie den Raum betrat.

Ich schloss meine Finger um den Schutzengel. »Nichts.« Der Schutzengel war mein Geheimnis. Er würde mich nach Stellenbosch aufs Lehrerinnenseminar bringen. Und später in mein kleines Haus am Meer, zusammen mit Bertram. Ans Ziel meiner Träume.

Swakopmund, den 20. Februar 1900

Lieber Bertram,

nun sind wir nach unserer langen Seereise endlich in Swakopmund angekommen. Noch warten wir auf den Wagen, der uns nach Bethanien bringen soll, wo ich dann meinen Stiefvater kennenlernen werde. In der Zwischenzeit hatte ich Gelegenheit, mich ein wenig in der Stadt umzusehen.

Du musst Dir Swakopmund nicht als große Hafenstadt vorstellen, wie Hamburg oder Bremen. Die Stadt ist kleiner als Elberfeld, es gibt hier nicht einmal einen richtigen Bahnhof. Von einem Hafen ganz zu schweigen. Die Schiffe ankern gut einen Kilometer vor der Küste, weil sie die gefährliche Brandung nicht überwinden können, die Passagiere werden dann in kleinen Booten an Land gebracht.

Nicht nur die Eingeborenen, sondern auch die deutschen Auswanderer leben in sehr einfachen Verhältnissen. Die Häuser sind aus Holz und unter den Blechdächern an allen Seiten mit Luftlöchern versehen, damit es in der Sommerhitze nicht gar zu unerträglich wird. Gärten habe ich hier noch gar nicht gesehen, es gibt auch kaum Bäume und Büsche, nur Palmen und Kakteen.

Übrigens hab ich Dir das Neueste noch nicht erzählt. Fräulein Hülshoff, die lesebegeisterte Dame, die ich auf dem Schiff kennengelernt habe und die zufälligerweise auch in unserer Pension untergekommen ist, wird uns nach Bethanien begleiten. Sie sollte hier bei einer Familie als Gouvernante arbeiten, aber nun hat sich die Sache leider zerschlagen und Fräulein Hülshoff steht ohne einen Pfennig Geld da und hat auch keine Aussichten auf eine andere Anstellung.

Die Ärmste! Ich bin froh, dass meine Mutter eingewilligt hat, sie mitzunehmen. Für meinen Stiefvater in spe wird es doch ein Leichtes sein, ihr weiterzuhelfen. Als Missionar verfügt er sicher über weitreichende Verbindungen in der Gegend und weiß, wer eine Erzieherin brauchen kann.

Während ich hier an Dich schreibe, gleitet mein Blick durch das Fenster in den Hof. Dort bietet sich mir ein bizarres Bild: Soeben ist ein riesiges Ochsengespann durchs Tor gefahren. Neben dem Leitochsen läuft ein ganz absonderlicher Bursche. Der Kerl trägt eine weiße Damenbluse, die ihm an den Ärmeln nur bis über die Ellenbogen reicht, und eine Reiterhose, aus der statt Stiefel die nackten Beine ragen! Auf dem Kopf, als Krönung des ganzen Aufzugs, ein Jägerhütchen aus grünem Filz. Ach, Bertram, mitunter hat man das Gefühl, dass man sich hier in einem Tollhaus befindet oder zumindest im rheinischen Karneval.

Nun schließe ich mit dem Versprechen, Dir sehr bald wieder zu schreiben. Die Briefe, die ich auf dem Schiff verfasst habe, habe ich gestern aufgegeben. Vermutlich werden sie Dich erst in einigen Wochen erreichen. Ob mich wohl auch ein paar Zeilen von Dir erwarten, wenn ich in Bethanien ankomme? Das wäre ganz wunderbar.

Es grüßt Dich in großer Verbundenheit
Deine Freundin und Verlobte
Henrietta

8

»Er ist da!«

Ich konnte den Brief an Bertram gerade noch in meiner Bibel verschwinden lassen, als meine Mutter ins Zimmer eilte.

»Wer?« Zu dumm aber auch! Ich hatte keine Zeit mehr gehabt, die Tinte zu trocknen, wahrscheinlich war die Schrift jetzt ganz verwischt. Aber ich wollte auf keinen Fall, dass meine Mutter bemerkte, dass ich an Bertram schrieb.

»Wer denn wohl? Der Wagen aus Bethanien! Wir werden abgeholt.«

»Was? Jetzt schon?« Ich sprang auf. »Aber ich habe Frau Smitt gestern meinen Unterrock und die Bluse gegeben, dass sie mir die Sachen wäscht. Ich muss gleich …«

»Schon gut. Wir brechen nicht vor morgen früh auf. Die Ochsen müssen erst getränkt und gefüttert werden.«

Das Gespann, das ich durchs Fenster gesehen hatte. Der Hanswurst mit der Damenbluse kam also aus Bethanien? Ich lief zum Fenster und blickte hinaus. Der Bursche hatte die ersten beiden Ochsen inzwischen ausgespannt. Als habe er meinen Blick gespürt, drehte er sich plötzlich um und schaute hoch zu mir. Ich duckte mich unwillkürlich, das war dumm, dadurch wurde er doch erst recht auf mich aufmerksam.

»Was hast du denn?«, fragte meine Mutter irritiert.

»Nichts.« In geduckter Haltung bewegte ich mich aus dem Blickfeld.

Meine Mutter musterte mich misstrauisch, dann schüttelte sie den Kopf. »Pack deine Sachen zusammen und wasch dir die Hände, es gibt gleich Essen. Wir gehen heute zeitig zu Bett, weil wir morgen vor Tagesanbruch losfahren.«

»Wir müssen Fräulein Hülshoff Bescheid geben, dass sie sich ebenfalls fertig macht.«

Meine Mutter antwortete nicht. Nachdem ich den ganzen gestrigen Tag auf sie eingeredet hatte, hatte sie am Abend endlich eingewilligt, Fräulein Hülshoff mit nach Bethanien zu nehmen. »Auch wenn mir nicht wohl bei der Sache ist«, meinte sie. »Aber wenn Herr Freudenreich dagegen ist, kann er sie ja wieder nach Swakopmund zurückschicken.«

»Das wird er bestimmt nicht tun«, sagte ich.

Nachts wurde ich vom Rauschen des Regens wach. Ich stellte mir vor, dass ich in unserem Schlafzimmer in der Kohlstraße läge. Draußen im Garten würde der letzte Schnee weggeschwemmt, darunter kämen Schneeglöckchen und Primeln zum Vorschein. Am Bach wüchsen schon Schlüsselblumen und Buschwindröschen. Ob ich in meinem Leben jemals wieder Schneeglöckchen und Himmelsschlüssel sehen würde?

Das Rauschen wurde stärker. Regen, hier in Afrika? Ich schob die Beine aus dem Bett und ging auf nackten Füßen zum Fenster. Das Rauschen kam von den Blättern der beiden kleinen Palmen im Hof, die der Wind aneinanderrieb.

Als meine Mutter mich weckte, war es noch dunkel. Zusammen mit drei anderen Negern schleppte der Kerl in der weißen Bluse unsere Koffer aus dem Haus und verstaute sie auf dem Ochsenkarren. Danach kämpften sie mit Fräulein Hülshoffs Gepäck. Wahrscheinlich waren ihre beiden Reisetruhen bis oben mit Büchern gefüllt.

»Wie lange brauchen wir nach Bethanien?«, fragte Fräulein Hülshoff den Treiber. Sie sprach sehr laut und deutlich, nach jedem Wort legte sie eine kleine Pause ein. Er verstand aber wohl kein Deutsch, jedenfalls starrte er sie an, als habe sie ihm etwas aus einer italienischen Oper vorgesungen.

Sie versuchte es auf Englisch, aber auch darauf reagierte er nicht. Doch so schnell gab Fräulein Hülshoff nicht auf. »Du heißen?«, fragte sie den Hottentotten.

»Petrus«, erwiderte er kurz, dann wandte er sich seinen Ochsen zu.

Fast vier Wochen würden wir unterwegs sein, das erfuhren wir schließlich von Samuel, der den Treck als Ochsenwächter begleitete und im Gegensatz zu Petrus ein wenig Deutsch sprach.

»Vier Wochen!« Meine Mutter war entsetzt. In seinen Briefen hatte Freudenreich mit keinem Wort erwähnt, dass der Weg zur Station so lang war. Vielleicht hatte er vorausgesetzt, dass uns das klar wäre.

Der Ochsenwagen holperte nun schon seit zwei Stunden über den *Baaiweg*, wie Samuel den Pfad durch die Wüste nannte. Zwei tiefe Rillen, die die Räder anderer Karren hinterlassen hatten, zogen sich schnurgerade durch eine karge Mondlandschaft. An manchen Stellen löste sich die Spur auf, dann sanken die Beine der achtzehn Ochsen bis zu den Fesseln im Sand ein. Sie wurden deshalb aber nicht langsamer, sondern zogen uns gleichmäßig voran wie Maschinen, bis sie wieder festeren Boden unter den Füßen hatten.

Um uns herum breitete sich das Land aus wie ein großes Bettlaken, das lange nicht mehr gewaschen worden war. Graue Sanddünen, so weit das Auge reichte. Hier und dort lagen Felsbrocken, ansonsten gab es keinen Baum, keinen Strauch, nicht einmal einen Dornbusch. Am Horizont türmten sich Hügel auf, einer höher als der andere, bis sie im Blau des Himmels verschwammen.

Auf dem Bock neben dem Kutscher durfte abwechselnd eine von uns Frauen Platz nehmen, im Moment fuhr meine Mutter mit, Fräulein Hülshoff und ich gingen zu Fuß.

»Eigenartig, dass der Treiber weder Deutsch noch Englisch spricht«, sinnierte Fräulein Hülshoff. »Die Hottentotten sind doch dafür bekannt, dass sie neue Sprachen außergewöhnlich schnell erlernen. Deshalb gibt es ja auch so viele Orlams unter ihnen.«

Orlams, das hatte sie mir bereits vor ein paar Tagen erklärt, wurden die Hottentotten genannt, die lange im Dienst der Weißen gestanden hatten.

»In einigen Gegenden sind die Nama schon so lange domestiziert, dass bereits eine Vermischung der Rassen stattgefunden hat«, plauderte sie weiter. »Unsere Pensionswirtin aus Swakopmund ist das beste Beispiel dafür. Sie ist ein *Baster,* vermutlich aus der Gegend von Rebohoth. Es ist ja nun nichts Ungewöhnliches, dass sich die Rassen innerhalb einer Kolonie miteinander paaren …«

»Nun ist es aber gut.« Meine Mutter beugte sich so weit über den Kutschbock, dass sie fast herunterfiel. »Ich möchte Sie doch bitten, sich zu mäßigen. Jette ist ja noch ein Kind.«

Ich spürte, wie mein Gesicht heiß und rot wurde vor Wut. *Jette ist ja noch ein Kind.* Ich war fast siebzehn und verlobt, auch wenn meine Mutter davon nichts wusste. Wie lange wollte sie mich denn noch wie eine Sechsjährige behandeln? Auch Fräulein Hülshoff blasses Gesicht verfärbte sich rosa, sie biss sich betreten auf die Lippen.

Ich ging schneller. Wie sehr ich mich in solchen Momenten nach meinem Vater sehnte. Er hatte immer alle meine Fragen beantwortet, obwohl meine Mutter auch damals protestiert hatte, dass bestimmte Themen nichts für ein junges Mädchen seien. Aber warum denn nicht?, hatte mein Vater gefragt. Es geht doch um ganz natürliche Zusammenhänge, die Gott geschaffen hat wie die Menschen und Tiere auch.

Inzwischen stand die Sonne hoch am Himmel und tauchte die Kraterlandschaft in ein gleißendes, hartes Licht. Wie sehr sehnte ich mich bereits jetzt nach dem wolkenbedeckten Himmel in Swakopmund. Und nach dem Wind! Hier draußen in der Wüste regte sich kein Lüftchen.

Fräulein Hülshoff spannte ihren Sonnenschirm auf und meine Mutter und ich holten die Strohhüte aus dem Gepäck, die wir in Swakopmund auf Anraten der Pensionswirtin erstanden hatten.

Die Landschaft veränderte sich. Wir wanderten durch ein Aquarellbild, aus dem die Farben herausgewaschen worden waren: Auf dem hellen Gelbbraun der Erde schimmerten silberne Grasbüschel, in der Ferne erhoben sich hellrote Felsen, darüber spannte sich der riesige hellblaue Himmel. Fräulein Hülshoff machte mich auf eine Gruppe Springböcke aufmerksam, die über die Steppe galoppierte, die grazilen Tiere sahen aus, als wären sie mit Kreide in die Landschaft gezeichnet worden.

Als wir ein Wasserloch erreichten, hob Petrus seine Schwippe und gab den Befehl zur Rast. Wir atmeten erleichtert auf. Unsere Begleiter spannten die Ochsen aus, der Kutscher holte das Kochgeschirr vom Wagen und machte Feuer.

Währenddessen tranken die Ochsen, danach wanderten sie grasend in alle Himmelsrichtungen davon.

Das Wasser des Teichs, das die Burschen für den Kaffee schöpften, war braun vor Lehm. »Wir werden krank werden, wenn wir davon trinken«, murmelte Fräulein Hülshoff, als die Neger jedem von uns einen dampfenden Emaillebecher reichten. Aber dann nahm sie doch einen vorsichtigen Schluck. »Schmeckt gut«, murmelte sie.

Es stimmte, stellte ich fest, der Kaffee war wirklich gut. Stark und würzig und sehr süß. Dazu gab es getrocknetes Fleisch und Fladenbrot.

»Wenn es nur nicht so heiß wäre, wäre alles erträglicher«, seufzte meine Mutter.

Wir saßen ein Stück abseits von den Negern im Schatten des Planwagens. Von meinem Platz aus konnte ich Petrus' Profil sehen, der gleichmütig geradeaus starrte, die Lider leicht über die Augen gesenkt, als wäre er kurz davor, einzuschlafen. Seine Gesichtszüge waren bemerkenswert, die Wangenknochen sehr prominent, die Augen schmal und leicht schräg stehend, die Nase recht schmal für einen Neger. Wenn seine Haut nicht so dunkel gewesen wäre, hätte er wie ein Indianer ausgesehen. Oder jedenfalls so, wie ich mir einen Indianer vorstellte, ich hatte ja noch nie einen zu Gesicht bekommen.

Er rauchte Pfeife, während seine Kameraden Kaffee tranken und schwatzten. Nur Samuel saß nicht bei ihnen. Petrus hatte ihm die Schwippe überreicht, daraufhin war er den Ochsen gefolgt. Offensichtlich war es seine Aufgabe, die Tiere während der Rast zu hüten und hinterher wieder zusammenzutreiben.

Das seltsame Kauderwelsch der Hottentotten war durchzogen von Schnalz-, Klick- und Schmatzlauten. Ich fragte mich, wie es einem möglich sein sollte, in diesem Klanggewirr einzelne Worte auszumachen.

»Ob es sehr schwer ist, die Hottentottensprache zu erlernen?«, überlegte ich laut.

»Wie kommst du darauf?«, fragte meine Mutter.

»Ich würde sie gerne verstehen. Ob Herr Freudenreich sie mir beibringt?«

»Der Gründer von Bethanien, Missionar Schmelen, hat das Neue Testament in die Nama-Sprache übersetzt«, mischte sich jetzt Fräulein Hülshoff wieder ein. »Ich würde zu gerne einmal eines der übersetzten Exemplare sehen. Ich frage mich nämlich …«

»Es ist sicherlich wichtiger, dass die Eingeborenen unsere Sprache erlernen, als dass wir uns auf ihr Niveau herablassen«, unterbrach meine Mutter sie.

Wie kalt und unfreundlich ihr Ton war, wenn sie mit Fräulein Hülshoff sprach! Auch wenn es ihr leidtat, dass sie sich darauf eingelassen hatte, Fräulein Hülshoff mit nach Bethanien zu nehmen, so war das noch lange kein Grund, sie dermaßen grob zu behandeln!

Wir hatten erwartet, dass wir nach einer kurzen Rast wieder aufbrechen würden, aber wir lagerten bestimmt drei Stunden lang an dem Wasserloch.

»Warum vertrödeln wir bloß so viel Zeit?«, fragte meine Mutter beunruhigt.

»Die Ochsen müssen ausruhen«, sagte Fräulein Hülshoff.

Meine Mutter starrte in ihre leere Kaffeetasse, als hätte sie nichts gesagt.

»Morgens fruh wir trecken«, erklärte Samuel uns, nachdem er die Ochsen zurückgetrieben hatte und sie wieder eingespannt worden waren. »Dann rasten, dann trecken bis Sonne weg. Nachts geht weiter.«

»Hab ich das richtig verstanden?«, fragte meine Mutter, als er uns den Rücken zugedreht hatte. »Wir sollen auch in der Nacht weiterziehen?«

»Dann ist es zumindest kühler«, kommentierte Fräulein Hülshoff mit lauter Stimme vom Bock aus. Sie konnte es einfach nicht lassen, sich einzumischen.

Nach dem Abendessen wanderten wir tatsächlich noch ein paar Stunden durch die Dunkelheit. Obwohl über uns die Sterne funkelten, war es so finster, dass Frau Hülshoff und ich uns am Wagen festhielten, um nicht vom Weg abzukommen. Ich hatte meiner Mutter den Platz auf dem Bock überlassen, weil sie vollkommen erschöpft war, auch wenn sie das vor Fräulein Hülshoff niemals zugegeben hätte.

Die Nachtruhe selbst war nur wenige Stunden lang, wir würden ja vor Sonnenaufgang schon wieder aufbrechen. Für uns drei Frauen stellten die Burschen am Wegrand Pritschen auf, sie selbst rollten sich am Feuer auf der bloßen Erde zusammen.

Fräulein Hülshoff fiel sofort in einen tiefen Schlaf, auch meine Mutter begann nach wenigen Minuten ruhig und gleichmäßig zu atmen. Nur ich wälzte mich von der einen Seite auf die andere, aber jedes Mal, wenn ich fast eingedämmert war, wachte ich mit einem Ruck wieder auf. Irgendwann setzte ich mich auf und starrte in die Dunkelheit der Wüste. Das Feuer war zu einer rötlichen Glut zusammengefallen. Die Ochsen standen locker im Geschirr. Ich hörte, wie sie schmatzend wiederkäuten.

Ich schlang meine Arme um meine Knie. Wie kühl es auf einmal war. Kaum zu glauben, dass wir mittags so unter der Hitze gelitten hatten. Dann hörte ich ganz in der Nähe ein Krächzen. Ich wandte mich um und fuhr zusammen. Oben auf dem Kutschbock hockte ein riesiger Vogel. Den Rücken gebeugt, den Kopf zwischen die Schultern geduckt, starrte er mich aus einem einzelnen gierigen Auge an.

Ich biss mir auf die Finger, um nicht vor Entsetzen zu schreien. Was war das für ein schreckliches Untier? Ich hatte noch nie etwas von einem so gigantischen Raubvogel gehört, aber es gab so viele Dinge, von denen ich keine Ahnung hatte. Keiner der Männer hatte den Vogel bemerkt, auch meine Mutter und Fräulein Hülshoff ahnten nicht, in welcher Gefahr sie schwebten. Meine Finger tasteten nach Evas Schutzengel, der an dem Band um meinen Hals hing.

Da bewegte sich die Gestalt auf dem Bock. Es war gar kein Vogel, es war Petrus, der sich zum Schutz gegen die Kälte in eine Decke gehüllt hatte! Und was ich für ein glühendes Auge gehalten hatte, war die Glut seiner Pfeife. Nun drehte er den Kopf und blickte zu mir herüber. Ich wollte mich rasch hinlegen, aber er hatte mich schon entdeckt. Also blieb ich sitzen und sah ihm dabei zu, wie er rauchte.

Später klopfte er seine Pfeife am Kutschbock aus, die Funken stoben wie Glühwürmchen zu Boden. Ich wartete darauf, dass er vom Wagen stieg, um sich ebenfalls hinzulegen, aber er rührte sich nicht. Er würde Wache halten, während wir ruhten …

Also legte ich mich hin und diesmal schlief ich sofort ein.

Das war der Rhythmus unserer Reise. Wir wanderten am frühen Morgen und in den Abendstunden, in der schlimmsten

Mittagshitze rasteten wir. Nach dem Abendessen ging es dann noch einmal ein bis zwei Stunden auf die *Pad,* wie die Burschen den Fahrweg nannten.

Die meiste Zeit saß meine Mutter oben auf dem Bock, während ich mit Fräulein Hülshoff neben dem Wagen herging. Auf der ganzen Reise begegneten wir keinem einzigen Weißen, auch Neger trafen wir so gut wie keine. Nur einmal passierten wir einen Kraal. Vor den runden Strohhütten hockten halb nackte Weiber, ihre Kinder spielten im Staub. Sie starrten uns voller Neugierde an, so als wären wir die Wilden und sie die Besucher. Fräulein Hülshoff erwiderte ihre Blicke mit dem gleichen unverhohlenen Interesse, während meine Mutter verschämt den Blick von den nackten Brüsten abwandte.

»Haben Sie gesehen, dass sämtliche Eingeborenenfrauen Halsketten tragen?«, fragte Fräulein Hülshoff mich hinterher. »Ein Negerweib würde niemals seinen bloßen Hals zeigen. Genauso wenig, wie eine Europäerin mit unbekleidetem Oberkörper spazieren geht.«

»Woher wissen Sie das?«, fragte ich sie beeindruckt.

»Ich halte Augen und Ohren offen«, erklärte sie. »Und ich liebe es, Neues zu lernen. Ich kann gar nicht genug davon kriegen.«

Ich sehe heute noch vor mir, wie ihre Augen glänzten, als sie das sagte.

Deutsch-Südwest war menschenleer, aber Tiere gab es hier in Hülle und Fülle. Wir begegneten riesigen Herden von Springböcken, Kudus und schwarz-weißen Gemsen. Wir sahen Strauße, Zebras, Antilopen und Paviane, die in einem Kreis im Gras saßen, als hielten sie eine Familienversammlung ab. Unsere Begleiter hoben nicht einmal die Köpfe, wenn die Tiere in der Ebene auftauchten, aber Fräulein Hülshoff und ich gerieten jedes Mal außer uns.

Manchmal flogen Schwalben über uns. Ich stellte mir vor, dass sie aus Deutschland kamen und hier in Afrika überwinterten. In wenigen Wochen würden sie wieder in den Norden zurückfliegen. Wir würden hierbleiben. Der Gedanke machte mich zugleich wehmütig und stolz.

9

Ich kann mich heute nicht mehr erinnern, wie ich mir Bethanien ursprünglich vorgestellt habe. Vielleicht als ein richtiges Dorf aus kleinen Steinhäusern. Seit ich das wirkliche, das echte Bethanien kenne, wurden alle vorherigen Bilder und Vorstellungen aus meinem Gedächtnis gewischt wie Kreide von einer Tafel.

Als unser Ochsengespann auf dem Platz vor der Missionskirche einfuhr, staubte der Sand so, dass wir unsere Augen schließen mussten. Dann sahen wir, was es zu sehen gab: Bethanien war eine Ansammlung von Baracken. Eine Handvoll zerfallener Rundhütten, die sich um die kleine, weiße Missionskirche und das Steinhaus des Missionars drängten wie abgemagerte Rinder um ein Wasserloch. Daneben der Friedhof, den man mit einem hohen Eisengitter umgeben hatte, damit die Springböcke nicht die Disteln und das Unkraut von den Gräbern fraßen.

Vor dem Missionshaus stand etwa ein Dutzend Menschen und starrte uns an. Es waren lauter Schwarze, bis auf einen weißen Mann. Natürlich hätte mir sofort klar sein müssen, dass das der Missionar war, Immanuel Freudenreich, der zukünftige Mann meiner Mutter. Mein neuer Vater.

Aber genauso wenig, wie das echte Bethanien dem Bethanien meiner Vorstellung entsprach, passte der wirkliche Missionar Freudenreich zu dem Bild, das ich mir von ihm gemacht hatte. Der wirkliche Missionar, der jetzt auf den Ochsenwagen zukam, war ein Stück kleiner als meine Mutter, die auch nicht übermäßig groß war. Er war sehr dünn, sodass sein schwarzer Anzug seinen Körper regelrecht umschlotterte. Und er war alt. Sein Gesicht war so faltig wie das von Trudes Großvater, den man immer auf seinem Schaukelstuhl am Ofen festband, damit er nicht aufstand und davonlief. Ein langer, weißer Flaumbart wucherte aus Freudenreichs Kinn und fiel auf seine Brust. Auf seinem Kopf hatte er dagegen kaum noch Haare, das erkannte man jetzt, da er den Hut abnahm.

»Guten Abend. Witwe Hauck, nehme ich an?«

Er streckte meiner Mutter seinen dünnen Arm entgegen. Sie zögerte. Vielleicht war sie genauso enttäuscht wie ich. Vielleicht hatte sie auch einfach Bedenken, den Arm zu nehmen. Herr Freudenreich wirkte zu schwach, als dass man sich auf ihn stützen wollte.

»Hatten Sie eine angenehme Reise?«, fragte Freudenreich, als wir alle vom Wagen gestiegen waren.

»Danke«, sagte meine Mutter. »Wir können wirklich nicht klagen.« Dabei hatten wir die letzten Wochen in gleißender Gluthitze auf einem Ochsenkarren und die Nächte auf dem harten Wüstenboden verbracht. »Das hier …«, fuhr sie fort, »… ist meine Tochter Jette.«

»Henrietta«, korrigierte ich sie schnell.

Herr Freudenreich reichte mir die Hand. »Guten Tag, Jette.«

»Und das ist Fräulein Hülshoff, die wir aus Swakopmund mitgebracht haben, weil sie sich dort in einer … misslichen Lage befunden hat«, erklärte meine Mutter.

Fräulein Hülshoff reichte Herrn Freudenreich ebenfalls die Hand. »Die Familie, die mich als Gouvernante einstellen wollte, hat sich das Ganze anders überlegt, kaum dass ich angekommen war. Nun bin ich hier in Afrika, ohne Anstellung und ohne die nötigen Mittel, um wieder nach Deutschland zurückzukommen«, erklärte sie ihm. »Ihre … Zukünftige war so freundlich, mir ihre Unterstützung anzubieten. Deshalb bin ich hier.«

Freudenreichs Blick wanderte irritiert von Fräulein Hülshoff zu meiner Mutter und wieder zurück.

»Vielleicht haben Sie ja Verbindungen zu Deutschen, die eine Hausdame oder Lehrerin suchen«, ergänzte Fräulein Hülshoff hastig. »Ich bin, weiß Gott, weder anspruchsvoll noch zimperlich, was die Verhältnisse betrifft.«

»Eine Hausdame oder eine Lehrerin«, wiederholte Freudenreich befremdet, als hätte Fräulein Hülshoff sich nach einer Anstellung als Seiltänzerin erkundigt.

»Nun ja«, sagte meine Mutter betreten, »ich hoffe, es war nicht anmaßend, dass ich Fräulein Hülshoff mitgebracht habe. Aber ich dachte …«

»Durchaus nicht«, sagte Herr Freudenreich. Er räusperte sich. »Ich werde Ihnen nun die Gemeindeältesten vorstellen und dann die Kirche und das Haus zeigen.«

Die Gemeindeältesten waren die Hottentotten, die vor dem Haus standen. Als Herr Freudenreich uns ihnen vorstellte, verwendete er tatsächlich die Nama-Sprache! Wir verstanden natürlich kein Wort, aber die Neger traten einer nach dem anderen zu uns und schüttelten uns die Hände.

Ich musste plötzlich an die Ältesten in der Kohlstraße denken: Herrn Schneider, Herrn Dr. Müller, Herrn Dinger, Herrn Braunfels, Herrn Hiekel, Herrn Bartholomé, Direktor Fuchs. Was würden sie für Augen machen, wenn sie ihre Amtskollegen hier sehen könnten! Im Gegensatz zu Petrus waren die Neger zwar ordentlich angezogen, aber wie zerschlissen und abgetragen waren ihre Anzüge. »Nun also die Räumlichkeiten«, sagte Freudenreich und räusperte sich erneut.

Die alte Kirche, die der erste Missionar Schmelen noch hatte erbauen lassen, diente inzwischen als Schule. Die neue Kirche war ein klobiges Gebäude aus grauen Steinen, von innen so karg und schlicht ausgestattet wie von außen, ein Altartisch, dahinter ein Kreuz und anstelle von Kirchenbänken standen einzelne Stühle auf dem wurmstichigen Holzboden. Das Wohnhaus bestand aus fünf Räumen. Die Küche, eine Stube, ein kleines Studierzimmer, eine Kammer, in der ich zunächst gemeinsam mit meiner Mutter schlafen würde, und ein Schlafzimmer mit einem Doppelbett. Die Tür zu diesem Raum öffnete Freudenreich allerdings nur kurz, als wäre es unziemlich, dass wir ihn überhaupt zu Gesicht bekamen.

Wir gingen im Gänsemarsch hinter ihm her, während er uns die Räume zeigte, zuvorderst meine Mutter, dann ich und zum Schluss Fräulein Hülshoff, für die es im Haus ganz offensichtlich keinen Platz gab, das war uns klar, als wir hinterher in der Stube standen.

»Ich werde Susanna sagen, dass sie Sie fürs Erste bei den Dienstboten unterbringt«, erklärte Freudenreich.

Susanna war seine Haushälterin, eine stämmige Negerin in einer blütenweißen gestärkten Schürze, die nun wie auf ein Stichwort das Wohnzimmer betrat, ein Tablett mit Teegeschirr und Butterbroten in den Händen. »Stets zu Ihren Diensten«, sagte sie in gebrochenem Deutsch, als Freudenreich sie vorstellte.

»Susanna spricht unsere Sprache recht gut«, sagte Freudenreich. »Allerdings wird es sich nicht vermeiden lassen, dass Sie die Nama-Sprache so schnell wie möglich erlernen.«

Der letzte Satz war eindeutig an meine Mutter gerichtet, die allerdings nicht reagierte. Dagegen nickten Fräulein Hülshoff und ich eifrig.

»Ansonsten können Sie sich hier ja kaum verständigen«, fuhr Freudenreich fort. »Außer Susanna verstehen nur Petrus und Samuel Deutsch.«

»Petrus?«, fragte ich erstaunt. »Meinen Sie etwa den Treiber?«

Herr Freudenreich wirkte irritiert. Meine Mutter starrte auf ihre Hände, die sie im Schoß gefaltet hielt. Vielleicht dachte sie daran, wie sie Fräulein Hülshoff auf der Fahrt nach Bethanien zurechtgewiesen hatte. *Es ist sicherlich wichtiger, dass die Eingeborenen unsere Sprache erlernen, als dass wir uns auf ihr Niveau herablassen.* Nun stellte sich heraus, dass so gut wie niemand auf der Station Deutsch sprach.

»Uns gegenüber hat er aber so getan, als könnte er uns nicht verstehen«, sagte ich.

»Er beherrscht Deutsch und auch ein wenig Kapholländisch, glaube ich«, entgegnete Freudenreich.

Ich sah Fräulein Hülshoff an, die kaum merklich mit den Schultern zuckte.

Während wir den Tee tranken und die belegten Brote aßen, erzählte Herr Freudenreich von der Lungenseuche, die einem Großteil der Rinder der Station das Leben gekostet hatte. Und dass man nun neues Vieh besorgen müsste, was angesichts der hohen Rinderpreise eine Zumutung sei. Außerdem sei es viel zu trocken für die Jahreszeit. Meine Mutter seufzte und nickte. Danach redeten wir kein Wort mehr. Selbst Fräulein Hülshoff schwieg, vielleicht grübelte sie darüber nach, ob sie nicht doch besser in Swakopmund geblieben wäre.

»Wie lange leben Sie schon in Afrika?«, fragte meine Mutter den Missionar endlich.

»Dreiundzwanzig Jahre«, gab er zurück. »Seit sechs Jahren in Bethanien.« Dann schwieg er wieder.

Ich kaute das trockene, dunkle Brot, das dünn mit Margarine bestrichen war, und dachte über Petrus nach. Wenn er wirklich Deutsch sprach, wie Freudenreich sagte, warum hatte er dann die ganze Zeit so getan, als könnte er uns nicht verstehen? Vielleicht wollte er uns belauschen. Wenn wir gewusst hätten, dass er unsere Sprache beherrscht, hätten wir uns nie und nimmer so offen über alles ausgetauscht.

Nachdem wir unseren Tee getrunken hatten, räumte Susanna den Tisch ab.

»Sie kommen«, befahl sie Fräulein Hülshoff. »Ich zeige, wo schlaft.«

Fräulein Hülshoff erhob sich. »Alsdann. Ich werde mich direkt zurückziehen, wenn Sie mich entschuldigen wollen. Vielen Dank für die freundliche Aufnahme und das Mahl.«

»Sie werden sicherlich ebenfalls müde sein«, sagte Freudenreich zu meiner Mutter.

Sie nickte erleichtert.

»Dann möchte ich mich jetzt verabschieden.« Er räusperte sich. »Ich habe mir übrigens erlaubt, die Hochzeit für den 2. April anzusetzen. Es wird natürlich nur eine schlichte Zeremonie, das versteht sich von selbst.«

Meine Mutter nickte erneut. »Natürlich.«

Bis zum 2. April waren es weniger als zwei Wochen. Herr Freudenreich verlor wirklich keine Zeit, dabei kannten er und meine Mutter sich doch noch gar nicht.

Nun stand er auf und reichte uns die Hand. »Susanna wird Ihnen alles zeigen, was Sie benötigen. Gute Nacht.«

Er war schon fast an der Tür, als mir plötzlich Bertram wieder einfiel. »Sagen Sie, ist in den letzten Wochen vielleicht Post für mich angekommen?«, fragte ich zögernd. »Aus Elberfeld?«

Als er mich ansah, fiel mir zum ersten Mal die eigenartige Farbe seiner Augen auf. Sie waren goldbraun wie dunkler Bernstein. Raubtieraugen, die überhaupt nicht zu seinem alten, faltigen Gesicht passten. Dieser Blick! Er schien durch meine Augen in meinen Kopf zu dringen. Und was entdeckte er dort? Alle meine Geheimnisse? Dinge, von denen ich selbst nichts wusste? Ich schaute zu Boden.

»Nichts ist angekommen«, sagte Freudenreich.

Bethanien, den 27. März 1900

Lieber Bertram,

eine ganze Woche sind wir nun schon hier in Bethanien, aber die Zeit ist so rasch verflogen, dass ich noch nicht dazu gekommen bin, Dir zu schreiben.

Leider hat mich noch keiner von den Briefen erreicht, die Du mir hoffentlich geschrieben hast. Vielleicht sind sie ja noch unterwegs. Hoffentlich sind sie nicht verloren gegangen. Es passiert oft, dass Post auf dem Weg von Deutschland nach Deutsch-Südwestafrika verloren geht, sagt Susanna.

Susanna ist Herrn Freudenreichs Haushälterin – und die Herrin über die Missionsstation. Jedenfalls was die Dinge angeht, die den Haushalt und die Landwirtschaft betreffen. Nun kannst Du Dir sicher vorstellen, dass das für meine Mutter nicht einfach ist. Wann immer sie eine Entscheidung trifft, und sei es auch nur, was es am nächsten Tag zum Mittages-

sen geben soll, stellt Susanna alles wieder infrage und am Ende werden die Dinge genau so gemacht, wie Susanna es möchte – und meine Mutter guckt in den Mond.

Das Schlimme ist, dass Susanna natürlich zumeist auch noch recht hat. Immerhin kennt sie das Land und die Leute und ist hier aufgewachsen, während für meine Mutter und mich alles Neuland ist.

Meine Mutter scheint sich inzwischen mit der Situation abgefunden zu haben, zumindest versucht sie kaum noch, gegen Susannas Herrschaft anzugehen. Sie sitzt den ganzen Tag in der Stube und stopft Freudenreichs Strümpfe oder bestickt Taschentücher, als ob in dieser Umgebung irgendjemand bestickte Taschentücher bräuchte.

Mich scheint Susanna als eine Art Dienstmagd zu betrachten, im Rang ein bisschen über den Nama-Mädchen angesiedelt, aber nicht weit. Sie beschäftigt mich den ganzen Tag. Morgens muss ich die beiden Kühe und die drei Ziegen melken, die Milch schleudern und die Schafe füttern. Dann gibt es Frühstück und hinterher wasche ich das Geschirr ab. So geht es dann bis zum Abend weiter, wenn Susanna mich auch nur eine Sekunde beim Nichtstun beobachtet – beim Faulenzen, wie sie es nennt –, dann lässt sie sich sofort eine neue Aufgabe für mich einfallen. Sie ist wie Rosa, Frau Künstner und meine Mutter in einer Person.

Du lachst jetzt wahrscheinlich, aber es ist nicht so lustig, wie es sich anhört. Es ist, als wäre ich um die halbe Welt gereist, um wieder in dieselbe Zwangslage zu geraten, in der ich auch vorher gesteckt habe. Vielleicht hätte ich doch in der Kohlstraße bleiben sollen.

Ach, Bertram, wenn Du nur nicht noch so viele Jahre mit Deinem Studium verbringen müsstest! Wenn Du doch schon *hier wärst und wir unser gemeinsames Leben beginnen könnten. Aber das Jammern hat keinen Sinn, wir müssen geduldig sein. Ich muss geduldig sein.*

Es grüßt Dich sehnsuchtsvoll
Deine Freundin Henrietta

Postscriptum: Beim nochmaligen Durchlesen ist mir aufgefallen, dass ich zwar eine Menge über Susanna geschrieben habe, aber kaum ein Wort über unsere neue Heimat und meinen Stiefvater in spe.

Zum Land: Wie man es von Afrika erwartet, ist es furchtbar heiß und trocken hier, obwohl eigentlich in diesen Wochen Regenzeit herrschen sollte. Zu Freudenreich mehr in meinem nächsten Brief. Nur so viel: Er ähnelt keineswegs Pastor Cordes, den ich auf dem Schiff kennengelernt habe. Leider nicht.

10

Ich gab mir wirklich Mühe, Freudenreich kennenzulernen. Ich wollte kein Urteil über ihn fällen, bis er mir vertrauter war. Der erste Eindruck ist nicht der entscheidende, versuchte ich, mir einzureden. Nach der ersten Enttäuschung gab ich ihm eine zweite Chance, und danach eine dritte und eine vierte. Bis er Fräulein Hülshoff aus Bethanien fortschickte. Danach hörte ich auf, mich anzustrengen.

Das Ganze passierte kurz nach der Hochzeit, einige Wochen, nachdem wir nach Bethanien gekommen waren.

Die Hochzeit selbst war so schlicht, dass sie mir heute kaum noch in Erinnerung ist. Drei Tage vorher hatte es zu regnen begonnen. Wie ein schwerer bleigrauer Vorhang war das Wasser vom Himmel auf die Erde gefallen. Die Fahrrinnen auf dem Baaiweg und das Wasserloch hinter dem Friedhof hatten sich binnen Stunden mit graubraunen Fluten gefüllt. Der Missionar aus Keetmanshoop hielt die Zeremonie ab, dann gab es ein gemeinsames Mahl mit den Ältesten, das wegen des Regens nicht im Freien, sondern in der Schule stattfand. Es gab Ziegenbraten mit Kürbissen, zum Nachtisch Kompott.

Danach zog meine Mutter aus meiner Kammer in Freudenreichs Schlafzimmer um, das war das Einzige, was sich änderte. Susanna behielt ihre Vormachtstellung in der Missionsstation bei. »Ich schon gemacht«, sagte sie, wenn meine Mutter auch nur die geringsten Anstalten machte, eine Entscheidung zu treffen.

»Du musst sie in ihre Schranken weisen«, riet ich ihr. »Sie muss merken, dass du jetzt die Herrin im Haus bist.«

Meine Mutter lächelte müde, als ob ich einen Scherz gemacht hätte.

Wie hätte sie Susanna in ihre Schranken weisen sollen, wenn sie nicht einmal ihre Sprache verstand? Freudenreich setzte sich zwar jeden Abend mit ihr an den Esstisch und versuchte, sie in der Nama-Sprache zu unterrichten, aber meine Mutter war in etwa so gelehrig wie der Rabe, den Trude im vorletzten Winter eingefangen hatte und dem wir das Sprechen hatten beibringen wollten. Auch nach wochenlangen Bemühungen hatte er nicht ein einziges Wort gelernt. Frustriert hatten Trude und ich aufgegeben, und ähnlich frustriert war nun auch Herr Freudenreich.

»Das kann doch nicht wahr sein!«, rief er, als meine Mutter das Nama-Wort für *Haus* zum zehnten Mal vergessen hatte. »Jeder Hottentotte lernt schneller als du.«

Ich kochte vor Wut, als ich das hörte. Wie konnte Freudenreich es wagen, so mit meiner Mutter zu sprechen! Sie dagegen seufzte nur.

Am Anfang hatte ich selbst noch an den Lektionen teilgenommen. Immerhin war ich ja sehr begierig darauf, die Eingeborenensprache zu erlernen. Aber der Missionar war ein genauso sprunghafter wie ungeduldiger Lehrer, er erwartete viel zu schnell viel zu viel von seinen Schülern. »Das habe ich doch nun schon hundertmal erklärt«, herrschte er uns an, wenn wir ihm eine Frage stellten. Also ließ ich meine Mutter bald allein mit ihm am Tisch sitzen und besuchte während der Unterrichtsstunden lieber Fräulein Hülshoff.

Sie war in diesen ersten Wochen in Bethanien mein einziger Halt. Tagsüber saß sie meist im Schatten des Kameldornbaumes hinter dem Ziegenstall und las. Um sie herum pickten die Hühner im Wüstensand nach Insekten.

»Wo nehmen Sie eigentlich Ihre ganze Lektüre her?«, fragte ich sie einmal. »Oder lesen Sie die gleichen Bücher immer wieder? Dann müssten Sie sie inzwischen doch fast auswendig kennen.«

»Ein gutes Buch kann man mehr als einmal lesen und findet doch immer wieder etwas Neues darin«, gab sie zurück.

Sie wirkte stets zufrieden und ausgeglichen. Wenn ich mich über Susanna beschwerte oder über meine Mutter klagte, die alles mit sich machen ließ, dann versuchte Fräulein Hülshoff, mich zu besänftigen. »Ihre Mutter ist ja nun Herrn Freudenreichs Frau, da muss sie sich mit ihm arrangieren. Wenn sie ständig aufbegehrte, gäbe es doch den lieben langen Tag nur Streit. Nehmen Sie es gelassen, in ein paar Jahren verlassen Sie die Station und fangen ein eigenes Leben an.«

Und Sie?, hätte ich gerne gefragt. Wann fangen Sie Ihr eigenes Leben an? Aber natürlich stellte ich die Frage nicht. Was hätte mir Fräulein Hülshoff auch antworten sollen? Ohne Freudenreichs Hilfe fand sie keine neue Anstellung. Und ohne neue Anstellung kam sie aus Bethanien nicht weg.

Doch der Missionar schien keinerlei Anstrengungen zu unternehmen, sie irgendwohin zu vermitteln. Es war, als ob er völlig vergessen hatte, dass sie überhaupt da war. Dabei hätte man sie auch in Bethanien hervorragend beschäftigen können. Weil Freudenreich sich als Missionar um so viele Dinge zu kümmern hatte, fiel der Schulunterricht für die Nama-Jungen allzu häufig aus.

»Sie wären doch eine perfekte Lehrerin für die kleinen Hottentotten«, sagte ich zu Fräulein Hülshoff. »Und im Unterschied zu mir und meiner Mutter wäre es für Sie bestimmt ein Leichtes, die Nama-Sprache zu erlernen. Warum schlagen Sie meinem Stiefvater das nicht einmal vor?«

Sie lächelte milde. »Das habe ich doch schon längst getan.«

Er hatte abgelehnt. Offensichtlich hatte er Susanna Anweisung gegeben, Fräulein Hülshoff ebenfalls zu ignorieren. Denn im Gegensatz zu mir ließ man sie nicht einmal im Haushalt mitarbeiten. Gleichwohl bot sie ihre Hilfe immer wieder aufs Neue an.

»Ich könnte die Gartenarbeit übernehmen«, schlug sie vor. »Oder Fenster putzen«

»Lassen Sie nur«, sagte Susanna, ohne sie dabei anzusehen. »Wir schaffen schon allein.«

In ein paar Jahren verlassen Sie die Station, hatte Fräulein Hülshoff zu mir gesagt. Als ob das nichts wäre, ein paar Jahre. Ich fand es unvorstellbar, so lange in Bethanien zu bleiben. Ich musste vorher einen Ausweg finden.

»In Stellenbosch im Kapland gibt es ein Pensionat für Missionarstöchter«, erzählte ich beim Mittagessen. »Haben Sie schon einmal davon gehört?«

Die Frage war an Herrn Freudenreich gerichtet. Obwohl er mir nach der Hochzeit angeboten hatte, dass ich ihn nun *Vater* nennen könnte, blieb ich doch weiterhin beim förmlichen *Sie* und bei der Anrede *Herr Freudenreich*. Alles andere wollte mir einfach nicht über die Lippen. Vielleicht fühlte er sich deshalb nicht angesprochen, jedenfalls aß er seine Süßkartoffeln weiter und schwieg. Auch meine Mutter reagierte nicht. Nur Fräulein Hülshoff zuckte mit den Schultern.

»Vielleicht wäre das ja etwas für uns beide«, wagte ich mich noch weiter vor. »Ich als Schülerin und Sie als Lehrerin.«

Nun hob sie den Kopf.

Freudenreich dagegen beugte sich noch tiefer über seinen Teller.

»Die Schule wird von der Rheinischen Missionsgesellschaft betrieben«, ergänzte ich. »Vielleicht könnte man einmal anfragen, wie die Aufnahmebedingungen aussehen.«

Freudenreich aß weiter. Ich hatte auf einmal den fast unwiderstehlichen Drang, mit meinen Fingern gegen seinen kahlen Hinterkopf zu klopfen. *Guten Tag! Wohnt hier jemand?* So wie unser Lehrer in der Volksschule es immer gemacht hatte, wenn einer von uns Schülern nicht richtig aufgepasst hatte. Aber natürlich beherrschte ich mich.

»Man kann dort nämlich eine Ausbildung zur Kleinkinderlehrerin machen«, schob ich nun hinterher, und jetzt blickte Freudenreich doch endlich auf.

»Und wozu sollte das gut sein, eine solche Ausbildung?«, fragte er. Seine braungelben Raubtieraugen glitzerten drohend. »Dann bildest du dir ein, dass du etwas weißt und bist stolz darauf. Aber meinst du, dass dich danach noch ein Mann heiraten will? Eine Frau, die ihm Vorträge hält und immer alles besser weiß?«

Ich schnappte nach Luft und schaute Hilfe suchend zu meiner Mutter, die meinen Blick aber nicht erwiderte. »Ich bin überzeugt, dass es genügend Männer gibt, die eine kluge und gebildete Frau einem einfältigen Trampel vorziehen.« Ich war selbst überrascht darüber, wie ruhig und beherrscht meine Stimme klang. Ich habe sogar einen gefunden, der mich nehmen wird, hätte ich gerne hinzugefügt, aber das wagte ich dann doch nicht. Außerdem hatte Bertram bislang immer noch nichts von sich hören lassen.

Freudenreich schob seinen Teller von sich und erhob sich. »Was du denkst und meinst, spielt hier keine Rolle«, sagte er kühl. »Hast du das noch nicht verstanden, Jette?«

Nein. Aber so langsam begann ich, es zu begreifen.

Das Mädchenpensionat in Stellenbosch würde für mich ein Traum bleiben. Das wusste ich nach diesem Gespräch.

»Das ist wirklich schade«, sagte Fräulein Hülshoff, als wir uns am Nachmittag unter dem Kameldornbaum trafen. »Aber vielleicht ist es besser so.«

»Wie bitte?« Ich starrte sie ungläubig an. »Sind Sie etwa auch der Meinung, dass ein Mädchen keine Ausbildung braucht, weil es umso begehrenswerter ist, je dümmer es ist?«

»Diese Schule in Stellenbosch ist nicht die einzige Möglichkeit auf der Welt, sein Wissen zu erweitern. Ich habe auch keine besonders gute Schulbildung und schon gar keine Universität besucht und dennoch denke ich, dass ich mich mit vielen studierten Männern messen kann. Ich habe mich eben selbst gebildet und jede Gelegenheit genutzt, meine Kenntnisse zu vertiefen.«

»Aber ich bin nicht so intelligent wie Sie. Ich brauche Lehrer, die mir etwas beibringen. Hier in Bethanien habe ich außer Ihnen keine Menschenseele, mit der ich mich austauschen kann. Und Sie werden mich ja nun in absehbarer Zeit auch verlassen.«

»Sie werden andere Menschen finden, die Ihnen weiterhelfen«, versicherte mir Fräulein Hülshoff. »Glauben Sie mir, die Zertifikate und Zeugnisse, die man sich in Schulen erwirbt, werden zumeist überschätzt. Die Leute denken immer, dass einer etwas können muss, nur weil er ein Blatt Papier vorweisen kann, mit einem Stempel und einer Unterschrift darauf. Dabei lernt man die wirklich wichtigen Dinge nicht in ein paar Jahren auf der Schule, sondern sein ganzes Leben lang.«

»Aber nicht, wenn man hier in Bethanien versauert.«

»Ihr Stiefvater meint es bestimmt nicht böse. Und vielleicht ändert er seine Meinung ja auch noch. Man darf die Hoffnung nicht aufgeben.«

Das war wirklich unglaublich! Freudenreich behandelte Fräulein Hülshoff wie Luft und sie verteidigte ihn sogar noch vor mir. »Warum sind Sie nur immer so großzügig und geduldig?«, fragte ich jetzt. »Verlieren Sie denn niemals Ihre Beherrschung?«

Aber diese Frage war ihr wieder viel zu persönlich, weshalb sie rasch das Thema wechselte. »Ich muss Ihnen eins meiner Bücher über Wilhelm von Humboldt leihen«, sagte sie. »Ein großer Gelehrter, der niemals eine richtige Schule besucht hat.«

Es war sinnlos. Fräulein Hülshoff hätte wahrscheinlich auch am Marterpfahl nichts über sich verraten. Sie war und blieb mir ein Rätsel. Obwohl ich sie nun schon mehr als drei Monate kannte und eine Vielzahl an Dingen mit ihr diskutiert hatte, wusste ich so gut wie gar nichts über sie.

Doch dann brachte Freudenreich alles ans Licht.

Anfang April teilte er Fräulein Hülshoff beim Frühstück mit, dass sie nach dem Essen in sein Studierzimmer kommen sollte.

Nun hat er doch etwas für sie gefunden, dachte ich, und

freute mich für Fräulein Hülshoff, aber gleichzeitig war ich auch traurig. Ich würde sie furchtbar vermissen, daran gab es keinen Zweifel. Auch wenn sie mir keine Freundin war wie Eva, so konnte ich doch über alle meine Fragen und Zweifel mit ihr reden.

Susanna hatte mich zum Butterschlagen in den Kühlraum geschickt. Als ich damit fertig war, schlich ich mich an der Küche vorbei und rannte zum Kameldornbaum. Aber die windschiefe Bank, auf der Fräulein Hülshoff für gewöhnlich saß, war leer. Ob sie immer noch bei Freudenreich war? Seit dem Frühstück war jedoch eine gute Stunde vergangen, so viel gab es doch bestimmt nicht zu bereden. Ich rannte zurück ins Haus. Die Tür zu seinem Studierzimmer war geschlossen, als ich daran lauschte, hörte ich niemanden.

Wo konnte Fräulein Hülshoff sonst stecken? Ich suchte sie im Haus, auf dem Hof, im Garten und rannte am Ende sogar in den Stall. Dort stand Petrus und striegelte einen der Ochsen. Er drehte sich nicht zu mir um, obwohl er mich gehört haben musste. So ein Rüpel! Und wie er wieder angezogen war! Er trug ein viel zu weites, gestreiftes Hemd, das ihm halb aus der Hose hing, und einen alten Schlapphut auf dem Kopf. Die Vogelscheuchen in Elberfeld waren besser angezogen als er.

»Hast du Fräulein Hülshoff gesehen?«, fragte ich.

Keine Reaktion. Er wandte nicht einmal den Kopf in meine Richtung.

»Hast du mich nicht gehört?«, fuhr ich ihn an. »Du verstehst doch Deutsch, oder etwa nicht? Kannst du mich nicht anschauen, wenn ich mit dir spreche?«

Er drehte sich mit geradezu aufreizender Langsamkeit zu

mir um und starrte mir ins Gesicht. »Ich nix sehen Fraulein.«

Hinter dem Ochsenstall standen die Pontoks der Angestellten, sieben kleine bienenkorbförmige Lehmhütten. In einer der Rundhütten war Fräulein Hülshoff untergebracht, das wusste ich von Susanna. Ich hatte Fräulein Hülshoff aber noch nie in ihrer Unterkunft besucht, sie hielt sich immer im Freien auf, weil es in der Hütte so unerträglich heiß war.

Ich spähte durch die Öffnung nach drinnen. Die ersten drei Pontoks waren leer, erst in der vierten Hütte fand ich Fräulein Hülshoff. Sie hockte auf einer niedrigen Pritsche, die mit einem Strohsack bedeckt war. Neben ihr stand eine Truhe, die offensichtlich als Tisch und Schrank zugleich diente. Ansonsten gab es kein Mobiliar. Die Rundhütte war kleiner als unsere Kabine auf der *Gertrud Woermann* und sehr viel dunkler, weil der Raum kein Fenster hatte. Nur durch die Türöffnung fiel etwas Tageslicht.

»Was gibt es denn, Henrietta?« Ihre Stimme klang ungewohnt schroff.

»Ich … wollte nur … ich habe Sie gesucht.«

»Nun haben Sie mich gefunden.«

»Ja. Entschuldigung. Ich wollte Sie nicht stören.«

»Sie stören ja auch nicht.« Jetzt war ihre Stimme wieder ruhig und freundlich. »Aber es ist sehr eng hier.«

»Ja. Vielleicht gehen wir besser nach draußen. Wir könnten uns in den Hof setzen.«

»Jetzt nicht, Henrietta. Ich muss meine Sachen packen.«

»Sie wollen packen? Aber sind Sie … ich meine, hat Freudenreich Ihnen eine Stellung besorgt?«

Sie schüttelte traurig den Kopf.

»Aber warum wollen Sie denn dann …?« Mir kam ein schrecklicher Gedanke. »Schickt er sie etwa weg?«

Fräulein Hülshoff seufzte. »So sieht es wohl aus. Petrus soll mich nach Keetmanshoop bringen.«

»Und dann? Wo wollen Sie denn hin?«

Sie versuchte ein Lächeln, das von ihrem Gesicht rutschte. »Ich weiß es nicht, Henrietta.«

»Warum?«, fragte ich. »Warum macht er so etwas?«

Sie zögerte einen Moment lang. Dann holte sie tief Luft. Vermutlich wollte sie mich wegschicken, also setzte ich mich schnell neben sie auf die Pritsche.

»Was ist passiert?«

Sie zuckte mit den Schultern. »Dein Stiefvater hat sich über mich erkundigt. Es war nicht allzu schwer, ich hatte ihm den Namen der Leute genannt, die mich nach Afrika geholt haben und dann doch nicht haben wollten. Familie von Schneck. Er hat an sie geschrieben und sie nach dem Grund ihrer Absage befragt. Und gestern kam die Antwort.« Ihre Stimme brach. Sie zog ein kleines Taschentuch aus der Rocktasche und tupfte damit über die Augen, während sie versuchte, ihre Fassung wiederzugewinnen.

»Was haben ihm diese Leute denn mitgeteilt?«

»Dass ich eine ehrlose Frau bin, ein Luder, ein gefallenes Mädchen.« Fräulein Hülshoff sprach jetzt wieder in einem so gleichmütigen Ton, als ginge es um das Mittagessen. »Das haben sie geschrieben. Wobei ich den genauen Wortlaut natürlich nicht kenne.«

»Ach, kommen Sie. Warum sollten sie so etwas über Sie verbreiten?«

»Weil es stimmt. Ich hatte vor einigen Jahren eine Liebschaft mit einem Mann. Meine Familie ahnte nichts davon.

Sie müssen wissen, dass ich aus gutem Hamburger Hause stamme. Der Mann dagegen war aus eher einfachen Verhältnissen, sehr klug, aber eben nicht begütert. Meine Eltern hätten die Verbindung niemals gebilligt. Aber ich liebte ihn und wollte ihn heiraten. Und er wollte mich auch.« Sie knetete ihre Finger. »Wir trafen uns heimlich, es war … sehr romantisch. Und dann, eines Tages, war ich … da merkte ich plötzlich … also, mir wurde bewusst, dass ich ein Kind erwartete.«

»Du liebe Zeit!«, flüsterte ich.

»Ich war sehr erschrocken. Aber seltsamerweise auch froh. Es war, als ob Gott mir die Entscheidung abgenommen hätte, verstehst du? Nun mussten wir heiraten, dagegen konnte auch meine Familie nichts mehr einwenden.«

»Aber Sie sind nicht verheiratet. Was ist geschehen?«

»Er hat mich verlassen. Mich und die Stadt, noch in der derselben Nacht, nachdem er von meinen Umständen erfahren hatte. Er war einfach weg. Ich habe nie mehr etwas von ihm gehört.«

»Der Schuft!«

Fräulein Hülshoff zuckte mit den Schultern. »Ich kann es einfach nicht glauben, dass er mich sitzen gelassen hat. Wir haben uns doch so geliebt. Vielleicht ist ihm etwas zugestoßen. Vielleicht liegt er irgendwo, tot und unerkannt, ohne dass irgendjemand davon weiß.«

Sie liebt ihn immer noch, dachte ich.

Sie schien meinen Gedanken zu erraten und lächelte bitter. »Vielleicht mache ich mir auch nur etwas vor, weil ich nicht einsehen will, dass er feige und gewöhnlich war.«

»Was ist dann geschehen?«, fragte ich atemlos.

»Ich erzählte meinen Eltern erst von meiner Lage, als es

sich nicht länger verheimlichen ließ. Sie schickten mich zu Verwandten aufs Land, wo ich das Kind gebar. Man hat es mir direkt nach der Geburt weggenommen, ich weiß nicht einmal, ob es ein Junge oder ein Mädchen war. Ich selbst bin nach meiner Niederkunft wieder zurück in mein Elternhaus. Wenn ich nicht so stur und starrköpfig gewesen wäre, dann wäre vielleicht alles noch gut geworden. Aber es ging nicht mehr.«

»Wie meinen Sie das? Ich verstehe nicht.«

»Meine Eltern verhielten sich, als ob nichts passiert wäre. Sie behandelten mich genau wie früher, das Leben ging einfach weiter.«

»Aber das war doch … sehr großzügig von ihnen.«

Fräulein Hülshoff lächelte traurig. »Sehr großzügig, ja, wirklich. Es ging ihnen nicht um mich, sondern um ihren guten Ruf. Um die Meinung der Nachbarn, der Verwandtschaft, der Bekannten. Niemand sollte erfahren, dass ich ein Kind der Schande geboren hatte. Man suchte fieberhaft nach einem geeigneten Ehemann für mich. Ich wurde in der feinen Hamburger Gesellschaft angeboten wie eine Mastgans. Ständig schleppten mich meine Eltern auf Diners, Soirees, zu Opernbällen und Empfängen. *Lieber Herr von Soundso-Schnick-und-Schnack, kennen Sie eigentlich schon unsere bezaubernde Tochter? Ach, der Herr ist schon verlobt? Dann entschuldigen Sie die Störung, wir müssen weiter!* Irgendwann konnte und wollte ich das Spiel nicht mehr mitspielen.«

»Was haben Sie gemacht?«

»Es war auf einem Empfang nach einer Opernpremiere. Meine Eltern hatten mich gerade dem Sohn eines wichtigen Senators vorgestellt, alles verlief hervorragend. Der junge

Mann war charmant, geistreich und – das war natürlich die Hauptsache – noch nicht gebunden, und dennoch …«

»Was?«

»Ich verlor die Beherrschung. Oder vielmehr die Nerven. Vielleicht auch den Verstand. In jedem Fall fragte ich ihn, sehr freundlich, ob ihm bekannt sei, dass ich erst vor wenigen Wochen ein illegitimes Kind geboren hätte. Der arme Kerl wurde bleich wie Kreide und begann zu stammeln. Die ganze Situation war so absurd komisch: der junge Mann, der vor mir stand und herumdruckste, seine verwirrten Eltern, meine eigenen entsetzten Eltern, die gaffende Hamburger Crème de la Crème. Ich konnte nicht anders, ich musste einfach lachen. Erst verhalten, aber dann brach es aus mir heraus, ich bog mich, schrie und brüllte vor Lachen, bis ich fast die Besinnung verlor.«

Fräulein Hülshoff runzelte die Stirn, als könne sie sich selbst nicht mehr vorstellen, dass sie einmal dermaßen außer sich geraten war.

»Noch in derselben Nacht brachten mich meine Eltern in eine Nervenklinik. Die Ärzte verordneten mir strikte Ruhe, aber ich wollte keine Ruhe. Ich wollte … ich weiß auch nicht, was ich wollte. Jedenfalls riss ich aus und mietete mich in einer Pension ein. Es dauerte natürlich nicht lange, bis meine Eltern mich dort entdeckt hatten und wieder zurück in die Anstalt bringen ließen. Dieses Mal passte man dort besser auf mich auf. Ich wurde Tag und Nacht bewacht. Drei Jahre lang. Dann entließen mich die Ärzte endlich als geheilt. Dabei war ich nie krank gewesen.« Fräulein Hülshoff seufzte. »Immerhin hatten meine Eltern inzwischen eingesehen, dass mich kein Mann der Hamburger Gesellschaft mehr zur Frau nehmen würde. Die Geschichte hatte sich herumgesprochen und ich war ja auch nicht mehr die Jüngste. Mein Vater kam auf die Idee, mich als Gouvernante nach Afrika zu schicken. Mithilfe seiner Beziehungen konnte er mich hier im Schutzgebiet an eine angesehene deutsche Familie vermitteln. Aber die von Schnecks waren ganz offensichtlich misstrauisch. Auf jeden Fall stellten sie eigene Nachforschungen an und als sie der Wahrheit auf die Spur kamen, wollten sie mich nicht mehr akzeptieren. Den Rest kennen Sie ja. Bethanien und Ihr Stiefvater waren sozusagen meine letzte Hoffnung, der Strohhalm, aus dem ich mich aus dem selbst verschuldeten Schlamassel ziehen wollte. Aber nun …«

Ihr Blick glitt von ihren Händen ab, fiel auf den Lehmboden und blieb dort liegen.

»Herr Freudenreich kann Sie doch nicht einfach so Ihrem Schicksal überlassen und wegschicken! Wo sollen Sie denn leben in Keetmanshoop, was sollen Sie dort anfangen?«

»Das habe ich ihn auch gefragt.«

»Und? Was hat er geantwortet?«

Jetzt hob Fräulein Hülshoff den Kopf und sah mich an. Das Weiß ihrer Augen war von feinen roten Linien durchzogen wie Marmor. »Das hätte ich mir früher überlegen sollen, sagte er.«

»Pah! Ich werde noch einmal mit ihm reden. Er kann Sie doch nicht einfach ins Elend stoßen.«

»Es hat keinen Sinn, Henrietta.« Fräulein Hülshoff legte ihre Hand auf meine, als müsste sie mich trösten und nicht umgekehrt.

»Dann schreibe ich an Pastor Cordes. Er ist ein viel großzügigerer Mann als Freudenreich. Er wird Sie aufnehmen.«

»Pastor Cordes konnte mich nicht ausstehen«, sagte Fräulein Hülshoff sachlich, während sie sich erhob. Die niedrige

Decke zwang sie in eine leicht gebückte Haltung. »Ich habe selbst schon sämtliche Möglichkeiten betrachtet, die sich mir bieten, und bin auf keine Lösung gekommen.«

»Sie müssen wieder zurück nach Hamburg«, rief ich. »Ihre Familie muss Sie wieder aufnehmen!«

»Zurück in mein Elternhaus? Nein, niemals.« Ihre Stimme klang auf einmal eisig. »Wenn Sie mich jetzt entschuldigen wollen, Henrietta. In einer halben Stunde erwartet mich Petrus und ich habe noch nicht gepackt.«

Ich konnte es nicht glauben. Ich wollte es nicht glauben. Ich rannte zu Freudenreich und stellte ihn zur Rede. »Wie können Sie nur! Haben Sie denn kein Herz? Die arme Frau!«

Er schraubte seinen Füllfederhalter sorgfältig zu und legte ihn auf ein Holzbrett neben dem Tintenfass. Nun erst schaute er mich an. »Die arme Frau?«, wiederholte er befremdet. »Was hat sie dir denn erzählt? Dass ich sie im Stich gelassen habe? Ich habe ihr wohl einen Ausweg aus ihrer verzweifelten Lage angeboten. Aber sie wollte ihn durchaus nicht akzeptieren.«

»Was für einen Ausweg?«, fragte ich verwirrt.

»In Windhuk gibt es ein Heim für gefallene Mädchen und Frauen, das von der Rheinischen Missionsgesellschaft geführt wird. Ich wollte ihr einen Brief an die Heimleitung mitgeben und genügend Geld, sodass sie sich dem Ochsentreck anschließen kann, der in drei Tagen aus Keetmanshoop losgeht. In Windhuk würde man sie sicherlich aufnehmen, sofern sie Willen zur ehrlichen Umkehr und Reue zeigt. Aber das war dem Fräulein wohl nicht fein genug, jedenfalls hat sie dankend abgelehnt. Nun, sie wird sehen, was sie davon hat. Als Hausdame oder Gouvernante wird sie gewiss nicht unterkommen, es wäre ja auch eine rechte Gefahr, ihr unschuldige Kinder anzuvertrauen.«

»Warum?«, fragte ich empört. »Sie ist klug, belesen und gebildet, dazu freundlich und geduldig. Dafür, dass sie einmal einen Fehler gemacht hat, kann man sie doch nicht für alle Lebzeiten bestrafen.«

»Sie ist anmaßend und selbstgerecht, eitel und uneinsichtig«, erwiderte Freudenreich, während sich seine Raubtieraugen wieder in mein Gesicht bohrten. »Und du läufst Gefahr, dieselbe schiefe Bahn einzuschlagen wie sie, wenn du nicht achtgibst.« Daraufhin nahm er seinen Füllfederhalter wieder zur Hand. Das Gespräch war beendet.

Ich rannte zu meiner Mutter in die Wohnstube. »Du wirst nicht glauben, was ich soeben erfahren habe«, keuchte ich und ließ mich neben ihr auf einen Stuhl fallen.

Sie hob nicht einmal den Kopf von ihrer Näharbeit. »Was ist denn passiert?«

Ich erzählte ihr, was mir Fräulein Hülshoff erzählt und Freudenreich dazu gesagt hatte. Aber noch bevor ich meinen Bericht beendet hatte, war mir klar, wie sie reagieren würde. Meine Mutter mochte Fräulein Hülshoff nicht. Sie bereute längst, dass sie sie mit nach Bethanien genommen hatte. Und sie würde sich ganz gewiss nicht gegen Freudenreich auflehnen, nur um *dem eingebildeten Frauenzimmer,* wie sie Fräulein Hülshoff immer nannte, zu helfen.

»Was sagst du dazu?«, fragte ich.

»Eine bedauerliche Situation.« Sie biss den Faden von ihrer Näharbeit ab. »Aber Herr Freudenreich hat ihr doch einen Ausweg angeboten, oder?« Auch sie nannte den Missionar weiterhin *Herrn Freudenreich,* wenigstens mir gegenüber. Ihn selbst sprach sie dagegen mit *Immanuel* an, aber nur, wenn eine Anrede unbedingt erforderlich war.

»Er will sie in einem Heim für Strafentlassene und ehemalige Freudenmädchen unterbringen!«, rief ich empört.

Meine Mutter öffnete den Mund, um zu antworten, aber dann verschluckte sie sich und begann zu husten. Ich dachte zuerst, dass sie absichtlich hustete, um nicht antworten zu müssen.

»Hast du dich erkältet?«, fragte ich, als sie sich nach einigen Minuten immer noch nicht beruhigt hatte.

Sie hob eine Hand und schüttelte den Kopf, während sie nicht aufhörte zu keuchen. Sie zog ein Taschentuch aus dem Rock, presste es vor den Mund und erstickte damit schließlich den Husten.

»Wir können doch nicht zulassen, dass Freudenreich Fräulein Hülshoff einfach so wegschickt«, kehrte ich zu meinem Thema zurück, als sie sich endlich wieder beruhigt hatte. »In einem fremden Land, ohne Familie, Freunde und Geld landet sie doch unweigerlich auf der Straße.«

»*Herr* Freudenreich«, korrigierte meine Mutter mich.

»Meinetwegen. Herr Freudenreich.«

»Wir können nichts tun. Alles, was geschehen ist, hat sie sich selbst zuzuschreiben.«

Ich stand auf, verließ den Raum und zog die Tür mit sehr viel Nachdruck ins Schloss. Als ich wegging, hörte ich, wie meine Mutter wieder zu husten begann.

Ich konnte mich nicht einmal mehr von Fräulein Hülshoff verabschieden. Als ich in den Hof kam, fuhr der Ochsenkarren gerade vom Platz. Ich rannte hinter ihm her, laut schreiend und rufend wie die Negerkinder, die uns in Swakopmund immer um Almosen angebettelt hatten. Aber der Karren wurde nicht langsamer und Fräulein Hülshoff, die neben Petrus auf dem Bock saß, drehte sich auch nicht nach mir um. Sie hielt ihren kleinen Sonnenschirm über sich aufgespannt und saß sehr aufrecht, den Blick nach vorn gerichtet.

Vielleicht hörte sie mich auch gar nicht über dem Geratter der Räder.

Bethanien, den 2. April 1900

Lieber Bertram,

so viele Wochen bin ich nun schon von Dir getrennt, so viele Briefe hab ich Dir bereits geschrieben, aber immer noch habe ich keine Antwort von Dir bekommen. Ob es Dir genauso geht? Ob Du Deine Briefe an mich auch in eine Leere hineinschreibst, ohne dass sie mich je erreichen? Vielleicht denkst Du ja am Ende, dass ich Dich über all dem Neuen ganz vergessen habe. Oh, wenn ich Dir doch nur versichern könnte, dass dem nicht so ist.

Hier ist so vieles geschehen, von dem ich Dir gerne berichten würde, aber ich bin so traurig über Dein Schweigen, dass ich es nicht schaffe, die Zeilen zu Papier zu bringen. Denn in mir wachsen die Zweifel.

Vielleicht erhältst Du meine Briefe ja doch. Aber anstatt sie zu lesen, wirfst Du sie ungeöffnet fort. Weil da jemand anderes ist, eine andere, die Dir nun so wichtig ist, wie ich es einmal war.

Es grüßt Dich sehr betrübt
Deine Freundin Henrietta

11

Nachdem Fräulein Hülshoff Bethanien verlassen hatte, floss ein Tag in den anderen wie im Herbst der Hochnebel über den Wupperauen.

Morgens nach dem Aufstehen hielt Freudenreich eine Andacht in der Anstaltskirche, an der alle Bewohner Bethaniens teilnahmen. Er betete und predigte auf Nama, meine Mutter und ich saßen stets ganz vorne und hingen unseren eigenen Gedanken nach, weil wir kein Wort verstanden. Glücklicherweise waren seine Gebete und seine Ansprachen immer sehr kurz, die Morgenandacht dauerte niemals länger als eine halbe Stunde. Während Freudenreich auf der Kanzel stand, glitten seine Raubtieraugen von links nach rechts über die vereinzelten Stühle, als läse er in einem großen Buch. Fehlte einer der Schwarzen, so suchte der Missionar ihn gleich nach der Andacht unweigerlich in seiner Hütte auf.

»Hottentotten sagen, dass krank, aber in Wahrheit sin' nix krank. Sin' besoffen vom Schnaps«, erklärte Susanna mir. »Aber der Herr Freudenreich weiß immer, ob is krank oder besoffen.«

Den Teufel Alkohol bekämpfte mein Stiefvater mit aller Leidenschaft. Schnaps wurde in Bethanien nicht geduldet, und wer sich nicht an das strikte Alkoholverbot hielt, der musste die Station verlassen.

»Nama nix kann trinken Schnaps«, unterstrich Susanna. »Trinken bisschen, trinken immer mehr, trinken ganz' Fass leer.«

»Na, du musst es ja wissen«, sagte ich bissig. »Du gehörst doch schließlich auch dazu.«

Sie presste die Lippen zusammen und antwortete nicht. Ich wusste natürlich, dass es sie kränkte, wenn man sie mit den anderen Negern auf eine Stufe stellte, wo sie sich ihnen doch so überlegen fühlte. Als Rache für die Bemerkung schickte sie mich hinterher auf den Friedhof, um das Unkraut von den Gräbern der früheren Missionare zu jäten. Nach der Regenzeit war die Erde längst wieder ausgetrocknet und steinhart, also riss ich das dürre Gras und die Kakteengewächse einfach nur oberflächlich ab. Beim nächsten Regenguss würden die Wurzeln neu austreiben, aber was kümmerte es mich. Während mir die Sonne in den Nacken stach und das dornige Unkraut in meine Finger, stellte ich mir vor, dass Freudenreich in einem der Gräber lag und Susanna gleich daneben. Die Vorstellung bereitete mir so viel Freude, dass mir angst wurde.

Auf der Kohlstraße hatten meine Mutter und ich nicht gerade im Überfluss gelebt, aber im Vergleich zu Bethanien war unser Speiseplan üppig und abwechslungsreich gewesen. In der Missionsstation gab es jeden Tag das gleiche Essen: Brot und Ziegenmilch zum Frühstück, zum Mittagessen Graupensuppe, abends Rüben- oder Zwiebelgemüse, mitunter auch Krauteintopf. Sonntags gab es zum Frühstück ein Ei und mittags Dörrfleisch, das war die einzige Abwechslung. Das Gemüse stammte aus dem kleinen Garten hinter dem Haus, der mithilfe des Brunnens mühsam bewässert wurde. Es waren andere Gemüsesorten, als wir sie aus Elberfeld kannten, die Rüben waren kleiner und dunkler, das Kraut schmeckte leicht bitter. Aber Susanna bemühte sich, das Ganze so

»deutsch« wie möglich zuzubereiten – wie Rosa auf dem Kratzkopp würzte sie mit getrocknetem Majoran, Liebstöckel und Dill.

Die Hottentotten benutzten dagegen ganz andere Zutaten und Gewürze. Das roch ich jedes Mal, wenn ich an der Feuerstelle vorbeiging, auf der die Negerfrauen ihr Essen zubereiteten. Ich hätte die Speisen zu gerne einmal gekostet und blieb des Öfteren neugierig stehen, in der Hoffnung, dass mich eine der Frauen zum Essen einladen würde, aber das geschah nie. Die Namafrauen nickten mir zwar freundlich zu, dann wandten sie sich aber sofort wieder ihren Feuerstellen zu. Vielleicht hatten sie Angst, dass ich ihnen alles wegessen könnte.

Mitte April kam ein Brief von Eva aus Stellenbosch. Sie berichtete von ihrer neuen Schule, ihren Mitschülerinnen, den Lehrerinnen und den Streichen, die sie und ihre neuen Freundinnen ihnen spielten. *Und wie ist es Dir ergangen?,* fragte sie. *Ist Dein neuer Stiefvater nach Deinem Geschmack oder bist Du enttäuscht von ihm? Hast Du auf der Missionsstation eine Freundin gefunden? Wann kommst Du nach Stellenbosch?*

Ich brauchte fast zwei Wochen, um eine kurze, nichtssagende Antwort zu verfassen. *Herr Freudenreich scheint recht freundlich, aber bis jetzt ist es mir nicht gelungen, richtig warm mit ihm zu werden,* schrieb ich. *Vielleicht kommt es ja noch. Man darf die Hoffnung nicht aufgeben.*

Warum schrieb ich Eva nicht die Wahrheit? Warum schilderte ich ihr nicht, wie schrecklich Freudenreich war und dass ich mich ganz bestimmt niemals mit ihm anfreunden würde? Weil es keinen Sinn hatte. Eva würde mich nicht verstehen. Sie konnte mich nicht verstehen. Ihre Situation war nicht mit der meinen zu vergleichen. Ihre Schule und Bethanien – das waren zwei verschiedene Welten. Genau wie ihr Vater und Herr Freudenreich.

Seit Fräulein Hülshoff weg war, war ich vollkommen allein. Es gab keinen mehr, mit dem ich mich hätte austauschen können. Meine Mutter begann sofort nervös zu husten, wenn ich nur in ihre Nähe kam. Einige der Hottentottenmädchen, die auf der Missionsstation lebten, waren zwar in meinem Alter, aber mit ihnen konnte ich mich nicht verständigen. Wenn sie mich sahen, kicherten sie und unterhielten sich in ihrer unverständlichen Sprache. Wahrscheinlich machten sie sich über mich lustig.

Nachts träumte ich davon, dass Fräulein Hülshoff nach mir rief. Ich hörte ihre Stimme in der Dunkelheit der Wüste, aber ich konnte sie nirgendwo sehen. Diese Träume sind ein Zeichen, dachte ich. Fräulein Hülshoff brauchte meine Hilfe, aber wie konnte ich sie unterstützen, wenn ich keine Ahnung hatte, wo sie steckte? Vielleicht konnte Petrus mir helfen. Als ich hinter dem Ochsenstall nach Eiern suchte, die die Hühner immer im Dornengestrüpp versteckten, mistete er gerade die Verschläge aus.

»Weißt du zufällig, was aus dem Fräulein geworden ist, das du neulich nach Keetmanshoop gebracht hast?«, fragte ich ihn.

Er hörte auf zu fegen und starrte mich ausdruckslos an. Heute trug er eine blau-weiße Matrosenmütze zu einer karierten Weste. Wo nahm er bloß immer diese abscheulichen Kleidungsstücke her?

Als er nicht reagierte, wiederholte ich die Frage, wobei ich noch langsamer und deutlicher sprach. Immer noch keine

Reaktion. Er verstand mich einfach nicht. Es war ja auch egal. Selbst wenn er mir hätte sagen können, ob Fräulein Hülshoff nach Windhuk oder zurück nach Swakopmund oder in irgendeine andere Stadt gefahren war, was würde mir das nützen? Ich saß hier in Bethanien fest, ohne Geld, ohne Verbindungen, ich konnte ihr nicht helfen.

Von einem Moment zum anderen standen meine Augen voll Tränen. Ich bückte mich rasch, damit er sie nicht sah.

»Vielleicht Petrus kennt Name von Straße, wohin ist gefahren Fraulein«, sagte er.

Mein Kopf schoss wieder nach oben. »Du kennst ihre Adresse? Wie lautet sie?«

Er schüttelte den Kopf. »Vielleich' ich kenn'.«

Jetzt begriff ich. Er wollte mir die Information verkaufen. »Wie viel willst du dafür haben?«

Seine Augen wurden einen Moment lang ganz schmal, dennoch sah ich die Gier darin aufleuchten.

»Ich hab kein Geld«, sagte ich hastig. »Aber ich kann dir … etwas anderes geben.« Tatsächlich? Was konnte ich ihm bieten, damit er mir Fräulein Hülshoffs Adresse nannte? »Meine Kette!« Ich zog das Band aus der Bluse, an dem der Schutzengel hing, den mir Eva zum Abschied gegeben hatte. »Das ist echtes Gold.« Oder zumindest echtes Messing, aber der Unterschied kümmerte einen Hottentotten bestimmt nicht. »Wenn du mir die Straße nennst, bekommst du sie.«

Petrus' Augen wanderten von meinem Gesicht zu dem Anhänger und wieder zurück.

»Was ist?«, fragte ich ungeduldig.

Er schüttelte wieder den Kopf, wandte sich ab und spuckte verächtlich in die schmutzige Streu. Er hatte sich wohl mehr erhofft. Unverschämter, gieriger Bursche.

Meine Mutter wurde jeden Tag ein bisschen schwächer, aber ich merkte es nicht. Ich war viel zu sehr mit meinen eigenen Gefühlen beschäftigt. Mit meiner Sorge um Fräulein Hülshoff. Mit meiner Wut auf Freudenreich und Susanna, die mir immer mehr Lasten und Pflichten auflud. Und nie war sie mit meiner Leistung zufrieden.

»Nix gut«, bemerkte sie kopfschüttelnd, nachdem ich fast eine Stunde lang die Diele, den Wohnraum, die Küche und unsere Kammer gefegt hatte. »Alles voll Sand.«

»Natürlich ist alles voller Sand«, gab ich wütend zurück. »Während ich ihn unten noch aus dem Haus fege, fliegt er ja durch die Fenster wieder herein.«

Sie nahm mir wortlos den Besen aus der Hand und fegte die Diele mit schnellen, kurzen Bewegungen aus. »Siehst du?«, fragte sie hinterher.

Der Boden wirkte tatsächlich erheblich sauberer, aber das gab ich natürlich nicht zu. »Nichts sehe ich«, meinte ich nur und warf den Kopf in den Nacken.

Abends stellte mich Freudenreich zur Rede. »Mir ist zugetragen worden, dass du es Susanna gegenüber an Respekt mangeln lässt.«

Ich schnappte nach Luft. Susanna war eine Negerin, eine einfache Dienstbotin. Durch Freudenreichs Heirat mit meiner Mutter war ich ihr vorgesetzt. Wenn hier also einer dem anderen Respekt schuldete, dann sie mir.

»Sie lässt mich den ganzen Tag schuften«, verteidigte ich mich mürrisch. »Und sosehr ich mich auch abmühe, ständig hat sie etwas an meiner Arbeit auszusetzen.«

Freudenreich hob seinen Kopf nur ein kleines Stück, aber ich konnte sehen, wie seine Augen zu glimmen begannen. »Wer zugrunde gehen soll, der wird zuvor stolz«, zitierte er leise aus der Bibel. »Und Hochmut kommt vor dem Fall.«

»Ich bin nicht stolz«, widersprach ich empört. »Und ganz gewiss nicht hochmütig. Aber Susanna behandelt mich wie das niedrigste Dienstmädchen. Da ist es mir früher auf dem Kratzkopp noch besser ergangen. Zumindest bekam ich damals hin und wieder ein paar Groschen für meine Arbeit.« Die letzten beiden Sätze waren eigentlich für meine Mutter bestimmt, die sofort zu husten begann. Sie zog ein Taschentuch aus dem Rock, presste es vor den Mund und verließ in gebückter Haltung den Raum.

Es stimmte gar nicht, was ich da sagte. Susanna behandelte mich nicht schlechter, als Frau Künstner oder Rosa es getan hatte. Und einen Lohn für meine Arbeit hatte ich damals auch so gut wie nie bekommen. Aber als ich noch auf der Kohlstraße gelebt hatte, hatte ich Freunde gehabt. Bertram, Trude und die anderen Mädchen, die ich noch aus der Schule kannte. Hier war ich ganz und gar allein. Und was noch viel schlimmer war: Auf der Kohlstraße hatte mich die Hoffnung aufrechterhalten, dass alles irgendwann einmal besser werden würde. Dass ich aufs Lehrerinnenseminar gehen und ein neues Leben beginnen würde.

Hier in Bethanien war ich dagegen am Ziel.

Hier gab es keine Hoffnung mehr.

»Es steht dir nicht zu, dich über Susanna zu erheben«, sagte Freudenreich. »Wahrlich, ich sage euch: Was ihr getan habt einem unter diesen meinen geringsten Brüdern, das habt ihr mir getan.«

Das war der Tropfen, der das Fass für mich zum Überlaufen brachte. Nach allem, was geschehen war, predigte Freudenreich *mir* christliche Nächstenliebe. Wütend sprang ich auf. »Tun Sie bloß nicht so edel und barmherzig. Denken Sie doch einmal über sich selbst nach, wie unbarmherzig Sie Fräulein Hülshoff behandelt haben! Sie sollten sich schämen!«

Ich erschrak selbst über meine frechen Worte, aber Freudenreich erschrak nicht. Oder zumindest ließ er sich nichts anmerken. Stattdessen schien jede Falte in seinem Gesicht zu gefrieren. Ein paar Sekunden lang, die mir wie Minuten oder Stunden vorkamen, starrten wir uns nur an. Dann erhob er sich und verließ wortlos den Raum.

Mein respektloses Benehmen blieb natürlich nicht ohne Folgen. Bis auf Weiteres durfte ich mich nicht mehr mit meiner Mutter und Freudenreich an den Tisch setzen. Stattdessen musste ich meine Mahlzeiten stehend einnehmen, mit dem Gesicht zur Zimmerecke. Auch bei den Andachten und Gottesdiensten in der Kirche musste ich stehen bleiben, sodass die ganze Gemeinde meine Schande sah, und am Pfingstsonntag sollte ich nicht am Heiligen Abendmahl teilnehmen dürfen.

»Sofern du nicht aufrichtig bereust und mich um Vergebung bittest«, sagte Freudenreich.

Ich bereute aber nicht, im Gegenteil, Freudenreichs Härte und Unnachgiebigkeit machte auch mich härter und unnachgiebiger.

»Er muss sich bei mir entschuldigen und nicht umgekehrt«, teilte ich meiner Mutter mit, als sie eines Abends in meine Kammer kam und mich beschwor, doch endlich einzulenken.

»Er wird nicht nachgeben, das weißt du genau«, sagte sie leise.

»Dann bleibe ich eben stehen, bis ich tot umfalle.«

»Bitte, Jette. Ich flehe dich an.«

»Warum sollte ich das tun?«, fuhr ich meine Mutter an. »Findest du ihn nicht ebenso widerlich wie ich? Warum sagst du denn dann nichts, warum setzt du dich nicht zur Wehr? Warum lässt du dir einfach alles gefallen?«

Sie antwortete nicht. Sie hatte hohes Fieber und spuckte heimlich Blut, sie brauchte ihre ganze Kraft, um gegen ihre Tuberkulose anzukämpfen. Aber am Ende würde sie doch verlieren. Das alles wusste ich damals noch nicht, aber ich hätte es wissen können, wenn ich sie nur ein bisschen aufmerksamer beobachtet hätte.

Nach ihrem Besuch in meinem Zimmer sprachen meine Mutter und ich kaum noch miteinander. Mit Missionar Freudenreich wechselte ich kein Wort und von Susanna nahm ich ohnehin nur Aufträge entgegen. Hin und wieder schrieb ich einen verzweifelten Brief an Bertram, auf den ich keine Antwort bekam. Irgendwann würde ich meine Sprache ganz verlieren, aber keiner würde es bemerken, nicht einmal ich selbst.

Ich wässerte gerade die Salatköpfe in dem kleinen Garten hinter der Küche, als ich hörte, dass jemand hinter mich trat. Mit einem leisen Aufschrei fuhr ich herum.

»Petrus!«

Er legte einen Finger auf die Lippen. Ein hastiger Blick zum Küchenfenster. Susanna war nirgendwo zu sehen. »Hier ist Brief fur Fraulein.« Er reichte mir einen Umschlag. Dann war er genauso lautlos wieder verschwunden, wie er erschienen war.

Ich starrte auf das Kuvert. Der Absender war mir unbekannt.

Frau Richard Welter
Warmbad
Hauptstraße 2

Im Umschlag steckte eine Karte, auf der nur ein paar hastig hingeworfene Zeilen standen.

Warmbad, den 4. Mai 1900

Meine liebe Henrietta!

Wie geht es Ihnen? Ich bin dank der Unterstützung guter Menschen und mit Gottes Hilfe an den deutschen Siedler Herrn Welter aus Warmbad geraten, mit dem ich mich vor einigen Tagen vermählt habe. Bin erleichtert und recht zuversichtlich. Ich bitte Sie, dieses Schreiben nach dem Lesen zu vernichten, kein Wort an Herrn Freudenreich! Hoffentlich sind Sie bei guter Gesundheit. Erwarte Ihre baldige Antwort!

Mit den besten Grüßen!
Ihre Edeltraud Welter
(geborene Hülshoff)

Der Brief war von Fräulein Hülshoff! Sie hatte sich verheiratet und lebte nun in Warmbad. Wie war es dazu gekommen? Ob Petrus es wusste? Ich brannte darauf, ihn zu fragen, aber bevor ich ihn suchen konnte, fand mich Susanna. Den ganzen Tag wusch ich mit ihr Bettlaken und hängte sie zum Trocknen in die Sonne.

Erst abends gelang es mir, ihr kurz zu entwischen. Ich fand

ihn im Schuppen hinter dem Stall, wo er gerade ein Rad reparierte.

»Warum hast du mir nichts davon erzählt, dass Fräulein Hülshoff in Sicherheit ist? Ich habe mir solche Sorgen um sie gemacht!«

»Ich nix weiß«, gab er zurück, ohne von seiner Arbeit aufzublicken. »Ich bring' Fraulein zu Keetmanshoop, sonst nix. Heute ich bekomm' Brief von Fraulein.«

»Danke«, sagte ich. »Vielen Dank.«

Er sah mich immer noch nicht an. Ich wandte mich zum Gehen.

»Wann Fraulein schreibt Brief, gibt an Petrus«, sagte er leise.

Ich nickte. Natürlich würde ich meinen Antwortbrief Petrus geben, anstatt ihn Susanna anzuvertrauen.

»Alle Brief«, fügte er noch hinzu. »Wann gibt an Susanna, wirft Brief von Fraulein auf Mist.«

»Wie bitte?« Ich fuhr herum. »Was sagst du da? Susanna wirft meine Briefe auf den Mist?«

Jetzt hob er den Kopf und sah mich aus seinen glänzenden schwarzen Augen an. Dann griff er in die Tasche seiner gestreiften Anzugjacke, zog einen schmutzigen Umschlag heraus und reichte ihn mir. Ich strich das verschimmelte, aufgeweichte Papier glatt. Die Adresse war verschmiert und kaum noch zu entziffern, aber ich brauchte sie auch nicht zu lesen, weil ich sie auswendig kannte. Es war einer meiner Briefe an Bertram.

Susanna hatte keinen meiner Briefe abgeschickt. Und sämtliche Briefe, die Bertram mir gesandt hatte, hatte sie ebenfalls verschwinden lassen. Das war mir jetzt klar. Sie tat das nicht aus eigenem Antrieb, sondern weil Freudenreich es ihr aufgetragen hatte. Auch das war mir klar. Und es hatte überhaupt keinen Sinn, ihn zur Rede zu stellen. Er hasste mich und ich hasste ihn, daran würde sich auch in hundert Jahren nichts ändern.

Ich muss weg aus Bethanien. Das war die einzige logische Folgerung, die ich aus dem Geschehenen ziehen konnte. Wenn ich nicht zugrunde gehen wollte, dann musste ich fliehen.

Abends nahm ich mir ein Blatt Papier und listete meine Möglichkeiten auf:

1. Zurück in die Kohlstraße
2. Nach Stellenbosch aufs Pensionat für Missionarstöchter
3. Zu Fräulein Hülshoff nach Warmbad

Dann stützte ich meinen Kopf in meine Hände und dachte nach.

Punkt eins: Wie sollte ich zurück in die Kohlstraße kommen? Ich hatte kein Geld für die Überfahrt. Ich könnte mich als Junge verkleiden und als Matrose bei der Woermann-Linie anheuern. Oder als blinder Passagier nach Deutschland reisen. Aber selbst, wenn ich es schaffte – was würde ich anfangen, wenn ich wieder in Elberfeld wäre? Sollte ich als Dienstmädchen auf dem Kratzkopp arbeiten, bis Bertram mich heiratete? Das alles hätte ich auch sehr viel einfacher haben können.

Nein, das war keine Lösung.

Ich strich Punkt eins durch und betrachtete stattdessen Punkt zwei. Das Pensionat in Stellenbosch war mein Traum, wie konnte ich ihn verwirklichen? Indem ich vor Freudenreich auf die Knie fiel, mich für mein ungebührliches Benehmen entschuldigte und ihm die Füße küsste? Und dann? Als Lohn für meine Demut würde er mir auf der Stelle vergeben, mich zum Abendmahl zulassen, mir eine Fahrkarte nach Stellenbosch kaufen und mir obendrein das Schulgeld für das Lehrerinnenseminar bezahlen? Das war ja lachhaft.

Seufzend strich ich auch Punkt zwei durch.

Punkt drei: Fräulein Hülshoff war jetzt Frau Richard Welter, eine verheiratete Siedlerfrau. Ich würde Petrus überreden, mich zu ihr nach Warmbad zu bringen, dort würde mich ihr Mann aufnehmen und so lange auf seiner Farm arbeiten lassen, bis ich mir das Geld für das Lehrerinnenseminar in Stellenbosch verdient hätte. Oder bis Bertram nach Südwest kam und wir heiraten konnten.

Auch diese Lösung enthielt eine Menge Unwägbarkeiten – es war mehr als fraglich, ob Herr Welter mich auf seiner Farm aufnehmen würde. Und ich hatte auch keine Ahnung, ob es Fräulein Hülshoff recht wäre, wenn ich plötzlich bei ihr auftauchte und ihr zur Last fiel.

Aber es war der einzige Weg. Ich musste ihn gehen.

Damals dachte ich nicht einen Moment lang darüber nach, was meine Flucht für meine Mutter bedeutet hätte. Oder was überhaupt in ihr vorging.

Heute frage ich mich, ob ihr bewusst war, dass sie sterben würde und mich mit Freudenreich zurücklassen musste. Falls das der Fall war, warum hatte sie dann nicht mit mir über ihren Zustand gesprochen?

Vielleicht hatte sie es selbst nicht wahrhaben wollen. Vielleicht hatte sie wider alle Vernunft gehofft, dass alles gut werden würde.

Wenn ich heute an sie denke, tut sie mir leid. Ich stelle mir vor, wie sie ihren Husten zu unterdrücken versuchte und die Tücher mit ihrem blutigen Auswurf verschwinden ließ, um Freudenreich und mich damit nicht zu belasten. Doch dann verwandelt sich mein Mitleid in Wut. Warum hatte sie mir keine Chance gegeben, sie zu verstehen? Ich könnte laut schreien vor Zorn. Ich könnte sie schütteln. Aber auch dafür ist es nun zu spät.

Sie ist tot. Ich erreiche sie nicht mehr.

Am Morgen des zweiten Sonntags nach Trinitatis ging es meiner Mutter so schlecht, dass sie nicht in die Kirche konnte. »Geh wieder ins Bett und ruh dich aus«, sagte Freudenreich, als sie schwankend aus dem Schlafzimmer trat, mit fiebrigen roten Flecken auf den Wangen. »Du bleibst bei deiner Mutter«, befahl er mir daraufhin. »Wenn sie Hilfe benötigt, holst du Susanna.«

Ich setzte mich also an Mutters Bett, erleichtert darüber, dass mir die Tortur des Gottesdienstes erspart blieb. An Pfingsten war es am schlimmsten gewesen, als sich die ganze Gemeinde zum Abendmahl um den Altartisch versammelt hatte und nur ich meinen Platz neben der Bank nicht verlassen durfte. Wie ein kleines Kind hatte ich dabei zusehen müssen, wie Freudenreich den Gemeindegliedern den Kelch und das Brot reichte. Nicht dass ich besonders wild darauf war, mit den ungewaschenen Hottentotten aus einem Weinkelch zu trinken. An Ostern war mir nach der Abendmahlfeier sogar ziemlich schlecht gewesen. Aber ausgeschlossen zu werden, gefiel mir noch weniger.

Meine Mutter warf unruhig den Kopf hin und her.

»Möchtest du etwas trinken?«, fragte ich sie.

Ihre Augen flackerten wie Kerzenlichter, die in ihrem eigenen Wachs ertrinken. »Lass mich einfach nur ein wenig ausruhen, Jette.«

Sie schloss die Augen. Mein Blick wanderte durch das Schlafzimmer. Auf dem kleinen Nachttisch neben dem Bett stand ein Hochzeitsfoto von Freudenreich und seiner ersten Frau. Die Frau hatte ein langes Pferdegesicht, sie trug ein schwarzes Kleid und einen weißen Schleier. Sie saß auf einem Stuhl und hielt sich an einer Bibel fest. Freudenreich stand daneben, einen Zylinder auf dem Kopf. Sein Gesicht hatte ein paar Falten weniger, aber ansonsten sah er genauso aus wie heute. Von der Hochzeit meiner Mutter mit Freudenreich gab es keine Aufnahme.

Meine Mutter seufzte im Schlaf. Ich tupfte ihr den Schweiß von der Stirn und beschloss, in die Stube zu gehen, um an Bertram zu schreiben. Vor zwei Wochen hatte mir Petrus zum ersten Mal einen Brief von ihm gegeben, den er aus dem Postsack gefischt hatte, bevor Susanna ihn verschwinden lassen konnte. *Ich habe schon befürchtet, dass Du mich ganz vergessen hast,* hatte Bertram geschrieben. *Aber nun bin ich froh und erleichtert, von Dir zu hören. Lass Dich von Deinem Missionar nicht zu sehr ärgern, ich komme schon bald und dann fängt ein neues Leben für uns an.*

Den Brief trug ich nun die ganze Zeit bei mir. Immer, wenn Susanna mich mit neuen Aufträgen quälte oder Freudenreich mich mit seinen Blicken durchbohrte, berührte ich das Blatt Papier mit meinen Fingerspitzen. *Ich komme schon bald und dann fängt ein neues Leben für uns an.* Was für eine wunderbare Verheißung. Im Sommer würde Bertram sein Studium in Aachen beginnen, wenn er sich beeilte, konnte er es in drei Jahren beenden, vielleicht sogar in zwei.

Ich war schon an der Tür, als meine Mutter plötzlich wieder aufwachte. »Wohin gehst du, Jette?«, fragte sie angsterfüllt. »Du lässt mich doch nicht allein?«

»Ich bin gleich nebenan in der Stube. Und ich lasse die Tür offen, wenn etwas ist, brauchst du nur zu rufen.«

Wenn sich jemand dem Missionshaus näherte, dann hörte man die Schritte lange vorher auf den Steinen vor der Tür. Aber Freudenreich und Susanna kamen nicht durch den Vordereingang, sie gingen durch den Garten zum Haus. Vielleicht wollte Susanna noch ein paar späte Kürbisse fürs Mittagessen ernten. Vielleicht schlichen sie sich ganz bewusst an, um mich zu überraschen. Denn der Pfad zur Hintertür des Hauses war sandbedeckt.

Jedenfalls bemerkte ich Freudenreich erst, als er bereits vor mir stand.

»Was tust du hier? Warum bist du nicht bei deiner Mutter? Hab ich dir nicht aufgetragen, dich um sie zu kümmern?«

»Sie schläft. Ich wollte …«

Er hob blitzschnell die Hand. Einen Moment lang dachte ich, er wollte mich schlagen, und fuhr erschrocken zurück. Das genügte ihm, um sich den Brief zu schnappen.

»Das dürfen Sie nicht!«, rief ich empört, als er zu lesen begann.

Aber es war sein Haus und seine Missionsstation. Er durfte alles, was er wollte.

Ich hatte nicht mehr als ein paar Zeilen zu Papier gebracht, in denen ich Bertram versicherte, wie sehr ich ihn vermisste. Doch die wenigen Worte genügten Freudenreich, er knüllte den Brief zusammen und wog ihn in seiner Hand wie einen

Stein, den er auf mich schleudern wollte. Dann ließ er ihn einfach fallen, drehte sich um und verschwand im Schlafzimmer. Als er nach ein paar Minuten wieder herauskam, würdigte er mich keines Blickes.

»Deine Mutter ist sehr krank«, erklärte er im Hinausgehen. »Geh hinüber in die Kirche und bete darum, dass Gott sie nicht für deine Sünden schlägt. Bitte ihn um Vergebung, solange noch Zeit ist. Du wirst heute nicht mit uns essen.«

Ich ging nicht in die Kirche. Stattdessen rannte ich über den Platz, an der Schule und am Friedhof vorbei, wo die Überreste von Freudenreichs erster Frau lagen und wo heute auch meine eigene Mutter liegt, ich rannte, bis ich die letzten Hütten von Bethanien weit hinter mir gelassen hatte. Ich rannte über die Rinderweide bis zu einem Felsblock, der wie eine geballte Faust in den Himmel ragte. Der Boden davor war von Kuh- und Ziegendung bedeckt, weil sich die Tiere in der Mittagszeit im Schatten des Felsens zusammendrängten. Aber heute stand kein Tier auf der Weide.

Ich kauerte mich zwischen zwei ausgetrocknete Kuhfladen, die Arme um meine Knie gelegt, den Kopf darauf gestützt. So blieb ich sitzen, bis Susanna mich abends fand und mir mitteilte, was geschehen war.

12

Martha Maria Freudenreich
verw. Hauck, geb. Fleischhauer
2.9.1862 – 13.6.1900
R.I.P.

Das stand auf dem schlichten Holzkreuz, das der Totengräber in den Sandboden am offenen Grab gerammt hatte.

Martha Maria Freudenreich. Wie fremd dieser Name klang. Als ob die Frau in dem schlichten Holzsarg nichts mit mir zu tun hätte.

Herr Freudenreich trat vor das Grab und hob die Arme. Die Ärmel seines schwarzen Talars knatterten in dem Wind. Susanna zog ein Taschentuch aus der Schürze und presste es vor Mund und Nase. Vielleicht kämpfte sie mit den Tränen. Vielleicht wollte sie sich auch nur gegen den Sand schützen, den uns der Wind ins Gesicht blies.

»Jesus Christus spricht: Ich bin die Auferstehung und das Leben. Wer an mich glaubt, wird leben, auch wenn er gestorben ist«, rief Freudenreich, der die ganze Beerdigungszeremonie auf Deutsch gehalten hatte. Vermutlich tat er es aus Ehrerbietung meiner Mutter gegenüber, obwohl sie ja nun nichts mehr davon mitbekam. Oder es geschah mir zuliebe.

Hinter mir flüsterten zwei Eingeborenenfrauen. »Dem Herrn Freudenreich ist kein Glück mit seinen Frauen vergönnt«, wisperten sie. »Nun trägt er schon die zweite zu Grabe.«

Aber vielleicht sagten sie auch etwas ganz anderes. »Kein Wunder, dass die arme Frau gestorben ist. Ihre ungezogene Tochter hat ihr das Herz gebrochen. Der gute Herr Freudenreich hat alles versucht, um sie zu erziehen, aber sie hat ja den Teufel im Leib.« Unwillig drehte ich den Kopf nach hinten. Das Klicken verstummte sofort.

»Von der Erde bist du genommen, zu Erde wirst du wieder werden. Gehe hin und ruhe, bis du aufstehst zu deinem Erbteil am Ende des Tages«, rief Freudenreich.

Dann wurde der Sarg ins Grab hinabgelassen. Irgendjemand schob mich nach vorn, sodass ich plötzlich neben Freudenreich stand. Vor dem Loch, in dem der Sarg meiner Mutter lag. Auf dem Deckel hatte sich bereits eine dünne Sandschicht angesammelt.

Erde zur Erde. Asche zur Asche. Staub zu Staub.

Nacheinander zogen zuerst die Ältesten, dann die Angestellten und zum Schluss die übrigen Gemeindeglieder am Grab vorbei. Sie warfen eine Schaufel sandige Erde auf den Sarg und reichten Freudenreich und mir die Hand. Eine dicke Negerin, deren schwarzes Gesicht vor Tränen glänzte, strich mir mitfühlend übers Haar. Ich kannte nicht einmal ihren Namen. Ich wartete darauf, dass mir endlich bewusst wurde, was geschehen war. Dass die Trauer über den Tod meiner Mutter einsetzte, die Verzweiflung darüber, dass ich jetzt allein war. Aber nichts geschah.

Ich schüttelte die schwarzen Hände, blickte in die fassungslosen schwarzen Gesichter und fühlte nichts.

Als der Zustand meiner Mutter immer schlechter geworden war, hatte Freudenreich mich überall suchen lassen.

»Frau Freudenreich rufen Fraulein«, erklärte Susanna vorwurfsvoll. »Aber ich nix wissen, wo steckt.«

Sie ließen mich erst zu meiner Mutter, nachdem sie gewaschen worden war. Susanna hatte ihr das schwarze Sonntagskleid angezogen, das meine Mutter auch bei ihrer Hochzeit mit Freudenreich getragen hatte. Ihr Gesicht war sehr bleich, die Lippen schimmerten bläulich, die schmalen Hände, die Susanna um ein Kreuz gefaltet hatte, waren weiß wie Kerzenwachs. Eine dicke Fliege summte um sie herum und ließ sich schließlich auf ihrer Wange nieder. Ich scheuchte sie weg. Freudenreich hatte mir erklärt, dass sie an einem Blutsturz gestorben war.

Meine Mutter sah wirklich so aus, als sei alles Blut aus ihrem Körper gestürzt. Aber wo war es hingeflossen? Hatte sie es ausgespuckt, nicht mehr nur tröpfchenweise in ein Taschentuch wie in den Wochen zuvor, sondern ganze Eimer voll? Zusammen mit ihrem Überdruss, ihrer Verzweiflung, ihrer Enttäuschung über mich? War sie deshalb gestorben?

Ich saß eine ganze Weile neben ihrem Bett, während die Fliege um mich herum summte. Ich dachte an die letzten Worte, die meine Mutter zu mir gesagt hatte.

»Wohin gehst du, Jette? Du lässt mich doch nicht allein?«

Nach einiger Zeit hörte ich Freudenreich in den Raum treten. »Gutes Kind«, sagte er mit einer seltsam fremden, sanften Stimme. »Deine Mutter ist jetzt heimgegangen zu unserem Vater im Himmel.«

Genau das hatte ich mir selbst die ganze Zeit einzureden versucht: Dass die Seele meiner Mutter nun endlich bei Gott war, wo mein Vater sie schon erwartet hatte. Alles war gut. Ich hatte es auch fast geschafft, aber nun, da Freudenreichs brüchige Stimme meine Gedanken aussprach, verflog die tröstliche Vorstellung wie ein Schattenspiel, wenn sich der Himmel bewölkt.

Er legte seine Hand auf meine Schulter. Ich spürte, wie mein Körper erstarrte. Er zog seine Hand wieder zurück.

»Nun sind nur noch wir beide übrig«, fuhr er in demselben sanften Tonfall fort. »Wir wollen den Herrgott darum bitten, dass er ...«

Ich stand so abrupt auf, dass er erschrocken zusammenfuhr. »Sie müssen mich entschuldigen«, sagte ich leise, ohne ihn dabei anzusehen. »Aber ich bin sehr erschöpft und müde.«

»Dann geh schlafen«, antwortete Freudenreich und seine Stimme klang wieder so hart und streng wie immer.

Ich wartete auf den Schmerz, ich sehnte mich richtiggehend nach ihm. Aber ich spürte nichts. Keine Trauer, keine Verzweiflung, kein Heulen und Zähneklappern. Ich wurde auch nicht krank wie die Heldinnen in den Romanen, die ich früher immer gelesen hatte. Mein Körper funktionierte tadellos, ich empfand Hunger und Durst, ich schwitzte, fror und schlief tief, friedlich, traumlos vom Abend bis zum Morgen. Ich war wie ein Felsblock, auf dem die Trauer keine Wurzeln schlagen konnte, weil er viel zu hart war, um irgendetwas hervorzubringen.

Freudenreich und Susanna sahen mich manchmal so seltsam an. Ich weiß, dass sie darauf warteten, dass ich endlich zusammenbrach und weinte. Es erschreckte sie, dass ich keine Empfindung zeigte.

Meine Gefühllosigkeit stieß sie ab.

Mir selbst ging es genauso.

Vier Tage, nachdem meine Mutter begraben worden war, lief ich weg. Ich brach mitten in der Nacht auf, bevor irgendjemand im Missionshaus aufstand. Ich hatte ein Bündel mit Kleidern dabei, einen Laib Brot, zwei Kalebassen Wasser, getrocknetes Fleisch, eine Handvoll Kaktusfeigen und eine *Droewors,* die ich aus der Küche gestohlen hatte.

Bis nach Keetmanshoop waren es zwei oder drei Tagesreisen, jedenfalls hatte Susanna das einmal behauptet. Wenn ich einmal dort war, musste ich einen Treck nach Warmbad finden, der mich mitnahm. Ich hatte allerdings nur ein paar Pfennige, hoffentlich ließ sich der Fuhrunternehmer darauf ein.

Denn mit meiner weißen Haut würde ich unter all den Negern auffallen wie ein bunter Hund. Freudenreich würde mich im Nu aufspüren und wieder zurück nach Bethanien bringen. Vorausgesetzt, er suchte mich überhaupt. Vielleicht war er ja froh und erleichtert, dass ich weg war. Alles wäre so viel einfacher gewesen, wenn Petrus nicht so stur gewesen wäre. Ich hatte ihn beschworen, mich nach Warmbad zu bringen – oder wenigstens bis nach Keetmanshoop, aber er hatte sich einfach nicht überreden lassen.

»In Warmbad hat Fräulein Hülshoff jetzt ihren eigenen Hof, bestimmt entlohnt sie dich reichlich dafür, wenn du mir hilfst«, hatte ich ihm versichert.

Vielleicht durchschaute Petrus, dass das reine Spekulation war. Ich kannte ja Fräulein Hülshoffs neuen Ehemann nicht, vielleicht würde er seine Hunde auf uns hetzen, wenn wir dort ankamen. Auf jeden Fall weigerte sich Petrus, mir zu helfen. »Herr Freudenreich zornig, wenn Petrus nimmt Wagen. Dann Petrus jagt fort.«

»Ach Unsinn. Er wird dich doch nicht fortjagen, wenn du

ihm sagst, dass ich dir befohlen habe, mich nach Keetmanshoop zu bringen.«

Petrus schüttelte den Kopf.

»Bitte Petrus«, bat ich leise.

Wieder ein Kopfschütteln.

»Ich flehe dich an.«

Er starrte zu Boden, als hätte er mich nicht gehört. Es war zum Aus-der-Haut-Fahren, er war so stur wie ein alter Esel! Dabei war es doch nun wirklich nicht schwer nachzuvollziehen, dass ich nicht in der Missionsstation bleiben konnte, jetzt, da meine Mutter tot war. »Du bist schuld, wenn mir etwas zustößt«, zischte ich wütend.

Er sah mich immer noch nicht an. Es war sinnlos. Ohne ein weiteres Wort drehte ich mich um und ließ ihn einfach stehen.

In der Nacht meiner Flucht blühten Eisblumen auf dem Fenster in meiner Kammer. Es war Winter in Afrika, nachts wurde es bitterkalt. Wenn die Luft nicht so trocken gewesen wäre, wären die Erde und die Bäume mit Raureif überzogen gewesen. Frost im südlichen Afrika – wenn mir das früher jemand erzählt hätte, hätte ich ihn ausgelacht.

Tagsüber wurde es immer noch angenehm warm, mittags brannte die Sonne sogar richtiggehend, aber die Nächte, die ich draußen in der Wüste verbringen musste, machten mir Angst. Ich hatte zwar eine Decke in mein Bündel gepackt, aber ich bezweifelte, dass sie mich ausreichend wärmen würde.

Ich würde einfach so lange marschieren, wie es irgendwie möglich war, beschloss ich, als ich durch den Hinterausgang schlüpfte und durch den Garten huschte. Je weniger ich schlief, desto schneller würde ich vorankommen und gleichzeitig würde mich die Bewegung warm halten.

Ich verließ Bethanien, ohne mich noch einmal umzudrehen. Fort mit Schaden, hatte Rosa auf dem Kratzkopp immer gesagt, wenn sie ein Geschirrstück zerbrochen hatte, das schon vorher einen Sprung gehabt hatte, oder wenn ein zerschlissenes Kleidungsstück beim Waschen endgültig auseinandergerissen war.

Fort mit Schaden, dachte auch ich jetzt. Hoffentlich komme ich nie mehr hierher zurück.

Weil der Vollmond schien, hatte ich keine Mühe, die Landstraße nach Keetmanshoop zu finden. Im kalten Mondlicht hoben sich die Radspuren der Ochsenkarren als schwarze Streifen vom Wüstenboden ab.

Irgendwann wurde es hell, aber es war nicht wie in Deutschland, wo sich das Schwarz der Nacht in ein dunkles Grau verwandelte, das immer lichter wurde, ohne dass man es richtig mitbekam. In Südwest riss das Dunkel von einer Minute zur anderen auf und die Sonne tauchte alles in ein strahlendes Morgenrot. Die Dunkelheit hatte mich vor neugierigen Blicken verborgen. Jetzt fühlte ich mich auf einmal schutzlos. Ich zog mein Umschlagtuch tiefer ins Gesicht. Wenn mich ein Ochsenkarren überholte, würde ich den Kopf zur Seite drehen, sodass man mich für eine Eingeborene hielt, die zum nächsten Dorf unterwegs war.

Zurzeit war der Weg jedoch wie ausgestorben. Weit und breit war kein Fahrzeug zu sehen oder zu hören. Es war überhaupt nichts zu hören. Die Zikaden, die im Sommer in allen Büschen und Gräsern lärmten, waren in den kalten Nächten erfroren. Man hörte kein Kindergeschrei, kein Frauengeschwätz, kein Hundegebell. Über mir schwebten lautlos ein paar große Vögel. Geier. Sie beobachteten mich gelangweilt, wohl wissend, dass es noch eine ganze Weile dauern würde, bis ich entkräftet zu Boden sinken würde.

Während ich einen Fuß vor den anderen setzte, bewegten sich meine Gedanken im Kreis. Ich dachte an meine Mutter, wie sie in ihrer Todesnot nach mir gerufen hatte. Aber ich hatte sie nicht gehört, weil ich in meinem kindischen Zorn auf Freudenreich weggelaufen war.

Ich hatte sie im Stich gelassen. Nun war sie tot. Die Zeit ließ sich nicht zurückdrehen. Was geschehen war, konnte ich niemals wiedergutmachen.

Um den Erinnerungen zu entkommen, ging ich schneller. Gleichzeitig kletterte die Sonne immer höher. Bald schwitzte ich am ganzen Körper. Ich schob das Umschlagtuch zuerst zurück, schließlich ließ ich es auf meine Schultern fallen. Wenn sich ein Wagen näherte, würde ich ihn in der flachen, baumlosen Gegend so früh bemerken, dass ich mich rechtzeitig bedecken konnte. Vielleicht würde mich der Fahrer ja auch ein Stück mitnehmen.

Mein rechter Fuß begann fürchterlich zu brennen. Ich zog meinen Schuh aus und sah, dass sich an der Ferse eine blutige Blase gebildet hatte. Ich hatte kein Verbandszeug dabei, also zog ich zwei weitere Paar Socken über meine Strümpfe und schlüpfte wieder in die Schuhe, aber schon nach wenigen Schritten saß ich erneut am Straßenrand und zerrte die Schuhriemen auf.

Die Nama-Frauen in der Missionsstation liefen alle barfuß, vielleicht war das ja die Lösung. Ich beschloss, meinen Weg ebenfalls ohne Schuhe fortzusetzen.

Doch auch das Barfußlaufen hielt ich nicht lange durch. Die vielen spitzen Steine im sandigen Boden bohrten sich wie Dornen und Nadeln in meine Fußsohlen. Wie konnten die Eingeborenen das nur ertragen? Sie mussten eine Haut wie Leder haben. Ich rieb meine brennenden Füße. Wenn ich wenigstens gewusst hätte, wie viele Kilometer ich schon zurückgelegt hatte und wie viele ich noch gehen musste. Dem Sonnenstand nach musste es Mittag sein. Vielleicht war es ja am klügsten, die heißen Mittagstunden unter einem Baum zu verbringen, so wie man es auch auf den Ochsentrecks tat. Aber inzwischen hatte man mein Verschwinden in Bethanien sicherlich schon bemerkt und suchte nach mir. Nein, ich durfte mich nicht aufhalten, ich musste weiter.

Ich trank einen Schluck aus meiner Kalebasse und kämpfte mit der Versuchung, den Rest des Wassers über meine schmerzenden Füße zu kippen. Eine solche Verschwendung konnte ich mir nun wirklich nicht erlauben.

Seufzend zog ich sämtliche Socken und den linken Schuh wieder an, nahm den rechten in die Hand und setzte meinen Weg fort.

Als ich mir ein Loch durch alle drei Strümpfe gelaufen hatte, hörte ich hinter mir das Rattern von Wagenrädern. Hastig zog ich mein Umschlagtuch über den Kopf und blickte mich verstohlenen um. Ein Ochsengespann schob sich über den gewundenen Baaiweg auf mich zu. Auf dem Bock saß ein Schwarzer mit einem Strohhut auf dem Kopf, an dem eine blaue Feder steckte.

Kurze Zeit später trotteten die Ochsen an mir vorbei. Ich senkte den Kopf, sodass das Tuch mein Gesicht verbarg. Aber auf diese Weise konnte ich natürlich auch selbst nichts sehen.

»He!«, hörte ich eine Männerstimme brüllen, nachdem der Wagen mich fast überholt hatte. »Wen haben wir denn da? Das ist ja gar kein Kaffernweib! Anhalten!«

»Ho!«, machte der Hottentotte auf dem Bock und zog die Zügel an. Mein Herz schlug schneller. Ich schielte besorgt unter meinem Tuch hervor. Gott sei Dank, es waren Weiße. Hinten auf der Ladefläche des Wagens hockte eine Handvoll deutscher Soldaten.

»Natürlich ist das keine Negerin«, rief sein Kamerad. »Das hab ich doch gleich gesagt. Wo soll's denn hingehen?«

Die letzten Worte waren an mich gerichtet, aber ich tat, als hätte ich sie nicht gehört. Der laute, rüpelhafte Ton der Männer gefiel mir nicht. Ich beschloss, einfach weiterzugehen, vielleicht konnte ich sie dadurch abschütteln.

Aber das war natürlich Wunschdenken.

»Bist du taub?«, schrie der Erste wieder. »Wohin des Weges, haben wir gefragt!«

Nun blieb ich doch stehen. Mein Herz hämmerte laut. Ich würde den Männern bestimmt nicht auf die Nase binden, dass ich nach Keetmanshoop wollte. »Ich möchte nicht mit Ihnen reden.« Zu meinem Ärger zitterte meine Stimme.

»Ach, du möchtest nicht mit uns reden?«, äffte mich der zweite Soldat mit einer affektierten, hohen Stimme nach. Die Männer duzten mich, als ob wir uns schon lange kannten. Die ganze Angelegenheit gefiel mir immer weniger.

»Lassen Sie mich in Ruhe«, warf ich ihm über die Schulter zu, bevor ich mich wieder in Bewegung setzte. Autsch, verflixt, wenn nur mein Fuß nicht so wehtun würde.

»Habt ihr das gehört, Männer?«, höhnte der Mann. »Die Kleine ist ganz schön frech! He, Süße! Dir fehlt ein Schuh. Und dein Strumpf hat ein Loch, hast du das eigentlich schon bemerkt? Da wird deine Mutti aber schimpfen, wenn du wieder nach Hause kommst.«

Der Scherz war nicht besonders lustig, trotzdem bogen sich seine Kameraden vor Lachen. Vielleicht waren sie betrunken. *Halt dich fern von Betrunkenen,* hatte meine Mutter immer gesagt. *Sie haben ihren Verstand verloren und benehmen sich wie die Tiere.* Ich ging schneller, ich rannte jetzt fast. Als ob ich eine Chance hätte, ihnen zu entkommen.

Vielleicht war das die Strafe, die Gott mir zukommen ließ, weil ich meine Mutter im Stich gelassen hatte. Dass mich jetzt die Soldaten beschimpften und erniedrigten. Ich hörte, wie sie den Kutscher wieder weiterfahren ließen. Wie der Wagen immer näher kam. Ich drehte mich nicht zu ihnen um, ich ging einfach weiter. Gleich hatten sie mich erreicht, dann würden zwei von ihnen vom Wagen springen und mich zu Boden zerren und dann …

»Nun ist es so gekommen, wie ich es vorausgesehen habe«, sagte Freudenreich.

»Fraulein is' dumm, will nix hören«, sagte Susanna.

»Das war ja abzusehen«, sagten Frau Künstner und Rosa und Pastor Krupka.

Die Schande, die Schande, die Schande, die Schande.

Aber das Ochsengespann hielt nicht an, der Wagen ratterte an mir vorbei. Als er am Horizont verschwand, begann ich zu weinen.

Der Felsen war aufgebrochen. Die Wasserströme erhoben sich und drängten aus den Rissen und Spalten meines versteinerten Wesens. Als es einmal losgegangen war, ließ es sich nicht mehr aufhalten.

Ich saß im Schatten eines Kameldornbaumes und weinte.

Ich weinte um meine Mutter, die für mich bis ans Ende der Welt gegangen war, die für mich gestorben war, und ich hatte mich nicht einmal von ihr verabschiedet. Ich weinte um das, was ich verloren hatte, und über das, was mich erwartete.

Niemand tröstete mich. Aber es störte mich auch keiner in meiner Trauer. Das Land war so leer und einsam. Erst viele Stunden später kam ein Eselskarren vorbei. Diesmal saß ein altes Basterpaar auf dem Kutschbock.

»Nach Keetmanshoop?«, fragte ich, als sie schon fast an mir vorbei waren. »Nehmt ihr mich ein Stück mit?«

Die beiden wechselten einen ratlosen Blick. Offensichtlich verstanden sie kein Deutsch. Der Mann hielt den Wagen aber trotzdem an und ließ mich aufsteigen.

Dankbar kletterte ich zu ihnen hoch.

»Wohin fahrt ihr?«, versuchte ich es noch einmal.

Schulterzucken. Die Frau begann in einem Hottentotten-Kauderwelsch auf mich einzureden. Der Mann versuchte es auf Kapholländisch. Ich verstand natürlich ebenfalls kein Wort.

»Ich spreche eure Sprache nicht.«

Das amüsierte sie offensichtlich, sie klatschte in die Hände und lachte übers ganze Gesicht, sodass man sah, dass sie nur noch vier Zähne im Mund hatte. Machte sie sich über mich lustig oder war sie schwachsinnig? Egal. Der Wagen fuhr und meine schmerzenden Füße und müden Beine konnten sich ausruhen. Alles andere war jetzt völlig gleichgültig.

Der Mann zündete sich eine Pfeife an. Auch die Frau kramte eine Pfeife aus der Tasche und stopfte sie. Nachdem sie ein paar Züge genommen hatte, bot sie sie mir an.

»Vielen Dank«, lehnte ich hastig ab. »Ich rauche nicht.«

Sie lachte wieder und stieß dabei den Mann in die Seite, der ebenfalls amüsiert kicherte. Der Pfeifentabak roch blumig und süß, ganz anders als der Tabak, den Bertram immer rauchte. Mit einem Mal spürte ich eine solche Sehnsucht nach ihm, dass mir erneut die Tränen kamen. Ich kaute auf meiner Trauer herum wie die alte Frau auf ihrem Pfeifenstiel.

Als die Fahrt in einem kleinen Straßendorf endete, verfärbte sich die Sonne bereits rötlich. Der Baster brachte den Eselswagen vor einer Lehmhütte zum Stehen. Wir sprangen vom Bock.

»Also dann. Vielen Dank fürs Mitnehmen«, sagte ich zögernd. Obwohl mir die beiden vollkommen fremd und alles andere als sympathisch waren, hoffte ich doch darauf, dass sie mich einladen würden, bei ihnen zu übernachten. Aber leider machten sie keine Anstalten dazu. Seufzend hob ich meine Hand zum Gruß. »Auf Wiedersehen.«

»Widaseng«, rief die Frau begeistert. Der Mann nickte und lachte. Offensichtlich kannten sie dieses Wort oder es erinnerte sie an ein Wort in ihrer Sprache, das genauso klang.

Die Sonne lag auf dem Wellblechdach der Lehmhütte wie ein roter Ball, der jeden Moment herunterrollen konnte. Bald würde sie untergehen, dann würde es genauso schnell wieder dunkel, wie es am Morgen hell geworden war.

Dunkel und kalt. Die Luft war jetzt schon merklich abgekühlt. Nur meine Füße brannten, als hätten sie die Hitze des ganzen Tages in sich aufgesogen. Ratlos blickte ich mich um. Vier kleine braune Hütten, die sich an der Straße aufreihten wie die Zähne im Mund der alten Frau, das war das ganze Dorf. Aber so armselig die Behausungen auch aussahen, so erschienen sie mir doch wie Paläste. Wie gerne hätte ich in einer von ihnen die Nacht verbracht. Eine Pritsche, auf der ich mich ausstrecken konnte, oder meinetwegen auch der harte Fußboden, das war alles, was ich mir wünschte.

Ich trat von einem schmerzenden Fuß auf den anderen. Nirgends war eine Menschenseele zu sehen. Auch das alte Paar, das mich mitgenommen hatte, war inzwischen hinter einer Tür verschwunden.

Da! Dort hinten vor der letzten Hütte regte sich etwas. Ein Schwarzer trat aus der Tür und ging über die Straße zu einem Wagen. Ich musste ihn ansprechen. Hoffentlich verstand er wenigstens ein paar Brocken Deutsch.

»Bitte entschuldigen Sie!« Der Mann hievte gerade eine Kiste aus dem Wagen. Jetzt blickte er mich irritiert an. Ich hastete näher. Als ich ihn fast erreicht hatte, hörte ich das Grölen und Lachen und Gebrüll, das aus der offenen Tür auf die Straße drang. Im selben Moment sah ich den Strohhut mit der Feder auf dem Kutschbock liegen. Und dann erkannte ich den Schwarzen. Es war der Kutscher, der vorhin die Soldaten gefahren hatte. Offenbar hatte er mich auch wiedererkannt, jedenfalls hob er erschrocken eine Hand, als wollte er mich abwehren. Alarmiert wich ich einen Schritt zurück, aber es war schon zu spät. Zwei der Soldaten torkelten auf die Straße. Wie ein Liebespaar umfassten sie einander bei den Schultern, schwankend gingen sie auf den Kutscher zu.

»Wird'sss bald?«, lallte der Größere der beiden. »Wie lange willst du uns noch warten lassen?«

In ihrer Trunkenheit nahmen sie mich gar nicht zur Kenntnis. Vielleicht hätte ich Glück gehabt, vielleicht wären sie wieder weggegangen, ohne mich zu bemerken. Wenn der Kutscher seine Kiste genommen hätte und einfach zurück ins Haus gegangen wäre. Aber er blieb wie angewurzelt stehen und starrte in meine Richtung, als wäre ich der Geist seiner verstorbenen Großmutter. Und die Augen der beiden Männer folgten seinem Blick.

»Ja, wen haben wir denn da?«, rief der Größere begeistert. »Wenn das nicht unser kleines deutsches Fräulein ist!«

Der andere rülpste. Er blinzelte mich angestrengt an, offensichtlich hatte er Mühe, mich zu fixieren. Dann leuchteten seine glasigen Augen auf. »Das issie wirklich«, stammelte er. »Teufel noch eins. Wassein Zufall.« Er rülpste noch einmal und wollte zu meiner Erleichterung zurück ins Haus, aber sein Kamerad hielt ihn zurück.

»Warum laden wir das Fräulein nicht auf einen Schnaps ein?«

»Nein«, rief ich. »Auf keinen Fall!«

»Auf keinen Fall!«, wiederholte der Kleinere mit hoher Fistelstimme.

Der andere Soldat schlug sich auf die Schenkel und lachte. »Wir nehm'ssie mit«, erklärte er dann.

Als sie auf mich zustolperten, ließ ich mein Bündel fallen, drehte mich um und rannte los. Ich rannte an den Hütten vorbei in die Dunkelheit hinein, die sich inzwischen über der Wüste ausgebreitet hatte. Meine Angst und der Ekel vor den Besoffenen ließen mich meine blutigen Füße genauso vergessen wie die Dornen und spitzen Steine auf dem Weg. Ich achtete nicht auf die Richtung, ich rannte um mein Leben. Hinter mir hörte ich die beiden Soldaten keuchen. Und es waren nicht nur die zwei Männer, die mir folgten. Nach ihnen kam der Rest ihrer Truppe, gefolgt von dem Kutscher und dem alten Mann und seinem verrückten Weib. Das ganze Dorf jagte mich und wenn man mich erwischte, würde es mir übel ergehen.

Aber man würde mich nicht erwischen.

Ich rannte so lange, bis meine Lunge fast platzte und die Stiche in meiner Seite unerträglich wurden. Dann blieb ich stehen. Um mich herum war alles dunkel und still. Ich war allein. Meine Verfolger hatten die Jagd längst aufgegeben. Wenn mich überhaupt jemand verfolgt hatte. Ich schlang meine Arme um meine Brust und kauerte mich auf den Boden.

Vom Laufen war ich nass geschwitzt, aber schon jetzt begann ich zu frösteln. Es war so kalt. Hier draußen konnte ich unmöglich die Nacht verbringen. Ohne eine Decke und wärmere Kleidung würde ich erfrieren. Warum war ich nur so blöd gewesen, das Bündel mit meinen Sachen fallen zu lassen? Nicht nur meine Kleider, auch mein Proviant war in meinem Gepäck. Und ich hatte den ganzen Tag so gut wie nichts gegessen. Wahrscheinlich hatten die Soldaten das Bündel aufgehoben und warteten jetzt in aller Seelenruhe darauf, dass ich wieder zurückkam, um es zu holen.

»Da könnt ihr lange warten«, murmelte ich finster. Lieber erfror oder verhungerte ich, als dass ich mich in die Hände dieser Widerlinge begab. Ein kalter Windstoß fegte über den Boden, fuhr mir durchs Haar und zerrte an meinem Rock, als wollte er mich verspotten.

Ich musste zurück in den Weiler. Aber ich fand nicht mehr zurück. Es war inzwischen stockfinster und die Häuser des kleinen Dorfs waren nicht erleuchtet. Als ich vorhin geflüchtet war, musste ich den Weg verlassen haben. Bei jedem Schritt stolperte ich nun über Steinbrocken, dürre Grasbüschel oder dorniges Gestrüpp. Neben mir raschelte es. Erschreckt hielt ich den Atem an. Fräulein Hülshoff hatte mir oft von den gefährlichen Giftschlangen erzählt, die es in Südwest gab. Die schwarze Mamba, die Puffotter, die grüne Baumschlange. Ein einziger Biss und man war verloren. Bei diesen Temperaturen lagen die Reptilien vermutlich in einer Art Kältestarre. Aber wenn ich nun mit meinen halb nackten Füßen versehentlich auf eine Schlange trat, würde sie vielleicht doch reagieren und zuschnappen.

Ich ließ mich wieder in die Hocke sinken. Meine Hand griff nach Evas Schutzengel. Neben mir raschelte es noch einmal, danach war alles ruhig. Diese Stille! In meinem ganzen Leben hatte ich noch nie eine solche Stille gehört wie hier in Afrika. Sie rauschte, sie dröhnte, sie brauste in meinen Ohren.

Dann ein Schluchzen. Das war ich selbst. Wäre ich doch bloß niemals in dieses verdammte Land gekommen.

13

Trotz der Kälte und meiner Angst musste ich in einen unruhigen Dämmerschlaf gefallen sein. Als ich aufwachte, war mein Körper steif und meine Gliedmaßen waren taub. Ich massierte meine gefühllosen Beine und unterdrückte ein Wimmern, als das Blut langsam in meine kalten Füße zurückfloss.

Dann sah ich das Licht.

Ein leuchtender Streifen in der Dunkelheit, wie ein hohes, schmales Fenster, hinter dem eine Kerze brennt. Es war ganz in der Nähe, vielleicht drei oder vier Meter von mir entfernt. Ich rappelte mich hoch. Verflixt, meine Beine fühlten sich an, als watete ich durch zähen Brei.

Ich hauchte meinen warmen Atem in die eisigen Hände, während ich mich der Lichtquelle näherte. Es war wirklich ein Fenster. Vermutlich hatte ich mich gar nicht so weit vom Weiler entfernt. In meiner Panik war ich im Kreis um die Hütten herumgelaufen.

Ich spähte durch einen halb offenen Fensterladen in das Innere einer Hütte. Ich sah einen Tisch, an dem der alte Baster saß, der mich auf seinem Karren mitgenommen hatte. Vor ihm leuchtete eine Petroleumlampe. Er rauchte seine Pfeife, immer noch oder schon wieder. Hinter ihm erkannte ich eine niedrige Pritsche, auf der jemand schlief, vermutlich sein zahnloses Weib. Daneben stand mit hängendem Kopf der Esel. Offensichtlich hatten die beiden nur diesen einen Raum, der gleichzeitig als Stall diente. Weil es nur ein Bett gab, wechselten sie sich mit dem Schlafen ab. Vielleicht wachte der Mann auch, weil er wie ich Angst vor den betrunkenen Soldaten hatte.

Es hatte keinen Sinn, anzuklopfen und um Obdach zu bitten. Die beiden hatten nichts, was sie mit mir hätten teilen können. Ich hätte nur die alte Frau aus dem Schlaf gerissen und das wollte ich nicht.

Ich tastete mich an der Lehmwand des Hauses entlang zur Straße. Der klapprige Wagen stand immer noch vor der Tür. Die beiden Alten hatten ihn inzwischen abgeladen, auf der Ladefläche lagen nur noch leere Rupfensäcke. Bevor ich richtig darüber nachgedacht hatte, was ich tat, kletterte ich auf den Karren. Ich hob einen Sack hoch. Er starrte vor Schmutz und roch fürchterlich muffig. Ich breitete ihn auf der Ladefläche aus, legte mich darauf und deckte mich mit dem Rest der Säcke zu. Es war ein hartes Lager und natürlich hielt mich der Rupfenstoff auch nicht warm. Die Kälte drang von allen Seiten durch die groben Fasern. Ich rollte mich so klein wie möglich zusammen, um ihr so wenig Angriffsfläche wie möglich zu bieten.

Hoch über mir stand der Mond und strahlte silbern und verächtlich auf mich herunter. »Das hast du nun von deiner Unvernunft«, flüsterte er mir zu. »Wärst du nur in Bethanien geblieben.«

»Lass mich in Ruhe«, murmelte ich, drehte den Kopf zur Seite und schlief ein.

Bei Sonnenaufgang weckte mich der alte Mann. Während ich mir noch den Schlaf aus den Augen rieb, überschüttete er mich mit einem Schwall Kapholländisch. Vermutlich war er ärgerlich, dass ich seinen Wagen als Schlafstatt benutzt hatte.

Neben ihm stand der Esel und musterte mich erstaunt. Ich murmelte eine Entschuldigung und kletterte vom Wagen. Mein Körper war steif vor Kälte. Wenn ich ausgerutscht und zu Boden gefallen wäre, wäre ich wahrscheinlich in unzählige Eissplitter zersprungen. Außerdem hatte ich fürchterlichen Hunger.

Der alte Mann schüttelte missbilligend den Kopf. Dann wandte er sich um und ging zum Haus, im Weggehen winkte er mir, ihm zu folgen. Ich zögerte. Was wollte er von mir? Ich hatte nichts, was ich ihm geben konnte und wir konnten uns auch nicht verständigen. Er schnalzte zweimal ärgerlich mit der Zunge. Ich unterdrückte ein weiteres Gähnen, zuckte mit den Schultern und schlurfte ihm nach. Sei's drum. Ich hatte nichts mehr zu verlieren, außer meinem Leben natürlich. Aber der Alte wirkte nicht gerade wie ein Meuchelmörder.

In der Hütte kniete die alte Frau vor einer Feuerstelle, deren Rauch die ganze Kammer füllte. Sie rührte in einem Kessel, aus dem ein köstlicher Geruch strömte. Die beiden wechselten ein paar Sätze, dann griff sie nach einer Holzschale und füllte sie mit Brei aus dem Kessel. Schweigend reichte sie mir die Schüssel.

Ich war mit einem Mal so hungrig, dass ich vermutlich auch über getrocknete Käfer oder gebratene Schlangen hergefallen wäre. Es war aber Maisbrei in der Schüssel, gelb, dick und leicht bitter. Dennoch hatte ich das Gefühl, dass ich in meinem ganzen Leben noch nie etwas Köstlicheres gegessen hatte. Im Handumdrehen war die Schüssel leer.

»Danke, vielen Dank!«

Ich gab ihr die leere Schüssel zurück und hoffte, dass sie mir noch eine zweite Portion anbieten würde, aber sie lachte nur und wedelte mit beiden Händen in Richtung Ausgang, als wollte sie mich wegscheuchen. Also ging ich wieder in den Hof, wo der Mann inzwischen den Esel angespannt hatte.

»Nach Keetmanshoop?«, fragte ich, obwohl ich doch genau wusste, dass er mich nicht verstehen konnte.

Er nickte und lachte. »Bittschen«, sagte er und wies auf den Wagen.

Wir fuhren aber nicht nach Keetmanshoop. Als wir den Hof verließen, lenkte der Alte den Ochsen wieder zurück in Richtung Bethanien.

»Aber das ist der falsche Weg!«, rief ich empört.

Der Alte zog seine Pfeife aus der Tasche und begann sie zu stopfen. Ich hätte natürlich vom Bock springen können. Von den Soldaten drohte mir um diese Stunde bestimmt keine Gefahr. Nach ihrem Besäufnis in der Nacht zuvor lagen sie wahrscheinlich noch im Tiefschlaf. Ich hätte meine Wanderung nach Keetmanshoop ungehindert fortsetzen können. Vielleicht lag mein Reisebündel sogar noch an der Stelle, an der ich es gestern hatte fallen lassen.

Ich blieb aber sitzen. Meine Füße waren voller Blasen und Dornen, meine Beine brannten und ich spürte jeden einzelnen Knochen in meinem Körper. Obwohl meine Reise gerade erst begonnen hatte, war ich mit meiner Kraft am Ende. Ich blieb sitzen und fuhr zurück zu Freudenreich, den ich hasste und der mich hasste und mich nach meiner Flucht noch viel mehr verachten würde.

Ich fuhr zurück in die Hoffnungslosigkeit und Verzweiflung.

Ich war gescheitert.

Je mehr wir uns Bethanien näherten, desto trüber wurde meine Stimmung. Der alte Baster neben mir schwieg und rauchte seine Pfeife. Wenn ich mich ihm nur hätte verständlich machen können, vielleicht hätte ich ihn überreden können, mich nach Keetmanshoop oder sogar nach Warmbad zu bringen. Aber vermutlich hätte er mich genauso zurückgewiesen wie Petrus.

»Die Wesensart der Hottentotten unterscheidet sich doch sehr stark von der der Deutschen«, hatte Fräulein Hülshoff mir einmal erklärt. »Sie sind wie kleine Kinder, denen die Fähigkeit zum abstrakten Denken vollkommen abgeht. Alles, was über die Befriedigung ihrer Grundbedürfnisse hinausgeht, übersteigt ihren Horizont. Sie haben auch keinen besonderen Ehrgeiz, ihre Lebensumstände zu verbessern. Solange man sie nicht bedroht und sie einigermaßen satt werden, sind sie zufrieden.«

Das war auch der Grund, warum Petrus nicht hatte begreifen können, dass ich Bethanien verlassen wollte. Es ging mir doch gut, dachte er, ich hatte ein Dach über dem Kopf und litt keinen Hunger, was wollte ich da in der Ferne! Ich merkte, wie die Wut wieder in mir zu brodeln begann. Es wäre wirklich ein Leichtes für ihn gewesen, mir zu helfen, aber nein, aus Feigheit und Beschränktheit hatte er es abgelehnt.

»Ho!« Der Alte schnalzte mit der Zunge, zog die Zügel an und lenkte den Ochsen ein Stück nach links, sodass der Wagen in den losen Sandboden neben dem Weg holperte.

Auf der schmalen Straße kam uns ein Ochsenwagen entgegen. Auf dem Bock saß ein Hottentotte mit einem Filzhütchen. Er trug eine viel zu kleine Damenbluse, deren Ärmel ihm gerade einmal bis zu den Ellenbogen reichten. Seine nackten, dürren Beine ragten aus knielangen grauen Reiterhosen. Er war genauso angezogen wie Petrus, als ich ihn das erste Mal in Swakopmund gesehen hatte.

Es war ja auch Petrus.

Nein, das bildete ich mir ein. Gerade hatte ich an ihn gedacht und nun kam er uns hier entgegen. Das konnte nicht sein. Der Kerl, der aussah wie Petrus, riss die Augen auf.

»Fraulein Jette!«, rief er.

»Was machst du denn hier?«, gab ich zurück.

Freudenreich hatte ihm aufgetragen, mich zu suchen.

»Alle suchen uberall«, sagte Petrus, als ich neben ihm auf dem Bock saß. Der alte Hottentotte war mit sichtlicher Erleichterung allein weitergefahren, als Petrus ihm erklärt hatte, dass wir uns kannten. »Herr Freudenreich große Angst.«

»Ach was, Angst«, winkte ich ab. »Freudenreich doch nicht.«

Petrus schüttelte den Kopf, aber er widersprach nicht. Offensichtlich hatte er keine Lust auf eine neue Diskussion mit mir.

»Bitte, Petrus«, begann ich leise. »Nun sitzen wir doch schon einmal im Wagen. Bring mich nach Keetmanshoop und sag Freudenreich hinterher, dass du mich nicht finden konntest. Das ist doch kein Risiko für dich und für mich bedeutet es die Freiheit.«

Er schüttelte wieder den Kopf. Oh, dieser sture Esel!

»Was will machen in Keetmanshoop?«, fragte er nach einer Weile. »Kein Geld, kein Mensch, was hilft. Vielleicht kommt Mann, schlagt tot Fraulein Jette.«

Ich musste wieder an die betrunkenen Soldaten denken

und schauderte. »Aber ich muss doch nur jemanden finden, der mich mit nach Warmbad nimmt.« *Nur.* Als ob das so einfach wäre. Ich hatte es ja nicht einmal geschafft, von Bethanien nach Keetmanshoop zu kommen. Und der Weg nach Warmbad war noch um vieles länger und gefährlicher.

Petrus schüttelte den Kopf. »Ich nix fahr Keetmanshoop. Nix weil Sorge um Herr Freudenreich. Weil Sorge um Fraulein.«

»Also gut.« Ich nickte langsam. »Wenn du mich nach Bethanien zurückbringst, dann bleibe ich vielleicht eine Woche dort. Vielleicht auch zwei oder einen ganzen Monat. Aber dann laufe ich wieder fort. Ich weiß, dass es gefährlich ist, ich weiß, dass es mich vielleicht sogar das Leben kostet. Aber ich kann es dort nicht aushalten.«

»Warum?«, fragte Petrus verständnislos.

Einen Moment lang überlegte ich, ob ich ihn anlügen sollte. Ich hätte ihm erzählen können, dass Freudenreich meine Mutter umgebracht hatte und dass er auch mir nach dem Leben trachtete. Wenn es mir gelungen wäre, Petrus davon zu überzeugen, hätte er mich ganz bestimmt nach Keetmanshoop gebracht. Aber dann fiel mir die andere Lüge wieder ein, die ich damals auf der Kohlstraße meiner Mutter erzählt hatte. Dass Rudolf mich belästigt hätte und ich deshalb nicht auf den Kratzkopp wollte. Diese Lüge hatte mir zwar das Dienstbotenschicksal erspart und uns nach Afrika gebracht, aber sie hatte meine Mutter in den Tod getrieben. Nun ging es mir elender als jemals zuvor in meinem Leben. Es war nichts Gutes aus der Lüge entstanden und es würde auch nichts Gutes aus einer neuen Lüge entstehen. Deshalb entschloss ich mich, die Wahrheit zu sagen.

»Ich bin so einsam. Fräulein Hülshoff ist weg, meine Mutter ist tot. Freudenreich verachtet mich. Ich hasse ihn.« Den letzten Satz stieß ich mit einer solchen Leidenschaft und Wut hervor, dass ich selbst erschrak.

Petrus sah mich nachdenklich an. Einen Moment lang hatte ich die unsinnige Hoffnung, dass er mich doch verstanden und seine Meinung geändert haben könnte. Aber dann hob er seine Peitsche und ließ sie durch die Luft schnalzen. Die Ochsen setzten sich in Bewegung. Der Wagen fuhr an.

Als die ersten Häuser von Bethanien hinter den Sanddünen auftauchten, bildete sich in meinem Hals ein dicker Klumpen, den ich nicht hinunterschlucken konnte. In wenigen Minuten würden Freudenreich und ich uns wieder gegenüberstehen. Ich stellte mir sein Gesicht vor, die Mischung aus Missbilligung und Triumph in seinen Raubtieraugen. Vielleicht würde er mich mit einem Bibelzitat empfangen, vielleicht würde er auch nur verächtlich schweigen. Und Susanna? Auch sie würde mich meine Niederlage spüren lassen, Tag für Tag aufs Neue.

Das Schlimmste war, dass ich diesem Elend nicht entkam. Ich konnte nicht nach Deutschland zurück, ich kam nicht einmal bis Warmbad, das wusste ich jetzt. Es gab keinen Ausweg. Außer dem Tod. Aber im Gegensatz zu meiner Mutter war ich jung und kräftig und würde so schnell nicht sterben. Es sei denn …

Ich schob den Gedanken mit aller Macht von mir. Selbstmord war eine Todsünde. Nur Gott allein hatte das Recht, über Leben und Tod zu entscheiden. Wer sich selbst entleibt, der landet in der Hölle. Das sagte zumindest Pastor Krupka, und Herr Freudenreich würde ihm ganz ohne Zweifel beipflichten.

Sei stark, Jette, hörte ich in meinen Gedanken meine Mutter sagen. Dein Leben ist weder elend noch unerträglich. Vertrau auf Gott, dann wird sich schon alles zum Besten wenden. Ausgerechnet du willst mir Mut machen, dachte ich bitter. Du warst selbst nicht stark, sondern hast mich einfach im Stich gelassen.

Wenn meine Mutter wenigstens versucht hätte, gegen ihr Schicksal anzukämpfen! Wenn sie sich einmal gegen Freudenreichs Selbstgerechtigkeit aufgelehnt hätte, anstatt sofort klein beizugeben. Aber sie hatte sich in ihre Schwindsucht fallen lassen wie in ein weiches Kissen.

Neben mir zog Petrus die Zügel an und brachte die Ochsen zum Stehen.

»Was ist los?«, fragte ich feindselig. »Warum fährst du nicht weiter?«

»Muss uberlegen.«

»Ach ja? Und was überlegst du? Hast du den Weg zur Station vergessen? Da vorne liegt sie, du hast es gleich geschafft.«

»Fraulein unglucklich. Will nicht zurück in Bethanien. Aber wann spaziert allein durch Namaland, jemand macht Fraulein tot.«

»Du sagst es«, meinte ich bitter. »Also. Was schließt du daraus?«

Er überhörte meinen Spott. »Wann Fraulein will, ich bring zu meine Leute.«

»Zu deinen Leuten? Was meinst du damit?«

»Nama-Volk. Stamm, wo Petrus gewachsen.«

Stamm, wo Petrus gewachsen. War das sein Ernst? Wollte er mich wirklich zu seiner Hottentottenfamilie bringen? Sein dunkler Blick ruhte auf meinem Gesicht. Er wartete auf meine Antwort. Meine Gedanken überschlugen sich. Ich wusste nichts über die Eingeborenenstämme der Umgebung. Wenn Petrus' Angehörige nun Menschenfresser waren, die ein weißes Mädchen als besonderen Leckerbissen betrachteten?

»Du keine Angst«, sagte Petrus, als könne er Gedanken lesen. »Sin' gute Leut'.«

Sin' gute Leut'. Ganz im Gegensatz zu Freudenreich und Susanna. Was hatte ich noch zu verlieren? Das Leben nehmen konnte ich mir bei den Eingeborenen genauso gut wie auf der Missionsstation.

»Also gut«, sagte ich mit einer leicht zitternden Stimme. »Ich will es versuchen.«

Statt einer Antwort schnalzte er mit der Zunge. Wir bogen nach rechts ab und ließen Bethanien links liegen.

»Erzähl mir etwas über deinen Stamm«, forderte ich Petrus auf. »Was muss ich wissen?«

Er öffnete den Mund, um zu antworten, dann machte er ihn wieder zu, lächelte und schüttelte den Kopf. »Das wirst du schon sehen.«

Ich wollte gerade weiterbohren, als mir plötzlich bewusst wurde, was er da gesagt hatte. Oder vielmehr: *Wie* er es gesagt hatte.

Das wirst du schon sehen.

Zum ersten Mal antwortete er in einem richtigen deutschen Satz, anstatt in seinem üblichen Hottentotten-Gestammel. Vielleicht war es nur ein Zufall. Vielleicht hatte er die vier Worte irgendwo aufgeschnappt und benutzte sie nun wie eine Floskel. Andererseits …

Ich musste plötzlich wieder an unsere Reise von Swakopmund nach Bethanien denken. Von Anfang an hatte Petrus so getan, als verstünde er uns nicht. Auf diese Weise hatte er uns die ganze Zeit belauschen können. Auch nachdem ich von Freudenreich erfahren hatte, dass Petrus sehr wohl Deutsch sprach, hatte er weiterhin den Narren gespielt. *Petrus nix weiß. Petrus nix versteht.* Und jetzt auf einmal dies. Ein kurzer, knapper, richtiger Satz. *Du wirst schon sehen.*

»Petrus«, sagte ich. »Warum machst du mir etwas vor?«

Seine Augen schienen noch dunkler zu werden. Schwarz wie zwei Löcher, in deren Untiefen kein Licht vordrang. Er schwieg so lange, dass ich glaubte, er habe meine Frage nicht gehört. Aber dann antwortete er doch. »Ihr Weißen wollt einen Trottel. Also bekommt ihr einen Trottel. So einfach ist das.«

»So einfach ist das?«, wiederholte ich ungläubig. »Aber kein Mensch, der einigermaßen bei Verstand ist, gibt sich dümmer, als er ist.«

»Nein?«, wiederholte er spöttisch. »Ich erzähle dir eine Geschichte.« Er sprach, ohne mich dabei anzusehen, die Augen auf den Rücken des Leitochsen gerichtet. Er redete langsam, konzentriert. Seine Sätze waren mitunter eigenartig verdreht, manchmal fehlte auch das eine oder andere Wort, aber es war ein klares schönes Deutsch.

Er erzählte, dass er als Junge in Bethanien auf die Missionsschule gegangen war. »Damals war Herr Freudenreich noch nicht da. Missionar Gürtler war unser Schulmeister.« Vier Jahre lang durften die Eingeborenen die Schule besuchen. Nicht mehr und nicht weniger. Aber nach vier Jahren hatte Petrus nicht genug. Der Missionar hatte fünf Kinder, die er selbst unterrichtete. Petrus hatte ihn gefragt, ob er hin und wieder zuhören könnte, wenn es weniger zu tun gab. Einfach nur zuhören. Aber Herr Gürtler hatte es ihm verweigert. »Er fragte mich: »Was willst du später einmal werden?«, erzählte Petrus. »Aber ich wusste nicht, was aus mir werden sollte. Ich wusste nur, dass ich lernen wollte. ›Vielleicht wirst du Rinder hüten‹, sagte der Missionar. ›Oder Ziegen. Und wenn du sehr klug und verständig bist, wirst du sogar Ältester in der Gemeinde. Aber im Gegensatz zu meinen Kindern wirst du bestimmt niemals Theologie oder Medizin studieren.‹« Die Dinge, die seine Kinder lernten, brauchte Petrus nicht zu wissen, hatte der Missionar Petrus erklärt. Sie würden ihm in seinem Leben nichts nützen. Sie würden ihm eher schaden. Er würde eingebildet und hochfahrend werden und nichts als Schwierigkeiten bekommen.

Aber Petrus hatte ihm nicht geglaubt. Er wollte nicht akzeptieren, dass für ihn andere Regeln galten als für die Missionarskinder. Wenn die Kinder unterrichtet wurden, ließ er seine Arbeit im Stall manchmal liegen und schlich in den Nebenraum oder lauschte unter dem Fenster. Es war lächerlich, er hörte kaum etwas und lernte noch weniger. Aber sein Verhalten blieb nicht lange unbemerkt. Der andere Stallbursche beschwerte sich beim Missionar, dass er alle Arbeit allein machen musste.

»Herr Gürtler hat mich zu sich gerufen«, sagte Petrus und spuckte verächtlich zur Seite aus.

»Und dann?«, fragte ich atemlos. »Was ist dann geschehen?«

»Er hat mich gewarnt. Einmal und noch einmal und noch drittes Mal. Als sie mich danach wieder erwischten, schickten sie mich weg. ›Es tut mir leid‹, sagte Herr Gürtler. ›Du bist ein schlaues Kerlchen, Petrus, das ist mir klar. Aber es ist das Beste für dich, dass wir diese Sache jetzt beenden, glaub mir.‹«

Danach hatte Petrus weder Arbeit noch Einkommen. Er musste wohl oder übel zurück zu seinen Leuten, aber bei ihnen fühlte er sich nicht mehr zu Hause. Der Missionar sollte recht behalten: All das Lernen hatte Petrus anmaßend und eitel gemacht. Mit dem einfachen Leben der Nama konnte und wollte er sich nicht mehr zufriedengeben. Er fing sogar an, auf seine Familie herabzuschauen. Aus Verachtung begann er zu trinken. Zuerst nur abends, aber irgendwann brauchte er den Schnaps schon am frühen Morgen.

»Ich trank, bis ich ohnmächtig wurde, jeden Tag aufs Neue.«

Ich nickte. Auch wenn ich selbst noch nie Schnaps getrunken hatte, konnte ich das gut nachvollziehen. Dass man sich jeden Tag in die Besinnungslosigkeit trank, um zu vergessen wie aussichtslos das Leben war. »Aber wie bist du der Sucht wieder entkommen?«

Petrus erzählte mir, dass er seinen Stamm verlassen hatte und nach Windhuk gegangen war. Dort hatte er auf der Straße gelebt, bettelnd, stehlend. Erbärmlich. Eines Tages hatte er sich im Suff mit einem Herero angelegt, daraus war eine Prügelei entstanden, bei der einer den anderen fast umgebracht hatte. Irgendjemand schleppte Petrus ins Spital, wo man ihn aus Barmherzigkeit wieder einigermaßen zusammenflickte. »Wenn du so weitersäufst, bist du in einem halben Jahr tot«, sagte ein Pfleger zu ihm, als sie ihn entließen. Ein kurzer, schlichter, wahrer Satz. Ein Satz, der Petrus endlich zur Besinnung brachte. »Seit diesem Tag trinke ich keinen Schnaps mehr.«

»Aber warum bist du heute wieder hier in Bethanien?«

»Zufall. Ich habe gehört, dass Herr Gürtler die Station verlassen hatte. Der neue Missionar, Herr Freudenreich, kannte mich nicht, also fragte ich wegen einer Stellung als Treiber an. Er nahm mich, weil ich gut mit Ochsen umgehen kann und Deutsch verstehe.«

»Aber wie gut du unsere Sprache sprichst, hast du Freudenreich nie gezeigt.«

»Nein. Ich hatte meine Lektion gelernt. Ich weiß jetzt, wo mein Platz ist.«

»Und deshalb kleidest du dich auch wie ein Narr?«, fragte ich.

Er nickte. »Die Leute lachen mich aus. Herr Freudenreich, die Ältesten, selbst die anderen Nama machen sich über mich lustig. Aber solange sie mich nicht ernst nehmen, geht es mir gut.«

»Geht es dir wirklich gut?«, fragte ich.

Er nickte, immer noch ohne mich anzusehen. »Ich habe meine Lektion gelernt«, wiederholte er dann.

14

Großes Namaland, am 7. Juli 1900

Lieber Bertram,

Du hast Dich bestimmt gewundert, wahrscheinlich auch gesorgt, dass ich Dir so lange nicht mehr geschrieben habe. Aber wenn Du hörst, was mir in der Zwischenzeit widerfahren ist, dann wirst Du verstehen, warum ich so lange nicht zum Schreiben gekommen bin.

Ich wohne nämlich nicht mehr in der Missionsstation, sondern bei einem Eingeborenenstamm am Konkiep, das ist ein kleiner Fluss in der Nähe von Bethanien. Nach dem Tod meiner Mutter wurden die Dinge auf der Station für mich unerträglich. Deshalb habe ich versucht, nach Warmbad zu fliehen, wo Fräulein Hülshoff inzwischen lebt (sie hat sich verheiratet). Diesen Plan hatte ich schon lange, aber ich habe Dir nichts davon geschrieben, damit Du meinetwegen keine schlaflosen Nächte hast. Im Gegensatz zu mir wäre Dir wahrscheinlich von vornherein klar gewesen, dass die Idee zum Scheitern verurteilt war. Ein Mädchen, allein unterwegs in Afrika. Es musste schiefgehen und es ging schief.

Weil ich aber um keinen Preis der Welt wieder zurück auf die Missionsstation gegangen wäre (eher würde ich mich umbringen, als die nächsten Jahre mit meinem schrecklichen Stiefvater und unter Susannas Fuchtel zu verbringen!) hat Petrus, der Ochsentreiber, mich hierher zu seinen Leuten ge-

bracht. Nun hause ich zusammen mit Petrus' vier Schwestern in einer runden Hütte aus Binsenmatten. Bei seinem letzten Besuch hat Petrus mir Papier und einen Bleistift mitgebracht, so kann ich Dir nun endlich schreiben.

Oh, Bertram, ich möchte Dir wirklich gerne schildern, wie mein Leben hier aussieht, aber es ist so schwierig, dass ich nun schon geraume Zeit an meinem Bleistift nage und keine Worte finde. Die Welt der Eingeborenen ist so gänzlich anders als die unsere! Ihr Wesen, ihre Lebensart, auch ihre Sprache, von der ich immer noch kaum ein Wort verstehe. Wenn ich Dir alles beschreiben wollte, bräuchte ich Stunden, wenn nicht sogar Tage.

Der Nama-Stamm, der mich aufgenommen hat, nennt sich selbst Awa-khoi, das bedeutet »Rote Menschen«. Es sind Nomaden. In den Wintermonaten leben sie hier am Fluss, aber im Sommer, wenn der Konkiep ausgetrocknet ist, ziehen sie mit ihrem Vieh von einem Wasserloch zum anderen. Ihre Mattenhütten nehmen sie einfach mit, sie ziehen nur die Stangen aus der Erde, rollen die Matten zusammen und verladen sie auf ihre Ochsen.

Die Awa-khois behandeln mich recht freundlich, ein bisschen herablassend, aber das ist kein Wunder. Schließlich muss ich ihnen so unverständig vorkommen wie ein kleines Kind. Ich kenne ja nicht einmal die einfachsten Zusammenhänge.

Gestern habe ich gesehen, wie eine von Petrus' Schwestern essbare Wurzeln ausgegraben hat. Dazu wird der sandige Boden um einen bestimmten Baum herum gelockert. Wenn man die dicke, gelbbraune Wurzel freigelegt hat, wird ein ellenlanges Stück davon abgeschnitten, dann schüttet man das Loch wieder zu. Der Baum soll ja nicht absterben, *sondern neue Wurzeln treiben, die dann wieder »geerntet« werden können. Das Wurzelstück wird so lange mit Steinen bearbeitet, bis die Fasern mürbe geworden sind. Danach schneiden es die Frauen in kleine Stücke und verteilen es wie Konfekt an alle Stammesmitglieder. Und im Nu sind alle am Kauen wie bei uns in Elberfeld die Kühe auf der Weide. Nur den ganz kleinen Kindern werden die Brocken von ihren Müttern vorgekaut.*

Die Wurzel schmeckt nicht einmal übel, recht süß und würzig. Vielleicht verziehst Du jetzt vor Ekel das Gesicht, aber man darf nicht wählerisch sein, wenn man bei den Hottentotten lebt …

Ich legte den Bleistift weg und seufzte. Es war müßig, so viel ich auch schrieb, es würde mir doch nicht gelingen, Bertram auch nur einen vagen Eindruck von meinem Leben im Nama-Dorf zu vermitteln. Ich konnte ihm schildern, was man hier aß, wie die Eingeborenen aussahen und wie sie sich kleideten. Dass die Frauen halb nackt waren und dass ich es am Anfang kaum gewagt hatte, sie anzuschauen, aber inzwischen kam mir meine eigene Kleidung seltsam vor. Das alles ließ sich beschreiben, das Wesentliche jedoch, das, was das Leben hier ausmachte, würde ich ihm nicht begreiflich machen können.

Was war das Wesentliche?

Der enge Zusammenhalt, in dem die Menschen lebten. Die Männer und Frauen, die Alten und Jungen, alle hockten von morgens bis abends zusammen. Niemals sonderte sich einer von ihnen ab, zog sich in seine Hütte zurück oder ging spazieren. Wenn eine Frau am Fluss Wäsche wusch, dann gingen auch die anderen Frauen Wäsche waschen, die kleinen Kinder spielten darum herum, die Alten hockten sich daneben. Auch mich ließ man nie allein. Die kleinen Kinder verfolgten aufgeregt jede meiner Bewegungen. Ein Stirnrunzeln brachte sie zum Kichern, eine schnelle Geste ließ sie erschrocken zusammenzucken. Und hinter ihnen saßen ihre Mütter und die Alten und beobachteten mich ebenfalls.

Vielleicht lag es an der Weite des Landes, das uns umgab, dass keiner sich weiter als ein paar Schritte vom Rest der Gruppe entfernte. Schon die kleinen Kinder wussten instinktiv, dass es gefährlich war, sich abzusondern. In der Wüste konnte man nur in der Gemeinschaft überleben, eine einzelne Person hatte hier keine Chance.

Die Menschen in der Kohlstraße oder in Bethanien waren ständig mit irgendetwas beschäftigt gewesen. Man wusch oder nähte, schälte Kartoffeln, stopfte Strümpfe oder rupfte ein Huhn. Man pflügte den Acker, hackte das Holz oder hütete zumindest Gänse auf dem Feld. Wenn einer nichts tat und nur vor sich hinträumte, wurde er sofort zurechtgewiesen. *Faulpelz. Nichtsnutz. Schmarotzer.* Wer nicht arbeitet, soll auch nicht essen, hieß es in der Kohlstraße.

Die Nama dagegen saßen oft stundenlang einfach nur da. Sie redeten miteinander, rauchten ihre Pfeifen, kauten Wurzeln. Verscheuchten hin und wieder eine Fliege. Sie hatten kaum Vieh, das bewacht werden musste, keine Häuser, die man putzen musste, und keine Kleidung, die geflickt werden musste. Sie lebten von der Milch ihrer Rinder, vom Fleisch der Tiere, die von den Männern gejagt wurden, von wildem Honig und von Insektenlarven. Sie säten nicht, sie ernteten nicht. Sie sammelten, was das Land ihnen gab. Sie hatten Zeit.

Nur ich hatte keine Zeit. Jedenfalls heute nicht. Ich musste diesen Brief an Bertram fertigstellen. Am Nachmittag wollte Petrus kommen und ihn mitnehmen.

Ich hatte es seit Tagen vor mir hergeschoben, an Bertram zu schreiben. In meinen früheren Briefen hatte ich ihm immer verschwiegen, wie unglücklich ich in Bethanien war. Ich hatte ihn durch mein Gejammer und meine Sorgen nicht beunruhigen wollen. Nach dem Tod meiner Mutter hatte ich ihm eine kurze Nachricht gesandt – *über meine eigene Gemütsverfassung werde ich dir in Kürze berichten* – hatte ich ihm versprochen, aber anstatt ihm noch einmal ausführlicher zu schreiben, hatte ich die Station Hals über Kopf verlassen. Und nun lebte ich unter Wilden in einem Negerkraal, grub Wurzeln aus der Erde und kaute darauf herum. Er musste den Eindruck gewinnen, dass ich den Verstand verloren hatte.

Bertram hätte es bestimmt lieber gesehen, wenn ich ihn zumindest um Rat gefragt hätte, bevor ich aus Bethanien geflohen war. Aber ein Brief brauchte Wochen, bis er in Deutschland war, und die Antwort benötigte genauso viel Zeit. So viel Geduld hatte ich nicht.

Und außerdem – was hätte Bertram mir raten können? Bertram, der Deutschland noch nie verlassen hatte, der Deutsch-Südwest genauso wenig kannte wie Freudenreich oder Bethanien.

Ich nahm meinen Bleistift wieder auf und begann, erneut darauf herumzukauen. Der Stift schmeckte bitter. Ich versuchte, mir Bertrams Gesicht vorzustellen, seine ebenmäßigen Züge, die abstehenden Ohren. Sein Lächeln. Seine Stimme. An die Ohren konnte ich mich noch gut erinnern, aber der Rest gelang mir nicht. Mein Zukünftiger, dachte ich. Wie seltsam das klang.

Eines der Kinder sprang plötzlich aufgeregt auf. Die anderen begannen, wild durcheinanderzureden. *Petrus kommt!* Das hatte ich verstanden. Ein paar Minuten später tauchte der Eselswagen der Missionsstation am Horizont auf. Ich fragte mich, woran die Eingeborenen immer so frühzeitig merkten, dass sich jemand dem Dorf näherte. Ich selbst hatte weder etwas gesehen noch gehört.

Hastig kritzelte ich noch drei Sätze unter mein Schreiben, dann einen kurzen Gruß: *Im fernen Afrika vermisst Dich von Herzen, Deine Verlobte Henrietta.*

In den beiden Wochen, die ich nun schon im Dorf am Fluss lebte, hatte Petrus mich bereits zweimal besucht. Er hielt sich niemals lange auf, denn natürlich durfte niemand in der Missionsstation davon wissen, dass er mich traf.

»Freudenreich sucht überall nach dir«, hatte er mir erzählt, als wir uns das letzte Mal gesehen hatten.

»Irgendwann wird er schon aufgeben«, meinte ich. »Ich kann mir jedenfalls nicht vorstellen, dass er mich schmerzlich vermisst.«

»Er macht sich große Sorgen«, beharrte Petrus.

»Aber nicht um mich. Er sorgt sich höchstens um sich selbst. Weil er nämlich nicht weiß, wie er Pastor Krupka mein Verschwinden erklären soll, wenn er das nächste Mal an ihn schreibt, um Almosen von den Kohlstraßern zu erbetteln.«

Als der Eselskarren der Missionsstation auf den Platz vor den Mattenhütten fuhr, begann mein Herz schneller zu schlagen. Ich ärgerte mich über mich selbst, weil dieses Herzklopfen so unpassend und lächerlich war. Aber es half natürlich nichts. Man kann sein eigenes Herz ja nicht zügeln, wie Petrus seinen Esel zügelte. Es war, wie es war: Petrus' kurze Stippvisiten waren die Höhepunkte meines derzeitigen Lebens. Ich wusste nie genau, wann er kommen würde, aber sobald die Kinder aufsprangen und seinen Namen riefen, musste ich mich richtiggehend zusammenreißen, dass ich ihm nicht ebenfalls jubelnd entgegenrannte.

Die Kinder drängten sich um den Karren und reckten Petrus ihre kleinen braunen Hände entgegen. Ich stellte mich betont gleichgültig neben ein paar Frauen, als hätte ich mit der ganzen Angelegenheit nichts zu schaffen. Dabei kam Petrus nur meinetwegen zu Besuch. Dieser Gedanke ließ mein Herz noch schneller schlagen. Als er vom Wagen sprang und zu mir herüberkam, galoppierte es richtiggehend. Neben mir standen zwei Nama-Mädchen und kicherten.

»Schau, wie verliebt sie ist«, flüsterten sie einander zu.

Unsinn, dachte ich. Ihr habt ja keine Ahnung. Mein Verlobter heißt Bertram und sieht aus wie ein griechischer Gott mit abstehenden Ohren. Warum sollte ich mich auf einen Hottentotten einlassen?

Das war natürlich nicht wahr, das weiß ich heute und im Grunde meines Herzens wusste ich es damals auch schon. Die Verlobung mit Bertram war beendet, seit ich aus Bethanien geflohen war. Vielleicht war sie auch schon viel früher zu Ende gegangen. Als meine Mutter gestorben war. Als die *Gertrud Woermann* im Hamburger Hafen den Anker gelichtet hatte. Jedenfalls würde Bertram niemals nach Afrika kommen und unser Haus am Meer, der kleine Garten mit deutschem Gemüse und Blumen, die Ziegen und Hühner und die kleine Schule, in der ich Negerkinder unterrichtete – all das würde ein Traum bleiben. Aber ich will meiner eigenen Geschichte nicht vorgreifen. *Alles immer hübsch der Reihe nach,* ist Fräulein Hülshoffs Motto, das ich dieser Erzählung vorangestellt habe. Und hübsch der Reihe nach soll mein Bericht auch weitergehen.

Petrus hatte sich einen Weg durch die Menge der lärmenden, hüpfenden Kinder gebahnt. Jetzt stand er vor mir. Seine schmalen Indianeraugen wanderten über mein Gesicht. Wahrscheinlich wollte er sehen, ob ich mich verändert hatte. Hatte ich mich verändert?

Petrus selbst sah jedenfalls ganz anders aus als auf der Missionsstation. Bevor er in sein Dorf fuhr, legte er die lächerliche Clowns-Verkleidung ab, die er in Bethanien immer trug, und zog ganz normale Männerkleidung an.

»Komm, wir gehen zum Fluss«, sagte er. Er ging zwischen den Hütten durch hinunter zum Konkiep und ich folgte ihm. Der Fluss war fast ausgetrocknet, nur in der Mitte des Bettes rieselte ein dünnes, braunes Rinnsal. Die aufgesprungene Erde darum herum sah aus wie die Haut eines alten Weibes.

»Wie geht es dir?«, fragte Petrus.

»Hervorragend.«

Seine Augen verengten sich zu Schlitzen. Er glaubte mir nicht. Es stimmte ja auch nicht. »Behandeln meine Schwestern und meine Mutter dich gut?«

»Sicher.«

Sie gaben mir zu Essen, seine Schwestern nahmen mich in ihrer Hütte auf, obwohl es auch so schon eng genug war. Aber sie beachteten mich einfach genauso wenig wie die anderen Dorfbewohner. Die kleinen Kinder kicherten und flüsterten, wenn ich an ihnen vorüberging, manchmal versuchten sie sogar, meine Haare zu berühren. Die größeren Mädchen tuschelten zumindest. Aber Petrus' Schwestern, seine Mutter und die übrigen Erwachsenen ignorierten mich vollkommen. Sie klickten, schnalzten, erzählten, lachten, als wäre ich gar nicht da. Ich war für sie, was Fräulein Hülshoff in Bethanien für Freudenreich gewesen war. Luft.

»Ich habe Maria gesagt, dass sie dir helfen soll«, sagte Petrus. »Tut sie das?«

»Gewiss«, nickte ich. Dabei hatte ich keine Ahnung, welche der vier Schwestern Maria war.

Petrus hatte mir erzählt, dass alle seine Geschwister neben ihren afrikanischen auch christliche Vornamen trugen. Martha, Hannah, Maria und Rabea hießen seine Schwestern, aber keine reagierte auf ihren Namen. Vielleicht hatten sie längst vergessen, dass sie einmal so getauft worden waren. So wie sie auch vergessen hatten, dass sie Christen waren. Seit ich bei den Nama lebte, war jedenfalls noch keine von ihnen im Gottesdienst gewesen.

Ich hätte mir aber eher die Zunge abgebissen, als Petrus zu verraten, dass seine Schwestern keinerlei Anstalten gemacht hatten, sich um mich zu kümmern. Wenn ich mich über sie beklagt hätte, dann hätte Petrus sie zur Rede gestellt und zurechtgewiesen und hinterher wären sie noch schlechter auf mich zu sprechen gewesen.

»Ich bin froh, dass sie nett zu dir sind«, meinte Petrus. »Es ist nicht leicht für die Leute. Du verstehst kein Nama, sie sprechen kein Deutsch. Wie soll man sich da kennenlernen?«

Das Kennenlernen. Das war das Problem. Nach zwei Wochen war mir Petrus' Stamm immer noch genauso fremd wie am Anfang. Inzwischen verstand ich zwar das eine oder andere Wort. Ich kannte zum Beispiel die Begriffe für *Wasser, Sonne* oder *Frau.* Ich wusste, dass die Nama mich *Deutji* nannten, *die Deutsche.* Aber wenn ich auf Nama wiederholte, dann starrten mich alle verständnislos an, als erkannten sie ihre eigene Sprache nicht wieder.

»Aber wie soll ich Nama lernen, wenn mir keiner etwas beibringt?«

In Bethanien hätte ich die Chance gehabt, die Hottentottensprache zu lernen. Wie leid es mir inzwischen tat, dass ich damals nicht an Freudenreichs Lektionen teilgenommen hatte. Alles wäre so viel einfacher für mich, wenn ich wenigstens ein paar Brocken Nama beherrscht hätte.

»Du musst Geduld haben«, sagte Petrus und lächelte, weil er wusste, dass das nun wirklich nicht meine Stärke war. Dann zog er zwei zerfledderte Bücher aus der Tasche. »Ich habe die Bücher im Schuppen neben dem Ziegenstall gefunden«, erklärte er. »Vielleicht kannst du dir damit die Zeit vertreiben.«

Ein Gesangbuch und eine Bibel. Beide Bücher waren von Stockflecken überzogen und rochen modrig.

»Danke«, sagte ich.

»Es ist nichts Besonderes.« Die Heilige Schrift, nichts Besonderes. Gut, dass Freudenreich das nicht hörte.

Petrus stand auf und reichte mir die Hand. »Ich muss gehen.«

»Auf Wiedersehen, Petrus«, sagte ich. Wann kommst du wieder, hätte ich ihn gerne gefragt. Aber das hörte sich ja an, als ob … Also fragte ich ihn lieber nicht.

Als wir zurück ins Dorf kamen, hockten sie wie immer alle vor den Hütten. Eine Alte mahlte mit einem Stein Körner in einer Schüssel, die anderen sahen ihr dabei zu. Sie taten, als bemerkten sie uns nicht, aber ich war mir sicher, dass sie aus dem Augenwinkel jeder unserer Bewegungen folgten. Als wir an ihnen vorübergingen, machte Petrus' Mutter eine laute Bemerkung, woraufhin die anderen Frauen in Gelächter ausbrachen. Hilfe suchend sah ich Petrus an. Seine Wangenknochen malmten aufeinander wie der Stein in der Schüssel der Alten.

Was hatte seine Mutter gesagt? Ich hätte es zu gerne gewusst. Aber auch diese Frage stellte ich ihm nicht.

Petrus' Mutter.

Sie war eine kleine Frau mit weichen Brüsten, die auf ihren vorstehenden Bauch fielen. Ihre Augen waren schmal wie die von Petrus und standen weit auseinander, so als habe sich die breite Nase zwischen sie gedrängt. Sie war keine schöne Frau, aber sehr energisch und bestimmend, das erkannte ich, obwohl ich ihre Befehle und Anweisungen nicht verstand.

Unter den Frauen hatte sie eine Vorrangsstellung. Vielleicht verdankte sie die Petrus. Immerhin war er der Einzige aus dem Dorf, der einer Beschäftigung bei den Deutschen nachging. Der ganze Stamm profitierte von seiner Anstellung, von den Gegenständen und Lebensmitteln, die er aus Bethanien mitbrachte und unter den Eingeborenen verteilte. Ein Stück Wurst, eine Handvoll Hühnereier, einen Wassereimer aus Zink, ein Sieb. Dinge, die es ohne ihn nicht gegeben hätte.

Petrus' Mutter mochte mich nicht, auch wenn sie sich bemühte, sich ihre Abneigung nicht anmerken zu lassen. Ich merkte es an der Art, wie sie mich betrachtete, wenn sie sich unbeobachtet glaubte. Manchmal fühlte ich ihre Blicke wie Messerstiche in meinem Rücken.

Natürlich mochte sie mich nicht. Sie war nicht dumm, sie sah, wie Petrus mich ansah und wie mein Gesicht aufleuchtete, wenn er ins Dorf kam. Sie wusste besser über unsere Gefühle Bescheid als wir selbst. Sie wusste, dass unsere Liebe keine Chance hatte. Dass wir uns gegenseitig das Herz brechen würden.

Nach Petrus' Besuchen war ich immer voller Tatkraft, wie eine Uhr, die neu aufgezogen worden ist. Voller Zuversicht blickte ich nach vorn. Ich musste es schaffen, die Nama für mich zu gewinnen. Wenn sie mich erst einmal in ihr Herz geschlossen hätten, dann wäre es ein Leichtes für mich, ihre Sprache zu erlernen. Aber wie konnte ich die Nama davon überzeugen, ihr Misstrauen gegen mich aufzugeben?

Quid pro quo, hatte mein Vater früher immer gesagt. Dieses für jenes. Das ist der Grundsatz, der alles bestimmt und jede Gesellschaft bewegt. Wenn du etwas willst, musst du dem anderen etwas dafür geben.

Was konnte ich den Nama geben, das sie brauchen konnten?

Die Bibel, die Petrus mir aus Bethanien mitgebracht hatte, brachte mich auf eine Idee. Ich würde mich nützlich machen, indem ich den Nama aus der Bibel vorlas. Auf diese Weise lernten sie Deutsch und erfuhren gleichzeitig auch etwas über das Christentum.

Deutsch war die Sprache der Zukunft in Südwest, wer Deutsch sprach, fand Arbeit bei den Weißen und verdiente gutes Geld wie Petrus. Diesen Vorteil würden die Nama verstehen und wenn sie ihn nicht verstünden, könnte Petrus ihn ihnen erklären. Und im Gegenzug würden die Nama mich ihre Sprache lehren und endlich als eine der Ihren akzeptieren. *Quid pro quo,* das war die Lösung all meiner Probleme.

Bei den Kindern würde ich anfangen, beschloss ich. Kinder lernten eine fremde Sprache am schnellsten und außerdem begegneten sie mir mit weit weniger Misstrauen als die Erwachsenen.

»Kommt doch mal her«, sagte ich zu zwei nackten, dickbäuchigen Jungen, die mit selbst gebasteltem Pfeil und Bogen auf Grasbüschel zielten. Sie starrten mich an, ängstlich und neugierig zugleich. Ich lockte sie in den Schatten vor den Hütten, wo ich jedem von ihnen eine getrocknete Feige gab, die mir Petrus aus Bethanien mitgebracht hatte. Noch während sie kauten, rannten die übrigen Kinder herbei und streckten ihre Hände aus. Ich verteilte auch die restlichen Feigen. Dann begann der Unterricht.

»Henrietta«, sagte ich und zeigte auf mich selbst. Danach wanderte meine Fingerspitze zur Brust des einen Jungen. Seine Augen weiteten sich vor Schreck, aber nach einer Weile sagte er mir doch seinen Namen oder etwas anderes, das fürs Erste als sein Name herhalten musste. Auch der zweite Junge nannte seinen Namen, genau wie die übrigen Kinder.

An unserem ersten Schultag brachte ich ihnen außerdem noch die Worte »Guten Tag« bei und wie man sich dabei die Hand schüttelte. Das taten sie dann auch mit großer Begeisterung und unter lautem Gekicher.

Am zweiten Tag lernten wir ein Lied. Ich sang ihnen *Da draußen bei den Heiden* vor und dann sangen sie es mir nach, Zeile für Zeile, Strophe für Strophe. Es war wirklich erstaunlich, wie gut sie die Worte und die Melodie behielten, wenn man bedachte, dass sie kein Wort verstanden.

Da draußen bei den Heiden scheint die Sonne so heiß,
da lebt manches Kindlein, das vom Heiland nichts weiß.
Kann nicht beten, wenn morgens vom Schlaf es erwacht,
weiß nicht, dass ein Englein sein Bettlein bewacht.

Inzwischen saßen fast zwanzig Kinder im Alter von eins bis vierzehn um mich herum, die Jüngsten lutschten an den Fingern, die Älteren tuschelten und schwatzten miteinander, aber wenn ich in die Hände klatschte und sie streng ansah, verstummten sie sofort. Mein Unterricht dauerte nicht länger als eine Stunde, ich wollte die Kinder ja nicht abschrecken. Ich wollte sie lehren, bilden und für mich begeistern.

Für den dritten Schultag sammelte ich unten am Fluss eine Handvoll Holzstängel. Auf ein Blatt Papier, das Petrus mir mitgebracht hatte, wollte ich einen Kreis zeichnen, den dann jedes Kind im Sand nachmalen sollte. Ein O. Der erste Buchstabe, den meine Schüler lernen würden.

Ich hatte die Stängel gerade unter meinen Schülern verteilt, als eine der Frauen sich in unseren Kreis drängte und sich neben einen der Jungen kauerte. Ich lächelte sie freundlich an, während ich gleichzeitig innerlich jubelte. Mein Plan ging auf, nach den Kindern kamen nun auch die Mütter, um von mir zu lernen.

Aber die Frau hatte nicht vor, an meinem Unterricht teilzunehmen. Sie redete wütend auf den Jungen ein, der ihr mit gesenktem Kopf zuhörte. Die anderen Kinder lauschten mit offenen Mündern. Schließlich packte die Frau den Jungen am Arm und zerrte ihn aus dem Kreis, zurück zu den anderen Frauen.

»Was ist denn los?«, rief ich aufgeregt. »Warum darf er nicht mehr mitmachen?«

Aber natürlich bekam ich keine Antwort. Man verstand mich ja nicht. Stattdessen trat Petrus' Mutter nach vorne und rief mit einer lauten, leicht schrillen Stimme einen Befehl. Es klang wie ein Kampfruf und einen Moment lang hatte ich schreckliche Angst, dass sich die Frauen mit lautem Gebrüll auf mich stürzen könnten. Doch es war kein Befehl zum Angriff, sondern zum Rückzug.

Die Kinder zögerten einen Moment lang. Aber offensichtlich war ihre Furcht vor Petrus' Mutter stärker als ihre Wissbegier. Einer nach dem anderen erhob sich. Mbeurora, Kambala, Xolani, all die Jungen und Mädchen, deren Namen ich so mühevoll erlernt und aufgeschrieben hatte, ließen ihre Holzstäbchen fallen und schlichen zurück zu ihren Müttern. Nach ein paar Minuten saßen nur noch zwei Finger lutschende Kleinkinder vor mir und musterten mich mit glänzenden Augen. Dann krabbelten auch sie weg.

Die Schule war aus.

15

»Sie haben Angst, dass du ihre Kinder verzauberst«, erklärte mir Petrus, als ich ihm bei seinem nächsten Besuch von meinem gescheiterten Unterrichtsversuch erzählte.

»So ein Unsinn. Ich will ihnen Lesen und Schreiben und Rechnen beibringen. Und Deutsch. Kannst du denn den Müttern nicht sagen, wie wichtig das für ihre Kinder ist? Und dass sie mir vertrauen können?«

»Ich habe es versucht. Aber sie glauben mir nicht. Die Frauen hier wollen nicht, dass ihre Kinder lesen, schreiben und rechnen. Sie schicken ihre Kinder auch nicht in die Schule nach Bethanien. Sie sagen, dass ihre Kinder dort nur das Saufen lernen.«

»Das stimmt ja nicht!«, rief ich aufgebracht. »In Bethanien ist Alkohol doch strengstens verboten.«

»Du musst sie verstehen. Früher gab es hier keinen Schnaps. Genauso wenig wie Zäune und Mauern, jeder konnte hingehen, wohin er wollte. Die Deutji haben den Branntwein ins Land gebracht. Am Anfang waren sie sehr freundlich und schenkten den Schnaps einfach her. Wir dummen Hottentotten konnten gar nicht genug davon kriegen. Doch plötzlich sagten die Deutji: Schluss! Ab sofort wird bezahlt. Und weil wir den Schnaps inzwischen brauchten wie Wasser und Brot, gaben wir ihnen unser Land dafür. Und die Deutschen zogen Zäune um Flüsse und Wasserlöcher und Quellen. Wenn wir danach mit unserem Vieh ankamen, stand da ein Deutscher mit einem Gewehr und sagte: Haut ab, das ist unser Land. Der Branntwein war das Ende unserer Freiheit.«

Ich nickte. Was Petrus mir erzählte, hatte auch Pastor Cordes in einer seiner Predigten auf der *Gertrud Woermann* angeprangert. Dass die Deutschen den Hottentotten das Land widerrechtlich abgeschwatzt hätten.

»Aber es sind doch nicht alle Deutschen so. Herr Freudenreich zum Beispiel – auch wenn ich ihn nicht ausstehen kann, so ist er doch gewiss nicht darauf aus, euch euer Land abzuluchsen«, wandte ich ein. »Und ich selbst noch viel weniger. Ich bin auf eurer Seite, kannst du ihnen das nicht klarmachen?«

Er lächelte nur traurig und schüttelte den Kopf.

»Immerhin scheint es keinen von deinen Leuten zu stören, dass du auf der Missionsstation arbeitest«, stellte ich fest.

Petrus zuckte mit den Schultern. »Als Treiber verdiene ich viel Geld, das ist gut. Aber die Leute wissen, dass du von der Missionsstation weggelaufen bist. Jetzt haben sie Angst, dass Freudenreich auch mich wegschickt, wenn er erfährt, dass ich dir geholfen habe.«

»Er wird aber nichts davon erfahren«, sagte ich.

Ich suchte seinen Blick und fand ihn nicht. Er blickte in den Himmel, an dem die Sonne flackerte, weiß wie das Äußere einer Kerzenflamme. Vielleicht hatte er meine Worte nicht gehört. Vielleicht wollte er auch einfach meine Hoffnung nicht zerstören.

Im grellen Sonnenlicht schimmerte seine dunkle Haut weich wie Samt. Ich musste alle meine Willenskraft bemühen, um ihn nicht zu berühren.

Heute erscheint mir diese Zeit bei den Nama wie ein Traum. Fremder und unbegreiflicher als alles, was ich vorher und danach erlebt habe. Hatte ich wirklich gehofft, dass sie mich als eine der Ihren annehmen würden, dass ich den Rest meines Lebens bei ihnen verbringen könnte? Ich wusste nichts von ihnen, ich hatte keine Ahnung, was sie dachten, fühlten, wünschten. Vielleicht war es gerade ihre Ablehnung, die mich so begierig machte, von ihnen akzeptiert und geliebt zu werden.

Im Rückblick kommt es mir wirklich lächerlich vor, wie ich um die Freundschaft und Aufmerksamkeit der Eingeborenen buhlte. Ich hatte keine Chance. In der Welt der Nama hätte ich mich niemals zurechtgefunden. Ich wäre immer eine Bittstellerin geblieben, die sich nicht verständigen konnte, die mühsam stammelnd nach Worten suchte und dafür auch noch Hohn und Spott erntete. Je mehr ich danach strebte, zu ihnen zu gehören, desto mehr wiesen sie mich zurück. Es erging mir genauso, wie es einem Hottentotten ergangen wäre, den ein unglückliches Schicksal aus Afrika in die Kohlstraße katapultiert hätte. Auch er wäre von allen verlacht und abgewiesen worden.

Es gab Lichtblicke in meinem Leben. Manchmal lächelte mich eine von Petrus' Schwestern unvermittelt an, aus Mitleid oder aus Versehen. Manchmal wandte sich eine der Frauen mir zu, redete freundlich mit mir, versuchte, mir etwas zu erklären, das ich dennoch nicht verstand. Dann keimte die Hoffnung in mir auf wie die kleinen gelben, violetten, roten Wüstenblumen nach der Regenzeit. Hoffnung darauf, dass eine wirkliche Verständigung, eine echte Freundschaft zwischen uns wider alle Vernunft möglich wäre. Eine Weile lang schwebte ich wie auf Wolken.

Aber es dauerte nie lange, bis ich wieder auf den Boden der Tatsachen zurückfiel.

Meine Zeit bei den Nama endete an dem Tag, an dem die Männer von der Jagd zurückkamen. Sie trafen am Mittag im Dorf ein. Einige von ihnen schleppten lange Stangen, von denen getrocknetes Fleisch baumelte. Andere trugen die Felle und die abgeschabten Häute der erlegten Tiere auf dem Rücken, wieder andere ihre Hörner und Klauen. Nur die Knochen und Eingeweide der Beute hatten sie in der Wüste zurückgelassen.

Die Frauen und Kinder begrüßten die Jäger mit schrillen Schreien und lautem Jubel. Dann wurde ein Feuer angezündet und ein Festmahl vorbereitet. Das ganze Dorf war in heller Aufregung, auch ich konnte mich der freudigen Erregung nicht entziehen.

Kurz bevor das Fest begann, kam Petrus. Seine Mutter hatte eine seiner Schwestern in die Missionsstation geschickt, um ihm Bescheid zu geben.

Bei Anbruch der Dunkelheit versammelten sich alle Dorfbewohner um das Feuer. Eine der Frauen verteilte getrocknetes Fleisch, eine andere riss große Stücke aus einem runden Maisfladen und verteilte sie unter den Anwesenden. Die Luft vibrierte von der Hitze des Feuers und von dem Klicken, Schnalzen, Lachen der Nama. Neben mir saß Petrus, ich hatte das Gefühl, dass ich die Wärme seines Körpers spüren konnte, obwohl wir einander nicht berührten.

Seit ich bei den Nama lebte, hatten wir niemals Hunger gelitten, aber das Essen war immer sehr knapp gewesen. Oft war ich abends mit einem knurrenden Magen schlafen gegangen, weil die Essensportionen so klein waren. Aber heute gab es für alle Essen im Überfluss. Fleisch, Maisbrot, *Ointjes* und Kaktusfeigen, so viel jeder wollte. Die Männer hatten ein Fässchen Branntwein neben das Feuer gerollt und leerten es in großen Zügen. Ich sah fasziniert dabei zu, in welcher Geschwindigkeit sie ihre Kalebassen austranken. Ein besonders dürrer Kerl lag halb unter dem Fass, es fehlte nicht viel, dass er sich den Inhalt in seinen offenen Mund rinnen ließ. Ich fragte mich, ob einer der Männer Petrus' Vater war. Petrus redete nicht über ihn. Immer wenn ich mich nach ihm erkundigte, wich er aus.

»Warum willst du denn nicht über ihn sprechen?«, hatte ich ihn vor ein paar Tagen gefragt. »Sag mir doch wenigstens, ob er noch am Leben ist.«

Ein Kopfschütteln, das war alles, was ich zur Antwort bekam.

Heute Abend hatte Petrus keinen der Männer besonders herzlich begrüßt. Vielleicht war sein Vater abgehauen und hatte seine Mutter im Stich gelassen. Vielleicht war es auch der dürre Kerl unter dem Fass und Petrus schämte sich für ihn. Ich wusste so gut wie nichts über Petrus und er wusste so gut wie nichts über mich. Einen Moment lang dachte ich an Bertram, bevor ich den Gedanken wieder verdrängte.

Nach dem Essen begannen ein paar der Frauen zu klatschen und zu singen, die anderen fielen ein, dann wurde getanzt. Eines der Mädchen sprang auf, stellte sich vor das Feuer und begann, seine Hüften zu schwenken. Der Bauch hüpfte vor und zurück, die kleinen spitzen Brüste tanzten im Takt, den die klatschende, stampfende Runde vorgab. Nach einer Weile trat es zurück und gab den Platz für das nächste Mädchen frei. Nach den Mädchen waren die Burschen an der

Reihe, sie sprangen, stampften und kickten, als wären sie vom Teufel besessen.

Petrus stopfte seine Pfeife.

»Willst du nicht auch tanzen?«, fragte ich.

»Nein. Das ist nichts für mich.« Er zündete seine Pfeife an, nahm einen tiefen Zug, schloss die Augen und behielt den Rauch eine ganze Weile im Körper, bevor er ihn langsam wieder ausatmete. Dann reichte er sie mir.

Ich wollte ablehnen, ich hatte noch nie geraucht, das gehörte sich nicht für ein Mädchen. Jedenfalls nicht für ein deutsches Mädchen. Aber wir waren nicht in Deutschland. Wir waren in Südwest. Im Großen Namaland bei den Awakhois, den Roten Menschen. Hier galten andere Gesetze, Gesetze, die ich ständig missachtete, weil ich sie nicht kannte. Ich nahm die Pfeife und sog an dem Mundstück, das Petrus' Lippen soeben noch umschlossen hatten. Der Pfeifenkopf glühte hell auf. Der Rauch füllte meinen Mund, meinen Rachen, meinen Hals, brannte und brachte mich fürchterlich zum Husten.

»Langsam.« Petrus Hand lag auf meinem Arm. »Nicht zu hastig, nicht zu viel.«

Ich atmete aus und tief durch, dann versuchte ich es noch einmal. Ein vorsichtiger, leichter Zug. So ging es besser.

»Und nun atme den Rauch tief in deinen Leib ein«, sagte Petrus.

Seltsamerweise musste ich plötzlich an Trude denken. Trude Emmerling, die einmal meine beste Freundin gewesen war, aber inzwischen hieß sie nicht einmal mehr Emmerling, sondern Frau Schleifer, weil sie im Juni ihren Hans geheiratet hatte. Was würde sie für Augen machen, wenn sie mich jetzt sehen könnte. Ich nahm einen tiefen Zug ausder Pfeife und schluckte ihn, als wäre es Branntwein.

Der Rauch breitete sich in mir aus und ergriff Besitz von meinem Körper. Ich wartete auf den Husten, der nicht kam. Petrus' Hand lag auf meinem Arm. Wie weich und warm sie sich anfühlte. Wenige Meter vor mir tanzten die jungen Nama-Männer und die Frauen klatschten und stampften dazu. Ich nahm noch einen Zug.

Mein Kopf begann sich zu weiten, es war, als ob die kühle Nachtluft in meinen Schädel drang und dort alles durcheinanderblies. Am Feuer trommelte Petrus' Schwester Maria auf einem hohlen Baumstamm oder war es Rabea, Hannah, Martha? Nein, erkannte ich jetzt, es war gar kein Nama-Mädchen, es war Trude, geborene Emmerling, verheiratete Schleifer, deren Hände auf dem Baumstamm hämmerten. Und dort hinten lehnte Bertram an einer der Mattenhütten und blickte missbilligend zu mir herüber. Ich rieb mit beiden Fäusten über meine Augen. Nun war er weg.

Neben mir stand Petrus auf und wollte ebenfalls fort. Aber das ging nicht, Petrus durfte nicht weggehen.

Lass mich nicht allein, wollte ich ihm zurufen, aber ich schaffte es nicht, die Worte in meinem Mund zu formen und auszusprechen. Er hörte sie aber trotzdem und streckte mir seine Hand hin und zog mich hoch und dann legte er seinen Arm um mich und ging mit mir hinunter zum Konkiep.

Das Trommeln und Singen der Nama war nur noch ein leises Echo im Hintergrund meines Bewusstseins. Petrus' Haut glänzte im Licht des Mondes, der als riesige Scheibe am Himmel stand, voll und rund wie in der Nacht, in der ich aus Bethanien geflohen war. *Der Mond ist aufgegangen, die gold'nen Sternlein prangen am Himmel hell und klar,* sang meine Mutter und mein Vater begleitete sie dazu auf dem verstimmten Schulklavier.

Petrus lächelte.

»Geh nicht weg«, sagte ich. »Lass mich nicht allein.«

Diesmal dachte ich die Worte nicht nur, sondern sprach sie aus. Petrus zog mich eng an sich. Dann nahm er mir die Pfeife aus der Hand, die ich immer noch festhielt, ohne es zu merken, und küsste mich. Er küsste mich zuerst auf den Mund und dann öffnete er meine Lippen mit seinen Lippen und küsste mich in meinen Mund. Ich spürte, wie meine Knie weich wurden und nachgaben. Er hielt mich aber fest umfangen, bis ich auf dem Boden lag, der weich und warm wie ein Daunenbett war. Über uns schien der Vollmond, der gleiche Vollmond, der auch auf den Friedhof in Bethanien schien, auf dem meine Mutter lag, und auf die Kohlstraße in Elberfeld.

Und Petrus küsste mich.

Ich wachte mitten in der Nacht auf, weil vor meiner Hütte ein paar Burschen grölten.

Vor der *Kattel*, auf der ich lag, hockte eine Gestalt. Vor dem bleichen Mondlicht, das durch die Öffnung in der Vorderseite der Hütte fiel, zeichnete sich wirres Kraushaar ab, das den Kopf umwucherte wie Gestrüpp. Aber das Gesicht lag im Schatten und war nicht zu erkennen. Die Gestalt beugte sich nach vorn, zu mir herunter. Petrus, dachte ich zuerst, aber es war nicht Petrus. Es war eine Frau, die jetzt ihre Hand ausstreckte und über mein Gesicht strich. Nicht zärtlich, aber auch nicht grob. Prüfend, als wäre sie blind und wollte in der Dunkelheit meine Gesichtszüge ertasten. Ich hielt den Atem an, lag stocksteif da und gab keinen Ton von mir.

Die Finger der Frau rochen leicht nach Zwiebeln und getrocknetem Fleisch. Als sie die Hütte wieder verließ, fiel das Mondlicht auf ihr Gesicht.

Es war Petrus' Mutter.

Als ich wieder aufwachte, schien die Sonne ins Zelt. Petrus Schwestern lagen auf ihren Pritschen und schnarchten leise. Sie rührten sich auch dann nicht, als Petrus in der Öffnung der Hütte auftauchte. Während ich mich aufsetzte, fielen mir die Ereignisse der vergangenen Nacht wieder ein. Das Fest, die Pfeife, der Fluss. Petrus, der mich geküsst hatte. Seine Mutter an meinem Bett.

Jetzt gab er mir ein Zeichen, zu ihm herauszukommen.

Aus dem Halbdunkel der Hütte kroch ich ins gleißende Sonnenlicht. Es war ein Gefühl, als ob mir jemand mit einer Eisenstange auf den Schädel schlug.

Der Platz vor den Hütten sah aus wie ein Schlachtfeld. Vor der Feuerstelle lagen ein paar Männer kreuz und quer durcheinander wie Tote. Das Branntweinfass war leer. Einige Frauen hockten im Schatten einer Hütte, die jüngeren Kinder spielten mit einer durchlöcherten Konservendose.

»Was ist denn los?«

»Wir müssen weg«, sagte Petrus.

»Wie bitte? Ist etwas passiert?«

»Pack deine Sachen zusammen. Ich bringe dich nach Warmbad.«

Ich schlug meine Kleider, die Bibel und das Gesangbuch und den Rest meiner Habseligkeiten in eine Decke, band die Enden zusammen und warf sie mir auf den Rücken. Ich gab mir keine Mühe, leise zu sein, trotzdem wachten Petrus' Schwestern nicht auf.

»Ich verstehe nicht, was das Ganze soll.«

Petrus antwortete nicht. Er nahm mir mein Kleiderbündel ab und reichte mir stattdessen einen kleinen Sack mit Proviant und eine Kürbisflasche.

»Komm«, sagte er nur.

Ich verließ das Nama-Dorf mit gesenktem Kopf, meinen Proviantsack gegen die Brust gepresst. Ich verabschiedete mich von keinem, ich bedankte mich nicht für die Gastfreundschaft, ich ging einfach weg. Obwohl Petrus' Mutter nicht bei den Frauen war, die vor der Hütte im Schatten hockten, spürte ich ihre Blicke in meinem Rücken wie Hände, die mich von sich schoben. Weg mit dir, verschwinde!

Warum war sie in der Nacht in meine Hütte gekommen? Ob ich Petrus davon erzählen sollte? Wahrscheinlich wusste er es ohnehin. Sie hatte beobachtet, wie wir uns unten am Fluss geküsst hatten. Und heute Morgen hatte sie ihm aufgetragen, mich wegzubringen.

»Tust du immer, was deine Mutter dir befiehlt?«, fragte ich Petrus.

Er antwortete nicht.

»Feigling«, stieß ich ärgerlich hervor.

Er blieb stehen und sah mich an. »Ich mache, was mir mein Hirn befiehlt. Du kannst nicht hierbleiben.«

»Warum nicht?«

»Du passt nicht zu meinen Leuten. Der Unterschied ist zu groß.«

»Deine Leute haben doch gar nichts gegen mich. Es ist deine Mutter, die mich loswerden will.«

Wie wütend ich auf einmal war. *Du passt nicht zu meinen Leuten.* So eine Unverschämtheit, wie konnte Petrus es wagen, so mit mir zu sprechen. Und wie lächerlich er aussah in seiner Verkleidung, die er jetzt wieder angelegt hatte, Das karierte Jackett über dem nackten Oberkörper, das alberne Jägerhütchen auf dem Kopf. Was war nur mit mir los gewesen, dass ich ihn angehimmelt hatte, als hätte ich keine Augen im Kopf und keinen Sinn und Verstand? Wie hatte ich mich gestern bloß dazu hinreißen lassen können, ihn zu küssen?

»Du weißt nichts«, sagte er jetzt. »Du verstehst nichts.«

Ich wollte etwas Bissiges entgegnen, aber im selben Moment begann die Eisenstange wieder auf meinen Schädel zu hämmern. Ich stöhnte leise und massierte meine Schläfen.

Petrus grinste.

Das war nun wirklich der Gipfel, dieses Grinsen! Wenn mein Kopf nicht so fürchterlich wehgetan hätte, hätte ich ihm dafür das Gesicht zerkratzt, so zornig war ich jetzt.

»Dagga«, sagte Petrus. Nur dieses eine Wort. Aber es genügte.

Dagga. Natürlich. Das war in der Pfeife gewesen, die ich in der letzten Nacht geraucht hatte. Dagga, das hatte Fräulein Hülshoff mir erklärt, war eine wilde Hanfpflanze, die von den Hottentotten getrocknet und geraucht wurde, um sich zu berauschen. Im Dagga-Rausch waren mir Trude und Bertram erschienen. Deshalb hatte ich mich von Petrus küssen lassen.

Nur deshalb?

Ich dachte an seine Lippen auf meinem Gesicht, seine Zunge in meinem Mund, und spürte die Erinnerung als Ziehen in meinem Leib. Wie war ich nach dem Kuss in mein Bett gekommen? Petrus hatte mich auf den Boden gelegt, das wusste ich noch, danach löste sich alles in Nebelschwaden auf. Ob er mich …? Ob ich mit ihm …?

Nein, das war undenkbar.

Vielleicht, hoffentlich hatte Petrus ebenfalls vergessen, was zwischen uns passiert war, immerhin hatte auch er Dagga geraucht. Und wenn wir es beide nicht mehr wussten, dann wurde das Geschehene dadurch wieder ungeschehen.

Seine Mutter. Sie hatte alles gesehen. Sie wusste, was wir getan hatten. Das Dagga war die Frucht der Erkenntnis, von der wir gekostet hatten. Petrus war Adam, ich war Eva und seine Mutter war der Engel mit dem Flammenschwert.

Sie hatte uns aus Eden vertrieben.

16

Bis zum Mittag redeten wir kein Wort. Wir wanderten schweigend durch das karge Land, auf dem das silberne Gras in sanften Wellen bis zum Horizont schwappte. Über uns kreisten Geier. Hin und wieder tauchten Erdmännchen am Wegrand auf und blickten uns aus schwarzen Knopfaugen so irritiert an, als hätten sie noch nie einen Menschen gesehen. Vielleicht hatten sie tatsächlich noch nie einen Menschen gesehen.

Einmal sah ich zwei Giraffen. Sie reckten ihre Hälse über einen Kameldornbaum und fraßen die gefiederten Blätter von den oberen Zweigen. Wie schön sie waren, die langen gemusterten Hälse so kraftvoll und wendig. *Kamelopard* nannten die Einheimischen die Tiere. Der Name passte besser als *Giraffe*.

Ein paarmal endete unser Weg im Nichts, die Radspuren verliefen im Sande. Aber Petrus ging einfach weiter schnurgeradeaus, ohne sich umzusehen, ohne zu zögern. Irgendwann tauchten die Spuren wieder auf.

Ich hatte meine Schuhe im Nama-Dorf zurückgelassen, stattdessen trug ich jetzt ein Paar leichte Ledersandalen, die mir eine von Petrus' Schwestern geschenkt hatte. Die Sandalen waren an den Fersen und Fußspitzen offen, sodass ich mir keine Blasen lief.

Mittags rasteten wir im Schatten eines Köcherbaumes.

»Du solltest schlafen«, sagte Petrus. »Du bist müde vom Dagga.«

»Ich kann doch hier nicht schlafen«, wehrte ich empört ab.

Aber nachdem ich einen Schluck Wasser getrunken hatte, sank mein Kopf wie von selbst gegen den Baumstamm. Als ich die Augen wieder aufschlug, stand die Sonne nicht länger über dem Baum, sondern links daneben. Zwei Geier saßen in der Baumkrone und starrten hoffnungsvoll auf mich herunter. Mein Kopf lag in Petrus' Schoß. Ich fuhr so erschrocken hoch, dass er ebenfalls zusammenschreckte.

»Wie lange habe ich geschlafen?«

Petrus stand auf und reichte mir die Kalebasse. »Geht's besser?«, fragte er zurück.

Ja, es ging mir tatsächlich besser. Mein Kopf dröhnte nicht mehr, ich spürte nur noch ein leises Summen, ein Nachklang der Schmerzen. Auch meine Wut auf Petrus war wieder verflogen. Er hatte recht, ich verstand wirklich nichts von seinen Leuten. Es war das Beste für uns alle, dass er mich nun nach Warmbad brachte. Hoffentlich sah Fräulein Hülshoff das genauso.

»Was wird Freudenreich dazu sagen, dass du heute nicht zur Arbeit gekommen bist?«, fragte ich Petrus, als wir weitergingen. »Hast du keine Angst, dass er dich rauswirft?«

Petrus zuckte mit den Schultern. »Ich kann nichts machen. Meine Mutter hat Maria zur Station geschickt, um Bescheid zu geben, dass ich krank bin. Aber wenn Freudenreich ihr nicht glaubt, dann habe ich Pech gehabt.«

»Du musst mich doch gar nicht nach Warmbad begleiten. Ich kann allein gehen.«

Petrus lächelte. Er hatte recht, es war lächerlich. Ich hatte es ja bereits allein versucht und war gescheitert. Nicht einmal bis Keetmanshoop war ich gekommen.

»Wie lange werden wir brauchen, bis wir da sind?«

»Zwei Wochen, vielleicht drei. Wenn uns ein Ochsenwagen mitnimmt, sind wir schneller.«

Gegen Mittag erreichten wir ein Gatter – und einige Stunden später tauchte ein Farmhaus zwischen den Felsbrocken auf.

»Natürlich können Sie hierbleiben«, sagte die deutsche Bauersfrau, die mir die Tür öffnete. »Wenn Sie mit einem einfachen Lager vorlieb nehmen.«

»Aber gerne.« Erfreut trat ich in den Flur. Die Frau schloss die Haustür, bevor Petrus mir folgen konnte.

»Was ist mit … meinem Begleiter?«, fragte ich verwirrt.

»Den Kaffer bringen wir später im Stall unter«, erklärte die Frau. »Man kann ihm doch trauen, oder? Nicht dass er sich in der Nacht mit unserem Rind davonmacht.«

Sie hieß Frau Sehl und war eine rundliche, rotbackige, fröhliche Westfälin, die vor acht Jahren mit ihrem Mann aus Kamen ausgewandert war. Ihr Haus war sehr einfach, eine Stube mit Lehmboden, unter der Zimmerdecke war ein Stück Leinenstoff von einer Ecke des Raumes zur anderen gespannt. An den Rändern konnte man bis hinauf in das Wellblechdach blicken. Neben der Wohnstube lag die Küche, dahinter das Schlafzimmer.

»Mein Mann und mein Sohn kommen gleich vom Feld«, sagte Frau Sehl. »Sie werden sich freuen, Sie zu sehen. Wir bekommen so selten Besuch.«

Sie waren so freundlich und gleichzeitig so fürchterlich. Die Art und Weise, wie sie über die Hottentotten sprachen, die auf ihrer Farm arbeiteten. Als wären sie Sklaven, schlimmer noch, Tiere, ohne Gefühle, ohne Verstand. Ich wollte ihnen widersprechen, ich wollte Petrus verteidigen. *Die Schwarzen sind gar nicht so, wie Sie denken, jedenfalls nicht alle.* Aber ich tat es nicht. Die Sehls würden mich nicht verstehen. Sie lebten seit acht Jahren im Land und hatten ihre Erfahrungen gesammelt, ich dagegen war ein Greenhorn, das gerade erst in Swakopmund von Bord gegangen war.

»Es wundert mich wirklich, dass Ihr Stiefvater Sie einfach so hat ziehen lassen«, sagte Herr Sehl, als wir später in der Küche beim Abendessen saßen. »Er scheint ja ein großes Gottvertrauen zu haben. Weiß er denn nicht, dass es hier in der Gegend oft zu Hottentottenaufständen kommt? Also, ich möchte mir nicht ausmalen, was die mit einem jungen weißen Fräulein alles anstellen würden.«

»Ich bin ja nicht allein. Petrus begleitet mich«, wandte ich ein.

Frau Sehl schüttelte den Kopf. »Ja, aber man weiß ja nicht, ob er im Zweifelsfall nicht doch zu seiner eigenen Art halten würde. Wenn Sie wenigstens einen Wagen hätten. Aber zu Fuß durch dieses gefährliche Gebiet …«

»Johann ist doch gerade drüben in Seeheim. Ich habe gehört, dass er weiter ins Kapland will. Vielleicht lässt er das Fräulein mitfahren?«, mischte sich jetzt ihr Sohn ein.

»Das ist eine gute Idee!«, rief seine Mutter. »Dass ich nicht selbst darauf gekommen bin. Bestimmt macht er das.«

»Johann ist ein fahrender Händler«, erklärte sie mir, während sie mir noch einen Becher Ziegenmilch einschenkte. »Bei ihm sind Sie gut aufgehoben. Gregor, du bringst das Fräulein gleich morgen früh nach Seeheim und sorgst dafür, dass er sie auch wirklich mitnimmt.«

»Machen Sie sich keine Sorgen«, wandte sie sich dann an

mich. »Wenn Johann Sie mitnimmt, sind Sie sicher. Sie werden sehen, es wird alles gut.«

Sie tätschelte mütterlich meine Hand. Dann stand sie auf, um alles für die Nacht vorzubereiten. Ich erhob mich ebenfalls und trat zum Fenster, vor dem die Nacht hing wie ein schwarzer Vorhang. Der Mond war nirgendwo zu sehen.

Wo Petrus wohl untergebracht war? Auf einem Strohhaufen oder auf dem blanken Fußboden? Hoffentlich hatten sie ihm wenigstens eine Decke gegeben. Ich hätte hinausgehen und nach ihm schauen können. Niemand hätte mich daran hindern können. Aber ich blieb am Fenster stehen.

Ich träumte davon, dass Bertram versuchte, mir meine Bluse auszuziehen.

»Der Neger hat dich gehabt«, zischte er. »Also brauchst du dich auch mir gegenüber nicht zu zieren.«

Ich zierte mich und wehrte mich mit allen Kräften, doch er war stärker. Er riss mir die Kleider vom Leib und schleuderte sie zu Boden.

»Bist du von Sinnen?«, schrie ich. »Was machst du denn nur?«

»Was hast du denn getan?«, schrie er zurück. »Lügen hast du über mich verbreitet, nichts als dreckige Lügen, doch jetzt bekommst du die Quittung dafür.«

Aber nun merkte ich, dass es gar nicht Bertram war, der das schrie, sondern Rudolf vom Kratzkopp. Ich kratzte und biss und trat nach ihm, aber es half nichts, Rudolf ließ erst von mir ab, als ich splitternackt war. Dann ließ er mich stehen und verschwand. Ich wollte meine Kleider zusammenraffen, aber sie waren ebenfalls weg. Erst jetzt merkte ich, dass ich auf einer Bühne stand. Die Sitzreihen im Saal waren gefüllt mit einem gaffenden, grölenden Publikum. Die Soldaten, die ich auf dem Weg nach Keetmanshoop getroffen hatte, waren darunter, Susanna und Herr Freudenreich. Und in der ersten Reihe saß meine Mutter und weinte.

Dann wachte ich auf.

Ich lag auf einer Kattel in der Stube. Die Tür zur Küche stand offen, im Herd flackerte noch die Glut. Erschrocken blickte ich zu dem Stuhl, auf den ich vor dem Schlafengehen meine Kleider gelegt hatte. Sie lagen alle noch da, niemand hatte sie weggenommen. Im Halbdunkel des Raumes zog ich mich an, dann zündete ich das Windlicht an, das Frau Sehl neben meinem Bett zurückgelassen hatte. Auf Zehenspitzen schlich ich zur Tür.

Über den dunklen Hof huschte ich zum Stall. Die Tür quietschte leise, als ich sie aufzog. Ich hielt den Atem an und lauschte. Aber alles blieb still.

»Petrus?«, flüsterte ich. »Bist du hier?«

»Hmmm?« Das Geräusch kam aus einem der leeren Verschläge.

Petrus lag auf einem Strohsack. Als ich mich neben ihm niederließ, rappelte er sich verschlafen auf. »Was willst du? Ist was passiert?«

»Es tut mir so leid«, flüsterte ich. »Bitte vergib mir.«

»Was?«

»Ich schlafe im Haus und dich stecken sie hier in den Stall. Das ist so … unwürdig.«

»Henrietta.« Petrus rieb sich die Augen. »Du musst wieder zurück ins Haus. Bitte.«

»Nur wenn du mitkommst.«

Ich nahm seine Hand, aber er entriss sie mir sofort wieder.

»Bist du verrückt? Was machst du denn?«

»Komm mit ins Haus. Sie können dich doch nicht in den Stall stecken wie einen hergelaufenen Köter.«

»Wo soll ich denn schlafen? In deinem Bett etwa? Bitte, sei vernünftig, geh schnell wieder weg. Wenn uns die Leute sehen, gibt es einen Aufstand.«

Er klang fast so, als hätte er Angst vor mir. Gekränkt richtete ich mich wieder auf. »Wie du willst. Ich hab es ja nur gut gemeint.« Ich schob die Klappe des Verschlags auf, als er mich aufhielt.

»Halt, warte! Ich wollte dich nicht kränken.« Er streckte mir seine Hand hin. Ein Versöhnungsangebot. Ich zögerte einen Moment lang, bevor ich sie ergriff und drückte. Danach ließ er mich sofort wieder los. »Geh jetzt. Gute Nacht.«

Als ich wieder über den Hof zurückschlich, hörte ich in der Ferne Hyänen heulen. Es klang wie Gelächter.

Johanns Ochsenwagen war ein fahrender Gemischtwarenhandel. Auf der Ladefläche stapelten sich Konserven, Brühwürfel, Socken, Wolle und Stopfgarn, Fässer mit sauren Gurken und Heringen, Gläser mit sauren Drops, Kochtöpfe, Pfannen, Tischdecken, Waschpulver und Kerzenständer. Ich hockte mit angezogenen Beinen zwischen einem Korbstuhl und zwei Leitern, als wäre ich ein weiterer Artikel in seinem unglaublichen Sortiment.

Der Händler selbst saß oben auf dem Bock und dirigierte seine sechzehn Ochsen wie ein Marionettenspieler seine Puppen. Seit wir aus Seeheim losgefahren waren, hatte er sich nicht mehr zu mir umgedreht. Vielleicht war er beleidigt, weil ich es vorgezogen hatte, hinten auf der Ladefläche Platz zu nehmen, anstatt mich neben ihn auf den Bock zu setzen. Aber ich war froh, dass ich mich nicht mit ihm zu unterhalten brauchte. Petrus ging vorne mit dem Treiber und den übrigen Burschen neben den Ochsen her. Seinen Kopf hielt er gesenkt, als ob er beim Gehen vor sich hin dämmerte. Wahrscheinlich hatte er in der Nacht vor Kälte kaum Schlaf gefunden.

In zwei Wochen sollten wir Warmbad erreichen. Wie Fräulein Hülshoff mich wohl empfangen würde? Frau Welter hieß sie ja jetzt. Hoffentlich war sie nicht allzu entsetzt, mich zu sehen. Aber selbst wenn – sie muss mich einfach aufnehmen, dachte ich. Immerhin hatte ich dafür gesorgt, dass sie aus Swakopmund nach Bethanien gekommen war, auch wenn Freudenreich danach alles andere als nett zu ihr gewesen war.

Petrus blickte sich zu mir um. Ich lächelte ihn an, aber er erwiderte mein Lächeln nicht. Woran er wohl dachte? Im Grunde hätte ich ihn in Seeheim nach Bethanien zurückschicken können. Ich wurde ja nun direkt nach Warmbad gefahren. Aber der Händler mit seinen fettigen Haaren und dem pockennarbigen Gesicht war mir nicht ganz geheuer, auch wenn Frau Sehl gesagt hatte, dass ich bei ihm gut aufgehoben wäre. Deshalb war ich sehr froh gewesen, dass Petrus sich uns angeschlossen hatte.

Als ob das der wahre Grund wäre, hörte ich eine Stimme in meinem Kopf spotten, die wie die von Eva klang. »Du hast doch überhaupt keine Angst vor Johann.«

Ich starrte auf den roten Nacken des Händlers, der von Falten durchzogen war, so als habe jemand mit einem Messer kreuz und quer hineingeritzt. Johann war vielleicht unangenehm, aber bestimmt nicht gefährlich.

»Du bist verschossen, gib's doch zu«, sagte Eva.

»In einen Kaffer«, setzte Frau Sehl empört hinzu.

So ein Unsinn, dachte ich trotzig. Ihr habt doch keine Ahnung, was in mir vorgeht. Und selbst wenn es so wäre: Warum sollte ich mich nicht in Petrus verlieben dürfen? Das Einzige, was ihn von uns unterscheidet, ist seine Hautfarbe.

Mein Blick fiel auf den silbernen Ring an meiner linken Hand.

Bertrams Verlobungsring. Ich trug ihn immer noch, obwohl ich längst nicht mehr Bertrams Verlobte war. Ich versuchte, den Ring abzustreifen, aber es ging nicht, er saß viel zu fest. Erst als ich den Finger in den Mund schob, löste er sich. Ich zog ihn ab und steckte ihn in meine Tasche.

Plötzlich musste ich an eine Predigt von Freudenreich denken, die einzige Predigt, die er auf Deutsch gehalten hatte, solange ich in Bethanien gewesen war. Es war am ersten Sonntag nach unserer Ankunft in der Missionsstation gewesen. Er hatte über Noah und seinen zweitgeborenen Sohn Ham gesprochen. Noah, der sich bis zur Besinnungslosigkeit betrunken hatte und dann nackt in seinem Zelt lag, wo ihn Ham entdeckte. Aber anstatt seinen Vater zuzudecken, machte er sich über ihn lustig, bis seine Brüder kamen und eine Decke über Noahs Blöße breiteten. Als Noah diese Geschichte hörte, verfluchte er Ham und seine Nachfahren, auf dass sie den anderen Völkern für immer Knechte seien.

Obwohl Freudenreich auf Deutsch gepredigt hatte, war es mir schwergefallen, seinen Worten zu folgen. Meine Gedanken waren immer wieder abgeschweift und zurück in die Kohlstraße geflogen. Ich wusste ja auch schon, worauf Freudenreich hinaus wollte. Schließlich hatte ich Pfarrer Krupka in der Kohlstraßenkapelle schon über die gleiche Bibelstelle predigen hören.

Ham war der Stammvater der Hamiten und die Hamiten waren die Schwarzen. Und weil Noah Ham verflucht hatte, waren die Schwarzen heute noch die Diener der deutschen Rasse, sie mussten als Sklaven in Amerika schuften und als Tagelöhner, Dienstboten, Stallburschen und Treiber in den deutschen Schutzgebieten. Ihre erbärmliche Lage war vorbestimmt, wer sich dagegen auflehnte, stellte die göttliche Ordnung infrage.

Über eine Stunde lang hatte sich Freudenreich darüber ausgelassen, wie glücklich sich die Neger im Allgemeinen und die Hottentotten im Besonderen schätzen konnten, dass ihnen die Weißen nun endlich das Christentum brachten. Die armen Nama, die kein Wort der Predigt verstanden hatten, waren auf den harten Kirchenbänken hin und her gerutscht, so, wie ich in den folgenden Monaten auf der Bank hin und her rutschte, ohne ein Wort zu verstehen.

Damals hatte ich mir keine Gedanken über die Predigt gemacht. Heute fragte ich mich, wie Gott so etwas zulassen konnte: Dass eine ganze Rasse verflucht wurde, nur weil ihr Stammvater eine Dummheit begangen hatte.

Ich blickte wieder zu Petrus. Wie müde er aussah. Wie schön er war. Seine Lippen, deren Rot an den Rändern mit dem Braun seiner Haut verschmolz. Seine hohen Wangenknochen, über die sich dunkle Haut schmiegte. Seine seidigen langen Wimpern, zarte Halbmonde aus schwarzer Spitze.

»Du bist verschossen«, hörte ich Eva spotten.

»Verliebt.«

»Verloren.«

Ja, das war ich.

Johann kannte Welters Farm, er setzte uns direkt vor dem Tor ab. Kaum dass wir vom Wagen gestiegen waren, gab er dem Treiber ein Zeichen und ließ die Ochsen wieder anziehen. Vielleicht befürchtete er, dass er uns am Hals hätte, falls man uns die Aufnahme verweigerte.

Wir wanderten noch eine Stunde lang einen schmalen Pfad entlang, bis wir eine Handvoll flacher Gebäude mit Wellblechdächern erreichten. Ein Wohnhaus, ein Stall, eine Art Scheuer, eine Remise, ein zerfallener Schuppen. Vor dem Haus wucherte Unkraut, dazwischen hatte jemand eine Reihe Spinat angebaut, aber die Blätter der Pflanzen lagen welk auf dem Boden. Auf der Wäscheleine im Hof hingen vergilbte Unterröcke und graue Herrenunterhosen.

Das sollte die Farm sein, auf der Fräulein Hülshoff lebte? Das passte nun wirklich nicht zu der Vorstellung, die ich mir von ihrem neuen Zuhause gemacht hatte. In meiner Fantasie hatte alles ganz anders ausgesehen.

Ich hatte gewiss kein Schloss erwartet und auch kein herrschaftliches Anwesen. Ein einfaches, schlichtes Haus. Sehr sauber, ordentlich und gepflegt. In meiner Vorstellung hätte bestimmt keine Harke mitten auf dem Hof gelegen, die Zinken nach oben gereckt, sodass man darüber stolpern und sich verletzen konnte. Fensterläden und Zaun wären frisch gestrichen gewesen, der Hof gefegt und statt eines verbeulten Zinkeimers hätte ein Blumentopf mit blühenden Geranien vor dem Haus gestanden. Aber hier sah es nicht aus wie in meiner Fantasie, hier sah es aus wie bei den Haufs auf der Kohlstraße, bei denen der Alte soff und die Frau jedes Jahr ein neues Kind bekam, das dann genauso schwachsinnig war wie seine Geschwister.

Vielleicht wäre es besser, gar nicht erst anzuklopfen, sondern direkt umzukehren. Aber wohin? Ich kannte ja außer Fräulein Hülshoff keinen Menschen im Namaland.

Hilfe suchend sah ich Petrus an. Er zuckte ratlos mit den Schultern. An dem zerfallenen Zaun, der den Hof umgab, war keine Glocke angebracht. Also drückte ich zaghaft gegen das Tor. Es ächzte so erbärmlich, als wollte es jeden Augenblick in sich zusammenbrechen.

»Vielleicht ist es das falsche Haus«, sagte Petrus. »Vielleicht sollten wir …«

Weiter kam er nicht. Denn um die Hausecke schoss plötzlich ein Höllenhund. Mit wütendem Gebell katapultierte er sich uns entgegen. Ich sprang mit einem Aufschrei zurück, aber natürlich hätte mir das wenig genützt, wenn der Hund nicht plötzlich angehalten hätte. Einen Meter vor uns blieb er hängen, die Vorderbeine ruderten in der Luft, das Maul schnappte ins Leere. Er hing an einer Kette.

Petrus fluchte leise auf Nama.

Ich klammerte mich an den morschen Gartenzaun. Der Hund knurrte und fletschte die Zähne. Seine Lefzen trieften. Das war ein Zeichen von Hunger, hatte ich einmal gehört, vielleicht war es sogar Fräulein Hülshoff gewesen, die mir das erklärt hatte.

Im selben Moment kam Fräulein Hülshoff aus dem Haus. Sie sah genauso aus wie damals, als ich und Eva sie zum ersten Mal auf der *Gertrud Woermann* getroffen hatten. Sie trug ein eng geschnittenes, schwarzes Kleid mit blütenweißem Spitzenkragen und Lackschuhe mit kleinen Absätzen. Ihr Haar war auf dem Oberkopf zu einem Dutt geschlungen, zwei silberne Spangen hielten alles ordentlich zusammen, kein Haar tanzte aus der Reihe. In dieser verwahrlosten Umgebung wirkte sie wie eine Fata Morgana.

»Henrietta«, sagte sie. »Das nenne ich aber eine Überraschung.« Aber ihre Stimme klang kein bisschen überrascht, sondern so, als hätte sie mich die ganze Zeit erwartet. Nur ihre Augenbrauen wanderten ein Stück in die Höhe.

»Ich brauche Ihre Hilfe«, sagte ich. »Können wir eintreten?«

»Natürlich.« Ohne eine Spur von Angst ging sie zu dem abscheulichen Köter, dem der Schaum aus dem Maul tropfte, und zerrte ihn am Halsband dicht neben sich. »Schön brav, Leo, hörst du.«

Der Hund knurrte. Offensichtlich dachte er darüber nach, ob er ihr gehorchen sollte oder nicht. Fräulein Hülshoff zog noch einmal mit Nachdruck an seinem Halsband. Da ließ er eine lange rosa Zunge aus dem Maul fallen, klemmte den Schwanz zwischen die Beine und duckte sich.

Die Küche starrte vor Schmutz. Auf dem Tisch neben der Spülschüssel türmte sich dreckiges Geschirr und auf den staubigen Fensterscheiben hätte man schreiben können wie auf einer Schiefertafel. Auf einem der Stühle lag ein Stapel Bücher. Neben dem Herd ein weiterer.

»Das Mädchen hat heute frei«, sagte Fräulein Hülshoff gleichmütig, die meinem Blick gefolgt war. »Bitte, nehmen Sie doch Platz.«

Eigentlich hieß sie ja nun Frau Welter, aber in meinen Gedanken nannte ich sie weiterhin Fräulein Hülshoff und so ist es bis heute geblieben.

Ich setzte mich. Petrus wartete draußen auf dem Hof. Dieses Mal war ich froh darüber. Ich musste allein mit Fräulein Hülshoff reden und herausfinden, wie es um sie stand, bevor ihr Mann nach Hause kam. So wie es hier aussah, hätte es mich nicht gewundert, wenn sie gleich ihre Sachen gepackt hätte und mit uns aufgebrochen wäre.

»Möchten Sie Tee?«, fragte sie, während sie den Kessel schon auf den Herd schob. »Der Rotbuschtee, den man hier trinkt, schmeckt ganz vorzüglich.«

Ich nickte, aber im gleichen Moment knurrte mein Magen lauter als vorhin der Bluthund auf dem Hof. Wir hatten in den letzten beiden Wochen nur sehr wenig gegessen. Das getrocknete Fleisch und der Dörrkürbis, die Petrus aus dem Nama-Dorf mitgebracht hatte, waren nach wenigen Tagen aufgebraucht gewesen. Danach hatte Johann uns widerwillig von seinen Vorräten abgegeben, aber die Portionen waren immer mehr als spärlich gewesen.

»Sie haben Hunger«, stellte Fräulein Hülshoff fest. »Möchten Sie vielleicht einen Teller Rote-Bete-Suppe? Herr Welter kommt auch gleich nach Hause, aber es ist genug davon da.«

Herr Welter. Sie nannte ihren Mann beim Nachnamen, genau wie meine Mutter, wenn sie von Freudenreich gesprochen hatte.

Sie reichte mir einen Teller, in dem eine rote, säuerlich riechende Flüssigkeit schwappte. »Bitte schön. Ich wünsche einen guten Appetit.«

»Danke.« Vorsichtig nahm ich einen Löffel. Die Suppe schmeckte noch abscheulicher, als sie roch. Aber mein Hunger war größer als der Ekel. »Petrus ist bestimmt auch hungrig«, fiel mir ein. »Sie erinnern sich doch an ihn, oder?« Immerhin verdankte Fräulein Hülshoff Petrus ihre Heirat mit Welter, auch wenn ich nicht recht wusste, ob man das wirklich ein Glück nennen konnte.

Fräulein Hülshoff nickte. »Natürlich erinnere ich mich.

Ich werde ihm gleich etwas hinausbringen.« Sie schöpfte noch einen Teller und war schon damit an der Tür, als sie sich noch einmal umwandte. »Ich bin wirklich überrascht, dass Sie mich so bald besuchen. Warum haben Sie nicht vorher geschrieben?«

»Ich bin nicht auf Besuch hier. Ich bin aus Bethanien geflohen. Meine Mutter ist vor sechs Wochen gestorben.«

»Ach du liebe Zeit.« Fräulein Hülshoff ließ den Teller sinken. Rote Suppe schwappte über den Rand und tropfte zu Boden, ohne dass sie es merkte. »Mein Beileid.«

»Danach war es für mich unerträglich auf der Station.«

»Unerträglich.«

»Herr Freudenreich. Er und ich … es geht einfach nicht.«

»Ja. Das glaubt man manchmal. Aber dann geht es doch.«

Was wollte sie damit sagen? Dass ich wieder zurück nach Bethanien sollte? Dass ihr eigenes Schicksal genauso unerträglich war wie meines oder sogar schlimmer?

»Wie geht es Ihnen?«, erkundigte ich mich. »Was ist das für ein Mann, mit dem Sie sich verheiratet haben?«

»Herr Welter?«, fragte Fräulein Hülshoff, als gäbe es außer ihm noch andere Ehemänner. »Oh, danke der Nachfrage, ich bin zufrieden. Sie werden ihn gleich kennenlernen.« Dann räusperte sie sich betreten und senkte die Augen auf die roten Suppenspritzer am Boden. »Herr Welter weiß nicht alle Dinge über meine Vergangenheit. Sie werden verstehen, dass … Ich habe keine Geheimnisse vor ihm, aber …«

»Von mir wird er nichts erfahren.«

Während sie Petrus seine Suppe brachte, löffelte ich meine. Ich schaffte aber nur die Hälfte, den Rest brachte ich nicht hinunter. Die Rote Bete schmeckte sauer wie Essig und die Fleischbrocken, die in der Brühe schwammen, waren fad und zäh wie Rindsleder. Bevor Fräulein Hülshoff zurückkam, kippte ich den Rest zurück in den Topf. Mein Magen knurrte immer noch.

Herr Welter war groß und kräftig, er hatte einen geschwungenen Schnurrbart und eine spiegelglatte Glatze, die von einem braunen Haarkranz umgeben war. Wie ein See, um den Gestrüpp wuchert. Über seine Nase und seine Wangen zog sich ein feines Geflecht aus roten Äderchen.

»Guten Abend, Weibchen«, begrüßte er seine Frau.

Er nannte sie tatsächlich Weibchen. Ich wartete darauf, dass Fräulein Hülshoff, die jetzt Welter hieß, ihn scharf zurechtwies oder ohrfeigte oder vor Empörung in Ohnmacht fiel. Aber sie gab ihm nur die Hand. »Guten Abend, Welter. Stell dir vor, wir haben Besuch. Fräulein Hauck aus Bethanien. Ihre Mutter ist vor ein paar Wochen verschieden.«

»Mein Beileid.« Herr Welter reichte mir die Hand. »Besuch ist eine gute Sache. Ist recht einsam hier auf der Farm, das kann man wohl sagen. Da kann einem Weibchen der Tag schon lang werden.«

Er nahm die Bücher vom Stuhl neben mir und verfrachtete sie auf den Boden, dann setzte er sich ebenfalls. Seine Frau stellte ihm einen Teller Suppe hin. Herr Welter begann so hastig zu essen, als hätte er Angst, dass sie sie ihm wieder wegnehmen könnte. Im gleichen Tempo verschlang er noch zwei weitere Portionen. Danach wischte er sich mit dem Hemdsärmel über den Mund. »Ah«, machte er zufrieden.

Fräulein Hülshoff lächelte geschmeichelt. »Ich habe das Rezept aus dem Kochbuch deiner Mutter.«

»Das schmeckt man.« Er klopfte sich auf den Bauch. »Wie

lange gedenkt sie denn bei uns zu bleiben?«, fragte er dann mit einem flüchtigen Seitenblick auf mich.

»Fräulein Hauck ist in einer gewissen Zwangslage«, erklärte seine Frau. »Nach dem Tod ihrer Mutter musste sie die Missionsstation verlassen und weiß nun nicht, wohin sie gehen soll.«

»Aha«, sagte Herr Welter. »Sie hat aber doch gewiss nicht vor, sich hier bei uns niederzulassen?«

Was sollte man darauf antworten? »Nein«, sagte ich, bevor seine Frau etwas entgegnen konnte. »Bestimmt nicht. Aber ich dachte, dass Fräulein Hülshoff ... ich meine, Ihre Frau ... mir vielleicht weiterhelfen könnte.«

»Inwiefern?«, fragte er, wobei er jedoch nicht mich ansah, sondern seine Frau.

Ich zuckte die Schultern. »Brauchen Sie keine Hilfe auf Ihrer Farm? Ich habe früher in Deutschland auf einem Bauernhof gearbeitet, ich kenne mich aus. Und ich scheue mich nicht vor der Arbeit ...« Es war lächerlich, nun saß ich hier und erzählte Welter dasselbe, was Fräulein Hülshoff damals Freudenreich erklärt hatte. Und genau wie ich damals meinem Stiefvater angesehen hatte, sah Fräulein Hülshoff jetzt ihren Mann an, während sie unbehaglich an ihrer Unterlippe nagte.

Welter runzelte die Stirn. »Ich habe genug Ärger mit den Hottentotten, die für mich arbeiten, ich brauche niemanden mehr. Meinetwegen kann sie für ein paar Nächte in der Kammer schlafen. Aber länger geht es nicht, ich betreibe schließlich kein Waisenhaus.« Daraufhin gähnte er so herzhaft, dass man sämtliche Zahnlücken und die beiden Goldzähne in seinem Mund sah. »Ich bin hundemüde. Werd mich wohl direkt ins Bett begeben. Gute Nacht, Weibchen.«

»Ich komme gleich nach.« Wieder reichte Fräulein Hülshoff ihrem Mann die Hand, als wären sie sich gerade eben erst vorgestellt worden. »Gute Nacht, Welter. Schlaf gut.«

»Er ist mitunter ein grober Klotz«, sagte sie, als wir danach auf der Veranda vor dem Haus standen und heißen Rotbuschtee schlürften. »Nehmen Sie es ihm nicht übel.«

Über uns spannte sich der weite Sternenhimmel wie ein von Motten zerfressenes Tuch, hinter dem Licht brannte. Fräulein Hülshoff hatte mir einen ihrer Schals geliehen, den ich mir jetzt noch enger um die Schultern zog. Der Stoff roch nach Schimmel.

»Es tut mir sehr leid für Sie«, meinte ich leise.

»Was meinen Sie? Ich hätte es doch gar nicht besser treffen können als hier.«

Sollte das ein Scherz sein? Der zerfallene Hof, der Schmutz und dann dieser Trampel von einem Mann, das alles war doch zu schrecklich, um wahr zu sein. Ich sah sie an, aber in der Dunkelheit war ihr Gesichtsausdruck nicht zu erkennen. Sie begegnete meinem Blick auch nicht, sondern schaute nachdenklich in den dunklen Hof.

»Warmbad ist natürlich sehr provinziell. Es gibt nur ein einziges Geschäft, in dem man seine Besorgungen machen kann. Ganz zu schweigen von einem Museum oder einem Theater. Meine Bücher lasse ich mir aus Deutschland schicken und mit dem Treck hierherbringen. Es kostet ein Vermögen, aber in diesen Dingen ist Welter sehr großzügig. Nein, hier gibt es wirklich nichts. Das einzig Spektakuläre ist die heiße Quelle, die dem Ort den Namen gegeben hat. Die Schwarzen baden sogar darin, das sollten Sie sich wirklich einmal anschauen …«

Sie redete noch eine ganze Weile weiter, über das Klima in Warmbad, die kalten Nächte, die Wasserknappheit und die Rinderzucht ihres Mannes. Ich ließ ihre Sätze an mir vorbeirauschen. Es hatte keinen Sinn, sie zu unterbrechen, das wusste ich aus Erfahrung. Fräulein Hülshoff sprach nicht gerne über sich selbst, daran hatte sich nach ihrer Heirat bestimmt nichts geändert. Aber irgendwann versiegte ihr Redefluss doch. Eine Weile lang schwiegen wir beide. Dann räusperte sie sich betreten.

»Wissen Sie, die letzten Monate waren nicht eben einfach für mich«, begann sie dann. »Als ich in Swakopmund den Brief von Herrn von Schneck erhielt, mit seiner Absage, da dachte ich … ich wollte …« Sie schluckte hörbar. »Ich war mir sicher, dass es nun aus und vorbei mit mir ist. Ich war so verzweifelt, dass ich mich dazu entschlossen hatte, mich zu vergiften. Im letzten Moment kamen Sie und Ihr freundliches Angebot, mich nach Bethanien zu nehmen. Das rettete mir das Leben. So war es wirklich, man kann es gar nicht anders sagen.«

»Aber dann hat Freudenreich sie so schändlich empfangen und am Ende aufs Neue davongejagt.«

»Ja, er war nicht sehr großmütig. Aber auch wenn Herr Freudenreich kein Erbarmen hatte, so meinte es das Schicksal doch gnädig mit mir. Dieser Bursche, der mich nach Keetmanshoop bringen sollte …«

»Petrus«, sagte ich und spürte, wie mein Herz sofort schneller schlug. Dabei war er doch nirgendwo zu sehen, ich hatte nur seinen Namen ausgesprochen.

»Dieser Bursche brachte mich zu Missionar Fenchel von der Rheinischen Mission, der ein sehr warmherziger und großzügiger Christenmensch ist. Und obwohl ich bereits alle

Hoffnung verloren hatte, wagte ich es doch, Herrn Fenchel meine ganze erbärmliche Geschichte zu beichten ... jedenfalls das meiste. Und Missionar Fenchel wusste einen Ausweg.«

»Wie hat er Ihnen geholfen?«

»Er hat mich mit dem nächsten Ochsentreck nach Swakopmund geschickt. In den Blauen Anker auf der Lüderitzstraße. Fenchel kam für alle Kosten der Reise auf, ich könne ihm das Ganze zu einem späteren Zeitpunkt ja zurückzahlen, meinte er bloß. Drei Tage nach meiner Ankunft in Swakopmund legte die Woermann-Linie an und brachte die anderen Frauen.«

»Die anderen Frauen? Wovon reden Sie?«

»Frauen aus Deutschland. Ein ganzes Schiff voll. Junge Mädchen und alte Schabracken, ledige, verwitwete, sitzen gebliebene und sitzen gelassene. Kleine, große, dicke, dünne. Viele, die in einer ähnlichen Situation waren wie ich, aber darüber wurde nicht gesprochen. Man redete nur über Belanglosigkeiten.«

»Ich verstehe nicht. Was suchten diese Frauen in Swakopmund?«

»Männer. Ehemänner. Und die deutschen Männer in Südwest suchen Ehefrauen. Also, was liegt näher, als eins zum anderen zu bringen?«

»Wie bitte?«

»Ich bitte Sie, Henrietta, das ist doch nun wirklich nicht schwer zu verstehen. Jeden zweiten Sonnabend im Monat findet im Blauen Anker eine Brautschau statt. Ein großes Souper, hinterher Tanz und Geselligkeit. Man lernt sich kennen und wenn man sich gefällt, wird geheiratet. So einfach ist das.«

»Dort haben Sie Welter getroffen?«

»Richtig. Er hat mir gleich gefallen.«

Ich machte den Mund auf und wieder zu. Mir fehlten die Worte.

»Und ich muss ihm auch gefallen haben«, fuhr Fräulein Hülshoff trotzig fort. »Auf jeden Fall hat er mich am nächsten Morgen um meine Hand gebeten. Er ist kein schlechter Mann. Wirklich nicht.«

Ich wusste immer noch nicht, was ich sagen sollte.

»Er ist natürlich kein Märchenprinz«, gab Fräulein Hülshoff zu. »Er ist, wie er ist. Und ich bin, wie ich bin. Er lässt mir meine Bücher, er lässt mir meine Ruhe. Er lässt mich sein.«

»Mich lässt er nicht sein«, sagte ich bitter. »Mich schickt er weg.«

»Das tut mir leid. Aber ich kann es nicht ändern. Es ist seine Farm. Es tut mir wirklich leid, das müssen Sie mir glauben.«

So waren die Verhältnisse zwischen den beiden. Er ließ sie sein, sie ließ ihn sein. Er mischte sich nicht in ihre Angelegenheiten und sie sich nicht in seine.

»Was ist mit Familie Cordes?«, erkundigte sich Fräulein Hülshoff. »Sie waren doch mit ihnen befreundet. Warum bitten Sie die Cordes nicht um Hilfe? Pastor Cordes wird Sie nicht im Stich lassen.«

»Sie sind im Kapland, in der Missionsstation Wupperthal. Wie soll ich dort hinkommen?«

Fräulein Hülshoff trank ihre Teetasse aus. »Ich werde mir etwas überlegen«, versprach sie. »Aber nun muss ich zu Bett gehen. Und Sie werden auch müde sein.«

Sie nahm mir meine Tasse aus der Hand, obwohl ich sie

noch gar nicht leer getrunken hatte. »Gute Nacht, Henrietta.«

»Warten Sie!«, rief ich ihr nach, da war sie schon fast im Haus. »Petrus, der Bursche, der Ihnen geholfen hat.«

»Was ist mit ihm?«

»Ich liebe ihn.«

Warum um alles in der Welt erzählte ich ihr von meiner Liebe? Ausgerechnet Fräulein Hülshoff, die so spröde und steif und prüde war? Vielleicht wollte ich ihr etwas zurückgeben, nachdem auch sie mir so viel von sich anvertraut hatte. Vielleicht wollte ich auch einfach reden. Vielleicht musste ich reden. Meine Mutter war tot, Trude war am einen Ende der Welt, Eva am anderen, und keine von ihnen hätte mich verstanden. Nicht einmal Petrus verstand mich.

Fräulein Hülshoff verstand mich auch nicht. Ihre Augen waren große, schwarze Murmeln in ihrem bleichen Gesicht. Sie wirkten, als könnten sie jeden Moment aus ihren Höhlen kullern. »Was reden Sie denn da? Sie sind ja verrückt«, wisperte sie tonlos.

»Ja, das bin ich wohl. Aber es ist nicht zu ändern.«

»Er ist ein Eingeborener. Und Sie sind weiß.«

Als ob mir das selbst noch nicht aufgefallen wäre.

»Schlagen Sie sich diese Geschichte schleunigst aus dem Kopf, hören Sie? Das ist eine fürchterliche Kinderei, die Sie ins Elend bringen wird, wenn Sie nicht aufpassen. Du liebe Zeit, wenn das Ihre Mutter wüsste.«

»Was hat denn meine Mutter damit zu tun?«

Fräulein Hülshoff stellte die beiden Teetassen auf die Brüstung der Veranda und rang ihre Hände. »Sie sind doch noch ein Kind und dabei vollkommen auf sich selbst gestellt …«

»Nun beruhigen Sie sich doch bitte wieder«, unterbrach

ich sie. »Es ist ja nichts geschehen.« Ich dachte voller Unbehagen an die letzte Nacht im Nama-Dorf und hoffte, dass ich die Wahrheit sagte.

»Hören Sie, Henrietta.« Fräulein Hülshoff trat jetzt so nahe an mich heran, dass ich den Rotbuschtee in ihrem Atem riechen konnte. »Dieser Neger ist sehr gefährlich. Er kommt Ihnen ganz zivilisiert vor, weil er Deutsch spricht und höflichere Umgangsformen hat als manch ein Weißer hier. Aber in Wirklichkeit …«

»In Wirklichkeit was?«, fragte ich barsch.

»In Wirklichkeit will er nur das eine. Das, was alle Männer von einem jungen Mädchen wollen. Das, was auch mein Liebhaber in Hamburg von mir wollte, und hinterher hat er mich mit dem Kind sitzen lassen und nicht anders wird es Ihnen ergehen. Nur dass Sie im Gegensatz zu mir nicht einmal eine Familie haben, die die Sache für Sie vertuscht.«

»Ich dachte, Sie fanden es heuchlerisch und falsch, dass Ihre Eltern alles vertuscht haben?«

»Das war es ja auch!«, rief Fräulein Hülshoff so laut, dass der Kettenhund anschlug. Erschrocken presste sie sich eine Hand vor den Mund. »Natürlich war es heuchlerisch und falsch«, flüsterte sie. »Aber die Welt will belogen sein. Wenn meine Eltern nicht vernünftig gewesen wären, wäre ich in der Gosse gelandet. Begreifen Sie doch, liebes Kind, wenn man als Frau seine Ehre verliert, dann fällt man ins Bodenlose. Dann ist man verloren.«

»Ich liebe Petrus, dem Sie einiges verdanken, falls Sie das vergessen haben sollten«, sagte ich kühl. »Und ich wüsste nicht, warum das ein Grund sein sollte, meine Ehre zu verlieren.«

Sie trat noch näher, so nahe, dass sich unsere Gesichter fast berührten. »Er ist doch ein Wilder«, wisperte sie. »Ein Wesen der Natur, das nur von seinen Instinkten getrieben wird. Hüten Sie sich vor ihm.« Sie legte mir eine Hand auf die Schulter. Ein kalter Schauer rann von ihren Fingern meinen Rücken hinunter. Wütend machte ich mich los.

»Lassen Sie mich!«, zischte ich. »Sie haben ja keine Ahnung. Gehen Sie zu Ihrem Welter. Sie sind vielleicht damit zufrieden, sein Weibchen zu sein, ich wäre es nicht. Ich will mehr!«

Fräulein Hülshoff trat einen Schritt zurück und nickte. »Das wollte ich auch«, sagte sie leise. »Aber wenn man zu viel will, verliert man alles.«

17

Noch vor dem Frühstück suchte ich Petrus im Gesindehaus auf, wo er sich eine schmale Pritsche mit einem anderen Schwarzen geteilt hatte. Er war nicht allein, drei andere Nama-Burschen machten sich gerade fertig für die Arbeit. Oder zumindest taten sie so. In Wirklichkeit starrten sie mich verstohlen an.

»Ich muss wieder los«, erklärte ich Petrus. »Sie wollen mich hier nicht haben.«

Er faltete ruhig seine Decke zusammen und legte sie auf die Kattel.

»Ich werde ins Kapland gehen, nach Wupperthal, wo meine Freundin Eva und ihre Familie wohnen.«

»Das ist ein weiter Weg«, sagte Petrus.

»Deshalb breche ich ja auch heute schon auf. Und du?«

»Ich breche auch auf.«

»Gehst du zurück nach Bethanien?«

Bei dem Wort Bethanien brach meine Stimme. Ich hatte solche Angst vor seiner Antwort. Dass er mir zustimmen könnte. Ja, ich gehe wieder zurück.

Er lächelte und antwortete nicht.

»Hast du mich nicht gehört?«, fragte ich unsicher.

»Geh ins Haus und trink deinen Kaffee. Heute bleiben wir noch hier. Morgen gehen wir los.«

Fräulein Hülshoff hatte bereits mit ihrem Mann gefrühstückt, jetzt saß sie mir gegenüber und plauderte, als wäre gestern Abend nichts zwischen uns vorgefallen. Sie sprach von der Rinderpest, die ihren Mann im letzten Jahr fast ruiniert hatte, von der Trockenheit, unter der die Farmer in diesem Jahr litten, und von den Plänen der Warmbader Gemeinde, ein öffentliches Schwimmbad über den heißen Quellen zu errichten. *Öffentlich* bedeutete vermutlich nur für Weiße. Die Schwarzen hatten die längste Zeit in den Quellen gebadet.

»Wir werden morgen früh abreisen«, sagte ich, als sie eine kurze Pause machte.

Fräulein Hülshoff stand auf und begann den Tisch abzuräumen. »Wohin gedenken Sie zu gehen?«

»Ins Kapland.«

Sie nickte. Ich merkte, dass sie nach Worten suchte, aber sie fand keine, genauso wenig wie ich selbst.

Am nächsten Morgen verabschiedeten wir uns im Morgengrauen. Petrus hatte sein Reisebündel an einen Stock geknüpft, ich trug meinen Sack auf dem Rücken.

»Auf Wiedersehen«, sagte ich, obwohl ich damals schon fühlte, dass es kein Wiedersehen mehr geben würde.

»Alles Gute«, sagte Fräulein Hülshoff. »Hier, das ist für Sie.« Sie drückte mir einen schweren Beutel in die Arme. »Ein bisschen Proviant für die Reise.« Sie zögerte. »Ich würde Ihnen gerne so viel mehr …«

»Ich weiß.« Meine Stimme klang scharf. Fräulein Hülshoffs Betrübnis darüber, dass sie mir nicht helfen konnte, hielt sich die Waage mit ihrer Erleichterung, dass sie mich nun doch so schnell wieder loswurde. Sie hatte nicht einmal versucht, mich dazu zu überreden, noch länger zu bleiben.

»Ich wünsche Ihnen …«, begann Fräulein Hülshoff, aber dieses Mal unterbrach sie sich selbst.

Besser so. Ihre Wünsche und meine Wünsche passten nicht zusammen.

Erst als wir uns schon mehrere Meilen von Warmbad entfernt hatten, öffnete ich den Beutel, um zu sehen, was mir Fräulein Hülshoff mit auf den Weg gegeben hatte.

Sie hatte eine große Tüte Trockenfleisch eingepackt, fünf Würste, Dörrobst, zwei Gläser mit eingelegten Kürbissen, Brot, sechs hart gekochte Gänseeier und zwei Kalebassen mit Wasser. Und unter den Lebensmitteln fand ich ein goldenes Armband mit grünen Steinen und einen Umschlag mit Geld. Vierundvierzig Reichsmark und achtzig Pfennige, zählte ich.

»Ich wette, das ist ihr ganzes Erspartes«, meinte ich betroffen. »Und dieses Armband. Ob das echtes Gold ist?«

Petrus nahm mir den Schmuck aus der Hand. »Ja«, sagte er. »Es ist auf jeden Fall kostbarer als deine Kette mit dem Engel.«

Ich wusste zuerst nicht, wovon er sprach. Dann fiel mir wieder ein, dass ich Petrus damals Evas Schutzengel angeboten hatte, um ihn dazu zu bringen, dass er mir Fräulein Hülshoffs Adresse verriet. Das ist echtes Gold, hatte ich ihm versichert, aber er hatte gleich erkannt, dass es nur Messing war. Die Erinnerung trieb mir die Schamröte ins Gesicht.

»Sie ist eine gute Frau«, sagte Petrus nachdenklich.

Mein Gesicht wurde noch heißer. Fräulein Hülshoff hatte mir alles gegeben, was sie besaß. Ihre Sorge um mich war echt. Und zum Dank hatte ich mich kurz und kühl von ihr verabschiedet. Ich beschloss, ihr bei der ersten Gelegenheit zu schreiben. Aber auch dazu ist es bis heute nie gekommen.

Immer wenn ich einen Brief an sie begonnen habe, habe ich ihn nach wenigen Zeilen, oft schon nach den ersten Worten, wieder abgebrochen. Die Erinnerung an die Farm in Warmbad bedrückt mich viel zu sehr. Sie macht mir Angst. Angst, dass ich selbst einmal so enden könnte wie Frau Welter, geborene Hülshoff. Ich sehe sie vor mir, wie sie mit ihrem hässlichen, glatzköpfigen Mann in ihrer schmutzigen Küche sitzt, wie sie ihm Suppe nach den Rezepten seiner Mutter kocht und zum Dank dafür nennt er sie *sein Weibchen*. Und sie schafft es nicht, sich dagegen zu wehren, weil sie ihre ganze Kraft braucht, um sich einzureden, dass sie zufrieden ist.

Die Landschaft veränderte sich. Der Weg wand und schlängelte sich an Hängen vorbei, durch Senken hindurch, bald bedrängten uns links und rechts hohe Hügel. Schweigend setzten wir einen Fuß vor den anderen, beide hingen wir unseren eigenen Gedanken nach.

»Er ist doch ein Wilder«, hörte ich Fräulein Hülshoff zischeln. »Ein Wesen der Natur, das nur von seinen Instinkten getrieben wird.«

Hatte sie recht? Unterschied Petrus sich nicht nur durch seine Hautfarbe von mir, sondern auch durch seine Gefühle, seine Werte, seine Moral? Wenn es stimmte, dann war es in der Nacht des Nama-Festes bestimmt nicht nur bei einem Kuss geblieben. Dann hatte er … Nein, ich wollte nicht darüber nachdenken. Ich wollte es gar nicht wissen.

Doch, natürlich wollte ich es wissen. Ich brannte sogar vor Neugierde. Aber ich würde die Wahrheit nie erfahren. Was ich nicht einmal zu denken wagte, konnte ich schließlich noch viel weniger aussprechen. Ich schaffte es ja nicht einmal, Petrus zu fragen, warum er mich weiterhin begleitete. Inzwischen war er seine Stellung als Treiber auf jeden Fall los. Freudenreich würde es niemals entschuldigen, dass er sich einfach sang- und klanglos aus dem Staub gemacht hatte.

»Ich habe meine Lektion gelernt«, hatte er mir damals erklärt, nachdem er mir seine Lebensgeschichte erzählt hatte. Aber hatte er seine Lektion wirklich gelernt? Hoffte er nicht genau wie ich selbst auch darauf, dass die Liebe zwischen uns beiden wider alle Vernunft doch eine Chance hatte? Dass Fräulein Hülshoff und seine eigene Mutter unrecht hatten mit ihren Befürchtungen und Warnungen?

»Wenn man zu viel will, verliert man alles«, hörte ich Fräulein Hülshoff wieder sagen.

Wer nicht wagt, der nicht gewinnt, hielt ich in Gedanken dagegen. Und wenn Petrus seine sichere Anstellung in der Missionsstation und seine Zukunft aufs Spiel setzte, dann musste auch ich bereit sein, ein Risiko einzugehen. Mochten die anderen reden, was sie wollten. Petrus und ich würden alles wagen und dafür unser Glück gewinnen.

Wir wanderten vom ersten Tageslicht bis zum Sonnenuntergang, dann machten wir am Wegrand Feuer und schlugen unser Lager auf. Nach unserem kargen Mahl wechselten wir uns mit dem Schlafen ab, einer wachte, der andere ruhte.

»Das Essen wird nicht reichen«, meinte ich am dritten Tag beunruhigt.

»Wir werden jagen müssen«, entgegnete Petrus ruhig. Er hatte Pfeil und Bogen aus dem Dorf mitgebracht, aber Kudus und Springböcke würde er damit bestimmt nicht erlegen können.

Am nächsten Tag erreichten wir den Gipfel der Hügellandschaft und blickten hinunter in eine Schlucht, durch die sich ein ausgetrocknetes Flussbett zog. In der Mitte glänzte ein Bächlein wie ein dünner Speichelfaden.

»Das ist der Oranje«, erklärte Petrus. »Die Grenze zwischen Deutsch-Südwest und dem Kapland.«

»So weit sind wir schon?«, fragte ich begeistert. »Das ist ja wunderbar! Ich hätte nicht gedacht, dass die Kapregion so nahe ist.«

»Die Grenze ist nah«, korrigierte mich Petrus. »Aber Wupperthal ist sehr weit weg. Ich war noch nie im Kapland, ich kenne den Weg nicht genau.«

»Immer nach Süden«, sagte ich. »Wenn wir einen Kompass hätten, wäre es einfacher.«

»Wenn wir ein Gewehr hätten, wäre es noch besser«, murmelte Petrus. »Hinter dem Fluss gibt es viele Tiere.«

»Was für Tiere?«, fragte ich, aber ich erhielt keine Antwort. Er blickte aus schmalen Augen in die schattigen Berghänge auf der anderen Seite der Schlucht, als könnte er dort Löwen, Geparden und Hyänen ausmachen. Vielleicht sah er auch wirklich etwas. Ich selbst konnte nichts erkennen, außer den Geiern, die über den Hügelkuppen im Sonnenuntergang schwebten, als wären sie an unsichtbaren Fäden aufgehängt.

In einer Mulde im Gelände entzündete Petrus ein kleines Feuer. Während wir aßen, musste ich an meine Mutter denken, wie sie auf der Fahrt nach Bethanien Lindenblütentee gekocht hatte. Damals war ich wütend auf sie gewesen, weil sie so unfreundlich zu Fräulein Hülshoff gewesen war. Überhaupt hatte ich mich in den letzten Wochen ihres Lebens ständig über sie geärgert. Warum war ich nur so hart und ungeduldig mit ihr gewesen? Wir hatten so viel kostbare Zeit verschwendet, in der wir nicht miteinander geredet hatten.

Nun hätte ich sie so gerne so viele Dinge gefragt, über meinen Vater, über sie selbst und ihre Gefühle für Freudenreich. Aber jetzt lag sie auf dem Friedhof in Bethanien.

Petrus packte seine Pfeife aus und begann, sie zu stopfen. Er übernahm die erste Wache. Als er mich weckte, hatte ich das Gefühl, gerade erst eingeschlafen zu sein.

»Es ist fast Morgen«, flüsterte er jedoch. »Ich muss ein bisschen schlafen, du passt auf.«

Du passt auf, sagte er und schlief vertrauensvoll ein, während ich meine Decke um die Schultern zog und gegen Müdigkeit und Kälte zugleich ankämpfte. Die Müdigkeit drückte mir die Augen zu, die Kälte riss sie wieder auf. Ich nahm einen Stock und stocherte damit im Feuer herum. Funken stoben hoch, flogen in den schwarzen Himmel und verwandelten sich dort in kalt glitzernde Sterne, die spöttisch auf mich herunterblickten.

Wie riesig die Nacht war.

In der Dunkelheit, die mich umgab, hörte ich ein Rascheln. Eine Ratte, eine Schlange, ein wildes Tier, das mich beobachtete und nur darauf wartete, dass mir die Augen zufielen? Was immer es war, es versteckte sich hinter der Wand aus Finsternis, während ich im Hellen saß. Am liebsten hätte ich das Feuer gelöscht. Am liebsten hätte ich auch alle Sterne am Himmel ausgemacht, damit sie mich nicht länger anstarrten.

Ob die Geier immer noch dort oben am Himmel schwebten? Ich legte den Kopf in den Nacken und suchte das Sternenzelt nach ihren schwarzen Umrissen ab. Nach einer Weile drehte sich alles: Ich selbst flog nun am Himmel und blickte hinab in ein unendliches Loch, in dem die Sterne tanzten. Die Tiefe sog mich an, ich begann zu sinken, zu stürzen und fiel in die schwarze Leere, an Sternenstrudeln und Milchstraßennebel, an Kometen und Fixsternen und Sonnen und Monden vorbei. Aus der menschlichen Zeit stürzte ich in Gottes unfassbare Ewigkeit. Und neben mir flog Petrus und hielt meine Hand. Nun begreifst du ja wohl, warum ich nicht nach Bethanien zurückgegangen bin, hörte ich ihn sagen.

Auf einem der silbernen Halbmonde, an dem wir vorbeifielen, saß Pastor Cordes und rauchte Pfeife. »Er ist ein Wesen der Natur!«, schrie er mir nach. »Ein Tier, das nur von seinen Instinkten getrieben wird!«

»Ja«, flüsterte Petrus' Stimme in meinem Ohr, »das bin ich. Genau wie du auch.« Dann ließ er mich los und ich wurde zurückgezogen, aus der Tiefe des Sternenhimmels raste ich hoch auf die Erde, bis mein Kopf hart auf dem Boden aufschlug.

Ich war gelandet. Ich war wieder wach.

Erschrocken setzte ich mich hin. Das Feuer war zu einer glimmenden Glut zusammengefallen. Ich blies hinein, um es wieder anzufachen, aber es flackerte nur schwach, bevor es ganz erstarb. Ob ich versuchen sollte, es wieder anzuzünden? Oder sollte ich lieber Petrus wecken? Wie spät es wohl sein mochte? Als ich mich umschaute, sah ich den blassroten Streifen über der Hügelkuppe. Die Sonne ging auf. Die Nacht war vorbei. Aber es war immer noch fürchterlich kalt. Mein Kopf dröhnte, mein Hals war steif und sämtliche Knochen schmerzten. Ich kam mir vor wie die alte Mechthild aus der Kohlstraße, die so schief war, dass ihr Kopf unterhalb ihrer Schultern hing.

Petrus dagegen schien weder die Kälte noch den harten Boden zu spüren. Er schlief neben der Feuerstelle, die Beine an die Brust gezogen, den Mund leicht geöffnet. Wie ein Säugling in der Wiege. Bevor ich mir bewusst war, was ich tat, legte ich mich neben ihn. Sein Rücken wärmte meinen Bauch. Sein Haar roch harzig wie der Pfeifentabak. Ich legte meinen Arm um seinen Leib und spürte, wie er atmete. Sehr ruhig und langsam. Ich rückte noch näher an ihn heran, mein Atem passte sich dem seinen an, meine Augen fielen zu.

Als ich sie wieder aufschlug, sah ich zuerst die Schuhe. Klobige, genagelte Männerschuhe, aus denen haarige Männerbeine ragten.

Ich fuhr hoch. Neben mir schoss Petrus in die Höhe.

Der Fremde trat einen Schritt zurück. »Guten Morgen, die Herrschaften«, grinste er.

Ich rieb mir die Augen, in der Hoffnung, dass der Mann einfach wieder verschwinden würde. Aber als ich die Hände wieder sinken ließ, stand er immer noch da. Ein braun gebrannter, muskulöser Kerl in Trapperkleidung mit einem Gewehr im Arm. Blitzend weiße Zähne, blaue Augen, ein blonder Bart.

»Sie sind doch Deutsche, oder? Ich hoffe, ich störe nicht.«

Der Fremde, der selbst wie ein Deutscher aus dem Bilderbuch aussah, sprach mit einem starken holländischen Einschlag. Ein Bure aus der Kapregion.

»Was wollen Sie von uns?« Ich versuchte, mich so würdevoll wie möglich zu erheben, aber meine Beine waren so steif vor Kälte, dass ich wankte.

Petrus stand mit gesenktem Kopf neben dem Feuer, seine Fußspitze schob die kalte Asche auseinander. Wahrscheinlich verfluchte er mich, weil ich neben ihm eingeschlafen war, anstatt Wache zu halten.

»Nichts will ich von Ihnen.« Das Lächeln des Fremden wurde noch breiter. »Ich bin fast über Sie gestolpert, das ist alles.«

Er hatte ein Maultier dabei, hinter dem ein Esel angebunden war. Das vordere Tier war aufgezäumt und trug einen Sattel, das zweite war hoch mit Kisten und Säcken beladen. Daneben stand ein Schwarzer und starrte neugierig zu uns herüber.

»Thijs Slagman«, stellte sich der Mann vor. »Aus Springbok. Und Sie?«

»Mein Name ist Henrietta Hauck.« Ich strich zuerst meinen Rock glatt, dann meine Haare. »Und das ist …«

»Bitte, Fraulein«, unterbrach mich Petrus, bevor ich ihn vorstellen konnte. »Mussen weiter.«

»Hoho«, machte Slagman. »Ihr Kaffer ist aber ganz schön forsch.«

»Entschuldigen Sie«, sagte ich, obwohl ich im Gegensatz zu ihm gar keinen Grund hatte, mich zu entschuldigen. »Wir müssen wirklich weiter.«

Er nickte und einen Moment lang glaubte ich tatsächlich, dass er einfach weggehen und uns in Ruhe lassen würde. Aber stattdessen ging er zu seinem Diener und wechselte ein paar halblaute Worte mit ihm, die ich nicht verstand. Dann kam er wieder zurück und streckte mir seine Hand hin. »Nun seien Sie doch nicht so misstrauisch«, sagte er gönnerhaft. »Ich will Ihnen doch nichts tun. Ich bin ein harmloser Wanderer, genau wie Sie auch.«

Seine blauen Augen strahlten mich an. Konnte man ihm wirklich trauen? Unsicher sah ich Petrus an, der regungslos zurückstarrte.

»Also gut.« Ich gab Slagman meine Hand.

»Da bin ich aber erleichtert.«

Petrus machte Feuer, Slagman kochte Kaffee in einer Blechbüchse, ich verteilte Brot und Trockenfleisch.

»Wohin sind Sie denn nun unterwegs?«, fragte Slagman, nachdem wir zusammen gegessen hatten.

Ich zögerte wieder. Wie gerne hätte ich Petrus gefragt, was er von den Fremden hielt. Aber der Fremde ließ uns ja keine Sekunde aus den Augen. »Wir wollen nach Wupperthal«, sagte ich schließlich. »Ich habe Freunde dort.«

Slagmann nickte. »Das ist eine ganz schöne Strecke, die Sie da vor sich haben. Wenn Sie wollen, können Sie sich mir anschließen, bis wir in Springbok sind. Dann haben Sie immerhin die Hälfte des Weges hinter sich. Die Gegend auf der anderen Seite des Flusses ist nämlich nicht ohne, das kann ich Ihnen versichern.«

Jetzt wanderten meine Augen doch wieder zu Petrus. Er nickte kaum merklich, was Slagmans wachsamem Blick natürlich nicht entging.

»Sehen Sie, Ihr Neger ist einverstanden. Puh, da bin ich aber erleichtert. Ich habe schon befürchtet, dass er mir an die Gurgel geht.«

»Mag sein«, entgegnete ich kühl. »Aber ich bin anderer Meinung. Wir reisen allein weiter.«

»Fraulein«, sagte Petrus, ohne mich dabei anzusehen. »Ist nix schlecht, was sagen Mann. Petrus nix wissen Weg in Kapland. Mann uns zeigen.«

Mann uns zeigen. Dieser Bure behandelte Petrus wie den letzten Dreck und zum Dank dafür pflichtete er ihm auch noch bei. Hatte er denn gar keinen Stolz? Und warum stammelte und stotterte er jetzt wieder, als könnte er kein richtiges Deutsch? Ich hätte ihn ohrfeigen können, so wütend war ich auf einmal auf ihn. Er war mein Freund, mein Geliebter, wenn er sich selbst erniedrigte, dann erniedrigte er auch mich. Aber natürlich hatte er recht. Auf der anderen Seite des Oranje-Flusses kannten wir uns beide nicht aus. Wie sollten wir den Weg finden, ohne Karte, ohne Kompass? Es gab bestimmt keine Wegweiser, an denen wir uns orientieren konnten.

So unsympathisch dieser Slagmann war, Petrus schien seine Meinung über ihn geändert zu haben, sonst hätte er mir nicht geraten, mich ihm anzuschließen. Und es stimmte – wenn Slagman uns hätte berauben oder erschießen wollen, dann hätte er das längst tun können. Im Gegensatz zu uns hatte er ein Gewehr.

Slagman grinste sein zahnweißes Lächeln, als könnte er jeden Gedanken in meinem Kopf erraten. »Ich will Sie natürlich nicht zu Ihrem Glück zwingen«, meinte er dann spöttisch. Er stand auf, klopfte sich den Staub von den Hosen und ging zu seinem Esel, um ihn loszubinden.

»Halt, warten Sie!« Obwohl ich sein Gesicht nicht sehen konnte, wusste ich, dass sein Grinsen noch breiter wurde. »Vielleicht ist es doch besser, wenn wir gemeinsam weiterziehen.«

»Ich weiß nicht. Ich habe das ungute Gefühl, dass Sie sich von mir belästigt fühlen, und ich möchte auf keinen Fall …«

Was für ein Theater. »Schon gut«, unterbrach ich ihn barsch. »Wir kommen mit Ihnen.«

Jetzt sah er mich wieder an. Worauf wartete er noch? Dass ich vor ihm auf die Knie fiel und ihm die Füße küsste?

»Dann packen Sie mal Ihre Sachen zusammen. Wir haben noch einen weiten Weg vor uns.«

Beim Abstieg in die Oranje-Schlucht führte Slagman das

eine Maultier, ich hielt mich an dem Zaumzeug des Esels fest. Petrus und der andere Schwarze gingen hinter uns her. Mein Kopf sagte mir, dass ich die richtige Entscheidung getroffen hatte. Mein Gefühl sagte mir, dass es verkehrt war. Bei der Vorstellung, die nächsten Tage oder sogar Wochen mit diesem unangenehmen Kerl zu verbringen, wurde mir schlecht. Ich drehte den Kopf und suchte Petrus' Blick, aber er hielt die Augen auf den Boden gerichtet.

Nachdem wir das ausgetrocknete Oranje-Bett durchquert hatten, begann es zu regnen. Zuerst waren es nur vereinzelte Tropfen, die lautlos zu Boden fielen, dann verwandelten sie sich in glitzernde Schnüre und danach rauschte ein gewaltiger Strom auf uns hernieder. In wenigen Minuten waren wir bis auf die Knochen durchnässt.

Wir flüchteten uns unter einen Baum, auf dessen Zweigen das Nest eines Webervogels wucherte. Es sah aus, als hätte ein wütender Riese einen Lehmklumpen in die Äste geschleudert.

»Das hört so schnell nicht wieder auf.« Slagman spähte skeptisch nach oben in den Baumwipfel.

»Wir sind doch ohnehin schon nass. Da können wir auch genauso gut weitergehen«, meinte ich achselzuckend.

Slagman schnaubte zuerst verächtlich, während er gleichzeitig versuchte, seine Pfeife anzuzünden. Nach einigen Versuchen gab er es jedoch auf. Seine Zündhölzer waren wohl nass geworden. »Vielleicht haben Sie recht«, knurrte er schließlich. »Nicht weit von hier ist eine Hütte, in der ich manchmal die Nacht verbringe. Vielleicht begeben wir uns dorthin, bevor uns diese *Vloed* noch wegschwemmt.«

Entweder er hatte die Entfernung unterschätzt oder er

hatte eine andere Vorstellung von Nähe als ich, auf jeden Fall kämpften wir uns über eine Stunde durch den strömenden Regen, bis wir die Unterkunft endlich erreicht hatten.

Das Holz der Hütte war silbern vor Verwitterung. Drei schiefe Wände, aus losen Steinen aufgeschichtet, die Rückseite bildete ein natürlicher Felsen. Drinnen roch es nach Staub und Schimmel. Im Kamin lagen ein paar Holzscheite und trockenes Reisig, als hätte uns jemand erwartet.

»Die Kaffern verbringen die Nacht draußen bei den Eseln«, verkündete Slagman, nachdem er zuerst das Feuer und dann seine Pfeife angezündet hatte.

»Wenn Petrus draußen schläft, übernachte ich auch im Freien«, erklärte ich, während Slagmans Begleiter sich wortlos verzog. Dabei unterdrückte ich ein Schaudern. Die Tiere standen neben dem Haus, notdürftig geschützt unter einem Blechdach, das nach zwei Seiten offen war. Zumindest wäre die Luft dort draußen besser als hier drinnen. Slagmans Pfeife stank wie nasses Heu. Ich hustete und wedelte mit den Händen in der Luft herum, aber der Bure grinste nur. Offensichtlich hatte er mit meiner Antwort gerechnet.

»Sie scheinen ja ganz schön aneinander zu hängen. Nicht einmal nachts können Sie sich trennen.«

»Ich hänge an meinem Leben«, korrigierte ich ihn kühl. »Und Petrus kenne ich, Sie nicht.«

Vielleicht überzeugte ihn das, vielleicht hatte er auch einfach keine Lust mehr, sich mit mir auseinanderzusetzen. Jedenfalls widersprach er nach dem Abendessen nicht, als wir beide unsere Decken neben dem Kamin ausbreiteten. Er bot mir sogar an, dass ich auf der Kattel schlafen könnte. Aber ich lehnte ab. Ich wollte so nahe wie möglich bei Petrus bleiben. Slagman flößte mir Unbehagen ein.

Im Kamin prasselte das Feuer. Auf dem Dach prasselte der Regen. Hoffentlich war das Unwetter morgen vorbei.

Obwohl mich der anstrengende Marsch erschöpft hatte, fand ich lange keinen Schlaf. Selbst in Bethanien hatte ich mich nicht so unwohl gefühlt wie in der Gegenwart dieses Buren. Selbst nachdem er zu schnarchen begonnen hatte, wurde ich das Gefühl nicht los, dass er uns beobachtete. Und dass er trotz der Dunkelheit in der Hütte sehen konnte, wie meine Hand lautlos unter meiner feuchten Decke hervorglitt und zu Petrus hinüberschlich. Dass meine Finger wie kleine Käfer über die Falten seiner Decke krochen, bis sie seine Hand fanden. Petrus war ebenfalls noch wach, denn bei meiner Berührung zuckte seine Hand nervös. Doch dann umschloss sie meine Käferfinger.

Als ich meinen Kopf in seine Richtung drehte, sah ich seine Augen in der zusammenfallenden Glut des Feuers glänzen. Ich hätte ihn gerne geküsst.

Am nächsten Morgen war das Unwetter vorbei. Die Sonne brachte die Pfützen auf dem felsigen Boden zum Glitzern und Funkeln und verwandelte die Tropfen, die an Gräsern und Ästen hingen, in Diamanten. Wir machten uns wieder auf den Weg, aber noch am Vormittag begann der Regen von Neuem auf uns herabzuprasseln. Gegen Mittag suchten wir Schutz unter einem Felsvorsprung.

»Wir bleiben hier, bis sich das Wetter wirklich bessert«, beschloss Slagman. »Ich habe keine Lust zu ersaufen.«

Wir sagte er, als ob Petrus und ich keine andere Wahl hätten. Es ärgerte mich, dass er mich nicht einmal nach meiner Meinung fragte. Ich für meinen Teil werde weiterziehen, hätte ich ihm gerne entgegengeschleudert. Und dann? Ich wusste genauso gut wie Slagman selbst, dass ich hoch erhobenen Hauptes in meinen Untergang marschiert wäre.

Also hockten wir zu viert an der Felswand, in unsere Decken eingewickelt. Slagman und sein Diener Willem kauten Tabak, Petrus rauchte Pfeife. Wir hatten nichts zu tun. Wir hatten uns nichts zu sagen. Meine Gedanken zogen sich wie ein Gummiband.

Die harte, ausgetrocknete Erde konnte das viele Wasser nicht aufnehmen. Von den Hügeln rauschte es ungehindert in die Senken und Täler, nach einiger Zeit bildeten sich Sturzbäche, die dann zu Flüssen anschwollen. Ein paar Meter vor unserem Unterschlupf entstand ein reißender Strom. Ich starrte auf die wirbelnden Wellen, auf die der Regen prasselte wie ein Wasserfall. Zweige und Äste trieben in den Fluten, mitunter halbe Bäume. Einmal sah ich sogar ein großes Tier vorüberschwimmen, ein Esel oder ein Gnu? Bevor ich es erkennen konnte, war es meinem Blick auch schon wieder entschwunden. Warum musste es ausgerechnet jetzt regnen?, dachte ich verzweifelt. Seit Monaten war kein Tropfen gefallen, aber nun überschwemmte eine zweite Sintflut das Land.

Mit jeder Stunde, mit jeder Minute, in der wir hier festsaßen, wuchs Slagmans schlechte Laune. Während er Willem ignorierte, triezte er Petrus, wo immer er konnte. »Der Kaffer soll Feuer machen«, nölte er. Dabei gab es weit und breit kein trockenes Holz.

»Ich habe Hunger, besorg uns etwas zu essen«, befahl er dann. Er reichte Petrus sein Gewehr und schickte ihn in den strömenden Regen hinaus. Als Petrus Stunden später völlig durchnässt mit einem toten Klippschiefer zurückkam, nickte Slagman nur kurz. »Zumindest spurt er ordentlich. Du hast ihn dir gut erzogen.«

Das war das einzige Mal, dass Petrus sich ihm widersetzte. »Wann sprechen mit Fraulein, nix sagen *du*«, erklärte er, wobei er sich so drohend vor Slagman aufbaute, dass dieser abwehrend beide Hände hob.

»Ist ja schon gut … Hu«, höhnte er, als Petrus sich abwandte. »Da bekommt man ja richtig Angst.«

Aber danach duzte er mich nie wieder.

Petrus häutete den Klippschiefer und nahm ihn aus. Danach teilten die Männer sich das rohe Fleisch.

»Das ist gesund«, sagte Slagman. »Gut gegen Skorbut.« Er hielt mir ein Stück Leber hin, aber ich schüttelte angewidert den Kopf.

Unsere Vorräte waren fast aufgebraucht. Am dritten Tag hatten wir nur noch eine Handvoll Hirse und ein paar eingelegte Kürbisse. Immerhin teilte Slagman sein Essen genauso bereitwillig mit uns wie wir mit ihm. »Wenn der Regen erst einmal vorbei ist, werden wir keinen Mangel an Nahrung mehr haben«, versicherte er mir. »Sie werden schon sehen. Nach der Regenzeit ist das Namaqualand der Garten Eden.«

Der Garten Eden. Wie kam er nur auf die Idee, diese schlammige Einöde vor dem Fenster mit dem Paradies zu vergleichen? Ich starrte auf die Regenschnüre und seufzte.

»Sie sollten mal Ihr Gesicht sehen«, sagte Slagman verächtlich. »Sie sehen selbst schon aus wie drei Tage Regenwetter.« Dann klappte er sein Gewehr auf und begann, es zu putzen. Während er den Schaft polierte, pfiff, gurrte und murmelte er zärtlich vor sich hin wie eine Mutter, die mit ihrem Kleinkind spielt.

Ich wandte mich ab. Am Flussufer saß ein großer Graulärmvogel, seine Federhaube war durch die Regenflut schon ganz platt gedrückt. Er hob abwechselnd den rechten und den linken Fuß, während er missmutig in die graubraunen Fluten stierte.

Der Garten Eden. Lächerlich.

18

Als ich noch bei den Nama wohnte, hatte ich Petrus einmal gefragt, an welchen Gott seine Leute glaubten.

»An den christlichen Gott«, hatte er mit einer gewissen Empörung erwidert. »Was denkst du? Mein Stamm ist getauft.«

»Aber früher«, beharrte ich, »bevor die Missionare hier waren. Hattet ihr da keine Religion?«

Er sträubte sich zuerst, er redete nicht gerne von diesen Dingen, weil sie seinen Stamm rückständig und abergläubisch erscheinen ließen. Er wusste aber so gut wie ich, dass die Nama keine Christen waren. Sie hatten sich taufen lassen, weil sie dadurch Zugang zur Missionsstation bekamen und Kleider und manche Almosen. Aber deshalb glaubten sie noch lange nicht an den dreieinigen Gott, den Vater, den Sohn und den heiligen Geist. Sie verehrten auch weiterhin ihre eigenen Götter.

Schließlich hatte mir Petrus von Tsui Goab erzählt, der im Morgenrot wohnte. Manchmal nahm Tsui Goab Menschengestalt an und stieg auf die Erde herab, die er geschaffen hatte. Er ging durch die große Trockenheit, die über dem ganzen Namaland herrschte. Über die Erde, die kahl und brach dalag, über nackte Felsen, bedeckt von weißem und braunem Sand. Die Blätter der Bäume waren hart und spitz wie Lanzen, sie kämpften gegen die stechende Sonne, die ihnen das Wasser entziehen wollte. Unter Tsui Goabs Füßen raschelte das dürre Gras, Dornranken rissen ihm die Arme auf.

Er wanderte über zerfurchte Erde und ausgetrocknete Flussbetten, und während er ging, hörte er die Menschen klagen, die Tiere vor Durst brüllen und die Pflanzen stöhnen.

Da bekam Tsui Goab Mitleid mit den Kreaturen und Dingen, die er geschaffen hatte, und hob seine Hand und schickte Wolken. Der Regen fiel auf das Namaland, er überschwemmte die Erde und drang in sie ein wie ein Mann in ein Weib. Das Wasser fand die Samen, die tief unten in der Dunkelheit lagen und warteten, seit Monaten oder Jahren, und ließ sie aufquellen und platzen und keimen. Die Sprossen stiegen durch die dunkle Erde hoch zum Licht, erst bleich und blass, aber nachdem sie die Erde durchbrochen hatten, färbten sie sich grün. Und sie trieben und wuchsen und bildeten Blüten in allen Farben der Erde und des Himmels.

Die Bäume sogen das Wasser über ihre Wurzeln in den Stamm, in ihre Äste bis in die feinsten Zweige. Und aus dem harten Holz drängten Blätter und Knospen und bald standen auch die Bäume in Blüte.

Tsui Goab lachte und hob erneut die Hand und im selben Moment zwängten sich Käfer, Würmer, bunte Schlangen und Schmetterlinge aus Ritzen, Spalten und Kokons ans Licht. Bunte Vögel flatterten durch die Luft, jubilierten, piepsten, kreischten, schnatterten und sangen. Menschen und Tiere versammelten sich um die Wasserlöcher und tranken, bis ihre Münder und Mäuler überliefen, bis ihre Leiber vom Wasser aufquollen, bis sie fast platzten.

Das Namaland hatte im Sterben gelegen, aber Tsui Goab hatte es dem Tod wieder entrissen und ihm neues Leben eingehaucht. Und das neue Leben hieß: Frühling.

Als ich die Geschichte von Tsui Goab, dem Gott, der den Regen macht, zum ersten Mal hörte, hielt ich sie für ein Märchen. Aber nach dem Regen im Namaqualand erkannte ich, dass sie wahr war. Tsui Goab war wirklich über die Erde gewandelt und hatte die Wüste in ein blühendes Paradies verzaubert. Anders ließ sich das Wunder vor unserer Kate nicht erklären.

Über Nacht war der wilde Strom zu einem glucksenden Bächlein geworden, dessen Ufer von violetten Blumen bedeckt waren. Die gesamte Ebene, die noch vor drei Tagen kahl und öde gewesen war, war von einem Blütenteppich überzogen. Bis zum Horizont leuchteten rote, blaue, gelbe Blumen. Und auch die kahlen Dornbüsche, die störrischen Kakteenpflanzen und vertrockneten Bäume waren zum Leben erwacht. An den Enden der Zweige saßen dicke Knospen, man konnte fast dabei zusehen, wie sie anschwollen.

Die Luft roch nach Frühling.

Genau wie früher in der Kohlstraße, wenn der letzte Schneematsch endlich weggeschmolzen war und die ersten Schneeglöckchen aus der Erde lugten. Es war ein Duft, der sich nicht beschreiben ließ und mit nichts zu vergleichen war. Ein Duft, den man nicht mit der Nase aufnahm, sondern mit dem ganzen Körper.

Neues Leben.

Ich trat unter dem Felsvorsprung hervor ins Freie und atmete. Die Luft vibrierte vom Summen und Flügelschlag der Insekten. Eine Hummel brummte an mir vorbei und landete auf einem violetten Gänseblümchen. Wo war sie gestern gewesen, als hier das Wasser auf die Erde geprasselt war? Im Morgenrot bei Tsui Goab, der sie nun ins Leben gerufen hatte, genau wie die blau schillernde Libelle über dem Bach?

Auch ich fühlte mich wie neu erschaffen. Ich war eine Larve, die sich aus ihrem harten Kokon ins Freie zwängt, ihre Flügel ausspannt und als Schmetterling davonflattert.

Petrus trat neben mich. Er legte seinen Kopf in den Nacken und nahm einen tiefen Atemzug Frühlingsluft. Ich lächelte ihn an und zum ersten Mal seit Tagen lächelte er zurück.

»*Dit is die lente!*«, hörte ich hinter mir Slagmans Stimme. Er klang so selbstgefällig, als hätten wir den Frühlingsausbruch nur ihm zu verdanken.

Das Lächeln verschwand aus Petrus' Gesicht. Mein Herz klappte seine Schmetterlingsflügel wieder ein. Schluss damit, dachte ich. Das Unwetter war vorbei, das Land quoll über vor Lebensfreude. Wir brauchten Slagman nicht mehr. Im Grunde hatten wir ihn nie gebraucht. Er war arrogant, überheblich und unangenehm, je schneller wir uns von ihm trennten, desto besser. Petrus und ich würden unseren Weg allein fortsetzen. Wir waren im Paradies. Nichts konnte uns mehr geschehen.

Die Flügel des Falters waren gemustert wie ein Orientteppich. Er flatterte über Petrus' Schulter, schwebte einen Moment über seinem Jägerhut und flog dann weiter. Als er an mir vorbeikam, erkannte ich die lange, dünne Zunge, die aus seinem Maul hing. Ein Schmetterling, der einem die Zunge herausstreckte wie ein freches Kind. Es war eine Warnung, aber ich begriff sie nicht.

Ich pflückte eine gelbe Blume und schob sie in Petrus' oberstes Knopfloch. Wie herrlich sich die Blüte von seiner dunklen Haut abhob. »Das steht dir hervorragend.«

»Danke.« Er grinste, um sofort wieder ernst zu werden. »Das ist bestimmt falsch.«

»Die Blume? Unsinn. Riech doch mal, wie köstlich sie duftet.« Ich schnupperte selbst an der Blüte. Sie roch betörend süß, fast schon beißend. Mein Gesicht, so nah an seinem Hals. Das machte mich schwindlig. Aber jetzt trat Petrus einen Schritt zurück.

»Ich meine die Straße. Und dass wir uns von Slagman getrennt haben.«

»Unsinn. Er war unerträglich. Wie er dich behandelt hat. Das war doch abscheulich.«

»Aber Slagman kennt sich hier aus und wir nicht.«

»Schau!« Ich zeigte triumphierend auf eine alte Zementtonne, die hinter einer Wegbiegung aufgetaucht war. *Steinkopf* hatte jemand in weißer Farbe daraufgeschmiert. Darüber war ein Pfeil, der nach rechts wies. »Wir sind auf dem richtigen Weg. Wer sagt's denn. Slagman wollte uns nur Angst machen, weil er keine Lust auf die einsame Reise hatte.«

Als ich Slagman am Morgen mitgeteilt hatte, dass wir unseren Weg allein fortsetzen wollten, hatte ich erwartet, dass er mich auslachen oder sogar beschimpfen würde. Und dass er mir wieder mit den fürchterlichen Gefahren drohte, die angeblich an jeder Ecke auf uns lauerten. Aber ich war fest entschlossen gewesen, mich nicht von ihm einwickeln zu lassen.

Er hatte jedoch gar nicht versucht, mich umzustimmen. »Ganz wie Sie wünschen«, hatte er nur achselzuckend entgegnet, war auf seinen Esel gestiegen und davongeritten.

Dieser gleichgültige Abgang hatte mich irritiert. Zumindest anfangs. Aber nachdem ich nun die ersten Meilen mit Petrus gegangen war, war ich mir ganz sicher, dass ich die richtige Entscheidung getroffen hatte. Es war so schön, mit Petrus durch den Frühling zu wandern.

Hin und wieder blieben wir stehen und bewunderten eine besonders schöne Blüte oder einen Käfer, dessen Panzer wie eine kostbare Brosche schimmerte. Eine Herde Zebras graste auf einer Hügelkuppe. Als wir an ihnen vorübergingen, hob das kleinste von ihnen den Kopf und sah uns neugierig an. Seine weißen Ohren waren hoch aufgerichtet, die samtigen, schwarzen Nüstern gebläht. Ob es uns riechen konnte?

»Ist es nicht einfach zauberhaft?«, flüsterte ich begeistert.

Petrus leckte sich die Lippen. »Es schmeckt auch zauberhaft.«

Ich runzelte die Stirn. Wie konnte er beim Anblick des niedlichen gestreiften Tieres bloß ans Essen denken? Obwohl er natürlich recht hatte. Wir benötigten dringend Nahrung. Brot, Früchte. Fleisch.

Gegen Mittag teilten wir uns den letzten Streifen getrocknetes Fleisch. Danach betrachtete ich die Springböcke, Oryxe und Kudus, die am Horizont ästen, mit weniger Zärtlichkeit und mit wachsender Begierde.

»Wenn wir bloß ein Gewehr hätten wie Slagman.«

Am nächsten Morgen zog Petrus mit Pfeil und Bogen los. Ein paar Stunden später kam er mit zwei Buschratten zurück, die er säuberte und auf Stöcke gespießt über dem Feuer röstete. Ich ekelte mich so vor den Tieren, dass ich mich zuerst weigerte, auch nur davon zu kosten. »Auch gut«, meinte Petrus, bevor er mit Heißhunger über das erste Tier herfiel. Ich unterdrückte ein Würgen. Diese Vorstellung: eine Ratte zu essen. Ekelhaft.

Das gebratene Fleisch roch jedoch ganz und gar nicht ekelhaft. Genau genommen duftete es köstlich. Petrus hatte seine Mahlzeit inzwischen beendet und griff nach dem zweiten Spieß.

»Bist du dir ganz sicher, dass du nichts willst?«

Nein, ich war mir nicht sicher. Wirklich nicht. Dieser Fleischgeruch. Ich musste mich auf einmal zusammenreißen, dass ich mich nicht auf den Spieß stürzte wie ein ausgehungerter Löwe auf ein Lamm.

»Probier«, sagte Petrus und bot mir den Spieß erneut an.

Diesmal nahm ich ihn.

Das Fleisch war sehr zart und weich. Es schmeckte ein bisschen wie Hühnchen. Wunderbar, wenn man die Augen schloss und nicht darüber nachdachte, was man da verspeiste. Ich verschlang die Buschratte mit großer Gier. Hinterher war mir schlecht.

»Gut, dass meine Mutter das nicht erleben muss«, jammerte ich. »Dass aus ihrer Tochter eine Barbarin geworden ist.«

Barbarin. Das Wort kannte Petrus nicht. Nachdem ich es ihm erklärt hatte, zog er seine Brauen zusammen.

»Ein Barbar ist also ein wilder Mann?«

»So ungefähr«, bestätigte ich.

»Nama sind Barbaren.«

»Na ja«, meinte ich unbehaglich.

»Und was sind Deutji?«, fragte er.

Ich zuckte mit den Schultern. *Kultiviert,* würde Fräulein Hülshoff jetzt antworten.

»Ihr Deutjis glaubt, dass ihr besser seid als wir. Aber warum glaubt ihr das? Weil ihr in Häusern aus Stein lebt und Rinder und Schweine esst anstatt Buschratten. Früher hielt ich euch auch für etwas Besseres. Deshalb habe ich euch alles nachgemacht. Ich habe eure Sprache gelernt, eure Kleider angezogen, ich habe mit Messer und Gabel gegessen und mir den Mund mit einer Serviette abgewischt. Aber ihr habt mich ausgelacht. Du bist nur ein dressierter Affe, habt ihr zu mir gesagt. Egal, was du tust, egal, was du versuchst, es ist zwecklos. Du bist ein Barbar und du bleibst ein Barbar.«

»Ich bin nicht wie die anderen Deutschen«, verteidigte ich mich. »Und ich denke nicht wie sie.«

Er nickte, immer noch ohne zu lächeln.

»Du und ich«, murmelte ich. »Wir sind doch Freunde. Oder?«

»Du glaubst, dass wir Freunde sind«, sagte er nachdenklich. »Weil ich dir helfe, weil ich dich ins Kapland begleite. Aber dann kommt so ein Slagman und macht mit mir, was er will. Und dann änderst du deine Meinung. Dann denkst du dir: Petrus ist vielleicht ganz nett. Aber er ist auch blöd.«

»Warum hast du dich nicht gegen ihn gewehrt?«, fragte ich. »Du musst dir doch nicht alles gefallen lassen.«

»Wenn ich gegen Slagman kämpfe, verliere ich. Er ist weiß, ich bin schwarz. So einfach ist das.« Petrus erhob sich und legte noch ein kleines Holzscheit auf das Feuer.

»Das kann man vorher nicht wissen. Man hat erst verloren, wenn man verloren hat.«

»Geh schlafen, Henrietta«, sagte Petrus. »Ich übernehme die erste Wache. Aber wenn du an der Reihe bist, musst du gut aufpassen. Du darfst nicht einschlafen. Es gibt viele wilde Tiere hier. Es gibt sehr schlimme Menschen.«

»Ich weiß«, entgegnete ich. Dabei hatte ich überhaupt keine Ahnung.

Am nächsten Morgen entdeckte Petrus eine kakteenähnliche Pflanze mit trichterförmigen rosa Blüten. Mit seinem Messer schnitt er die frischen Triebe ab, die seitlich aus den Stängeln sprossen, und wickelte sie in ein Tuch.

Ich rümpfte die Nase. »Was willst du denn damit? Die Pflanze riecht ja ganz abscheulich.«

»Ich weiß.«

»Und warum nimmst du die Stängel mit? Willst du sie etwa essen?«

»Khowab ist gut gegen den Hunger. Du musst die Pflanze kauen.«

»Das kann ich mir nicht vorstellen.«

Anstelle einer Antwort reichte Petrus mir ein Stück und schob sich dann selbst eines in den Mund. Ich schnupperte an dem Pflanzentrieb. Offensichtlich rochen nur die Blüten nach Aas, der Stängel verbreitete überhaupt keinen Geruch.

»Iss«, sagte Petrus. »Denk an die Buschratte.«

Zögernd schob ich den Trieb in den Mund. »Pfui Teufel, das schmeckt ja scheußlich.«

Am liebsten hätte ich die Pflanze sofort wieder ausgespuckt, aber Petrus hob warnend die Hand. »Es ist ein bisschen bitter. Aber warte, das ist gleich vorbei.«

Er hatte recht. Nach ein paar Minuten ließ der bittere Geschmack nach, die Pflanze schmeckte jetzt nur noch leicht süß. Ich kaute eine Weile darauf herum, dann schob ich sie abwechselnd von einer Backe in die andere wie die Männer ihren Kautabak.

»Du wirst sehen, bis zum Abend hast du keinen Hunger mehr«, versprach Petrus.

Und genau so war es. Zu Mittag aßen wir nichts als ein paar Kaktusfeigen und Wurzeln, die Petrus ausgegraben hatte, und dennoch verspürte ich bis zum Abend nicht den leisesten Hunger.

»Wir essen Khowab auf der Jagd und wenn wir in den Krieg ziehen«, erklärte mir Petrus.

»Khowab«, wiederholte ich, wobei ich wie Petrus die erste Silbe mit einem Zungenschnalzen einleitete.

Aber er schüttelte den Kopf. »Khowab«, korrigierte er mich.

»Khowab«, versuchte ich es wieder. Ich hörte keinen Unterschied, aber Petrus lachte.

»Viel weicher und sanfter. Leg deine Zunge in den Gaumen. Und dann …« Er schnalzte. *Khowab.*

Ich versuchte es noch einmal, nun hörte ich zumindest selbst, dass mein Schnalzen viel lauter und härter klang als das seine. Aber sosehr ich mich auch bemühte, ich schaffte es einfach nicht, den richtigen Laut hervorzubringen.

»Komm«, sagte Petrus schließlich, »gib mir deine Hand.« Er nahm meine Finger und führte sie in seine Mundhöhle zu seiner Zunge. Die Zungenspitze lag oben an seinem Gaumen wie eine Schnecke in ihrem Haus. Ich tastete sie sehr gründlich ab, während ich gleichzeitig versuchte, meine eigene Zunge in die gleiche Position zu bringen.

»Khowab«, sagte ich.

Petrus lächelte. Dann schob er seine Finger in meinem Mund. Sie schmeckten ein wenig bitter wie die Pflanze, deren Namen ich aussprechen sollte.

Er drückte meine Zungenspitze nach oben, nach hinten und diesmal gelang es mir. Mein *Khowab* klang wie das seine.

»Gut. Sehr gut.« Er zog seine Finger wieder aus meinem Mund und wischte sie an seiner Hose ab.

Wir standen uns immer noch sehr nah gegenüber. Sein Gesicht war nur ein paar Zentimeter von meinem entfernt. Auf seiner Oberlippe und seinem Kinn glänzten schwarze Haare, er hatte sich seit einigen Tagen nicht mehr rasiert. Ich möchte noch mehr Worte lernen, wollte ich sagen, aber als ich den Mund öffnete, senkte er den Blick und trat einen Schritt zurück.

»Hab keine Angst«, sagte ich sehr leise.

Er nickte. Aber er trat dabei von einem Fuß auf den anderen, ein scheues Tier, das jeden Moment fliehen konnte.

»Geh nicht weg«, flüsterte ich, wie damals in der Nacht des Nama-Festes, als Petrus und ich das Dagga geraucht hatten. Ich legte meine linke Hand an seine rechte Wange und meine rechte Hand an seine linke Wange. Dann küsste ich ihn. Und er küsste mich.

In Wirklichkeit will er nur das eine, hatte Fräulein Hülshoff zu mir gesagt, aber so war es nicht. Petrus bedrängte mich nicht. Nachdem er mich geküsst hatte, streichelte er mein Gesicht so zart, als wäre ich ein Vogelkind, das aus dem Nest gefallen war. Er streichelte auch mein Haar und meinen Hals, aber weiter ging er nicht, obwohl ich genau spürte, dass er mehr wollte. Und ich wollte es auch.

Oder vielleicht wollte ich es gar nicht, vielleicht war es nur mein Körper, der *das eine* wollte. Auch wenn ich nicht einmal genau wusste, was *das eine* war, denn meine Mutter hatte niemals mit mir über solche Dinge gesprochen. Das wenige, was ich wusste, hatte ich von Trude, die immerhin schon verlobt war. Aber auch Trude hatte mir nicht erklären können, was denn nun in der Hochzeitsnacht wirklich zwischen Mann und Frau geschah. Ich wusste nur, dass beide Eheleute nackt sein mussten. Dieser Gedanke hatte mich damals regelrecht angewidert, weil Trudes Verlobter Hans so ein bleicher, hässlicher Kerl war.

Als Petrus mich küsste, widerte mich der Gedanke jedoch nicht an, im Gegenteil, es erschien mir durch und durch natürlich. Aber als meine Finger unter den Kragen seiner Weste glitten, schob er mich zurück.

Hinterher wunderte ich mich über mich selbst. Mein Verlangen, meine Gier erschreckten mich.

Vielleicht hatte der Teufel Besitz von mir ergriffen, weil ich zu viel Zeit unter den Wilden verbracht hatte. Oder Gaunab, der Nama-Gott, der im dunklen Nachthimmel wohnte und den Menschen Krankheit, Dürre und Tod brachte.

»Gaunab ist Satan«, hatte ich gesagt, als Petrus mir von ihm erzählte. »Ihr habt ihm nur einen anderen Namen gegeben.«

Aber Petrus hatte mir erklärt, dass Tsui Goab und Gaunab ein und dasselbe Wesen mit zwei gegensätzlichen Seiten seien. »Manchmal bringt Gaunab Unglück und Tsui Goab macht es wieder gut.«

Vielleicht waren auch meine Liebe zu Petrus und mein sündiges Verlangen nach ihm zwei Seiten des gleichen Gefühls. Gut und schlecht zugleich. Das eine war untrennbar mit dem anderen verbunden. Und wenn ich versuchte, es zu trennen, würde ich zerbrechen.

Weil ich nach unserem Kuss so aufgewühlt war, übernahm ich die erste Wache und Petrus die zweite und das rettete uns das Leben.

Ich wachte so lange, bis der Mond von dem Kaktusfeigenstrauch zu unserer Linken über das Dornengestrüpp zu unserer Rechten gewandert war. Dann weckte ich Petrus auf und legte mich schlafen.

Ich träumte davon, dass ich mit Petrus über die Wiese hinter der Kohlstraßenkapelle lief. Überall waren Menschen, die durch die Frühlingssonne spazierten. Petrus legte seinen Arm um meine Schulter. Es war ein warmes und wunderbares Gefühl und dennoch erschrak ich.

»Schau doch nur, die vielen Menschen. Alle können uns sehen.«

»Und wenn schon«, sagte er gleichmütig und zog mich noch enger an sich.

Im Traum erschien mir alles so einfach und leicht. Und wenn schon, dachte auch ich. Warum habe ich das nicht schon viel früher erkannt, dass die anderen uns überhaupt nichts anhaben können? Sollen sie sich erregen, sollen sie sich ärgern, sollen sie doch mit den Fingern auf uns zeigen.

Als Petrus mich wachrüttelte, hatte ich ein Lächeln auf den Lippen, aber dann legte sich seine Hand darüber. »Schschsch«, machte er.

»Mmmmm!«, wehrte ich mich.

Das Feuer war verloschen, aber der Mond schien hell. Petrus' Augen waren groß und weit vor Angst. Ich verstummte erschrocken. Er ließ mich los, packte meine Hand und zog mich zu ein paar Felsblöcken, die im Mondlicht bizarre Schatten warfen. Dahinter zerrte er mich ins Gestrüpp. Die Dornen stachen in meine Haut, ich spürte, wie sie mir Arme, Beine und Gesicht aufrissen, aber die Schmerzen spürte ich nicht. Ich gab auch keinen Laut von mir, sondern ließ mich immer tiefer in die Ranken hineinziehen. Petrus war dicht vor mir, ich hörte ihn leise keuchen und roch seinen Schweiß, ein stechender Geruch der Angst.

In der Mitte des Gestrüpps drückte er meinen Kopf nach unten und duckte sich neben mich. Wovor versteckten wir uns? Vor einem wilden Tier? Aber jeder Kojote, jede Raubkatze hätte uns sofort gerochen und aufgespürt. Dann hörte ich das Getrappel von Füßen. Nackte Füße, die die inzwischen wieder trockene Erde zum Vibrieren brachten. Und ein Klicken, Schnalzen, ein rhythmischer Gesang, in einer Sprache, die ich nicht verstand.

Gespenster, dachte ich. Ein wildes, böses Geisterheer. Aber Gespenster rauchten keine Pfeife und in der Luft lag jetzt der Geruch von Tabak. Was waren das für Menschen, was wollten sie? Wovor hatte Petrus solche Angst?

Ein lauter Ruf auf der anderen Seite.

Das Getrappel verstummte. Der Zug hielt an.

Ich hielt den Atem an. Wenn ich den Kopf drehte, konnte ich Petrus' Gesicht sehen. Seine Stirn und seine Schläfen glänzten nass, obwohl die Nacht sehr kühl war. Mein Herz schlug lauter als eine Buschtrommel. Die Männer auf der anderen Seite des Felsens mussten es hören. Sie hatten unser Feuer entdeckt oder das, was davon übrig war. Die Asche war noch warm, sie mussten wissen, dass wir ganz in der Nähe waren. Sie würden uns suchen und finden, und dann, was dann?

Ich hörte, wie sie sich leise berieten. Ihr Geflüster klang wie das wütende Summen in einem Bienenstock. Wenn ich sie doch wenigstens sehen könnte.

Ich hob den Kopf und spähte nach oben. Über uns klaffte ein Spalt im Felsen. Wenn er tief genug wäre, konnte man vielleicht bis zu unserer Lagerstelle hindurchblicken. Behutsam richtete ich mich auf. Mein Kopf hatte den Spalt fast erreicht, als Petrus mich am Ärmel packte und wieder nach unten zerren wollte. Aber ich riss mich los. Alles war besser als diese unbestimmte Furcht. Ich musste sehen, was uns bedrohte.

Millimeter für Millimeter näherte ich mich der Öffnung im Stein. Aber unten war der Spalt viel zu schmal, ich musste mich auf die Zehenspitzen stellen, um die Stelle zu erreichen, die breit genug war, um bis zur anderen Seite zu blicken.

Im Mondlicht sah ich eine Handvoll Soldaten, Schwarze, mit Gewehren über der Schulter. Sie trugen Uniformröcke der deutschen Schutztruppen. Verbündete, dachte ich. Freunde. Aber warum zogen sie mitten in der Nacht durchs Kapland nach Norden? Während ich noch darüber nachdachte, drehte einer der Soldaten sich um und schaute in meine Richtung. Einen Moment lang sahen wir uns direkt in die Augen.

Entsetzt ließ ich mich nach unten fallen. Mein Herz hämmerte.

Petrus' Blick war groß, erschrocken, fragend. Auf der anderen Seite wurden die Männerstimmen lauter.

Hatten sie mich entdeckt? Unsinn, der Kerl konnte mich nicht gesehen haben. Der Spalt war viel zu schmal und im Übrigen war es stockdunkel. Wenn ich doch nur verstanden hätte, was die Männer riefen. Petrus griff nach meinem Arm. Seine Finger umklammerten meine Schulter so fest, dass es wehtat. Was wollte er mir damit sagen? Dass alles aus war?

Ein Schuss, ein Schrei! Du liebe Zeit! Ich sank noch tiefer in mich zusammen, schloss die Augen und faltete die Hände. Lieber Gott, betete ich, wenn du mich am Leben lässt, will ich nie wieder gegen dich sündigen und ich will auch Petrus nicht mehr küssen.

Gott gab keine Antwort, vielleicht gab es ihn ja gar nicht. Vielleicht schaute in Wirklichkeit Tsui Goab aus dem Himmel auf uns herab und zürnte mir, weil ich den Falschen anbetete. Mir fielen plötzlich die Farmersleute aus Seeheim wieder ein. Herr Sehl hatte davon gesprochen, dass es in der

Gegend häufig zu Hottentottenaufständen kam. Waren die Männer auf der anderen Seite des Felsens Aufständische, Rebellen, die gegen die deutschen Schutztruppen zogen? Hatten sie ihre Uniformjacken und die Gewehre womöglich im Kampf erbeutet?

Falls sie mich entdeckten, war ich verloren. Eine Weiße, mutterseelenallein in der afrikanischen Steppe. Wenn ich Glück hatte, würden sie mich als Druckmittel benutzen, um ihren Gegner zu erpressen. Wahrscheinlicher war, dass sie mich am nächsten Baum aufknüpften. Oder an einen Marterpfahl banden und folterten, wie es die Indianer im Wilden Westen mit ihren Opfern taten.

Obwohl ich auf der Erde saß, war mir auf einmal schwindlig vor Angst. Ich wollte nach Petrus' Hand greifen, aber dann tat ich es doch nicht. »Man weiß aber nicht, ob er im Zweifelsfall nicht doch zu seiner eigenen Art halten würde.« Das waren damals Frau Sehls Worte gewesen. Es stimmte: Wenn Petrus jetzt aufsprang und mich seinen Stammesgenossen auslieferte, dann wäre er gerettet. »Das wahre Wesen eines Menschen zeigt sich erst in der Not«, hatte meine Mutter früher immer gesagt. Würde ich nun Petrus' wahres Wesen erkennen?

Ich hörte ein Rascheln im Gebüsch. Vielleicht waren es die Soldaten, die uns holten. Vielleicht war es Petrus, der sich auf den Weg zu seinen Leuten gemacht hatte. Ich hob meinen Kopf nicht von den Knien, ich hielt die Augen fest geschlossen, als könnte mich das unsichtbar machen.

Ich weiß nicht, wie lange ich so dasaß, ohne zu atmen, ohne zu denken. Meine Finger hielten den kleinen Schutzengel umfasst, den Eva mir geschenkt hatte. Mir war gar nicht bewusst, dass ich danach gegriffen hatte.

Irgendwann war alles still. Ich hob den Kopf.

Petrus lauschte neben mir in die Dunkelheit wie ein Tier. »Sie sind weg«, flüsterte er.

»Du bist da«, wisperte ich zurück.

»Natürlich«, erwiderte er.

Als ob es ganz selbstverständlich wäre, dass er sein Leben für mich aufs Spiel gesetzt hatte.

Wir blieben dennoch hinter den Felsen sitzen. Nach einer Weile dämmerte ich ein, obwohl die Dornen mir bei der kleinsten Bewegung die Arme und Beine zerkratzten.

Als ich wieder aufwachte, war es hell. Petrus neben mir war wach, sein Gesicht war grau. Vermutlich hatte er kein Auge zugetan. Ich schob mich so vorsichtig wie möglich aus dem Gestrüpp, aber es nützte nichts, die nadelspitzen Dornen rissen mir an Haaren und Kleidern, stachen mir in Arme, Beine, Hände und ins Gesicht. In der Nacht hatte die Angst die Schmerzen betäubt, dafür waren sie jetzt umso schlimmer. Als wir uns endlich wieder aus dem Gestrüpp befreit hatten, blutete ich am ganzen Körper. Die Risse brannten so sehr, dass ich zu weinen begann.

»Komm her«, sagte Petrus. Durch die Schnitte und Kratzer wirkte sein Gesicht, als trüge er Kriegsbemalung. Er riss einen Streifen Stoff von seinem Hemd und begann meine Wangen zu säubern. »Wir brauchen Wasser.«

Ich blickte zu der Stelle, an der wir gestern kampiert hatten, und erschrak. Der Sack mit meinen Kleidern, Petrus' Bündel, die Kalebassen, unser Kochgeschirr, die letzten Essensvorräte und die Decken waren weg.

»Sie haben alles mitgenommen«, sagte Petrus beiläufig. Einfach so, als ob es gar nicht weiter erwähnenswert wäre.

Als ob wir nur in den nächsten Laden zu gehen brauchten, um uns das Gestohlene wieder zu besorgen.

»Petrus«, flüsterte ich verzweifelt. »Wir sind verloren.«

Petrus schüttelte den Kopf, während er nicht aufhörte, an meinem Gesicht herumzuwischen. Wie die blutenden Risse und Wunden schmerzten!

Unwillig machte ich mich los. »Verstehst du nicht? Wie sollen wir denn überleben, ohne Wasser und Proviant und Kleider?«

Er lächelte.

Er lächelte! Unsere Lage war aussichtslos. Wir hatten nur noch die Kleider, die wir auf dem Leib trugen, und auch die waren von den Dornen zerfetzt. In meiner Schürze klaffte ein Loch und Petrus' rechtes Hosenbein war von oben bis unten aufgerissen. Genauso gut hätten die Wilden uns erschießen können, dann wäre uns zumindest der langsame, elende Tod erspart geblieben, der uns jetzt erwartete. Wir hatten kein Gefäß, um Wasser zu transportieren. Wir konnten kein Feuer machen, um nachts die wilden Tiere abzuhalten. Sogar Bogen und Pfeile hatten sie uns gestohlen.

»Es ist aus, Petrus«, sagte ich.

Er schien mich nicht zu hören, sondern wandte sich ab und stapfte über die sandige Ebene zum nächsten Hügel. Ich blieb stehen und blickte ihm nach. Wie er aussah! Als wäre er einer Räuberbande in die Hände gefallen. Aber er schleppte sich nicht mühsam voran, sondern ging stolz und aufrecht.

»Was ist, Henrietta?«, rief er jetzt, ohne sich dabei umzudrehen. »Komm! Sonst fressen dich die Geier jetzt schon auf.«

Mein Blick glitt nach oben. Da schwebten sie wieder, unsere lautlosen, gierigen Begleiter. Die Einzigen, die uns bestimmt nie im Stich lassen würden. Als Petrus die Kuppe des Hügels erreicht hatte, gab ich mir einen Ruck.

»Ihr bekommt mich nicht«, murmelte ich finster. »Noch nicht.«

19

Die Erde feierte ein Fest. Die Flora jubelte. Die Fauna paarte sich. Vögel, Schmetterlinge und Insekten umschwirrten, umflatterten und umwarben einander in Zweiergruppen. Auch die größeren Tiere trabten, strichen, schlichen, grunzten und hüpften umeinander herum. In einiger Entfernung kämpften zwei Straußenmännchen, eine Gruppe Weibchen sah ihnen gelangweilt dabei zu. Die Einzigen, die nicht mitfeierten, waren die Geier. Sie warteten auf ihr eigenes Fest.

Ich schleppte mich hinter Petrus her, der so unbekümmert ausschritt, als ob er keine Schmerzen spürte. Auch die kleinen Fliegen, die seine blutenden Wunden umschwirrten, schien er nicht zu bemerken. Er hatte mir gezeigt, wie man die Triebe einer bestimmten Kakteenart im Vorbeigehen abbrach und die Flüssigkeit aus dem Inneren saugte. Aber die wenigen Tropfen Wasser, die ich auf diese Weise zu mir nahm, versickerten, ohne meinen Durst zu stillen. Ich hatte das Gefühl, langsam auszutrocknen. Die äußeren Schichten waren bereits hart und verdorrt, nur tief in meinem Innersten floss noch ein wenig heißes Blut, das allerdings ebenfalls bald verdunsten und zu einer harten Kruste erstarren würde.

»Gleich können wir trinken«, sagte Petrus, immer noch ohne sich umzudrehen.

»Wo?«, fragte ich. »Ist hier eine Quelle in der Nähe? Du warst doch noch nie hier, oder?«

Auf keine meiner Fragen bekam ich eine Antwort. Er ging einfach weiter, bis zu einem Kameldornbaum. Am Stamm lehnte ein großes Straußenei, das mit Wasser gefüllt war. Wie ein Becher, den jemand für uns eingeschenkt hatte.

Petrus reichte mir das Ei zuerst. Gierig schlürfte ich einen Teil des Wassers durch die kleine Öffnung an der Spitze, dann gab ich Petrus den Rest.

»Woher kommt das?«, fragte ich.

»Jemand hat es hier hingestellt.«

»Wer?« Und vor allem: Warum?

Petrus zuckte mit den Schultern. »Ich weiß nicht, wer. Vielleicht die Männer von gestern Nacht.«

»Die Rebellen? Warum sollten sie Wasser für uns bereitstellen?«

»Jeder macht das. Wenn man viel Wasser hat, lässt man etwas für durstige Wanderer zurück. Bisher haben wir es nie gebraucht. Aber nun haben wir Durst, also trinken wir. Später kommen andere Nama und füllen die Schale wieder auf.«

»Aber woher wusstest du, dass sie sie ausgerechnet hier zurückgelassen haben?«

Petrus zuckte mit den Schultern. Er wusste es eben, genauso wie er wusste, dass der Blütensaft einer bestimmten Pflanze Schmerzen linderte, wenn man ihn auf eine offene Wunde strich. »Gleich wird es besser«, versprach er mir, nachdem er jede meine Verletzungen mit einem zähflüssigen gelben Tropfen versehen hatte und nun seine eigenen Wunden versorgte.

»Das hat meine Mutter früher auch immer gesagt.«

»Du denkst oft an deine Mutter«, stellte Petrus nachdenklich fest.

»Wenn ich nicht gewesen wäre, wären wir nie nach Afrika gegangen. Und dann wäre sie auch nicht gestorben.«

»Vielleicht doch. Wer kann das schon wissen?«

»Ich hab ihr damals eine Lügengeschichte erzählt«, sagte ich. »Weil ich um keinen Preis der Welt eine Dienstmagd werden wollte. Nachdem ich sie angelogen habe, hat sie sich entschlossen, Elberfeld zu verlassen.«

Jetzt war es heraus. Was ich zuvor noch keinem Menschen gebeichtet hatte, nun wusste es Petrus.

»Und nun glaubst du, dass du an ihrem Tod schuld bist.«

»Ich glaube es nicht nur, ich weiß es.«

Er lächelte. »Dann geht es dir wie mir. Ich bin auch schuld daran, dass mein Vater tot ist.«

»Du? Was hast du denn gemacht?«

»Nichts. Ich habe nichts gemacht. Das ist das Schlimme. Soll ich es dir erzählen oder willst du es lieber nicht wissen?«

Natürlich wollte ich es wissen. Wir saßen unter dem Kameldornbaum, unsere Rücken gegen den mächtigen Stamm gelehnt. Ich blickte in die eine Richtung und Petrus in die andere, während er mir erzählte, wie sein Vater durch seine Schuld ums Leben gekommen war.

Es war in der Zeit geschehen, als Petrus noch getrunken hatte. Um ihn wieder zur Vernunft zu bringen, hatte sein Vater ihn mit zur Jagd genommen. »Ich wollte nicht mit, aber ich war zu schwach, mich zu wehren«, sagte Petrus. »Also habe ich nachgegeben.«

Obwohl sein Vater vor dem Aufbruch seine Taschen durchsucht hatte, hatte Petrus es geschafft, eine Schnapsflasche aus dem Lager zu schmuggeln. Als die anderen Männer schliefen, wollte er den Schnaps herausholen, musste aber feststellen, dass ihn sein Vater ununterbrochen beobachtete. Die ganze Nacht lang machten beide kein Auge zu. Petrus blieb wach, weil ihn seine Sucht quälte, sein Vater blieb wach, um Petrus zu kontrollieren. Am frühen Morgen verlor sein Vater den Wettstreit und schlief ein. »Ich habe die Flasche in einem Zug geleert«, erklärte Petrus.

So machten sie sich auf die Jagd. Beide waren vollkommen übernächtigt, Petrus war darüber hinaus betrunken.

Die Männer spürten einen wilden Eber auf. Einer der Giftpfeile traf und grub sich durch das dicke Fell in die Haut, aber dann entkam das Tier und versteckte sich in einem Gestrüpp in der Steppe. Es würde eine Weile dauern, bis das Gift seine Wirkung zeigte, bis dahin durfte man das Gebüsch nicht aus den Augen lassen. Also schlossen die Nama einen weiten Kreis um das Versteck, den sie im Laufe des Tages immer enger zogen. Bis zum Abend mussten sie das verwundete Tier erlegen, damit es nicht im Schutz der Dunkelheit entfloh und dann von einem Raubtier erlegt wurde.

Es waren mehr als zwanzig Jäger, die dem Eber auflauerten. Aber als er ausbrach, suchte er sich ausgerechnet die Stelle aus, an der Petrus und sein Vater standen. Es war ein fataler, ein tödlicher Zufall. Vielleicht war es auch gar kein Zufall. Vielleicht spürte das angeschossene Tier instinktiv, dass diese beiden Glieder die Schwachstellen in der Kette waren.

Als der Eber plötzlich auf ihn zustürmte, konnte sich Petrus kaum noch auf den Beinen halten. Seine Beine zitterten vor Müdigkeit und Erschöpfung. Die Wirkung des Alkohols war inzwischen verflogen, sein Körper verlangte nach mehr Gift, neuem Schnaps. Bevor er Pfeil und Bogen nach oben reißen konnte, hatte das verzweifelte Tier ihn auch schon erreicht. Petrus versuchte, aus dem Weg zu springen – was kümmerte ihn die Jagd, was kümmerte ihn dieser idiotische Eber –, dabei prallte er gegen seinen Vater und schmiss ihn um. Der Eber stürzte sich auf sie und riss Petrus' Vater die Halsschlagader auf.

Petrus selbst hatte durch den Sturz die Besinnung verloren. Als er wieder aufgewacht war, war sein Vater verblutet.

»Ich habe trotzdem nicht mit dem Saufen aufgehört«, erzählte er jetzt. »Obwohl die anderen Männer furchtbar wütend waren. Obwohl meine Mutter geweint hat. Ich habe immer weitergetrunken, weil ich meinen Vater und alles vergessen wollte. Ich bin nach Windhuk geflohen, aber meine Schuld ist mir gefolgt. Sie verfolgt mich immer noch und erinnert mich daran, dass ich meinen Vater umgebracht habe.«

»Aber dann bist du doch noch von deiner Sucht losgekommen. Hat dir die Angst vor dem Tod die Kraft dazu gegeben?«

»Nein, ich hatte keine Angst. Aber ich habe plötzlich verstanden, dass der Tod meines Vaters sinnlos gewesen wäre, wenn ich mich zu Tode gesoffen hätte. Ich war es ihm schuldig, mich zu ändern. Verstehst du?«

Wie sollte ich das nicht verstehen? Mir ging es doch ganz genauso. So wie Petrus seine Schuld nach Windhuk gefolgt war und ihn seitdem nicht mehr losgelassen hatte, so verfolgte auch mich mein schlechtes Gewissen, seit ich Bethanien verlassen hatte. Und wie Petrus begriff auch ich jetzt, dass ich mein Leben zu einem sinnvollen Ziel führen musste. Das war ich meiner Mutter schuldig.

Als wir uns wieder auf den Weg machten, war ich erneut so durstig, als hätte ich den ganzen Tag nichts getrunken.

»Wir finden bald eine Wasserstelle«, versprach mir Petrus. »Es hat doch so viel geregnet.«

Ich selbst hatte längst die Orientierung verloren, aber er schien genau zu wissen, wohin wir gehen mussten. Immer wieder blieb er stehen, um am Wegrand eine Wurzel auszugraben oder ein paar Samenkapseln von einem Busch zu streifen, die er mir dann gab. Ich aß, was er mir anbot. Alles war besser als dieser bohrende, quälende Durst. Solange ich kaute, konnte ich ihn vergessen. Aber sobald ich die Bissen hinunterschluckte, wurde mein Mund wieder trocken und meine Zunge klebte am Gaumen.

Einmal sammelte Petrus ein paar dicke weiße Maden von einem Baum. »Hier.« Er streckte mir eine Handvoll krabbelnder, zappelnder Würmer hin. »Das ist gut gegen den Durst.«

»Pfui Teufel!«, rief ich angewidert. »Da würde ich doch lieber sterben!«

»Dann eben nicht«, grinste er, während er die Maden fallen ließ.

»Sollte das ein Scherz sein?«, fragte ich empört. »Hättest du etwa ruhig dabei zugesehen, wenn ich die Maden gegessen hätte?«

»Sie sind nicht giftig«, beruhigte er mich. »Gekocht esse ich sie gerne. Aber nicht lebendig.« Er verzog das Gesicht. »Ich bin doch kein Barbar.«

Das Wort hatte er sich jedenfalls gemerkt.

Das Wasserloch, das wir am Nachmittag erreichten, war schon von Weitem sichtbar. Die Bäume und Büsche leuchteten so grün und üppig übers Land, dass ich an unseren Garten in der Kohlstraße denken musste. Plötzlich sah ich Trude vor mir, in dem hellgrauen Kleid und der schwarzen Schürze, die sie auch bei meinem Abschied getragen hatte. Und Bertram, der mich traurig anblickte. »Warum hast du mir nie mehr geschrieben?«, fragte er. »Ich habe auf dich gewartet, Tag um Tag um Tag. Das Herz hast du mir gebrochen.«

Ich beschleunigte meine Schritte, um der Erinnerung zu entkommen. Und um schneller zum Wasser zu gelangen.

»Halt«, sagte Petrus, »vorsichtig.«

»Was?«, fragte ich erschrocken.

Ich reckte den Hals. Ob die aufständischen Nama-Krieger vielleicht irgendwo auf uns lauerten? Über meinem Durst hatte ich die Bedrohung der vergangenen Nacht fast vergessen. Aber jetzt war alles wieder da.

Ich folgte Petrus zögernd, der mit großen Schritten voranging. Er schlich sich aber nicht an, im Gegenteil, als wir die Wasserstelle fast erreicht hatten, riss er einen Zweig von einem Busch und peitschte damit gegen das Gestrüpp. Wir hörten das Knacken von Ästen und dann das Geräusch panisch trappelnder Hufe. Eine Herde Springböcke floh im gestreckten Galopp über die Ebene hinter den Bäumen, gefolgt von einer Handvoll Kudus.

»Keine Raubtiere«, sagte Petrus. Er wies mit der Hand auf das Loch, so als hätte er es persönlich für mich ausgegraben. »Bitte schön.«

Die Wasseroberfläche glänzte wie braune Seide im Schatten der Büsche. Ich ließ mich am Rand des Lochs auf die Knie fallen und streckte den Kopf zum Wasser wie ein Tier. Gierig schöpfte ich Wasser in meine Hände, einen Teil trank ich, der Rest lief mir über Kinn und Hals, tropfte zu Boden, rann in meine Bluse. Das Wasser schmeckte nach Erde, aber es war köstlich frisch und kühl. Am liebsten hätte ich mir die Kleider vom Leib gerissen und wäre in das Loch hineingesprungen und untergetaucht.

»Was ist?« Ich wandte den Kopf zu Petrus, der immer noch neben mir stand und sich umblickte. »Warum trinkst du nicht?«

Er antwortete nicht, sondern sog die Luft durch die Nasenflügel.

War etwas nicht in Ordnung? Ich wurde sofort unruhig und richtete mich ebenfalls wieder auf.

»Nein, alles ist gut. Trink.«

Als ich mich erneut nach unten beugte, tauchte im Spiegel der Wasseroberfläche ein Gesicht auf. Ein fremdes Gesicht. Unwillkürlich wich ich zurück. Das Gesicht verschwand wieder. Es war meines.

Langsam lehnte ich mich nach vorn und betrachtete mich. Wie sehr ich mich verändert hatte. Mein Haar hing nass, zerzaust und lose auf meine Schultern, die Sonne hatte es gebleicht, sodass es fast blond war. Mein Gesicht war hagerer und ernster geworden, die Augen groß und dunkel. Meine Haut war braun gebrannt. Fast so dunkel wie die von Petrus. Wenn Bertram mich gesehen hätte, er hätte mich nicht wiedererkannt.

Nachdem wir getrunken hatten, setzten wir uns an den Rand des Lochs und ließen unsere nackten Füße ins Wasser hängen.

»Wenn wir das Wasser nur mitnehmen könnten«, jammerte ich. »Aber diese Schurken haben uns ja unsere Kalebassen gestohlen.«

»Die Schurken«, wiederholte Petrus nachdenklich.

Ich zögerte. Die Aufständischen, die wir in der letzten Nacht gesehen hatten, waren Nama gewesen genau wie Petrus. Vielleicht gefiel es ihm nicht, dass ich sie als Schurken bezeichnete. Ich wollte ihn nicht verletzen, aber es war doch wahr, die Hottentottenrebellen waren Schurken. Sie hatten uns bestohlen und wenn sie mich erwischt hätten,

hätten sie mich bestimmt auch erschlagen. Sie waren Schurken, die sich mit Waffengewalt gegen die Ordnung im Schutzgebiet auflehnten und gegen die Deutschen zogen. Fräulein Hülshoff hatte mir damals in Bethanien von der feigen Kampfstrategie der Eingeborenen erzählt: »Sie stellen sich den deutschen Schutztruppen nicht im ehrlichen Gefecht, da wären sie unseren Männern ja hoffnungslos unterlegen. Nein, die Hottentotten greifen immer nur vereinzelte Soldaten oder kleine Truppenteile an, sie überfallen sie im Schlaf oder locken sie in einen Hinterhalt. Und dann vergreifen sie sich auch gerne an hilflosen Weibern und Kindern. Man erzählt sich schlimme Dinge, die die Wilden da angerichtet haben.«

All das konnte ich Petrus natürlich nicht sagen. Ich wollte ihn nicht kränken. Es war ja auch nicht so, dass ich den Zorn der Eingeborenen nicht verstehen konnte und den Hass, den sie auf uns Weiße verspürten. Früher hatte ihnen das ganze Land gehört. Nun besaßen die Deutji den fruchtbarsten Grund. Und was hatten sie den Nama im Gegenzug gebracht? »Schnaps«, würde Petrus antworten.

»Die Männer werden sterben«, sagte er jetzt.

Recht so, fand ich. Wenn ich an meine Todesangst in der letzten Nacht dachte, lief mir ein kalter Schauer über den Rücken.

»Was sie vorhaben, ist der reine Wahnsinn«, sagte ich laut. »Mit ein paar Männern und einer Handvoll Waffen gegen die deutschen Schutztruppen zu ziehen. Ein Blinder kann sehen, dass das zum Scheitern verurteilt ist.«

»Was sollen sie sonst tun?«, fragte Petrus. »Die Deutschen lassen uns keine andere Wahl. Krieg oder Tod.«

»Das ist doch übertrieben«, widersprach ich. »Und im

Übrigen ist nicht alles schlecht und verderbt, was die Deutschen hier tun. Man muss auch das Gute sehen.«

»Welches Gute?«

»Die deutschen Siedler haben die Zivilisation nach Südwest gebracht. Und neue technischen Erfindungen, Gerätschaften und Maschinen. Bald soll eine Eisenbahn gebaut werden. Die erste Strecke wird von Swakopmund nach Windhuk führen.«

»Wer braucht das? Meine Leute bestimmt nicht.«

»Woher willst du das wissen? In den Zügen kann man auch Waren befördern. Dadurch gibt es mehr Handel, auch das ist gut für das Land.«

Petrus antwortete nicht, er lächelte nur verächtlich. Es ärgerte mich, dieses Lächeln, deshalb wurde meine Stimme lauter, als ich fortfuhr: »Ohne die deutschen Missionare und Lehrer könnte kein einziger Nama lesen und schreiben. Und unsere Ärzte heilen auch die Schwarzen. Zum Beispiel dich, damals in Windhuk. Wenn man dich nicht ins Hospital gebracht hätte, wärst du gestorben, das hast du selbst gesagt. Also verdankst du den Weißen dein Leben.«

»Henrietta«, sagte Petrus, »du redest Blödsinn. Bevor ihr Weißen hier wart, war bestimmt nicht alles gut. Es gab Kriege zwischen Nama und Herero und manchmal sogar zwischen einem Nama-Stamm und dem anderen. Es gab Hunger und Krankheiten und Tod, so wie heute auch. Aber damals waren meine Leute frei. Wir konnten gehen, wohin wir wollten, und leben, wie es uns gefiel. Heute gibt es überall Zäune und Grenzen. Die Deutschen ziehen nicht im Land herum, sie bleiben auf einem Fleck Erde sitzen und sagen: Das ist meins. Dort ist deins. Und ein einziger Deutji braucht mehr Platz als ein ganzer Nama-Stamm.«

»Na und? Das Land ist doch groß genug.«

»Aber die Erde ist hart und karg. Dieses Wasser hier ist für alle da. Für Tiere und Menschen, jeder kann es trinken. Aber wenn ein Einzelner es nur für sich beansprucht, dann verdursten alle anderen.«

»Das mag ja stimmen«, gab ich zu. »Aber es ist, wie es ist. Die Deutschen sind nun mal im Land und haben das Sagen. Nun müssen sich deine Leute damit arrangieren. Euer Widerstand ist zwecklos. Ihr könnt die Schutztruppen nicht besiegen. Ihr könnt nur untergehen.«

»Also werden wir untergehen«, sagte Petrus.

Wie dumm ich damals war. Ich war wütend auf die Nama-Krieger, weil sie mir in der Nacht zuvor einen Todesschrecken eingejagt hatten. Aber ich begriff nicht, dass Petrus recht hatte. Dass der Aufstand ihre einzige, ihre letzte Chance war. Eine Chance, die zum Scheitern verurteilt war, das weiß ich nun, da ich diesen Bericht zu Papier bringe. Nur ein paar Jahre nach diesem Gespräch brach der große Aufstand der Herero und Nama aus, der heute das ganze Schutzgebiet erschüttert. Hunderten von Menschen hat der Krieg zwischen deutschen Schutztruppen und eingeborenen Rebellen bereits das Leben gekostet, noch viele Tausende mehr wird er hinwegraffen. Und am Ende werden die Schwarzen verlieren und die Weißen triumphieren.

Tod oder Krieg, das waren die beiden Alternativen, zwischen denen die Nama wählen konnten. Sie entschieden sich für den Krieg – und bekamen den Tod dazu.

Wir verbrachten die Nacht in der Nähe des Wasserlochs. Petrus baute eine Falle aus einem schweren Stein und einem Stück Schnur, die er aus Fasern von Baumrinde drehte. Damit fing er vier kleine Mäuse und eine Ratte. Danach bastelte er aus einem krummen Ast und einem Faden aus seiner aufgerissenen Hose eine Art Bogen, den er so lange gegen ein Holzstück rieb, bis ein Funke entstand, mit dem er wiederum einen Haufen Distelsamen und Reisig entzündete. Im Nu flackerte ein Feuer, über dem er das Fleisch röstete.

Diesmal griff ich ohne Zögern zu. »In der Not schmeckt jedes Brot«, hatte meine Mutter früher immer gesagt. Wie entsetzt sie wäre, wenn sie mich jetzt sehen könnte. Und mein Vater? Wäre er angewidert, bestürzt, erbost, amüsiert, traurig, wenn er wüsste, dass ich in der afrikanischen Wildnis mit einem Hottentotten am Lagerfeuer saß und Mäuse und Ratten aß?

Ich hatte keine Ahnung. Und es interessierte mich auch gar nicht, stellte ich zu meiner Überraschung fest. Meine Eltern waren beide tot. Sie konnten mir nicht mehr raten, sie konnte mich auch nicht mehr tadeln. Ich musste meinen Weg ohne ihre Hilfe finden.

»Siehst du, wie gut das geht?«, fragte Petrus, während er noch ein paar trockene Zweige auf das Feuer schichtete. »Heute Morgen hast du noch gedacht, dass wir verloren seien. Und jetzt haben wir Feuer und Wasser und Essen.«

Er reichte mir eine Handvoll Beeren, die er von einem der Sträucher am Wasserloch gepflückt hatte. Ich ließ sie aus meiner Hand in meinen Mund rollen. Sie schmeckten ein bisschen herb, aber sehr aromatisch, wild und saftig. Wie mein Leben in Afrika.

In den frühen Morgenstunden griff uns der Leopard an. Er musste uns schon eine ganze Zeit lang beobachtet haben, unschlüssig, ob er es wirklich wagen sollte, sich unserem Feuer zu nähern. Am Ende trieb ihn sein Hunger dazu, so wie mich mein Hunger vor zwei Tagen dazu gebracht hatte, von Petrus' Ratte zu kosten.

Für gewöhnlich hielten sich Leoparden den Menschen fern. Sie machten einen weiten Bogen um Siedlungen und Farmen, selbst in der freien Wildbahn griffen die Raubkatzen nur an, wenn ihnen die Menschen direkt vor die Füße liefen. Aber der Leopard, der uns attackierte, war alt und schwach. Die Antilopen, Springböcke und Zebras waren viel zu schnell für ihn, er hatte keine Chance, sie zu erlegen. Und selbst wenn er es einmal schaffte, ein Tier zu töten, dann nahm es ihm prompt eine Hyäne oder ein Löwe wieder ab.

Ich stelle mir vor, dass er vor dem Angriff lange in der Dunkelheit saß und unser Feuer beobachtete. Der Leopard sah, wie Petrus schlief und ich wachte. Er sog unseren Menschengeruch ein. Er wusste: Wenn er es schaffte, uns zu erlegen, würden ihm unsere Körper für einige Tage Nahrung bieten. Aber ein Feuer bedeutete Gefahr, auch das wusste er.

Er zögerte.

Dann griff er an.

Wenn ich heute an diese Nacht zurückdenke, habe ich sofort wieder den stechenden, fauligen Gestank in der Nase. Den Gestank der Katze. Das war das Erste, was ich wahrnahm. Ich roch den Leoparden, dann hörte ich ihn fauchen und dann erst sah ich ihn, ein paar Meter entfernt auf dem Ast eines Baumes. Er duckte sich, bereit zum Sprung. Es war ein Bild aus einem bösen Traum.

Ich erinnere mich nicht mehr daran, wie ich Petrus geweckt habe. Ich weiß nur, dass er plötzlich neben mir stand. Die abrupte Bewegung erschreckte das Raubtier, sodass es sein Maul aufriss und fauchte. Ich sah das Gebiss, die großen, dolchartigen Eckzähne und die nadelspitzen kleineren Zähne dazwischen.

Ich wartete darauf, dass Petrus etwas unternahm. Dass er nach einem Ast griff, um ihn dem Untier entgegenzuschleudern. Dass er sich nach einem Stein bückte oder wenigstens die Fäuste ballte. Stattdessen tat er: nichts. Er stand nur da, stocksteif und ruhig. Das war das Schlimmste. Dass er nicht einmal versuchte, uns zu verteidigen. Zum ersten Mal seit dem Beginn unserer Reise, war auch er ratlos.

Wir werden sterben, das begriff ich.

Hier und jetzt.

Die Raubkatze riss das Maul noch weiter auf, leckte sich die Lippen und lachte. Dann stemmte sie ihren gewaltigen Oberkörper nach oben, stieß die Beine von dem Ast ab und schnellte in die Luft. Es ging alles unglaublich schnell und langsam zugleich.

Ich sah den Leoparden auf uns zufliegen. Obwohl es dunkel war, erkannte ich die rosettenförmigen Flecken auf seinem Fell, die auf dem Rücken recht groß waren und zum Bauch hin immer kleiner wurden. Ich weiß, man möchte nicht glauben, dass ich alle diese Einzelheiten im Bruchteil einer Sekunde erkennen konnte. Aber genau so war es. Ich habe zuvor noch nie einen Leoparden gesehen und hinterher niemals wieder.

Petrus stand neben mir, der Leopard sprang auf uns zu – und dann knallte der Schuss und traf die Raubkatze zwischen den Augen. Statt auf uns zu landen und uns umzureißen, fiel das Untier direkt vor unseren Füßen zu Boden. Zwei weitere Schüsse zerfetzten seine Nase und das linke Ohr.

»Schade um den Schädel«, sagte Slagman. »Ich hätte ihn

mir zur Erinnerung gerne ausgestopft und in mein Wohnzimmer gehängt.«

Der Bure trat aus der Dunkelheit der Steppe in den Widerschein des Feuers. Ruhig ging er auf die Bestie zu, die lang ausgestreckt am Boden lag. Er bohrte dem Leoparden die Mündung seines Gewehres in die Seite. Die Katze rührte sich nicht. Sie war tot. Slagman ließ sich neben ihr auf die Knie fallen, einen Moment wirkte es, als wollte er ihr die letzte Ehre erweisen. Er untersuchte aber nur das Fell.

»*Toe oud*«, murmelte er. »*Swak gehalte*. Das will doch keiner mehr haben.« Er richtete sich wieder auf und sah mich missbilligend an, als ob es meine Schuld wäre, dass der Pelz nicht wertvoller war. Aus der Dunkelheit tauchte jetzt auch Willem auf und stellte sich neben Slagman.

»Woher kommen Sie so plötzlich?«, fragte ich.

Meine Stimme hallte seltsam in meinen Ohren, als stünde ich in einer großen Grotte oder in einer leeren Kirche. Ich zitterte am ganzen Körper. Genau wie Petrus neben mir. Am liebsten hätte ich meinen Arm um ihn gelegt und hätte ihn einfach weggezogen. Weg von Slagman, weg von dem toten Leoparden, auf dessen Gesicht ein seltsam friedlicher, fast erlöster Ausdruck lag. Nur das hässliche Loch zwischen seinen Augen deutete darauf hin, dass er nicht schlief. Wenn Slagman nicht gewesen wäre, wenn er nicht im letzten Moment eingegriffen hätte, dann läge ich jetzt dort und der Leopard würde mir die Eingeweide aus dem Leib reißen. Auf einmal wurden meine Knie so weich, dass sie meinen Körper nicht mehr trugen. Ich ließ mich zu Boden sinken.

»Ich wusste eben, dass man Sie nicht allein lassen kann«, sagte Slagman, während er Willem ein Messer reichte, damit er dem Leoparden das Fell abziehen konnte.

Er war uns die ganze Zeit gefolgt. In der letzten Nacht, in der die Nama-Truppen uns beraubt hatten, hatte er sich und seine Tiere in einer Felshöhle versteckt, sodass er unentdeckt geblieben war.

»Wenn Sie bei mir geblieben wären, wäre Ihnen ebenfalls nichts passiert«, knurrte er verächtlich. »Aber sie mussten ja unbedingt Ihren Kopf durchsetzen und auf eigene Faust losziehen. Mitten in der Wildnis zu kampieren, wer kommt denn auf eine so hirnrissige Idee? Na, immerhin hat Sie Ihr Kaffer nicht verraten.«

Er ließ sich ebenfalls auf einen Stein fallen und sah dabei zu, wie sein Diener den Leoparden auf den Rücken drehte, das Messer unter dem Kinn ansetzte und es mit beiden Händen mit einem einzigen, kraftvollen Zug zum After zog. Von einer Sekunde zur nächsten quollen Blut und glänzend bläuliche Eingeweide aus dem Bauch des Tieres.

»Was ist?«, fragte Slagman Petrus. »Willst du ihm nicht helfen?«

Ohne eine Miene zu verziehen, ging Petrus zu dem anderen Schwarzen.

»Aber Vorsicht. Kein unnötiges Gemetzel. Ich will das Fell in einem Stück. Wenn es auch nicht viel einbringen wird.«

Während Petrus und Willem den Leoparden häuteten, zündete Slagman sich eine Zigarette an. Ich selbst blieb an der gleichen Stelle sitzen, an der ich zu Boden gesunken war. Der Geruch von Slagmans Zigarette vermischte sich mit dem Gestank, der aus den Gedärmen aufstieg. Ich atmete so flach wie möglich. Petrus' Hände, seine Arme und Beine waren bereits nach kurzer Zeit blutig, sogar sein Gesicht war blutbespritzt. Zentimeter für Zentimeter trennte er das Fell vom

Leib des Leoparden. Ich musste würgen und wandte die Augen ab. Jetzt erst bemerkte ich, dass Slagman mich ansah. Er hatte mir das Leben gerettet, aber ich hasste ihn deshalb nicht weniger.

Das wusste er und vermutlich wusste er noch viel mehr. Er wusste, dass Petrus sich ihm gegenüber dumm stellte, damit er ihn in Ruhe ließ. Er wusste von unserer Liebe zueinander. Und wie aussichtslos sie war.

»So ein dummes kleines Mädchen«, meinte er jetzt kopfschüttelnd. »Denkt, dass es einfach so mir nichts, dir nichts, durch den Busch spazieren kann, ohne dass ihm etwas passiert.«

Ich schloss die Augen, als wäre ich gelangweilt. Hinter meinen Lidern leuchtete das Lagerfeuer, das Slagman mit neuem Holz gefüttert hatte. Die Flammen flackerten rot und wild.

Gegen Morgen hatten Petrus und Willem ihre blutige Arbeit beendet. Sie schleppten den nackten Leopardenkörper auf die Ebene hinter den Bäumen, wo die Geier über ihn herfielen, bevor sie ihn richtig losgelassen hatten.

»Wir ziehen sofort weiter«, bestimmte Slagman. »Es wird nicht lange dauern, bis die ersten Löwen oder Hyänen hier auftauchen. Bis dahin müssen wir weg sein.«

Immerhin geduldete er sich noch so lange, bis die beiden Schwarzen sich am Wasserloch das Blut vom Körper und aus den Kleidern gewaschen hatten. Danach hievten sie die stinkende Leopardenhaut oben auf die Bündel und Pakete, die Slagmans Esel schleppte. Um das Fell zu schützen, wendeten sie die innere Seite nach außen, sodass der Esel aussah, als trüge er ein blutiges Zelt auf dem Rücken.

Slagman bot mir an, auf dem Maultier zu reiten, und obwohl sich alles in mir dagegen sträubte, akzeptierte ich den Vorschlag. Ich hätte keinen Schritt gehen können, ich war mit meinen Kräften vollkommen am Ende. Ich schaffte es nicht einmal mehr, auf das Maultier aufzusteigen, sondern brauchte seine Hilfe dazu. Es war nicht nur der Schock, der mir immer noch in den Gliedern saß, ich hatte schon die zweite Nacht in Folge kaum ein Auge zugetan.

Dann schaukelte unser Zug los. Ich ritt auf dem Maultier voran, neben mir ging Slagman, das Gewehr über der Schulter, dann folgte der Esel mit seiner blutigen Last und zum Schluss kam Petrus. Auch ohne mich zu ihm umzuwenden, wusste ich genau, dass sein Gesicht keinerlei Regung zeigte.

Seine Gefühle waren tief in ihm verschlossen.

20

Buschmannland nannten die Einheimischen die Region südlich des Oranje-Flusses. Zu Recht: Im Gegensatz zu der weiten, trockenen Steppenlandschaft im Großen Namaland waren die Hügel und Senken, über die wir jetzt zogen, von grünen Büschen und Dornenhecken bedeckt. Ein Buschland. Und die Heimat der Buschmänner, die sich den breiten Landstrich mit verschiedenen Nama-Stämmen teilten.

Ich hatte von Fräulein Hülshoff viel von den Buschleuten gehört. Dass sie aussahen und lebten wie wilde Urzeitmenschen. Seitdem wir den Oranje überschritten hatten, hatte ich darauf gewartet, einmal einen zu Gesicht zu bekommen. Aber nach dem Leopardenangriff war meine Neugierde erloschen. Mit halb geschlossenen Augen dämmerte ich auf dem Rücken des Maultiers vor mich hin.

Als wir dann tatsächlich auf Buschmänner stießen, übersah ich sie fast. Im letzten Moment fielen mir die drei nackten Gestalten auf, die am Wegrand hockten und ein paar Schlangen häuteten. Sie waren sehr klein, aufrecht stehend wären sie mir wahrscheinlich nur bis zum Ohr gegangen. Ihre Haut war überraschend hell, ihre Gesichter rund, mit spitzem Kinn. Als ich an ihnen vorüberritt, hoben sie den Kopf und lachten mich an. Es war ein freundliches Lachen, aber in meiner gedrückten Stimmung erschien es mir damals missgünstig, so als lachten sie mich aus. Ich presste meine Lippen aufeinander und schaukelte starr an ihnen vorbei.

Meinem Gefühl nach bewegten wir uns in Schlangenlinien voran. Anstatt geradewegs von einer Hügelkuppe zur nächsten zu ziehen, änderten wir ständig unsere Richtung. Die Sonne tauchte abwechselnd zu unserer Rechten, zu unserer Linken und vor uns auf, nur in unserem Rücken stand sie nie. Slagman hatte bestimmt seine Gründe für diese umständliche Route. Ich fragte ihn nicht danach.

Mittags machten wir an einer Wasserstelle Rast, Slagman bot Petrus und mir von seinem Proviant an. Ich akzeptierte einen Streifen Fleisch und einen Schluck Wasser, Petrus verzichtete ganz auf das Essen, woraufhin Slagman grinste. Dann ging es weiter, der Nachmittag tropfte in den Abend. Kurz bevor es dunkel wurde, erreichten wir einen kleinen Weiler, vier Häuser, die Slagman offensichtlich schon öfter besucht hatte, denn man begrüßte ihn hier wie einen alten Bekannten.

Er erzählte der Farmersfrau, dass wir von Nama beraubt worden waren, daraufhin gab sie uns einen Stapel Pferdedecken und Kleider, die sie und ihr Mann nicht mehr benötigten. Dabei überschüttete sie uns mit einem kapholländischen Wortschwall, den ich nicht verstand.

»Frau sagt, du sehr arm Ding. Kleider nix gut, nix passt, aber besser wie nix«, übersetzte Petrus.

Ich starrte ihn fassungslos an. Warum benutzte er auch jetzt dieses lächerliche Kauderwelsch-Deutsch, obwohl ihn die Frau ohnehin nicht verstand und Slagman längst in dem Schuppen verschwunden war, in dem wir übernachten sollten? Während ich noch darüber nachdachte, ergoss sich eine neue Wortkaskade über uns.

»Frau sagt, Kaffern schlimme Leut'. Schlimm wie Tier. Muss hängen an näxter Baum«, radebrechte Petrus.

»Die Nama haben mir doch gar nichts getan«, wehrte ich

erschrocken ab. »Und für den Diebstahl muss man sie bestimmt nicht gleich aufhängen.«

Petrus übersetzte meine Worte, aber vielleicht sagte er auch etwas ganz anderes, denn die Farmersfrau nickte zustimmend und strich mir dann lächelnd über den Kopf wie einem artigen Kind.

»Warum stellst du dich nur so entsetzlich dumm?«, murmelte ich, als wir danach ebenfalls zum Schuppen gingen. »Musst du den Weißen auch noch recht geben, wenn sie dich wie einen Idioten behandeln?« Wütend drückte ich ihm den Kleiderstapel in den Arm. »Hier. Damit du dich auch gleich wieder als Hanswurst ausstaffieren kannst.«

Er tat, als habe er mich nicht gehört.

Später tauchten zwei weitere Trapper auf. Slagman begrüßte sie mit Handschlag, man schien sich gut zu kennen. Die drei Männer unterhielten sich auf Kapholländisch. Nach einer Weile kramte Slagman ein Kartenspiel aus seiner Tasche und einer der anderen holte eine Flasche Schnaps aus seinem Gepäck. Sie schickten Petrus mit ein paar Groschen hinüber zum Bauernhaus, dass er ihnen etwas zu essen besorgte, Tabak und eine Petroleumlampe, denn inzwischen war es dunkel geworden. Dann begannen sie zu pokern und zu trinken. Der Schuppen füllte sich mit ihrem Gegröle, ihrem Lachen und ihrem Pfeifenrauch. Als die Schnapsflasche leer war, ließen sie Petrus eine zweite holen und danach noch eine dritte.

Es gefiel mir nicht, dass sie sich betranken. Ich musste die ganze Zeit an die Soldaten denken, denen ich damals auf dem Weg nach Keetmanshoop begegnet war.

»Halt dich fern von Betrunkenen«, hörte ich meine Mutter wieder sagen. Aber wie um alles in der Welt sollte ich mich von diesen Männern fernhalten? Ich verkroch mich in einen Winkel des Schuppens, die Knie an die Brust gezogen. In der anderen Ecke des Raumes hockten Petrus, Willem und die Begleiter der anderen beiden Trapper. Petrus' Blick glitt zwischen mir und den Männern hin und her. Aber er wusste genauso gut wie ich, dass er im Ernstfall gegen drei Betrunkene nichts ausrichten konnte.

Je mehr sie tranken, desto lauter wurden ihre Stimmen und das Gelächter. Wenn einer von ihnen eine Bemerkung machte, dann gerieten die anderen außer sich, sie schlugen sich auf die Schenkel und wieherten vor Vergnügen. Obwohl ich den ganzen Tag auf dem Maulesel gesessen hatte, war ich todmüde, trotzdem wagte ich nicht, einzuschlafen. Ich kauerte in meiner Ecke, stützte das Kinn auf die Knie und konzentrierte alle meine Willenskraft darauf, dass mir die Augen nicht zufielen.

Dann öffnete sich plötzlich die Schuppentür. In der Öffnung erschien die Farmersfrau, ein flackerndes Windlicht in der Hand. Die Männer bemerkten sie gar nicht, erst als ihre laute, schrille Stimme durch den Raum gellte, verstummte ihr Gegröle. Die Frau schien sich über den Lärm zu beschweren, denn Slagman legte beschwichtigend einen Finger auf die Lippen und nickte. Als er sich wieder den anderen zuwandte, riss er in gespielter Furcht die Augen auf. Seine beiden Freunde prusteten aufs Neue los.

Die Farmersfrau, die Slagmans Gesicht nicht sehen konnte, runzelte missbilligend die Stirn. Dann winkte sie mir, zu ihr zu kommen. Ich rappelte mich sofort hoch. *»Kom saam met my«,* sagte sie sehr langsam und deutlich. *»Hierdie dronkaards is gevaarlik.«*

Ich war ganz ihrer Meinung. Dankbar folgte ich ihr über den Hof ins Haus, wo sie mir ein schmales Bett in einer kleinen Kammer anwies. Sie gab mir eine neue Decke, denn die andere hatte ich drüben im Schuppen gelassen. Dann strich sie mir über den Kopf wie einem Kind. »*Lekker slaap.*«

»Gute Nacht«, sagte ich. »Und vielen Dank. *Dankie*«, übersetzte ich, so viel hatte ich immerhin schon gelernt.

Sie war schon fast aus der Tür, aber jetzt drehte sie sich noch einmal zu mir um und lächelte mich an. »*Dis'n plesier, my skat.*«

Ich schlief ruhig und tief bis zum nächsten Morgen. Keine Sorge hinderte mich am Einschlafen, kein böser Traum störte meine Ruhe. Wenn ich überhaupt etwas träumte, dann hatte ich es am nächsten Morgen vergessen.

Die Farmersfrau servierte mir Maisbrei zum Frühstück, den sie *Mieliepap* nannte. Er schmeckte genau wie der Brei der alten Nama-Frau, den ich an jenem Morgen auf dem Weg nach Keetmanshoop bekommen hatte. Während ich mein Frühstück mit großem Appetit verschlang, versuchte ich, mich zu erinnern, wie lange es nun schon her war, dass ich aus Bethanien geflohen war. Acht Wochen oder zehn oder noch länger? Ich hatte keine Ahnung, wie viel Zeit ich bei den Nama verbracht hatte und wie lange wir danach unterwegs gewesen waren. Es war ja auch vollkommen egal. Jetzt waren wir hier, das allein war wichtig.

»*Vandag kom julle tot by Springbok*«, sagte die Farmersfrau, nachdem ich die dritte Schüssel Mieliepap geleert hatte. Meinte sie damit, dass wir Springbok heute schon erreichen würden? Der Gedanke beflügelte mich richtiggehend. Sobald wir in Springbok waren, konnten wir uns von Slagman trennen. Und von dort war es nicht mehr sehr weit bis nach Wupperthal, wo die Cordes lebten.

Der gefährlichste Teil unserer Reise lag hinter uns, dachte ich, während ich zum Schuppen ging. Das Schlimmste hatten wir geschafft. Von nun an wollte ich nicht mehr zurückblicken, sondern nur noch nach vorn. Auch wenn die Zukunft nach wie vor im Dunkeln lag. Ich hatte ja keine Ahnung, wie die Cordes auf unsere Ankunft reagieren würden.

Die drei Buren und ihre Diener beluden vor dem Schuppen ihre Lasttiere. Slagman zurrte gerade einen Gurt um das Leopardenfell, das inzwischen einigermaßen getrocknet war. Willem half ihm, es auf den Esel zu heben. Petrus war nirgendwo zu sehen. Das war seltsam, dass ihn die Männer nicht zum Arbeiten heranzogen. Meine Schritte beschleunigten sich. Ich rannte zum Schuppen. Mein Körper hatte bereits verstanden, was meinem Verstand noch unklar war. Ich schwitzte vor Angst, als ich die Tür zum Schuppen aufriss.

»Petrus?«

Keine Antwort.

»Petrus! Bist du hier?« Meine Stimme hallte durch den kahlen Raum. Durch das Fenster unter dem Dach fiel gelbes Sonnenlicht, in dem Staubflocken tanzten. Auf dem Hof hörte ich die Männer lachen. Wo steckte Petrus? Ob er auf eigene Faust weitergezogen war, weil er die Gängelei durch Slagman und seine Freunde nicht länger ertrug? Hatte er sich einfach davongemacht, ohne sich von mir zu verabschieden?

Ich wollte die Tür gerade wieder zuziehen, als ich das Stöhnen vernahm.

Sie hatten die Decken über ihn gebreitet, nachdem sie mit ihm fertig gewesen waren. Petrus' Augen waren zugeschwollen, über der linken Augenbraue und am rechten Jochbein hatte er eine Platzwunde, sein Nasenbein war zerschmettert, vier Schneidezähne waren locker, zwei ausgeschlagen, das linke Ohr war tief eingerissen, das rechte war ebenfalls dick geschwollen. Sein Körper war übersät von Brandwunden, Schnitten und Prellungen.

»Was haben sie mit dir gemacht?«, flüsterte ich, dabei war das nicht die Frage. Was sie mit ihm gemacht hatten, sah ich ja vor mir. Aber warum? Warum waren sie auf Petrus losgegangen, drei bewaffnete Kerle auf einen wehrlosen jungen Mann?

Die Antwort war ganz einfach. Weil er sie geärgert hatte, durch eine Bewegung, durch eine Geste, durch seine bloße Anwesenheit. Weil sie betrunken waren und weiß und Petrus war schwarz.

Ich legte meinen Kopf auf seine Brust. Irgendwo in der Tiefe hörte ich ein schwaches Pochen und ein leises Flattern wie von Vogelflügeln.

Ich rannte zurück ins Haus und holte die Farmersfrau, deren Namen ich nicht kannte, das wurde mir seltsamerweise erst jetzt bewusst. Während sie Petrus' Wunden auswusch und verband, schüttelte sie ununterbrochen mit dem Kopf.

»Nee, nee, nee«, machte sie.

Petrus' Hand lag schlaff und kraftlos in meiner.

»Nee, nee, nee«, sagte die Farmersfrau.

»Wird er überleben?«, fragte ich angsterfüllt.

Sie wickelte eine Mullbinde um seinen Kopf und befestigte sie mit einer Klammer. Vielleicht hatte sie meine Frage nicht gehört. Ich wiederholte sie nicht mehr.

Plötzlich unterbrach sie sich, sprang auf und rannte auf den Hof. Ich hörte sie dort laut keifen, offensichtlich sagte sie Slagman und seinen Freunden die Meinung. Die Männer antworteten nicht. Aber wahrscheinlich zog Slagman wieder eine höhnische Grimasse, sobald sich die Frau abgewandt hatte.

Ich streichelte Petrus' Hand und erschrak, weil sie sich so kalt anfühlte.

»Wir müssen die Männer anzeigen«, sagte ich, als die Frau wieder zurück in den Schuppen kam. »Polizei.«

»Polisie?«, wiederholte sie verständnislos.

Ich nickte.

Sie zuckte nur mit den Schultern.

Mit der Hilfe eines Knechtes trugen wir Petrus ins Haus. Wir legten ihn in das Bett, in dem ich die Nacht verbracht hatte.

»Ses dae«, sagte die Frau dann und hob zur Verstärkung sechs Finger hoch.

Was wollte sie mir damit sagen? Sechs Tage, bis sie uns weiterschicken würde? Sechs Tage, bis es Petrus wieder besser ging? Sechs Tage bis zu seinem Tod?

Ich verstand sie nicht. Ich verstand mich selbst nicht.

Wie hatte ich Petrus gestern nur mit den Männern allein lassen können? Während ich sorglos geschlafen hatte, hatten sie ihn halb totgeprügelt. Jetzt fühlte ich mich, als hätte ich ihnen dabei geholfen.

Wir blieben eine ganze Woche bei den van Eijks. Während dieser Zeit schlief Petrus in der Dienstbotenkammer und ich auf einer Kattel im Kinderzimmer, wo auch das Dienstmädchen für die Dauer unseres Aufenthalts untergebracht war. Die ersten beiden Nächte verbrachte ich allerdings an Petrus' Bett. Ich hatte furchtbare Angst, dass er plötzlich sterben könnte.

Er erholte sich jedoch erstaunlich schnell. Am ersten Tag setzte ein Wundfieber ein, das sich allerdings bald wieder senkte. Die Prellungen schwollen ab, seine Wunden verheilten, jedenfalls oberflächlich.

»Mir geht es gut«, erklärte er am fünften Tag, nachdem ihn die Männer zusammengeschlagen hatten.

Am nächsten Morgen brachte Herr van Eijk uns mit dem Ochsenkarren nach Springbok. Er setzte uns vor einer kleinen Pension ab. Der Wirt war ein Freund von ihm, erklärte er Petrus, der es mir übersetzte.

»Wir haben leider überhaupt kein Geld«, meinte ich betreten.

Van Eijk nickte und holte zu meiner Bestürzung eine Handvoll Münzen aus der Tasche, die er mir reichte.

»Nicht doch«, wehrte ich ab. »Ich wollte nicht betteln.«

Er entgegnete etwas, das ich nicht verstand und Petrus nicht übersetzte. Ich hörte nur den Namen *Slagman*. Hatte der Bure van Eijk das Geld gegeben, damit er Petrus wieder gesund pflegte? Oder war es Bestechungsgeld, damit der Farmer ihn nicht anzeigte?

»*Ek verstaan nie.*« Ich wollte ihm das Geld wieder zurückgeben, aber er weigerte sich, es anzunehmen. Stattdessen erklärte er Petrus, dass wir mit der Postkutsche nach Clanwilliam reisen sollten. Der Kutscher würde uns mitnehmen, er war van Eijk noch einen Gefallen schuldig. Dann wendete er seinen Ochsenkarren und fuhr weg, bevor ich mich richtig bedanken konnte.

Ich hatte eine kleine Kammer über der Küche, Petrus war in einem Verschlag neben dem Stall untergebracht. Der Boden war mit Streu bedeckt, darauf lag ein Strohsack, das war das

Bett. Petrus ließ sich sofort darauffallen, völlig erschöpft von der Fahrt im Ochsenwagen.

Die Luft in dem Raum war so drückend, als wäre sie schon durch Hunderte von Lungen gegangen. Aber das kleine, von Schmutz fast blinde Fenster ließ sich nicht öffnen.

»Ich gehe ein wenig spazieren«, sagte ich zögernd.

Petrus reagierte nicht. Seine Augen waren geschlossen, seine Brust hob und senkte sich. Er war eingeschlafen.

Draußen schien die Abendsonne. In einer Stunde würde sie untergehen, aber noch war die Luft warm und mild. Die Hügelkuppe, um die sich die Häuser von Springbok im Halbkreis gruppierten, leuchtete bunt. Es sah aus, als trüge der Berg ein mit Blumen bedrucktes Kopftuch. Ich war nicht die Einzige, die der schöne Abend zum Spazierengehen verlockte. Überall flanierten Menschen oder saßen auf Bänken, die Gesichter ins Licht gereckt. Ein paar Mädchen spielten Hickelkasten, wobei sie ihre Hände in die Hüften stemmten, genau wie wir früher auf der Kohlstraße. Eine Gruppe Minenarbeiter saß auf einer Mauer und trank Bier aus der Flasche. Ihre Kleidung war dreckig, die Gesichter und Hände schwarz vor Staub. Zwei Eingeborenenfrauen, die Körbe auf den Köpfen trugen, schritten hoheitsvoll an ihnen vorbei.

Dann sah ich Slagman. Er spazierte auf der anderen Straßenseite. Neben ihm ging eine Frau, die sich bei ihm eingehakt hatte. Sie hatte ein rundes, freundliches Gesicht mit vollen Lippen und roten Wangen und trug einen Strohhut, der über und über mit künstlichen Blumen geschmückt war. Ein kleines Mädchen mit goldblonden Zöpfen hüpfte auf einem Bein vor den beiden her.

Mir war auf einmal sehr heiß. Er hatte mich noch nicht gesehen, sondern plauderte ruhig mit seiner Frau, lachte über einen Scherz. Sollte ich auf ihn zugehen und ihn zur Rede stellen?

Bevor ich zu einer Entscheidung gelangt war, begegneten sich unsere Blicke. Slagmans Augen weiteten sich einen winzigen Moment lang, dann hatte er sich wieder unter Kontrolle. Er griff nach seinem Hut, lüftete ihn und ließ ihn wieder zurück auf seinen Kopf fallen. Grinste mich dabei an, als wäre er erfreut, mich zu sehen. Das kleine Mädchen blieb neugierig stehen. Seine Frau lächelte erwartungsvoll.

Ich verwünschte mich, dass mein Herz so raste, als ob ich der Übeltäter wäre und nicht er. Wie unverschämt er mir entgegenlächelte, als ich die Straße überquerte, um zu ihm zu gelangen.

»*Watch out!*« Wenige Meter vor mir brachte ein Kutscher seine Ochsen zum Stehen. Um ein Haar wäre ich unter die Räder gekommen. Ich hatte den Karren überhaupt nicht bemerkt.

»Das nenn ich aber einen Zufall«, sagte Slagman, als ich ihn endlich erreicht hatte.

»Guten Abend«, sagte ich und wunderte mich, wie ruhig und freundlich meine Stimme klang.

»Guten Abend.« Nun wirkte er auf einmal doch unsicher. Wahrscheinlich fragte er sich, was ich von ihm wollte.

»Es wird Sie interessieren zu hören, wie es unserem gemeinsamen Freund geht«, fuhr ich fort.

Er hob fragend die Augenbrauen. »Unserem gemeinsamen Freund?«, wiederholte er verständnislos. Seine Frau lächelte noch breiter. Ob sie überhaupt Deutsch verstand?

»Petrus ist vor zwei Tagen gestorben.« Beim letzten Wort brach meine Stimme und meine Augen schwammen plötzlich vor Tränen. Obwohl es doch gar nicht stimmte.

Slagman tat so, als sei er zutiefst verwirrt. »Petrus – das war doch … Ihr Diener, oder? Er ist gestorben? *Dis jammer.* Das tut mir leid.«

»Nun lassen Sie doch dieses Theater! Sie wissen doch ganz genau, dass Sie ihn auf dem Gewissen haben!«, zischte ich. »Sie und Ihre schamlosen Freunde haben ihn schließlich grundlos zusammengeschlagen.«

»Na, hören Sie mal«, sagte Slagman. »Ich habe doch niemals … ich weiß überhaupt nicht, wovon Sie sprechen. Es muss sich um eine Verwechslung handeln.«

»Wat is die probleem, Thijs?«, fragte seine Frau.

Slagman zog die Mundwinkel nach unten, hob die Schultern und drehte die Handflächen zum Himmel. Ein Bild der Unschuld.

Früher hatte es mir nie gefallen, wenn Pastor Krupka von der Hölle und der ewigen Verdammnis gepredigt hatte. Die Vorstellung, dass Gott eines seiner Kinder einer solchen Qual aussetzen könnte, war mir abscheulich und widersinnig vorgekommen. In diesem Moment jedoch wünschte ich mir inbrünstig, dass es das Höllenfeuer wirklich gab. Und dass der Teufel Slagman vergelten würde, was er Petrus angetan hatte.

»Ihr Mann ist ein Mörder«, sagte ich zu der Frau, die mich aus großen hellblauen Augen erstaunt ansah.

Ihr hellblauer Blick wanderte zu ihrem Mann. *»Ek verstaan nie.«*

Slagman zuckte erneut die Schultern.

»Gott wird Sie für Ihre Taten zur Rechenschaft ziehen, Herr Slagman«, erklärte ich, aber meine Worte prallten an ihm ab und fielen zu Boden. Er fühlte sich nicht schuldig, er schämte sich nicht einmal. Er hatte einem lästigen Köter ein paar Fußtritte versetzt, eine Kröte zertreten, eine Fliege an der Wand zerdrückt. Er empfand nichts außer Erstaunen darüber, dass mich eine solche Lappalie dermaßen erregte.

Ich drehte mich um und ging ohne ein weiteres Wort weg.

»*Wat het sy gesê?*«, hörte ich das kleine Mädchen fragen.

Bis zur nächsten Wegbiegung kochte die Wut in mir. Aber nachdem ich um die Ecke gebogen war, wandelte sich mein Zorn in Panik. Ich hatte gelogen, als ich Slagman erzählt hatte, dass Petrus gestorben war. Es war eine Sünde, zu lügen, und dass nichts Gutes dabei herauskam, hatte mir der Tod meiner Mutter ja bereits zur Genüge bewiesen.

Ich begann zu laufen. Vielleicht strafte Gott in seiner Rätselhaftigkeit gar nicht Slagman, sondern mich. Indem er Petrus nun wirklich tötete.

Atemlos kam ich in der Pension an, stürzte in den Hof und riss die Tür zu Petrus' Verschlag auf. Da lag er auf seinem Strohsack und schlief.

Ich ließ mich neben ihm in die Streu fallen. Er erwachte und richtete sich erschrocken auf, als er die Tränen in meinen Augen sah.

»Was ist passiert?«

»Ich habe Slagman getroffen«, schluchzte ich. »Er hat eine Frau und eine kleine Tochter. Sie sind in der Stadt spazieren gegangen, einfach so, als ob nichts gewesen wäre.«

Petrus ließ sich wieder zurück auf den Strohsack sinken und lächelte schwach. »Es ist ja auch nichts geschehen.«

»Wie kannst du so etwas sagen? Findest du etwa nichts dabei, wenn man dich schlimmer als ein Tier behandelt?«

»Das ist ganz normal, Henrietta«, erklärte Petrus ernst. »Ich bin kein Mensch. Ich bin ein Hottentotte, ein Wilder, ein Kaffer, ein Neger, ein Barbar. Wenn du glaubst, dass ich ein Mensch bin wie du und Slagman, dann kannst du nicht in Afrika bleiben. Dann musst du wieder nach Deutschland zurückkehren. Hier versteht niemand, was du meinst. Nicht einmal Frau Welter hat dich verstanden, weißt du noch?«

»Doch«, widersprach ich, »sie hat mich sehr gut verstanden. Sie hat nur so getan, als ob sie es nicht verstehen könnte. Weil sie Angst vor den Folgen hatte. Immerhin ist sie von ihrem Mann abhängig.«

»Jeder ist abhängig von einem anderen.« Petrus nickte mit Nachdruck. »Deshalb sind sich auch alle einig. Die einen sagen, die Kaffern sind wie Tiere, man kann sie schlagen und treten. Und die anderen sagen, die Schwarzen sind arme Schweine, man muss sie bekehren, damit sie in den Himmel kommen, wenn sie sterben. Aber keiner sagt, dass wir ganz normale Menschen sind wie die Weißen auch.«

»Warte nur ab«, versprach ich ihm. »Bis du Pastor Cordes triffst und seine Frau und Eva. Die Cordes sind anders als die anderen Deutschen. Sie haben ihren eigenen Kopf. Sie werden mich verstehen, weil sie genauso denken wie ich.«

Sein Lächeln wurde noch trauriger. »Bestimmt.«

Ich rückte näher zu ihm hinüber. »Petrus«, flüsterte ich. »Bitte vergib mir. Wenn ich bei dir geblieben wäre, dann hätten Slagman und die anderen beiden dir das nicht angetan. Ich hätte niemals mit Frau van Ejick ins Haus gehen dürfen …«

»Henrietta.« Petrus rückte von mir ab, bis er mit dem Rücken an der Wand saß. »Als Slagman und die anderen Kerle mich getreten haben, hab ich immer nur gedacht: Gott sei Dank ist Henrietta nicht hier. Ich war so froh, dass du in Sicherheit warst. So froh.«

»Aber begreifst du denn nicht? Wenn ich dich nicht allein gelassen hätte, wäre doch gar nichts geschehen.«

»Henrietta«, sagte Petrus sehr ernst, »wenn Slagman mich schlagen will, dann schlägt er mich eben. Ganz egal, ob es einen Grund dafür gibt oder nicht. Ganz egal, ob du dabei bist oder nicht. Das musst du endlich begreifen. Und wenn du es nicht einsehen willst, dann musst du nach Deutschland zurück.«

Ich streckte meine Hand nach ihm aus und zog sie wieder zurück, als ich sah, wie er der Berührung auswich, als habe er Angst vor mir.

Was soll nur aus uns werden, dachte ich unglücklich.

Aber ich sprach die Frage nicht aus. Ich hätte ohnehin keine Antwort bekommen.

Die Fahrt von Springbok nach Clanwilliam dauerte sechs Tage. Ich saß zusammen mit einer siebenköpfigen Burenfamilie in der Kutsche, während Petrus mit den anderen Schwarzen, den Postsäcken und dem Gepäck oben auf dem Dach untergebracht war.

Die Landstraße nach Clanwilliam war in einem fürchterlichen Zustand, aber das hinderte den Postkutscher nicht daran, seine Pferde wie von Sinnen zu peitschen, sobald sie vom Trab in den Schritt verfielen. Die Kutsche holperte und sprang über Steine und tiefe Rillen, sodass ich ständig gegen eine meiner beiden Banknachbarinnen geschleudert wurde. Ein paarmal drohte der vollgepackte Wagen zu kippen, aber im letzten Moment schaffte es der Kutscher doch noch, ihn in der Balance zu halten.

Die Rüttelei musste sehr schmerzhaft für Petrus sein, seine Wunden waren ja längst noch nicht verheilt. Und dort oben brannte die Sonne noch heißer, während wir im Inneren der Kutsche zumindest im Schatten saßen.

Ich tastete nach Evas Schutzengel an dem Band um meinen Hals. Nun würde ich sie sehr bald wiedersehen. Oder zumindest ihre Eltern, Eva war ja auf der Schule in Stellenbosch und das lag noch weiter südlich als Wupperthal. Ich versuchte, mir Pastor Cordes' Gesicht vorzustellen, aber vor meinem inneren Auge erschien nur der braune Kinnbart von Pastor Krupka aus Elberfeld. Aber an Cordes' Stimme konnte ich mich noch erinnern. »Denn er hat seinen Engeln befohlen über dir«, hörte ich ihn sagen. »Dass sie dich behüten auf allen deinen Wegen.« Meine Reise war fast zu Ende und Evas Schutzengel hatte mich wirklich behütet. Mehr oder weniger jedenfalls. Aber wie würde es jetzt weitergehen mit meinem Leben?

Petrus gab unserer Liebe keine Chance, das hatte ich verstanden. Aber nach dem Übergriff der Buren war ich mehr denn je entschlossen, um ihn zu kämpfen. Auch wenn uns unsere Hautfarbe unterschied, so dachten, fühlten, empfanden wir doch das Gleiche. Wir lachten und empörten uns über dieselben Dinge. Wir verfolgten dieselben Ziele, wir waren füreinander geschaffen.

Petrus war mir viel ähnlicher als Bertram. Er war der Mann meines Lebens. Und deshalb würde ich zu ihm stehen, gegen alle Widerstände, gegen alle Feindseligkeiten. Aber wovon wollten wir leben? Seine Leute würden uns nicht aufnehmen. Und ich selbst hatte keine Familie oder Angehörige, die mich unterstützten.

Pastor Cordes wird mir helfen, dachte ich. Er wird mich verstehen.

Die Postkutsche neigte sich gefährlich nach rechts. Ich

wurde gegen meine Sitznachbarin gedrückt, die mich so empört ansah, als hätte ich mich mit Absicht auf sie geworfen. Wenn nur die Fahrt endlich vorbei wäre. Ich konnte es kaum erwarten, anzukommen.

21

Vor dem Wohnhaus der Missionsstation Wupperthal stand eine stämmige Schwarze und zielte mit einem Gewehr auf uns.

»*Hands up!*«, schrie sie. »*Stay where you are!*«

Ich verstand genauso wenig Englisch wie Kapholländisch, aber meine Hände schossen ebenso schnell in die Höhe wie die von Petrus. »*No shooting*«, sagte er neben mir. »*We peaceful.*«

»*Peaceful*«, wiederholte die Frau und lachte verächtlich. »*Go away!*«

»Mein Name ist Henrietta Hauck. Aus Bethanien«, erklärte ich erschrocken. »Ich möchte zu Pastor Cordes.«

»Pastor Cordes?« Der Gewehrlauf senkte sich um ein paar Zentimeter. Die Frau trug ein weißes Häubchen auf dem Haar und ein schwarzes Kleid mit weißem Kragen. Sie sah aus wie eine Krankenschwester. Einmal abgesehen von dem Gewehr natürlich. »Was willst du von ihm?«

»Wir haben uns auf der *Gertrud Woermann* kennengelernt.« Meine Hände bewegten sich ebenfalls nach unten.

»*Hands up!*«, befahl die Schwester und sowohl die Mündung als auch meine Hände richteten sich wieder nach oben. »Frau Pastor?«, schrie sie dann laut, ohne jedoch den Blick von uns abzuwenden. »Hier sin' Leute fur Sie.« Mit dem Lauf des Gewehres gab sie mir ein Zeichen, näher zu treten. Petrus und ich setzten uns beide in Bewegung. »Du nicht!«, herrschte sie Petrus an.

Hinter ihr trat jetzt eine zweite Person aus dem Missionshaus. Es dauerte einen Moment lang, bis ich Frau Cordes erkannte. Sie hatte sich so verändert. Ihr strähniges, rotblondes Haar war auf dem Oberkopf zu einem unordentlichen Knoten zusammengesteckt, sie trug eine verwaschene Schürze über einem formlosen Kleid. Ihre nackten Füße steckten in viel zu großen Männerschuhen, in denen sie jetzt wie in Pantoffeln auf uns zuschlurfte. Sie schien mich nicht wiederzuerkennen, auf jeden Fall war ihr Blick leer und verständnislos.

»Ich bin Henrietta Hauck. Evas Freundin von der *Gertrud Woermann.*«

»Henrietta.« Sie streckte die Hand aus und berührte mein schmutziges Haar, als wollte sie sicherstellen, dass ich keine Geistererscheinung war. »Was machen Sie hier?«

»Ich … das ist eine lange Geschichte.« Ich warf einen nervösen Blick auf die schwarze Krankenschwester, die immer noch mit ihrem Gewehr auf Petrus zielte. »Können Sie dieser … Person nicht sagen, dass wir keine Banditen sind?«

»Natürlich. Schwester Elsbeth, es ist in Ordnung. Ich kenne Henrietta.«

»Und der Neger?«

»Das ist Petrus aus Bethanien. Er hat mich hierherbegleitet.«

Die Schwester senkte widerwillig ihre Waffe. Ihr rechter Fuß steckte in einem Gipsverband, das fiel mir erst jetzt auf.

»Kommen Sie doch herein.« Frau Cordes nickte Schwester Elsbeth zu und schlurfte dann zurück zum Haus. *Kommen Sie doch herein.* Die Aufforderung war nur an mich gerichtet. Petrus blieb außen vor.

Frau Cordes führte mich aber gar nicht ins Haus, sondern zu einem Schuppen auf der Rückseite des Hauptgebäudes. Auf dem Weg dorthin erkannte ich, dass sich die Missionsstation in einem noch schlimmeren Zustand befand als der Hof der Welters in Warmbad. Die beiden Gebäude hinter dem Schuppen wirkten wie Ruinen und das Haupthaus selbst hätte dringend einen neuen Anstrich gebrauchen können, die Mauern starrten vor Schmutz. Ein unangenehmer Geruch lag über dem Hof, als hätte jemand das Essen anbrennen lassen.

Die Wellblechhütte, in die Frau Cordes mich nun eintreten ließ, war jedoch überraschend ordentlich und sauber. Der Lehmboden war gefegt, das Holz der spärlichen Möbel blank geschrubbt und auf dem Tisch in der Mitte des Raumes stand eine Vase mit afrikanische Gänseblümchen. An der Wand stand ein Bett.

»Nehmen Sie Platz, bitte schön.«

Ich setzte mich und wartete darauf, dass Frau Cordes sich ebenfalls am Tisch niederließ, aber sie blieb mitten im Raum stehen, als habe sie vergessen, was sie hier wollte.

»Könnte ich vielleicht ein Glas Wasser bekommen?«, fragte ich schließlich.

Die Postkutsche war am späten Morgen in Clanwilliam angekommen, von dort waren wir zu Fuß nach Wupperthal gewandert. Der Weg hatte sich kreuz und quer über die Zedernberge gewunden, für die relativ kurze Strecke hatten wir fast sieben Stunden benötigt. Nun waren wir nicht nur durstig, sondern auch völlig ausgehungert, aber Frau Cordes machte keinerlei Anstalten, mir etwas zu essen anzubieten. Immerhin reichte sie mir einen Becher mit Wasser. Danach ließ sie sich auf einen Stuhl sinken und starrte über meine Schulter hinweg ins Leere. Wieder breitete sich ein unbehagliches Schweigen aus.

Warum erkundigte sie sich nicht danach, aus welchem Grund ich so plötzlich hier auftauchte? Wo war ihr Mann, wo steckten die vier Jungen, die auf der *Gertrud Woermann* einen solchen Radau gemacht hatten, dass man sie überall hatte hören können?

»Wie geht es Eva?«, erkundigte ich mich schließlich, weil mir alle anderen Fragen zu indiskret erschienen.

»Eva?«, wiederholte Frau Cordes verwundert. »Sie ist in Stellenbosch.«

»Ich weiß. Sie hat mir nach Bethanien geschrieben. Aber seit wir unterwegs sind, habe ich nichts mehr von ihr gehört.«

»Es geht ihr gut. Gott sei Dank.«

»Und Ihnen?«, tastete ich mich vorsichtig weiter voran. »Wie geht es Ihnen?«

Sie lachte leise. Dieses Lachen in Verbindung mit ihrem verwahrlosten Äußeren, dem verlassenen Haus und der Schwarzen mit dem Gewehr vor der Tür jagte mir einen Schauer über den Rücken. Irgendetwas Schlimmes war geschehen, etwas so Furchtbares, dass Frau Cordes keine Worte fand, es zu erzählen.

»Entschuldigung.« Sie schlug sich die Hand vor den Mund und stand hastig auf. »Sie müssen glauben, dass ich den Verstand verloren ...«

Ich schüttelte den Kopf, obwohl der Gedanke nicht ganz abwegig war.

»Mein Mann ist sehr krank. Er liegt nebenan, im Moment schläft er. Schwester Elsbeth meint, dass er das Schlimmste überstanden hat, aber ich glaube, sie will mich nur trösten.

Die Verwundungen sind einfach zu schwer …« Wieder hielt sie sich selbst den Mund zu.

»Bitte, Frau Pastor! Ich verstehe kein Wort. Was ist denn geschehen?« Ich erschrak über mich selbst, weil meine Stimme so gereizt klang. Seltsamerweise schien meine Ungeduld Frau Cordes jedoch zur Vernunft zu bringen.

»Sicher«, sagte sie, »ich muss alles von Anfang an erzählen. Aber das ist schwer, weil ich gar nicht genau weiß, wo ich beginnen soll.« Gedankenverloren griff sie nach meinem Becher und trank einen Schluck Wasser. »Im Grunde hat es mit unserer Ankunft hier angefangen. Die Missionsstation war in keinem guten Zustand, müssen Sie wissen. Alles war verschmutzt und verkommen …« Ihr Blick glitt durch den Raum, als wunderte sie sich über die Sauberkeit und Ordnung. »Wir haben in die Hände gespuckt und aufgeräumt. Nicht nur im Haus, auch mit den Zuständen, wenn Sie verstehen, was ich meine.«

»Nicht genau.«

»Die Station war fast zwei Jahre lang ohne Missionar gewesen. Einer der Schwarzen aus der Gegend hatte das Kommando hier übernommen. Titus Beukes nennt er sich. Er ist der Kapitän eines Kaffernstammes, ein getaufter Xhosa. Bei dem Vorgänger meines Mannes hat Titus wohl auch einmal als Ältester gedient, aber mit dem wahren Christentum hat der Mann nichts, aber auch gar nichts zu tun. Es herrschte ein Treiben hier in Wupperthal, das können Sie sich gar nicht vorstellen.

Hier im Missionshaus hatte Titus einen Schwarzmarkt für Branntwein und Tabak eingerichtet. Seine Ware bezog er von weißen Händlern und verkaufte sie mit gutem Gewinn weiter an seine Landsleute. Die Kaffern kamen von weiß Gott woher, um den Schnaps hier zu erwerben. Der Handel mit dem Gift hatte Titus zu einem wohlhabenden Mann gemacht. Aber das Schlimmste war, dass er nicht damit aufhören wollte, den christlichen Glauben zu verkündigen.

Sonntags zog er sich einen Talar an, stieg auf die Kanzel in der Kirche und predigte seinen Stammesgenossen das Evangelium oder das, was er dafür hielt. Und die Kaffern, die es nicht besser wussten, hörten ihm zu, sangen und beteten mit ihm und nach dem Götzendienst kauften sie im Missionshaus Schnaps in rauen Mengen.

In ihrer Unwissenheit hielten sie es ja geradezu für eine Christenpflicht, sich zu betrinken.

Sie können sich vorstellen, wie mein Mann auf diese Zustände reagiert hat«, sagte Frau Cordes.

Ja, das konnte ich. Pastor Cordes, der den Alkohol in seinen Predigten auf der *Gertrud Woermann* immer aufs Schärfste verdammt hatte, hatte diesen Titus bestimmt sofort in seine Grenzen verwiesen.

»Er hat die Frevler aus der Missionsstation vertrieben wie Jesus die Händler aus dem Tempel«, bestätigte die Pastorin. »Kein Tropfen Schnaps sollte mehr in Wupperthal fließen. Aber das war schwieriger durchzuführen, als es sich anhören mag. Die Kaffern waren süchtig nach dem Gift und weigerten sich, für uns zu arbeiten, wenn wir sie nicht mit Alkohol entlohnten. Am Anfang mussten wir fast alle Arbeit allein übernehmen. Die Jungen waren uns eine große Hilfe …« Sie stockte und starrte auf den dunklen Ring, den der Becher auf dem Tisch hinterlassen hatte.

Die Jungen, dachte ich. Wo waren die Jungen?

»Aber dann schickte uns die Rheinische Mission Hilfe. Schwester Elsbeth kam und ein paar andere Helfer, die uns im Haus und in der Landwirtschaft unter die Arme griffen. Nach und nach merkten die Kaffern, dass die Missionsstation wuchs und gedieh. Und plötzlich kamen sie wieder zurück. Zuerst die Frauen, die ihre nach Alkohol lechzenden Männer nicht mehr ertrugen. Danach die Männer selbst. Wir legten einen Garten hinter dem Haus an, erwarben mit Mitteln der Rheinischen Mission ein paar Rinder, der alte Stall wurde repariert und ein neuer errichtet. Alles erschien durchaus hoffnungsvoll.«

Die Pastorin verstummte.

Ich wartete, aber sie redete nicht weiter.

»Und dann? Was ist dann geschehen? So erzählen Sie doch. Ist dieser Titus Beukes zurückgekommen?«

Sie nickte, aber gleich darauf schüttelte sie den Kopf. »Mein Mann sagt, dass es keine Beweise gibt und dass wir ihn nicht verurteilen dürfen, weil das allein der Herr im Himmel kann. Der Herr im Himmel!«, wiederholte sie noch einmal mit lauter Stimme, wobei sie mich anklagend ansah. So als ob ich den Namen Gottes ins Spiel gebracht hatte und nicht sie selbst.

»Was ist geschehen?«, fragte ich nun schon zum dritten Mal.

»In der Nacht zum Sonntag wurden wir von einem Gejohle und Gebrüll geweckt. Vier Männer galoppierten über den Hof und schwenkten dabei brennende Fackeln in den Händen. Sie warfen ihre Lunten in den neuen Stall, dessen Holz sofort Feuer fing. Wir haben natürlich gleich Alarm geschlagen. Mein Mann rannte in die Kirche und läutete die Glocke. Ich lief zum Stall, um die brüllenden Rinder zu befreien. Ich weckte auch Schwester Elsbeth, damit sie ins Haus lief und die Jungen holte. Aber sie kam nicht dazu. Sie stolperte im Hof und brach sich den Knöchel. Es dauerte sehr lange, bis sie es schaffte, sich aufzuraffen und sich ins Haus zu schleppen.«

Frau Cordes nahm ihre Brille ab und putzte sie mit einem Zipfel ihrer Schürze. Ihr Gesicht verschwamm vor meinen Augen, weil ich plötzlich Tränen in den Augen hatte. Auf einmal wollte ich gar nicht mehr wissen, was geschehen war. Am liebsten wäre ich aufgestanden und einfach weggegangen, aus dieser Hütte, aus der Missionsstation zurück in den Busch. In den vergangenen Monaten und Wochen war Wupperthal meine Hoffnung gewesen, mein rettender Hort. Aber nun, da ich die letzte Station meiner Reise erreicht hatte, löste sich auch dieser Traum in nichts auf. Wupperthal bot mir genauso wenig Zuflucht wie Bethanien oder Warmbad.

Aber wo sollte ich mich jetzt noch hinwenden?

Vor mir lag dieselbe Leere, die auch hinter mir lag. Ich konnte nicht weglaufen. Ich musste mir auch das Ende von Frau Cordes' Geschichte anhören, ob es mir gefiel oder nicht.

»Titus und seine Leute hatten eine Fackel in den Dachboden des Wohnhauses geschleudert, wo das Feuer natürlich zu lodern begann. Aber inzwischen war Hilfe da, unsere Arbeiter und Angestellten waren von den Glocken geweckt worden und herbeigeeilt. Wir bildeten eine Eimerkette, es gelang uns, den Brand zu löschen. Die Flammen haben meine Söhne nicht getötet.« Frau Cordes griff nach dem Glas und leerte es mit einem Zug. »Es war der Rauch, der Jonathan und Andreas vergiftet hat. Mein Mann hat sich über die brennende Treppe zu ihnen durchgeschlagen, aber er konnte sie nicht mehr retten.«

Jonathan und Andreas. Ich versuchte vergeblich, mich zu erinnern, welche Gesichter zu diesen beiden Namen gehörten. Waren es die dunkelhaarigen Zwillinge? Oder die beiden älteren Jungen? Auf der *Gertrud Woermann* hatte ich mit Evas lauten, ungestümen Brüdern kaum ein Wort gewechselt.

»Jonathan war mein Jüngster, einer der Zwillinge. Er war gerade sieben. Andreas war der Zweite, der sein Leben lang zu kurz gekommen ist. Nur beim Sterben, da war er der Erste«, sagte Frau Cordes leise.

Ihr Gesicht war jetzt ganz ruhig, auch die Tränen waren aus ihren Augen verschwunden. Ich dagegen weinte. Ich weinte um Jonathan und Andreas, an die ich mich nicht mehr erinnern konnte und die ich niemals kennenlernen würde.

Später führte sie mich zu Pastor Cordes, der in der winzigen Abstellkammer von Schwester Elsbeths Wellblechhütte lag.

»Henrietta«, flüsterte er mit heiserer Stimme und streckte mir seine Hände entgegen, die in weißen Verbänden steckten. »Was um alles in der Welt machen Sie hier in Wupperthal?«

Ich winkte ab. »Das ist jetzt nicht wichtig. Ihre Frau hat mir erzählt, was passiert ist. Mein herzliches Beileid.«

Mein herzliches Beileid. Drei stumpfe Worte, die durch den häufigen Gebrauch jegliche tröstende Kraft verloren hatten.

Doch der Pastor nickte und lächelte, als wäre dies der Trost, nachdem er sich die ganze Zeit verzehrt hatte. »Herr, vergib ihnen, denn sie wissen nicht, was sie tun.«

Seine Frau, die an der Tür stehen geblieben war, schnaubte laut.

»Sie wollten niemanden töten«, erklärte Cordes mit fester Stimme.

»Natürlich nicht«, meinte die Pastorin verächtlich. »Sie haben die Fackel nur versehentlich in den Dachboden geschleudert.«

»Es gab keine Fackel, die das Haupthaus entzündet hat. Der Funke ist vom Dach des neuen Stalles übergesprungen. Wir hätten einen größeren Abstand zwischen den Gebäuden wahren sollen.«

»Hätten wir das? Also ist es am Ende unsere Schuld, dass die Jungen tot sind?« Wie hasserfüllt ihre Stimme klang.

»Magdalena«, sagte ihr Mann leise und mahnend.

Aus dem Augenwinkel sah ich, wie sich Frau Cordes auf die Lippen biss, bis sie ganz weiß wurden.

»Wir wissen nicht, wer es getan hat und warum«, fuhr Pastor Cordes fort. »Vielleicht steckt Titus dahinter, aber ich glaube es nicht. Er ist ein schwacher, geldgieriger Mann, aber kein Verbrecher. Vermutlich werden wir nie erfahren, wer unsere Söhne auf dem Gewissen hat. Der Herrgott hat in seiner unergründlichen Weisheit beschlossen, sie zu sich zu nehmen. Und dort sind sie nun.«

Ich hörte, wie Frau Cordes mit einem scharfen Zischen die Luft einzog. Dann einen Knall. Sie hatte den Raum verlassen und die Tür hinter sich zugeschlagen.

Pastor Cordes starrte zum Fenster, mit einer solchen Anspannung und Intensität, dass ich unwillkürlich den Kopf wandte, um zu sehen, was er dort betrachtete. Aber da war nur der dunkelblaue Himmel, an dem soeben die Sonne untergegangen war. Als ich den Kopf wieder zurückdrehte, bemerkte ich, dass er sich verstohlen die Tränen aus den Augen wischte. Er sah so erbärmlich aus. Sein so gepflegter Bart war von den Flammen versengt worden, aber an einigen Stellen wucherte das Haar bereits wieder wild und grau. Seine goldene Nickelbrille lag auf der Bibel neben dem Bett. Ohne sie wirkten seine Augen nackt und verletzlich.

»Wo sind Ihre anderen beiden Söhne?«, fragte ich.

»Wir haben sie gestern nach Kapstadt geschickt. Sie sollen mit dem nächsten Schiff zurück nach Deutschland. Verwandte in der Nähe von Hannover werden sie bei sich aufnehmen. Sobald es mir einigermaßen besser geht, werden wir dieses Land wieder verlassen und ebenfalls zurückkehren. Meine Frau ... sie erträgt es hier nicht mehr.«

»Und Eva?«

»Eva kommt natürlich mit. Sie weiß noch nicht, was geschehen ist. Wir wollen es ihr persönlich sagen, aber im Moment kann keiner von uns nach Stellenbosch reisen.«

Da ging sie hin, meine allerletzte Hoffnung. Wie sehr hatte ich davon geträumt, dass ich gemeinsam mit Eva in Stellenbosch zur Schule gehen könnte. Es war eine unsinnige, unvernünftige Hoffnung gewesen. Das Pensionat war eine Schule für Missionarstöchter, aber ich war keine Missionarstochter. Ich war nichts.

»Warum sind Sie hier, Henrietta?«, fragte Pastor Cordes.

Ich schüttelte den Kopf. »Später.« Mein eigenes Leid war klein und lächerlich im Vergleich zu dem, was den Cordes geschehen war.

Schwester Elsbeth, die offensichtlich gleichzeitig als Wächterin, Krankenschwester und Haushälterin diente, bereitete mir mein Bett neben dem von Frau Cordes. Eigentlich bewohnte sie die Hütte, aber nachdem das Haupthaus durch den Brand unbewohnbar geworden war, hatte sie ihre Unterkunft dem Pastorenehepaar überlassen. Sie selbst schlief irgendwo bei den Dienstboten.

Bei unserem gemeinsamen Abendessen erzählte ich der Pastorin, dass meine Mutter gestorben und ich aus Bethanien weggelaufen war, weil ich es mit dem Missionar nicht hatte aushalten können. Sie nickte und seufzte. »Mein Beileid.« Mit keinem Wort erkundigte sie sich nach dem Verlauf meiner Reise, meiner Gemütsverfassung, meinen Zukunftsplänen. Sie war voll Trauer, Zorn und Verzweiflung, in ihr war kein Raum mehr für Mitgefühl.

Wir aßen schweigend weiter. Maisbrot mit Fleisch und Zwiebeln. Ich war sehr hungrig und verschlang mein Essen, ohne richtig zu kauen. Nach jedem Bissen hing der bittere Geschmack des Brotes in meinem Gaumen und ließ sich einfach nicht hinunterschlucken.

Vielleicht wäre es am besten gewesen, wenn ich einfach munter drauflos geplappert hätte. Wenn ich der Pastorin von unserer Reise erzählt hätte, von meinem Leben bei den Nama, dem Wiedersehen mit Fräulein Hülshoff in Warmbad, dem Angriff des Leoparden, der mich und Petrus fast das Leben gekostet hätte. Vielleicht hätte ich sie von ihrem Schmerz ablenken können, zumindest eine Weile lang. Aber ich schaffte es nicht. Ich war selbst viel zu traurig.

Nach dem Gespräch mit Pastor Cordes hatte ich Petrus getroffen. Wir hatten draußen im Hof gesessen, auf einer Bank, die den Brand fast unbeschadet überstanden hatte. Das Blau des Himmels hatte sich inzwischen in Schwarz gewandelt. Während wir redeten, gingen über uns die ersten Sterne auf wie neugierige Kinderaugen.

Ich erzählte Petrus, was in Wupperthal vorgefallen war. »Im Moment sehen die Cordes nur deine Hautfarbe«, sagte ich dann. »Aber das wird sich ändern. Schon bald werden sie dich als Menschen schätzen, so wie sie auch Schwester Elsbeth schätzen. Der Pastor und seine Frau sind anders als die anderen Weißen, das musst du mir glauben.«

Petrus schwieg. Er glaubte mir gar nichts, warum sollte er auch.

»Es geht immer so weiter«, sagte er nach einer Weile. »Weiße und Schwarze, Kaffern und Buren und Deutji, einer schlägt und tritt und bekämpft den anderen. Meistens ziehen die Schwarzen den Kürzeren, aber manchmal auch die Weißen. Häuser brennen, Kinder sterben, Mütter und Väter heulen und danach rächen sie sich. Und dann geht alles wieder von vorne los.«

»Hier wird es nicht so sein. Die Cordes werden nicht zurückschlagen.«

Stattdessen würden sie ihre Sache packen und das Land verlassen. Um Platz zu schaffen für einen weiteren Slagman, einen Siedler oder Schnapshändler oder Soldaten, der die Neger als Untermenschen verachtete. Die Guten und Ehrbaren scheiterten und zogen sich zurück. Die Zyniker und Resignierten setzten sich durch.

»Ich gehe zurück nach Bethanien«, sagte Petrus. »Vielleicht lässt Herr Freudenreich mich wieder für sich arbeiten.«

»Und ich? Was soll aus mir werden, wenn du weggehst?«

»Du bist in Sicherheit.«

In Sicherheit. Ausgerechnet hier. Während der ganzen Reise hatte ich mich nie so unsicher gefühlt wie jetzt. Ich hatte immer ein Ziel gehabt, auf das ich zugegangen war. Aber nun lag nichts mehr vor mir.

»Du darfst mich nicht im Stich lassen«, beschwor ich ihn. »Wenn du jetzt gehst, dann werde ich …«

»Was?«, unterbrach er mich, fast drohend.

Ich starrte ihn finster an. Er begegnete meinem Blick, ohne mit der Wimper zu zucken. Am Ende senkte ich die Augen.

»Henrietta«, sagte Petrus. »Ich habe alles aufgegeben für dich. Meine Arbeit in der Missionsstation und meine Leute. Ich bin mit dir bis ins Kapland gegangen. Jetzt sind wir hier und ich kann dir nicht mehr helfen. Herr und Frau Cordes sind sehr traurig, aber morgen geht es ihnen schon wieder ein bisschen besser und übermorgen ist es noch besser und immer so weiter. Und irgendwann ist vielleicht alles wieder gut. Du musst hierbleiben und ihnen helfen, dann helfen sie auch dir.«

»Ich bleibe hier«, sagte ich. »Und du bleibst auch hier. Sie lassen dich ganz bestimmt auf der Station arbeiten, wenn ich mich für dich verbürge. Du bist ein guter Treiber.«

»Ich bin ein guter Treiber«, wiederholte Petrus. »Und du bist wie eine Tochter für sie. Und unsere Liebe geht langsam kaputt. Jeden Tag bricht ein Stück ab, bis am Ende nichts mehr übrig ist. Es ist besser, wenn ich gleich gehe.«

Das war das erste und das einzige Mal, dass Petrus von unserer Liebe sprach. Es machte mich so froh, das Wort aus seinem Mund zu hören. Und gleichzeitig so traurig. Weil ich wusste, dass er recht hatte. Wenn er bliebe, würde er zu den Dienstboten gehören und ich zur Herrschaft. Es wäre ein bisschen wie auf dem Kratzkopp mit Bertram und mir, und doch ganz anders. Denn Petrus war der Mann und ich war die Frau und die Frau musste immer ein Stück unter dem Mann stehen, wenn die Ehe glücken sollte, das hatte mir meine Mutter erklärt.

Ein weißer Herr und ein schwarzes Dienstmädchen, diese Verbindung wäre unter Umständen noch vorstellbar gewesen. Mit sehr viel Kraft und gutem Willen hätte der Mann das Mädchen auf seine Stufe heben können. Aber ein weißes Mädchen wäre niemals stark genug, einen Hottentotten zu sich emporzuziehen.

»Bitte, Petrus«, flehte ich dennoch. »Lass es uns doch wenigstens versuchen.«

»Nein, Henrietta«, sagte Petrus.

Mehr sagte er nicht. Es war ja auch schon alles gesagt. Unsere Geschichte war zu Ende, bevor sie richtig begonnen hatte. Weil er schwarz war und ich weiß. Weil sie uns in Wupperthal in Afrika genauso wenig gewähren lassen würden wie in Wuppertal in Deutschland. Petrus stand auf und gab mir die Hand.

»Auf Wiedersehen, Henrietta«, sagte er ernst. »Du gehst jetzt ins Haus und ich gehe in meine Hütte und morgen früh bin ich einfach weg. Du weinst nicht und ich auch nicht.«

Aber das war nicht wahr, denn ich weinte doch. Genau wie er.

Ich knüpfte das Band auf, an dem Evas Schutzengel hing, küsste die kleine Messingfigur und verknotete das Band in seinem Nacken.

Das war unser Abschied.

Frau Cordes schob ihren fast unberührten Teller von sich. Ich wischte meine letzten Zwiebeln mit einem Stück Maisbrot auf. Ich schämte mich dafür, dass ich nach dem Abschied von Petrus einen solchen Appetit hatte. Aber ich war vollkommen ausgehungert, daran änderte auch meine Traurigkeit nichts.

Nachdem ein schwarzes Mädchen die Teller abgetragen hatte, sah Frau Cordes noch einmal nach ihrem Mann und ich ging zu Bett. Ich war mir ganz sicher, dass ich lange keinen Schlaf finden würde, aber kaum dass ich mich ausgestreckt hatte, überwältigte mich auch schon eine bleierne Müdigkeit.

Ich saß mit Bertram hinter der Kapelle in der Kohlstraße. Bertram rauchte Pfeife und ich stopfte Strümpfe, neben mir stand ein ganzer Korb mit Flickarbeiten.

»Wenn wir einmal verheiratet sind, wird das alles dir gehören«, sagte Bertram großartig und wies mit seinem Pfeifenstiel auf die Wiese vor uns. Jetzt erst erkannte ich, dass sie mit Gräbern bedeckt war.

Ich sah ihn entsetzt an. »Ein Friedhof? Was soll ich denn damit?«

»Erde zur Erde. Asche zur Asche. Staub zu Staub«, entgegnete Bertram.

Ich fragte mich, was ich hier wollte. Meine Verlobung mit Bertram war beendet, warum saßen wir nebeneinander auf der Wiese, als wären wir immer noch ein Paar?

»Ich liebe einen anderen«, sagte ich. »Er heißt Petrus.«

Im selben Moment öffnete sich vor uns ein Grab, ein Leopard wälzte die Grabplatte beiseite, drängte seinen Schädel ans Licht und sprang mit einem gewaltigen Satz auf uns zu. Er riss Bertram von meiner Seite, er riss ihn einfach weg.

Ich hielt plötzlich ein Gewehr in den Händen, aber ich schaffte es nicht, es hochzunehmen, anzulegen, abzudrücken. Bleischwer lag es auf meinen Beinen.

Dann fiel mein Blick in das offene Grab und ich erschrak. Dort unten lagen drei Skelette, zwei davon weiß, eines schwarz: Meine Mutter. Mein Vater. Und Petrus.

Als ich zu schreien begann, hielt meine Mutter mich fest.

Ihre Hand strich über mein Haar, ihr Gesicht lag auf meiner Schulter. Ich spürte ihren warmen Atem an meinem Hals. Sie flüsterte beruhigende Sätze in mein Ohr, von denen ich nur jedes zweite Wort verstand. »Hab keine Angst«, flüsterte sie. »Ich bin bei dir.«

Der Leopard. Das offene Grab. Die drei Skelette. Alles nur ein Traum. Petrus war nicht tot. Er lebte. Aber mein Vater und meine Mutter, die waren wirklich gestorben. Nur dass meine Mutter nicht in der Kohlstraße lag, sondern auf dem Friedhof in Bethanien. Wenn meine Mutter aber tot war, dann konnte sie nicht neben mir sitzen und mich trösten. Ich war gar nicht aufgewacht, ich schlief immer noch und war nur von einem Traum in den nächsten geglitten …

»Schschsch«, machte die Stimme an meinem Ohr. »Sei ganz ruhig. Alles wird gut.«

Wann hatte mich meine Mutter das letzte Mal so im Arm gehalten und getröstet? Als ich noch ein kleines Mädchen war. Lange bevor mein Vater gestorben war. Ich spürte, wie sie meinen Körper zurück aufs Bett gleiten ließ. Die Wellen des Schlafs zogen mich mit sich in einen neuen Traum, an den ich mich am nächsten Morgen nicht mehr erinnern würde.

Als ich wieder aufwachte, malte das Fenster ein dunkles Kreuz auf den gestampften Lehmboden in der Hütte. Petrus war weg. Ich musste gar nicht aufstehen und nachsehen, um mich dessen zu versichern. Ich spürte es. Er fehlte mir, wie einem in der stechenden Sonne ein Hut fehlt oder, wenn es kalt ist, ein Schal.

»Guten Morgen.« Schwester Elsbeth trat ins Zimmer, das blütenweiße Häubchen auf dem Kopf, eine dampfende

Schüssel Maisbrei in den Händen. »Fruhstuck fur die junge Fraulein!«

Das Bett von Frau Cordes war ordentlich gemacht, sie selbst musste bereits gefrühstückt haben. Wie viel Uhr mochte es sein?

»Ich habe gar keinen Hunger.« Ich aß dennoch einen Teller Mieliepap, während Elsbeth mir wohlwollend zusah.

»So ist es recht«, sagte sie zufrieden, als ich ihr den leeren Teller zurückgab. »Der Herr Pastor und seine Frau warten schon auf Fraulein.«

»Warum?«, fragte ich alarmiert.

Das konnte oder wollte mir Elsbeth nicht sagen. Sie zwinkerte mir nur ermutigend zu, während sie den leeren Teller oben auf den Topf stellte. »Keine Angst«, sagte sie wie meine Mutter in meinem Traum. Dann verließ sie summend den Raum. Kaum vorstellbar, dass dieselbe Person uns gestern mit einem Gewehr bedroht hatte, zum Äußersten entschlossen.

Ich wusch mir das Gesicht und die Hände in der Waschschüssel und zog mich an. Ob die Cordes vorhatten, mich nach Bethanien zurückzuschicken? Ich hätte Frau Cordes gestern doch nicht anvertrauen sollen, dass ich weggelaufen war, ohne mich von Herrn Freudenreich zu verabschieden. Pastor Cordes war Missionar wie Freudenreich auch, vielleicht hatte er Angst, es sich mit der Rheinischen Mission zu verderben, wenn er mich bei sich behielt.

Wenn sie mich mit dem Ochsenkarren nach Bethanien brachten, dann würde ich noch vor Petrus in der Missionsstation ankommen. Ich schauderte, als ich mir vorstellte, wie wir uns dort wiederbegegneten. Alles wäre umsonst gewesen, die lange beschwerliche Reise, die Gefahren, denen wir uns ausgesetzt hatten.

Wir wären gescheitert.

Aber vielleicht würde Petrus ja gar nicht nach Bethanien zurückkehren. Vielleicht reiste er direkt nach Windhuk, Lüderitz oder Swakopmund, um sich dort eine Arbeit zu suchen. Er war zwar schwarz, aber er war ein Mann. Er konnte tun und lassen, was er wollte.

Ich klopfte sehr leise und zaghaft an die Tür von Pastor Cordes' Schlafkammer. Heute lag er nicht im Bett, sondern saß auf einem Stuhl. Er trug auch kein Nachthemd mehr, sondern einen schwarzen Anzug, aus dessen Ärmeln seine bandagierten Hände hingen wie Lumpen bei einer Vogelscheuche. Hinter ihm stand seine Frau und hielt sich an seiner Stuhllehne fest.

Auch sie war sehr blass.

Ich kehre nicht wieder zurück, beschloss ich, während ich auf die beiden zuging. Was auch immer geschieht, ich gehe nicht wieder zu Freudenreich. Der Entschluss erfüllte mich mit einer großen Kraft.

»Liebes Kind«, sagte Pastor Cordes. »Liebe Henrietta.«

Dann machte er eine Pause, in der ich meine Augen auf meine Füße senkte. Das Leder der Sandalen, die mir Petrus' Schwester geschenkt hatte, war aufgestoßen und brüchig. Meine Zehennägel waren gelblich verfärbt. Viel zu lang. Gleich würde mir Herr Cordes mitteilen, dass er mich wegschicken müsste. *Ich gehe nicht wieder zurück*. An diesem Gedanken hielt ich mich fest wie Frau Cordes an der Stuhllehne.

»Wir müssen Abbitte leisten«, fuhr Herr Cordes fort.

Es dauerte einen Moment, bis die Worte in mein Bewusstsein gedrungen waren. Abbitte? Wofür?

»Wir haben nur uns selbst gesehen und unser eigenes

Leid, aber das Ihre haben wir nicht beachtet. Sie haben sich in Ihrer Not zu uns geflüchtet, aber wir haben Ihre Hilferufe nicht vernommen.«

Not? Hilferufe? Wovon sprach der Pastor?

»Ich habe sie wohl vernommen«, widersprach jetzt seine Frau. »In der letzten Nacht. Sie waren ja auch nicht zu überhören. Henrietta, es tut mir leid.«

Der Traum. Meine Mutter, die mich festgehalten und getröstet hatte. Es war gar nicht meine Mutter gewesen, sondern Frau Cordes. Ich spürte, wie ich rot wurde.

Der Pastor räusperte sich. Dann schwankte er leicht, so als stellte dieses Räuspern eine unglaubliche Anstrengung dar. »Wir möchten Sie bitten, bei uns zu bleiben«, sagte er.

»Als unsere Tochter«, ergänzte seine Frau.

»Wir nehmen Sie mit nach Deutschland. Und dort soll Ihnen die gleiche Pflege, Fürsorge und Liebe zuteil werden wie Eva und unseren Söhnen. Ich bin kein reicher Mann, aber was mir gehört, soll auch Ihnen gehören, zu gleichen Teilen wie meinen anderen Kindern auch.«

Ich schluckte. Das war mehr, als ich in meinen kühnsten Träumen erhofft hatte. Das war überwältigend. Herr und Frau Cordes wollten mich adoptieren. Eva, die ich so um ihre Eltern beneidet hatte, wäre dann meine Schwester.

»Wenn Sie es wollen«, ergänzte die Pastorin die Worte ihres Mannes. Sie versuchte ein Lächeln, das misslang. »Es wird uns allen guttun, Sie bei uns zu haben, dessen bin ich gewiss. Mein Mann wird auch an Missionar Freudenreich schreiben, damit die Dinge dort geklärt sind.«

So einfach war das. Ich hatte meine Mutter verloren und Petrus, aber nun hatte ich eine neue Familie, mit der ich nach Deutschland zurückkehren würde.

Das war das wunderbare, glückliche Ende einer langen und verworrenen Geschichte.

War das wirklich das Ende der Geschichte? Würde ich mit den Cordes zurück nach Deutschland gehen anstelle der beiden Söhne, die von den Kaffern umgebracht worden waren? Würde ich mir mit Eva ein Zimmer teilen, vielleicht sogar mit ihr aufs Lehrerinnenseminar gehen, wie ich es mir gewünscht hatte?

Ich sah uns in einem großen Seminarraum sitzen, Seite an Seite an einem Pult. Nachts schliefen wir im gleichen Schlafsaal. Die Schulferien würden wir zu Hause bei den Cordes verbringen. Wir würden versuchen, sie, so gut es ging, über den Verlust der beiden Brüder hinwegzutrösten. Wir würden im Haushalt mithelfen und die Sonntagsschule halten. Eva würde die größeren Mädchen unterrichten und ich die Lämmer, wie wir die Kleinen in der Kohlstraße immer genannt hatten. Ich würde mit ihnen basteln, nähen, beten und singen.

Da draußen bei den Heiden brennt die Sonne so heiß,
da lebt manch ein Kindlein, das von Jesus nicht weiß,
kann nicht beten, wenn morgens vom Schlaf es erwacht,
weiß nicht, dass ein Englein sein Bettlein bewacht.

Ich bin einmal dort gewesen, würde ich zuerst den Lämmern und später meinen Schulkindern erklären. In Afrika, bei den Heiden.

Ich würde versuchen, ihnen von Südwest zu erzählen, aber es würde mir nicht gelingen, weil es sich nicht in Worte fassen ließ. Die roten Felsen und die flimmernde Hitze in der

Wüste. Die Ochsenkarren, die Mattenhütten, die Nama und Buschmänner und Herero. Der rote Himmel am Morgen, der blaue Himmel am Mittag und der schwarze Himmel in der Nacht mit seinen Tausenden und Abertausenden von Sternen.

Das Licht. Wie sollte ich einem Kind aus Deutschland das Licht in Afrika beschreiben? Es würde mich genauso wenig verstehen wie ein Nama-Junge, dem ich das Grün der Kohlstraße zu beschreiben versuchte. Es gibt so viele Dinge in Südwest, die ich selbst noch nicht gesehen habe, würde ich zu den Lämmern sagen. So viele Dinge, die ich noch entdecken wollte.

»Warum bist du nicht dort geblieben?«, würden sie mich fragen.

»Warum bin ich nicht dort geblieben?«, würde ich mich auch selbst fragen.

»Sie sind so still, Henrietta«, sagte Pastor Cordes jetzt. »Antworten Sie mir bitte. Möchten Sie mit uns nach Deutschland gehen? Möchten Sie als unsere Tochter bei uns leben?«

Ich blickte ihn an und er sah die Antwort in meinen Augen, noch bevor ich sie aussprach.

Epilog

Nun ist meine Zeit in Stellenbosch fast schon zu Ende. In einem Monat werde ich meine Prüfungen ablegen, dann erhalte ich mein Zertifikat als Lehrerin. Am liebsten würde ich sofort meine neue Stellung im Lovedale Missionary Institute beginnen. Die Lehrer und Schüler in Alice erwarten mich bereits sehnsüchtig, wie ich den Briefen des Schulleiters entnehme. Und ich selbst bin mindestens ebenso begierig, nun endlich in der Praxis zu erproben, was ich fünf Jahre lang in der Theorie studiert habe.

Aber Pastor Cordes, seine Frau und vor allem Eva drängen mich, vorher noch einen Besuch in Göttingen zu machen. Pastor Cordes will mir in seinem nächsten Brief die Schiffspassage nach Hamburg schicken. »Kommen Sie zu uns, bevor Sie der Berufsalltag so fest im Griff hat, dass Sie ihm nicht mehr entfliehen können«, schrieb er mir kürzlich.

Wenn er seine Ankündigung wahr macht und mir die Fahrkarte wirklich schickt, werde ich nicht ablehnen können. Ich verdanke Pastor Cordes so viel, ohne ihn wäre ich heute – nein, ich mag mir gar nicht ausmalen, wo ich heute wäre. Ganz gewiss nicht hier in Stellenbosch. Und schon gar nicht in wenigen Monaten als Lehrerin im Lovedale Missionary Institute in Alice.

Lovedale. Der Name klingt wie eine Verheißung. Ich erwarte mir so viel von meiner ersten Anstellung.

Ich wäre nach meiner Ausbildung gerne zurück nach Südwest gegangen. Aber dort hätte ich nur als Hauslehrerin für die Deutji arbeiten können, ich hätte die Kinder von Ingenieuren, Missionaren, Diplomaten erzogen. In Lovedale werde ich dagegen Xhosa-Mädchen unterrichten, Eingeborenenkinder, die ansonsten im ganzen südlichen Afrika an keiner Missionsschule aufgenommen werden. Als die Direktorin Miss Adler mir die Stelle offerierte, wusste ich, dass ich mich dort bewerben musste.

»Warum wollen Sie denn ausgerechnet nach Lovedale?«, fragten mich die Herren des Kuratoriums bei dem Auswahlgespräch in Alice, zu dem ich vor vier Wochen eingeladen worden war.

Ich erzählte ihnen von meiner Zeit in Petrus' Nama-Dorf. Von meinen hilflosen Versuchen, den Negerkindern Lesen und Schreiben und biblische Geschichte beizubringen, und von meinem Scheitern.

»Glauben Sie denn, dass Ihnen die Sache nun besser gelingen wird?«, wollte einer der Herren wissen.

Ich antwortete ihm, dass ich heute im Gegensatz zu damals nicht mehr erwartete, Wunder zu vollbringen. »Ich will Samen säen«, erklärte ich ihm. »Samen, die in den Seelen der Mädchen Wurzeln treiben und wachsen könnten, damit sie später bei den erwachsenen Frauen und Müttern Früchte trügen. Ich will einen Anfang machen«, sagte ich.

Und obwohl ich mein Lehrerexamen noch nicht abgelegt habe, habe ich vor ein paar Tagen die Zusage aus Lovedale erhalten.

Das ist meine Zukunft.

Aber ich greife den Dingen vor. *Alles hübsch ordentlich der Reihe nach,* das war die Devise, die ich diesem Bericht vorangestellt habe. Also zurück in die Vergangenheit.

Es war Pastor Cordes, der mich vor fünf Jahren hier im Pensionat der Rheinischen Mission als Schülerin angemeldet hat, nachdem ich sein Angebot ausgeschlagen hatte, als seine Tochter nach Deutschland zurückzukehren.

Mein Stiefvater Freudenreich hätte mir damals fast noch einen Strich durch die Rechnung gemacht. In einem Schreiben an die Schulleitung hatte der Missionar meinen Charakter so übel beleumdet – *ein unreifes, wankelmütiges und aufmüpfiges Wesen* schrieb er mir zu –, dass man von einer Aufnahme absehen wollte.

Wenn Pastor Cordes damals nicht so nachdrücklich für mich eingetreten wäre, hätte ich mein Ziel niemals erreicht.

Ich erinnere mich noch genau an den Tag, an dem die Cordes mich hierherbrachten. Das große stolze Gebäude, in dem wir heute unterrichtet werden, war noch nicht erbaut, gleichwohl erschien mir die Schule ungeheuer eindrucksvoll. Von der Begrüßung der Direktorin Miss Adler verstand ich kein Wort. In Stellenbosch wird nämlich nur Englisch gesprochen und das beherrschte ich damals noch nicht.

»Du wirst es schnell lernen«, versicherte Eva mir und sie sollte recht behalten. Die englische Sprache war das kleinste Problem.

Schwieriger, viel schwieriger war der Umgang mit den anderen Mädchen. Wie fremd und oberflächlich sie mir erschienen, selbst Eva, die ich auf der Überfahrt nach Südwest so ins Herz geschlossen hatte. Nun kam sie mir in allen Dingen kindisch und weltfremd vor. Sie war, wie ich gewesen war, als ich in Bethanien angekommen war. Bevor Freudenreich, der Tod meiner Mutter und die Reise mit Petrus mich verändert hatten.

Mein Ankunftstag in Stellenbosch war Evas Abschied. Zwei

Tage später bestiegen sie und ihre Eltern das Schiff nach Deutschland. Seitdem habe ich Eva oft geschrieben. Meine Briefe handeln von meinem Leben im Pensionat, den Klassenkameradinnen, den Lehrerinnen, den Prüfungen. Nie von den Dingen, die mich wirklich bewegen. Meinen Hoffnungen für die Zukunft. Meinen Ängsten, meiner Verzweiflung, meiner Wut.

Auch meine Gefühle für Petrus habe ich nie erwähnt.

Sie bleiben in mir, unerklärlich, unerhört. Unaufhörlich.

Ich denke so oft an ihn. Morgens, wenn ich aufwache und abends, bevor ich einschlafe. Am nächsten fühle ich mich ihm, wenn wir das Pensionat zu einem Ausflug oder einer Wanderung verlassen. Die grünen Hügel und Täler um Stellenbosch haben nichts mit der Wüste in Südwest gemein, aber in der freien Natur habe ich Petrus kennengelernt und geliebt. Ich hege die Erinnerungen, obwohl sie mich schmerzen. Sie sind das Einzige, was mir von ihm geblieben ist.

Ich weiß nicht, was er heute macht, wo er lebt, wie es ihm geht. Ob Freudenreich ihn wieder in Bethanien aufgenommen hat, ob er zusammen mit den Herero gegen die Deutji kämpft. Vielleicht trinkt er wieder. Vielleicht ist er tot. Sein Leben und mein Leben werden sich nicht mehr berühren. Diese Erkenntnis, gegen die ich mich lange gewehrt habe, wächst langsam in mir.

Ich sehe ihn oft vor mir, seine schmalen Indianeraugen, die hohen Wangenknochen, den schönen, vollen Mund. Er trägt die Kette mit dem Schutzengel um seinen Hals. Ich stelle mir vor, dass er sie niemals ablegt.

Ein Nachwort

Einen Roman über deutsche Auswanderer zu schreiben, diese Idee trage ich schon viele Jahre mit mir herum. Sie nahm konkretere Formen an, als ich nach einer Lesung in Wuppertal mit Pastorin Karin Weber ins Gespräch kam. Frau Weber erzählte mir von der Kohlstraßenkapelle, den Missionszöglingen und von den Gemeindemitgliedern, die Ende des 19. Jahrhunderts ihr Leben in Elberfeld aufgegeben haben und in eine ungewisse Zukunft aufgebrochen sind. Da hatte ich mein Thema und mein Ziel gefunden: Deutsch-Südwestafrika, das heutige Namibia.

Es dauerte allerdings noch lange, bis daraus ein Konzept geworden war und ich einen Verlag gefunden hatte, der genauso begeistert von dieser Geschichte war wie ich selbst. Und es dauerte noch länger, bis ich mein Ziel endlich erreicht hatte. Im Juni 2010 sind mein Mann und ich nach Windhoek geflogen, um in Namibia für meinen Roman zu recherchieren.

Unsere Reise durch »Südwest« war sehr viel komfortabler als die von Henrietta und ihrer Mutter in meinem Buch. Sie bewegten sich mit dem Ochsenwagen durchs Land, wir fuhren mit dem Mietwagen. Sie schliefen in Zelten und unter freiem Himmel, wir übernachteten in Gästefarmen und Lodges. Dennoch hat die Fahrt durch Namibia meinen Roman maßgeblich geprägt. Die Farben der Wüste, die Köcher- und Kameldornbäume, die Erdmännchen, Springböcke und Warzenschweine, die Sonnenauf- und -untergänge und den unendlichen Sternenhimmel muss man gesehen haben, bevor man darüber schreiben kann.

Von Swakopmund, wo Henrietta und ihre Mutter von Bord gehen, sind auch wir durch das Naukluft-Gebirge und die Wüste nach Bethanien gefahren. Für mich war es sehr beeindruckend, die Missionsstation zu besichtigen, wo noch das Haus des ersten Missionars Heinrich Schmelen und beide Missionskirchen stehen. In Schmelens Haus ist heute ein Museum untergebracht, die übrigen Gebäude werden von der Lutheran Church of Namibia genutzt.

Ich habe in Bethanien ein langes Interview mit Anna Frederick, der Frau des heutigen Nama-Oberhaupts, geführt. Ihr Enkel Silvester hat aus dem Englischen in die Nama-Sprache übersetzt, sonst hätten wir uns nicht verstanden.

Von Bethanien aus haben wir einen kleinen Abstecher in den Süden des Landes gemacht und sind dann über Keetmanshoop zurück nach Windhoek, wo ich meine Recherchereise mit einer Lesung an der Deutschen Höheren Privatschule abgeschlossen habe.

Natürlich bin ich nicht nur durch Namibia gewandert, geklettert und gefahren, sondern auch in Archive eingetaucht: In der Sam-Cohen-Bibliothek in Swakopmund und im Staatlichen Nationalarchiv in Windhoek habe ich Einblick in die namibische Vergangenheit und das Leben der Ureinwohner gewonnen, historisches Bildmaterial eingesehen und mich über die Zeit informiert, als Namibia noch deutsches Schutzgebiet war. Besonders faszinierend waren für mich die detaillierten Berichte deutscher Missionarsfrauen über ihre Reisen durch das Land.

Henrietta und ihre Mutter sind Figuren meiner Fantasie, genauso wie Petrus, Missionar Freudenreich, Bertram oder Fräulein Hülshoff. Aber für ihre Geschichte gibt es reale Vorbilder: die Pioniere, Missionare und Nama, auf deren Spuren ich überall in Namibia gestoßen bin.

Dass die Rechercheereise ein so ein- und nachdrücklicher Erfolg war, dazu haben viele mit ihrer Unterstützung und Rat und Tat beigetragen. Mein besonderer Dank geht an Angelika Flamm-Schneeweiß aus Swakopmund, Heike Uhrich von der Deutschen Höheren Privatschule Windhoek, Detlef Pfeifer vom Goethe-Zentrum Windhoek, Piet Swiegers aus Klein-Aus Vista, Kristin und Volker Ahlert von der Gästefarm Niedersachsen, Uschi und Christian Schmitt aus der Okambara Elephant Lodge, Dagmar Räntsch, Azur Travel, Windhoek, an Henning du Toit für die Übersetzungen in Afrikaans, an meine Lese-Agentin Sabine Fecke aus Stuttgart und an die unglaublich engagierte Mitarbeiterin des Sam-Cohen-Library in Swakopmund, die ihren Namen partout nicht lesen möchte. (Ach ja, übrigens: Alle Fehler und Irrtümer im Text sind allein mir und niemandem sonst zuzuschreiben!) Und ich danke natürlich meinem Mann, Ralf Kretschel, ohne den ich in Afrika (und auch sonst) hoffnungslos verloren gewesen wäre.

Ergänzt wurden meine namibischen Erfahrungen durch die Recherche in Deutschland. Hier war mir die Archiv- und Museumsstiftung der Vereinigten Evangelischen Mission in Wuppertal eine große Hilfe. Wolfgang Apelt hat mich (nun schon zum wiederholten Mal) beraten und unterstützt, vielen Dank dafür.

Pastorin Karin Weber war nicht nur der Auslöser für meinen Roman, sie hat mich auch durch ihre Kohlstraßengemeinde in Wuppertal geführt. Die Kapelle von damals ist heute ein Wohnhaus, vielen Dank an Familie Dahlmann, die mich einen Blick in ihr Wohnzimmer werfen ließ. Frau Martha Karos hat mir von ihren Kindheitserinnerungen Anfang des letzten Jahrhunderts in der Kohlstraße erzählt und mir ihre Aufzeichnungen anvertraut, auch ihr danke ich sehr herzlich.

Und ich danke meinem Agenten Harry Olechnowitz und dem Thienemann Verlag, bei dem die Originalausgabe dieses Romans (»Die Wildnis in mir«) erschienen ist.

Meine Lektorin Heike Brillmann-Ede war mir eine engagierte, sachkundige und immer fröhliche Begleitung. Und last but not least: Vielen Dank auch an den Aufbau-Verlag, der nun – mit neuem Titel und in neuem Gewand – das Taschenbuch herausgebracht hat.

Gina Mayer

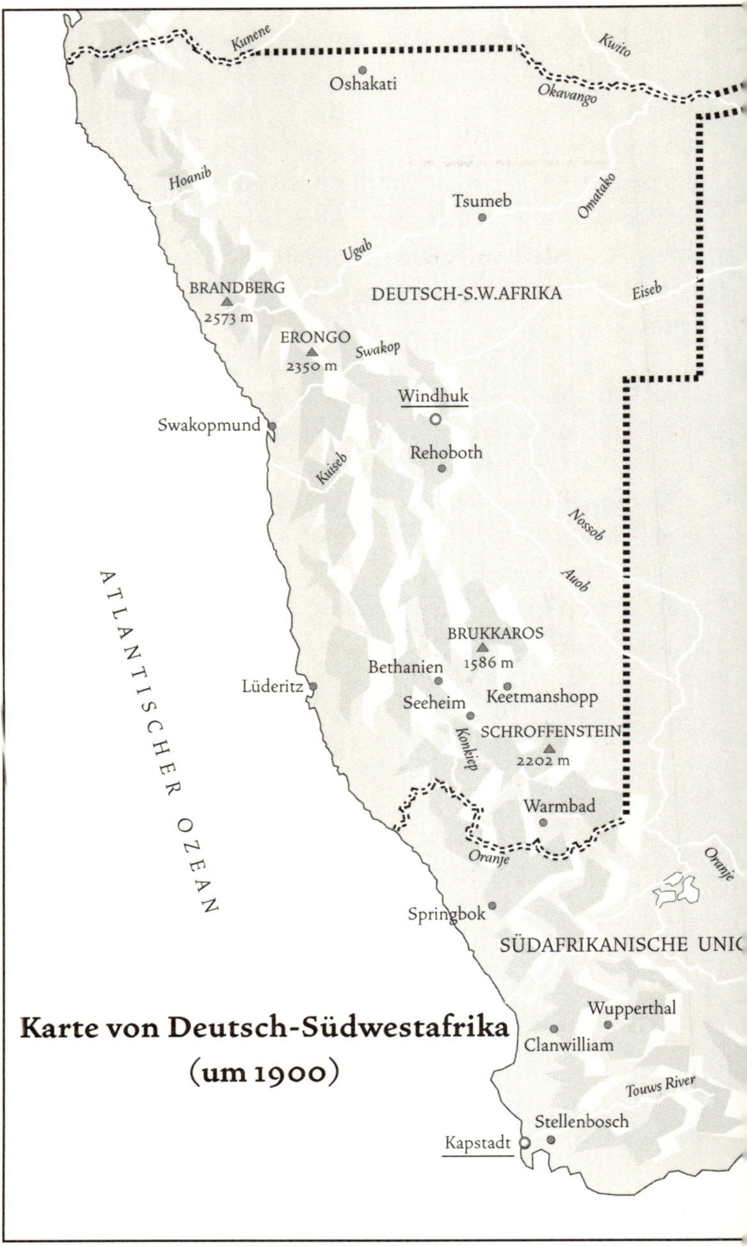

Karte von Deutsch-Südwestafrika (um 1900)

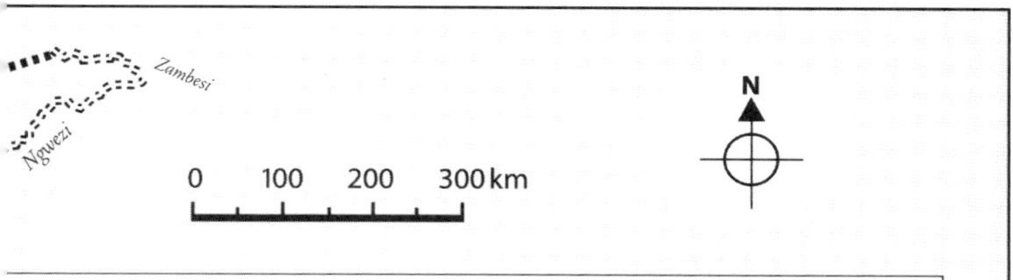

Die afrikanischen Kolonialgebiete (um 1884)

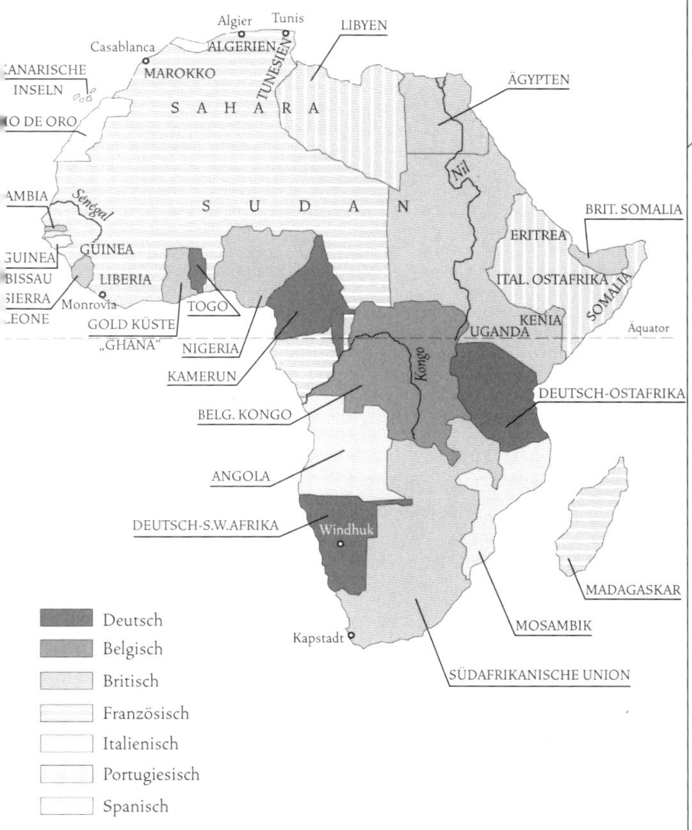